Lilian Dean lebt mit ihrer Familie und ihrem grauweißen Kater Loulou in Indiana, Amerika. Schon in ihrer Kindheit träumte sie davon, Schriftstellerin zu werden und dachte sich gern Geschichten aus. Als sie noch nicht schreiben konnte, malte sie diese in Form von Comics. Ihr Debüt trägt den Titel *Montana Hearts – Eine verbotene Liebe* und ist bei dp DIGITAL PUBLISHERS erschienen. Neben dem Schreiben liebt die Autorin das Tagträumen, Zeichnen und Singen. Inspirationsquellen für ihre Ideen sind Orte, Bilder und vor allem die Musik. Zurzeit arbeitet Lilian an weiteren Schreibprojekten.

LILIAN
DEAN

MR BOHEME

*ICH SUCHE DICH
ZWISCHEN DEN ZEILEN*

Erstausgabe Januar 2021

© 2021 dp DIGITAL PUBLISHERS GmbH

Made in Stuttgart with ♥
Alle Rechte vorbehalten

Mr Boheme

ISBN 978-3-96087-420-4
E-Book-ISBN 978-3-96087-932-9

Covergestaltung: Vivien Summer
Umschlaggestaltung: ARTC.ore Design
Unter Verwendung von Abbildungen von
shutterstock.com: © Brayden Mah, © G-Stock Studio, © Bun Mihail,
© Magdalena Cvetkovic
Lektorat: Katja Wetzel
Satz: dp DIGITAL PUBLISHERS
Druck und Bindung: Books on Demand GmbH, Norderstedt

Du willst mich finden? Dann suche zwischen den Zeilen ...

Eine spezielle Herausforderung

Claire klappte den kleinen Handspiegel zu, mit dem sie im Viertelstundentakt ihr Make-up prüfte. Sie ließ ihn in der kleinen Schublade unterhalb ihres weißen Schreibtisches verschwinden. Kurz darauf betrat ihre Chefin Olivia Barns das Büro. Mit einem Lächeln kam sie auf sie zu.

„Hier ist es", verkündete sie mit bedeutungsschwangerem Unterton und legte Claire ein paar Seiten auf den Tisch. Dann stützte sie sich mit beiden Händen an der Kante des Tisches ab. Claire blickte zu ihr auf. Ihre Chefin verzog die schmalen Lippen, die so kupferfarben waren wie ihr kurzes Haar, zu einem breiten Grinsen und nickte ihr zu. Der stechende Ausdruck in ihren aschblauen Augen gefiel Claire nicht.

„Das Skript ist sensationell. Was auch sonst. Er hat also auf meinen kleinen Rat gehört", sinnierte Olivia laut.

„Welches Skript, welcher Rat?", fragte Claire.

Ohne darauf einzugehen, redete ihre Chefin weiter: „Den Stick zum Skript bekommen Sie auch gleich." Sie tippte auf den kleinen Blätterstapel. „Das sind nur die ersten Seiten. Das erste Kapitel. Lesen Sie einmal den ersten Absatz. Den müssen Sie einfach schwarz auf weiß inhalieren."

Das klang vielversprechend, dachte Claire. Olivia ließ die Tischkante los und straffte die Schultern. Claire bemerkte neidvoll, dass ihre Chefin schon wieder schlanker geworden war. Das grau-rosa Businesskostüm passte ihr wie angegossen. Dazu trug sie eine Seidenstrumpfhose und schwarze Pumps. Genau die Art Outfit, die Claires Verlobter Ray mochte. Sie selbst hatte sich diesen Stil inzwischen angeeignet wie eine zweite Haut. Früher bevorzugte sie hipp und lässig. Jeans, Shirt, Sneakers – fertig. *Nein. Nicht nur wegen Ray habe ich meinen Stil geändert*, protestierte Claire gegen ihre innere Stimme. „Claire?", fragte Olivia Barns.

„Was?" Sie räusperte sich und kämpfte sich aus ihren Gedanken zurück in die Wirklichkeit.

Ihre Chefin tippte noch einmal auf die erste Seite des Skriptes. „Es ist das neueste Werk unseres Bestsellerautors Samu Boheme." Ehrlich gesagt hatte Claire keinen einzigen Thriller von ihm gelesen. Und das, obwohl Boheme schon jahrelanger Stammautor des Hauses war, in dem sie seit Abschluss ihres geisteswissenschaftlichen Studiums als kleine Lektorin arbeitete, aber das würde sie der Barns sicher nicht auf die Nase binden.

„Wir sind die Ersten, neben seinem windigen, zuweilen wortbissigen Agenten Bob, die es lesen dürfen. Also fühlen Sie sich geehrt!", verkündete Olivia.

„Wir?"

„Ja, Sie und ich."

„Wow!", entfuhr es Claire. Sie hatte bis dato immer die Skripte von Debütautoren begleiten dürfen. Konnte sie doch bald auf die ersehnte Beförderung hoffen? Claire schob die Seiten näher an sich heran und schreckte auf. Einer ihrer Fingernägel, die sie erst kürzlich in Rays Lieblingsfarbe – Blutrot – hatte lackieren lassen, war dabei gebrochen.

„Katastrophe", murmelte sie und schluckte.

„Konzentration, Miss Winston! Ich will Ihre Meinung. Das kleine Malheur können Sie später wieder richten lassen. Sehen Sie es als gutes Omen. Die kürzeren Nägel früher standen Ihnen sowieso besser."

„Früher?", fragte Claire.

„Vor Ray", betonte Olivia.

Claire fragte sich, ob Olivia etwas gegen Ray hatte. Dabei waren sich die beiden doch erst ein paar Mal flüchtig begegnet.

Kopfschüttelnd blickte sie ihre Verlagschefin an. „Später ist zu spät, Mrs. Barns, und klein ist untertrieben. Ray wird verärgert sein. Wir sind mit seinen Eltern zum Essen verabredet. Er holt mich gleich nach der Arbeit ab. Ich kann heute also auch keine Minute länger bleiben. Tut mir wirklich leid!" Das musste sie doch verstehen.

Ihre Chefin hob eine Braue. „Einen Mann lässt man immer warten. Meiner hat sich daran gewöhnt. Sie müssen sich gegenüber dem anderen Geschlecht Respekt bewahren, meine Liebe. Privat wie auch in der Geschäftswelt. Es kann nicht angehen, dass ihr Schätzchen schon wegen solch einer Lappalie austickt. Und jetzt lesen Sie schon! Ich habe gleich noch ein Meeting. Ich dachte, Sie fallen vor Begeisterung vom Stuhl. Was ist denn los? Wo ist Ihr sonstiger Gefühlsüberschwang, wenn es ein neues Projekt gibt?"

Claire versuchte ein Lächeln. „Es ist die Ehrfurcht und ja, ich bin auch überrascht", gab sie zurück.

Olivia zeigte sich zufrieden. „Sehr gut. Dann strengen Sie sich an. Ich will Sie auch hierbei in Höchstform erleben. Und denken Sie an das, was ich gesagt habe. Männer muss man ab und zu schmoren lassen. Das macht uns Frauen für sie nur interessanter."

Olivia Barns, die Männerversteherin.

Ihre Worte hallten in Claire nach. Ray würde das, was ihre Chefin da eben gesagt hatte, niemals mit sich machen lassen. Claire dachte an letzte Nacht. Ray war ein Hengst im Bett. Zärtlich und wild zugleich. Das machte seinen Kontrollwahn wieder wett. Zumindest redete sie sich das täglich ein und erstickte jeden Zweifel im Keim. Claire liebte Ray und freute sich auf eine Zukunft mit ihm – Kinder, Haus, einen Baum pflanzen, vielleicht sogar einen Hund. Zudem sah Ray fantastisch aus und war ein erfolgreicher Geschäftsmann, zu dem viele aufsahen. Und sie fühlte sich sicher an seiner Seite. Claire seufzte innerlich, wenn sie an seine Küsse dachte. Kein Zweifel, sie war diesem Mann verfallen. Und bald würde sie einen Ehering am Finger tragen. Außerdem hatte er eine Schokoladenseite in seiner Seele. Sie war sicher, wenn sie erst einmal verheiratet waren, würde diese Seite richtig zum Vorschein kommen. Ihr Blick richtete sich wieder auf das erste Kapitel von Boheme.

Erster Absatz, rief sie sich in Erinnerung und las:

Casanova war Schnee von gestern. Sie hatte keine Ahnung, was ich heute Nacht alles mit ihr anstellen würde. Ich war sicher, dass sie mich danach nie wieder vergaß. Schon allein mein neues Baby, eine schneeweiße Corvette, ließ ihr Herz höherschlagen. Selbst wenn sie es sich nicht anmerken lassen wollte, konnte ich es an ihrem tiefen, von champagnerfarbenen Perlen gesäumten Ausschnitt erkennen. Ihre Brüste hoben und senkten sich vor offensichtlicher Aufregung. Sie fraß mir schon jetzt aus der Hand, war eine leichte Beute, die zu erlegen ich mir dennoch nicht entgehen lassen würde. Naives Ding.

Claire rümpfte die Nase. Sie wusste nicht recht, was sie von diesen Zeilen halten sollte. Begeisterung fühlte sich anders an. Olivia lachte. „Da bekommt man gleich Gänsehaut. Nicht wahr? Es ist eine Romance. Sie werden beim Lesen gehörig ins Schwitzen geraten, meine Liebe", versprach sie.

Mal sehen, dachte Claire. „Ich habe bisher angenommen, Mr. Boheme schreibt ausschließlich Thriller – wenig Romantik, aber dafür umso mehr Spannung. Obwohl, von Romantik scheint sein Protagonist, den ersten Sätzen nach, nicht viel zu verstehen."

Olivia winkte ab. „Er will dieses Mal etwas Neues ausprobieren. Ein wahrer Künstler eben. Bleibt nie auf einer Stufe stehen, muss sich ausprobieren. Also mir gefällt es. Ich bin sicher, das Buch wird ebenso erfolgreich wie seine Thriller. Ich glaube sogar noch mehr. Laut einer Umfrage stellen ihn sich viele Frauen und auch Männer als äußerst attraktiv und lässig vor."

„Er will aber nicht ins Porno-Genre wechseln, oder?", fragte Claire.

Mrs. Barns runzelte die Stirn. „Was? Nein! Es ist eine prickelnde bittersüße Romance. Sehr prickelnd halt. Kommen Sie. Seit gewissen bekannten pikanten Romanen gibt es doch keine Tabus mehr. Knöpfen Sie sich mal ein wenig auf, Miss Winston. Das Skript wird Ihnen dabei helfen und guttun."

Ihre Chefin hielt sie also für bieder.

Ehrlich gesagt waren übertrieben romantische Geschichten weniger Claires Fall. Am liebsten las sie Liebeskomödien. Diese konnten Erotik enthalten, wenn es stilvoll und nicht zu übertrieben war. Aber das ... Sie war nicht sicher, wohin das führen sollte. Ihr Gefühl sagte ihr nichts Gutes. Der Protagonist schien auf den ersten Blick recht oberflächlich und luxusbesessen. Für Claire war er eindeutig nicht die Art Held, in die sich Frauen verlieben sollten. *Oder,* fragte sie sich, *bin ich vielleicht nicht normal?* Es gab kein Zurück. Claire hoffte, dass das Skript besser werden würde. Eines war sicher. Sie wollte wissen, warum der Protagonist so tickte. Wenn Boheme es darauf anlegte, dass der Leser sich das lange fragte und damit Spannung erzeugen wollte, war es ein geschickter Schachzug, den er aber nicht offenlassen sollte. Zudem gab man Olivia Barns keinen Korb. Schon gar nicht, wenn man wie Claire die Betriebsjüngste im Verlag war und nur eine kleine Lektorin. Für sie war es ein Glücksfall gewesen, dass Olivia sie damals eingestellt hatte. Das durfte sie nicht vergessen.

„Du hast tolle Praktikumsplätze vorweisen können und einen klasse Abschluss", hielt Jenny, Claires beste Freundin, dagegen. „Also mach dich nicht kleiner, als du bist."

Ein halbes Jahr später hatte Claire Ray kennengelernt. Er war der Sohn einer großen Familiendynastie, die seit 1959 Markenstifte herstellte. GereStar-Pens verkaufte seine Ware erfolgreich auf der ganzen Welt. Ray hatte die Firma vor ein paar Monaten überschrieben bekommen. Seine Eltern unterstützten ihn bei den Geschäften. Es machte ihm nichts aus, denn er vergötterte sie.

„Oder gibt es ein Problem?", riss sie Olivias Stimme aus ihren Gedanken.

„Problem? Nein, ich ..."

„Kathleen verlässt sich auf Sie, Claire. Es sollte eigentlich ihr Baby sein. Und es ist eine große Chance für Sie."

Claire nickte.

„Das mit ihrem Unfall tut mir echt leid. Es ist schrecklich, dass sie durch den Sturz dazu zwei blaue Augen hat."

Olivia kräuselte die Stirn. „Das hört sich so an, als wären Sie schuld, dass sie die letzten zwei Stufen der Treppe auf dem Weg zur U-Bahn übersehen hat. Meine Güte! Augen auf, sage ich immer. Nun ist es nicht zu ändern. Sie wird für mehrere Wochen ausfallen. Die Krankmeldung ist schon da. Und die anderen Lektoren stecken bis über beide Ohren in anderen Projekten. Enttäuschen Sie mich nicht. Ihre letzten Lektorate waren wirklich hervorragend."

Der Ausdruck in ihren Augen wurde stechender. Claire wusste, was das bedeutete. Gleich würde Olivia Barns ungehalten reagieren.

„Danke für das Lob", entgegnete Claire schnell, die sich ehrlich darüber freute.

„Gewöhnen Sie sich nicht daran. Der Stick kommt wie gesagt gleich. Geben Sie mir den Ausdruck wieder. Ich habe mir auch den Rest ausgedruckt. So lese ich lieber." Sie zwinkerte in Claires Richtung. „Viel Spaß." Danach stolzierte sie zur Tür, öffnete sie schwungvoll, hielt dann inne und drehte sich um. „Ach, bevor ich es vergesse: Boheme möchte wissen, was Sie von dem ersten Kapitel halten. Das ist normal bei ihm. Vergessen Sie nicht, es ihm zu schreiben. Noch heute. Sein Skript hat Priorität. Die Mailadresse finden Sie auch auf dem Stick. Boheme ist unser ..." Sie zeigte auf Claire.

Diese nickte. „... bester Autor und sehr wichtig für den Verlag. Aber er kann auch dankbar sein. Barns-Books hat ihn von Anfang an gehypt und ..."

„Dankbarkeit verliert sich schnell und kann rasch zum Nächsten wandern, wenn jemand Erfolg hat. Daher muss man immer achtsam sein, dass man diese Menschen bei Laune hält. Denn letztendlich hat man auch etwas davon. Ein Geben und Nehmen", erwiderte Olivia.

Vor sich hin pfeifend verließ sie das kleine Büro im Südflügel des riesigen Verlagsgebäudes. Claire war froh, als die Tür ins Schloss fiel. Gregor Barns hatte Olivia – seiner einzigen Tochter – den Verlag vererbt. Er war vor zehn Jahren gestorben. Olivia hatte definitiv sein geschäftliches Erfolgs-Gen geerbt. Barns-Books war einer der erfolgreichsten Verlage Englands und hatte seinen Sitz in Brighton. Claire rieb sich mit einer Hand über das Gesicht. Jetzt brauchte sie erst einmal einen Kaffee. Ihr Blick wanderte zur Fensterfront ihres Büros, das im obersten Stockwerk lag. Sie stand auf und ging hinüber, schaute hinaus auf den perfekt gemähten Rasen mit der Buchshecke, der das weiße Gebäude mit den vielen Spiegelfenstern umgab. Von hier aus konnte sie das Brighton Palace Pier sehen. Ein Anblick, der sie immer beruhigte. Sie liebte die englische Stadt an der Küste des Ärmelkanals der Grafschaft East

Sussex, die liebevoll die Badewanne Londons genannt wurde. Der Vergleich ließ Claire, die zuvor im Haus ihrer Eltern in einem kleinen Ort in der Nähe gewohnt hatte, immer schmunzeln. Olivias Sekretärin Andrea Whiler reichte Claire den Stick herein und zog sich sofort wieder zurück. Sie sah abgehetzt aus. Kein Wunder bei all den kleinen und großen Wünschen, die Olivia Barns an einem Tag äußerte.

„Dann machen wir uns mal an die Arbeit, Mr. Boheme", flüsterte Claire, rieb sich die Hände und hoffte inständig, dass sie der Rest des Skriptes flashen würde. Es kribbelte ihr in den Fingern.

Im Grunde hat Olivia recht. Ausgedruckt liest es sich angenehmer, dachte Claire. Man konnte sich damit zurücklehnen oder durch den Raum schlendern oder das Fenster öffnen und es hinauswerfen. Das wäre bei dem Autor ein gefundenes Fressen für die Presse, wenn sie es mitbekommen würde. Letztendlich entschied sie sich dafür, das erste Kapitel in Druckform zu lesen. Bemerkungen, von denen auch ein Mr. Boheme nicht verschont blieb, würde sie danach über den Laptop einfügen. Sie stand auf, öffnete das Fenster und genoss den Wind, der sanft ins Zimmer wehte. Dann nahm sie das erste Kapitel und ging lesend im Zimmer auf und ab. Mr. Boheme ließ seinen Protagonisten aufs Ganze gehen, leider jedoch auf eine billige und machohafte Weise. Schrieb er immer so gewollt? Wo blieb das Gefühl?, fragte sich Claire. Nachdem der Protagonist seine neue Partnerin entblättert hatte und auf dem Rücksitz seiner Corvette wie eine hungrige Raubkatze über sie hergefallen war, reichte es ihr. Nicht, dass sie bieder oder frigide war, wie ihre Chefin meinte, aber das schoss weit über das Ziel einer leidenschaftlichen Romance hinaus. Sie brauchte eine Pause. Ihr Blick fiel auf ihren Laptop, da kam ihr eine Idee. Sie brauchte einen Vergleich und lud eine Leseprobe aus einem von Bohemes Thrillern herunter. *Shadow Hunter* fesselte sie sogleich. War Olivia sicher, dass das der gleiche Autor geschrieben hatte? Oder hatte Boheme beim Schreiben unter Einfluss von Drogen gestanden? Schön und gut, dass er sich in einem neuen Genre ausprobieren wollte, aber das würde zumindest dieses Mal gehörig nach hinten losgehen, wenn er so weiterschrieb – da war sich Claire absolut sicher. Die ersten Seiten entschieden oft schon, ob ein Leser weiterlesen oder das Buch schließen würde und dann oft für immer. Es fehlte das Elementare – Gefühl. Vielleicht besaß er davon nicht viel. Bei seinen Thrillern brauchte er doch ebenso Einfühlungsvermögen – wenn auch auf andere Art. Ihre Gedanken überschlugen sich. Claire führte den Stick in den Laptop ein und öffnete das Skript, um sich den Rest des ersten Kapitels anzutun. Wie befürchtet, wurde es nicht besser. Dank Boheme kannte sie nun Stellungen, die ihr absolut neu waren und bei denen sich sogar Jennifer, die biegsamer war als eine Schlange, verrenken würde. Das war harte Kost. Ihre Anmerkungen würde sie Boheme, wie gewünscht, per Mail zukommen lassen. Und zwar sofort. Ihrem angestauten Unmut wollte sie Luft machen.

Sehr geehrter Mr. Boheme,
Mit großer Erwartung habe ich das erste Kapitel Ihres Skriptes gelesen, gleich nachdem ich es von Mrs. Olivia Barns erhalten hatte. Ich freue mich, dass ich eins Ihrer

Werke bearbeiten darf. Leider muss ich Ihnen sagen,
dass es mich ...

Claire stoppte, vergrub das Gesicht in den Händen und atmete ein paarmal hinein. Sie musste und wollte ehrlich bleiben. Nur wie genau sollte sie ihm auf die nette Art beibringen, dass sie bisher gedacht hatte, einen reinen billigen Porno zu lesen, dessen Protagonist ein gefühlskalter Macho war? Langsam nahm sie die Hände herunter und klickte in das Skript, dessen zweites Kapitel sie überflog. Es brauchte nur ein paar Zeilen, um zu sehen, dass es darin ebenfalls zur Sache ging. In den folgenden Kapiteln nahm die Geschichte keine Wendung oder ging näher auf die Vergangenheit des Protagonisten ein. Wenigstens die Frauen schienen Mr. Macho toll zu finden. Sie schüttelte den Kopf. Nachdem sie den letzten begonnenen Satz wieder gelöscht hatte, flossen die Worte nur so aus ihrem Kopf durch die Finger in die Mail. Sie dachte an ihre Chefin und schaltete einen Gang zurück.

Ich muss Ihnen sagen, dass ich mir mehr Gefühl in Ihrem Roman wünsche. Und damit meine ich ein anderes, als das, das sie vermittelt haben. Ihre Zeilen erinnern mich leider an einen Hardcore-Porno. Ich bin sicher, dass Sie ein hervorragender Schriftsteller sind. Dafür spricht allein die Größe Ihrer Fangemeinde. Ihr Schreibstil gefällt mir. Doch das bisher Gelesene klingt nach Machogehabe. Ich weiß nicht, ob sich die Leserinnen so in Ihren Protagonisten verlieben könnten, da es ihm offensichtlich an emotionaler Tiefe fehlt. Ich habe schon über das erste Kapitel hinaus geblättert, insofern bezieht sich meine Einschätzung nicht nur auf die ersten paar Seiten. Ich hoffe, dass ich von dem Protagonisten selbst, seinem früheren Leben, bald etwas erfahre, um ihn besser verstehen zu können. Ansonsten sollte man dringend darüber nachdenken, dies nachzuholen. Ich möchte nur vermeiden, dass Leser, die Herz und nicht nur Sex erwarten, zu früh abspringen. Ich selbst will die Geschichte im Herzen spüren können. Ich bin sicher, wir finden einen Kompromiss.

Mit freundlichen Grüßen
Ms. Claire Winston
Lektorin

Claire spitzte die Lippen und nickte für sich. Das war schon besser. Die Zeilen drückten überaus nett aus, was sie dachte. Sie konnte nur auf sein Verständnis hoffen und schickte die Mail ab, bevor sie es sich anders überlegte. Man konnte über alles reden. Das war immer das Beste, um am Ende zu einer zufriedenstellenden Lösung zu kommen. Sie schloss den Laptop, räumte schleunigst zusammen und freute sich auf den Feierabend. Mit Sicherheit wartete Ray schon auf sie.

„Und haben Sie's gelesen?", rief ihr ihre Chefin hinterher. Olivia kam ihr auf dem Weg zum Ausgang in dem großzügigen hellen Flur entgegen.

„Natürlich. Aber noch nicht alles", gab Claire sofort zurück.

Olivias Augen glänzten. „Schon klar. Haben Sie ihm das Resümee des Beginns bereits mitgeteilt?"

„Allerdings habe ich das."

„Er ist so gut. Das wird vielen Damen heiße Gedanken bescheren. Ich sehe schon die Schlangen vor den Buchläden. Boheme ist nicht nur spannend, sondern auch heiß." Olivia knurrte und eilte weiter in ihr Büro. Claire sah ihr nach. *Was sollte denn das?*, fragte sie sich.

„Schönen Feierabend. Und brav bleiben, Claire!", rief die Barns lachend, bevor sie hinter ihrer Bürotür verschwand. Allmählich machte ihr Olivia Barns Angst.

Gewagte Erkenntnisse

Ray, der später im Restaurant in Brighton neben ihr saß, nahm ihre Hand und hauchte ihr einen Kuss darauf. „Du siehst bezaubernd aus, Darling. Dank meiner Beratung. Das schwarze Cocktailkleid und die Perlenkette stehen dir. Ausgezeichnete Wahl", flüsterte er und zwinkerte ihr zu. Claire gefiel auch, was sie sah, sehr sogar.

„Danke, lieb, dass du das sagst. Besonders nach diesem Tag", flüsterte sie zurück. Sein lasziver Blick erinnerte sie wieder an die Nächte, in denen sie sich geliebt hatten, als gäbe es kein Morgen. *Von wegen bieder*, dachte sie sich und katapultierte Olivia Barns mit einem Kick aus ihrem Kopf. Sie konzentrierte sich wieder auf Ray. Er trug ein weißes Hemd, Krawatte und einen marineblauen Anzug. Obwohl sie zugeben musste, dass sie ihn leger gekleidet einen Tick unwiderstehlicher fand. Sein schwarzes Haar hatte er für ihren Geschmack etwas zu glatt gegelt. Doch wenn es ihm so gefiel, wollte es auch ihr gefallen. Sie sog den Duft seines Aftershaves ein, das herrlich frisch nach Zitronengras roch. „Was war denn los? Stress mit dem neuen Skript?", fragte er leise.

Sie winkte ab. Schon kroch Olivia Barns zurück in ihren Kopf und dirigierte dort die Gedanken. „Ach, dieser

Bestsellerautor, von dem ich dir erzählt habe, ist ...", sagte Claire auf Rays Frage hin.

„Bestsellerautor? Welchen meinst du?", fragte Rays Mutter. Claire überraschte es nicht, dass sie das sofort hellhörig werden ließ. Sie reckte den Hals und sah über den gläsernen Tisch des Rooftop-Restaurants hinweg. Es war das erste Mal an diesem Abend, dass sie Claire ansah. Wieder einmal stellte sie fest, dass ihre zukünftige Schwiegermutter Ohren wie ein Luchs hatte. Das konnte man von Elton, ihrem Mann, nicht behaupten.

„Was?", fragte der. Claire warf einen Blick durch die gläserne Front des Restaurants, von der aus man einen großen Teil der Stadt überblicken konnte. Mit einem Mal wünschte sie sich weit weg.

„Träumst du?", fragte Rays Mutter.

Das tat sie allerdings. Von fernen Ländern, die weit weg waren.

Claire richtete ihre Aufmerksamkeit gezwungenermaßen wieder auf sie. Abermals bemerkte sie, dass Ray seiner Mutter wie aus dem Gesicht geschnitten war, und erschrak wie jedes Mal darüber. Zudem hatte er die gleichen graublauen kleinen Augen. Von Elton hatte er im Grunde nur seine Größe und die leicht hügelige, sonst aber perfekt geformte Nase geerbt. Zum Glück nicht die Glatze, die er schon früh bekommen hatte. Katherine Gere wartete ungeduldig auf eine Antwort, was Claire an ihrer linken gezupften Braue erkennen konnte, die leicht zuckte. Ray zeigte das gleiche Zucken, wenn ihm etwas zu langsam ging – nur war es bei ihm die rechte Braue.

„Sie arbeitet mit einem literarischen Weltstar zusammen", kam Ray Claire zuvor.

„Ach wirklich?" Katherine machte große Augen und faltete ihre grazilen Finger. An fast jedem trug sie einen ihrer echt goldenen Ringe. Elton runzelte die Stirn, wobei sich sein mandelgroßer Leberfleck, der fast in der Mitte prangte, zu einem liegenden Halbmond verzog. Der Fleck war, wie er selbst einmal gesagt hatte, sein Markenzeichen. Claire mochte Elton. In seiner Brust schlug eindeutig ein wärmeres und größeres Herz als in der von Rays Mutter. Zwischen ihr und Katherine war das Eis noch immer nicht gebrochen. „Ja, ich bin seine Lektorin", stillte Claire Katherines Wissbegierde.

Sie sah, dass Ray stolz nickte. „Sie wird selbst noch berühmt werden. Sagte ich doch."

Moment!, dachte Claire und stockte. Was hatte er da eben gesagt? Das hatte sogar Elton verstanden. „Wir mögen sie so oder so", sagte dieser schnell darauf. Claire fand das nett und knuddelte Rays Vater in Gedanken.

„Danke, Elton!", flüsterte sie und lächelte ihm dankbar zu, was er erwiderte. Dann rief er nach der Kellnerin und bestellte neuen Wein.

„Was weißt du schon, Elton", winkte Katherine ab und fragte dann zu Claire gewandt: „Wer ist es denn, und vor allem wie ist er so? Ich lese auch sehr gerne wie du weißt. Kenne ich ihn? Wenn er Bestseller schreibt bestimmt. Ich lese ausschließlich Bestseller. Alles andere taugt nichts."

Das sah Katherine ähnlich.

„Von wegen. Da täuschst du dich gewaltig. Manchmal steckt nur ein großes Marketing dahinter, das eben nicht jeder Autor bekommt", musste Claire erwidern. Katherine staunte. „Ach wirklich?"

In Gedanken verdrehte Claire die Augen.

Ray nahm Claire die Vorfahrt, indem er ihr das nächste Wort abschnitt. Seine vorherige Bemerkung ließ sie nicht los. Sie fragte sich, was genau er damit hatte sagen wollen. „Sie arbeitet mit Samu Boheme zusammen", verriet Ray schließlich seiner Mutter. Dieser Name entlockte Katherine ein ehrfurchtsvolles Juchzen. „Mein Gott, tatsächlich? Das ist unfassbar. Du und Boheme."

Warum war das so unfassbar?, fragte sich Claire. Boheme war schließlich auch nur ein Mensch wie jeder andere.

„Wie schön. Laden wir diesen begnadeten und erfolgreichen Schriftsteller doch zu unserer Benefiz-Gala ein. Ich will wissen, wie er aussieht, ihn fragen, woher er all seine Ideen nimmt", schlug Katherine vor. „Er wird sich nicht langweilen und du kannst dich unseren Freunden und Verwandten auch gleich als seine Lektorin vorstellen, Claire. Endlich einmal etwas, womit ..." Sie hielt inne und räusperte sich.

Claire schluckte schwer. Das fehlte ihr noch. „Er hat keine Zeit, er schreibt gerade an einem neuen Roman und er tritt nie in der Öffentlichkeit auf. Jedenfalls nicht als Samu Boheme. Keiner weiß, wer hinter diesem Namen wirklich steckt und ich glaube nicht, dass er das für eine Gala ändern wird. Tut mir leid!", antwortete Claire schnell. Sie war überrascht, wie leicht ihr die Lüge über die Lippen kam. Ihrer Meinung nach sprach auch ein Funken Wahrheit daraus. Sie war sicher, dass Boheme ohnehin nicht erscheinen würde.

„Das ist deine Meinung. Man wird sehen. Auf jeden Fall möchte ich ihm eine Einladung schicken. Übernimmst du das für uns?", erwiderte Katherine.

Claire seufzte innerlich. „Natürlich!", log sie ein weiteres Mal, auch wenn es ihr widerstrebte. Katherine würde sonst nie Ruhe gegeben. Nach dem Motto: Katherines Wille geschehe.

„Was hat er sich denn Neues ausgedacht für seinen neuen Roman?", wollte Rays Mutter wissen.

Fieberhaft überlegte Claire, ob sie die Wahrheit sagen sollte. Dann verwarf sie den Gedanken jedoch sofort wieder.

„Dieses Mal probiert er sich an einer Romance."

Katherine lächelte und staunte. „Ah, wie schön! Ich mag beide Genres."

Elton begann kräftig zu husten.

„Hast du dich verschluckt, mein Lieber? Warte! Hier ist ein Taschentuch", beeilte sich seine Frau und beugte sich zu ihm hinüber.

Claire blickte erschrocken zu den beiden.

„Geht schon wieder", keuchte Elton.

Ray nutzte die kleine Auszeit, um Näheres von Claire zu erfahren. „Was war denn los im Verlag?", flüsterte er ihr direkt ins Ohr. Seine Lippen streiften ihre Wange. Das Kribbeln blieb aus. Normalerweise überkam sie das, wenn er ihr derart nahekam. Sie wandte sich ihm zu, ihre Blicke trafen sich.

„Es gab etwas Ärger mit Olivia Barns. Aber das ist nicht wichtig. Wichtiger ist, warum du mich vorhin nicht hast antworten lassen?", flüsterte Claire zurück.

Ray nickte. „Genau das habe ich gespürt. Du kommst mit der neuen Aufgabe doch nicht zurecht. Bist überfordert. Oder ist der Autor so attraktiv? Sag nicht, dass deine Chefin nicht weiß, wer Boheme wirklich ist."

Claire betete, dass Ray nicht schon wieder von Eifersucht heimgesucht wurde.

„Du weichst meiner Frage aus. Und nein. Ich glaube ihr, wenn sie sagt, sie hat ihn noch nie zu Gesicht bekommen. Und ich bin ganz und gar nicht überfordert, Ray", entgegnete Claire.

„Pst! Deshalb habe ich für dich geantwortet. Ich kenn dich besser als du dich. Dass du überfordert bist, brauchen meine Eltern nicht zu wissen. Sie freuen sich so für dich über deinen Erfolg. Das wusste ich und daher …"

Seine Worte donnerten wie Steine gegen ihr Herz. Claire holte Luft. „Verstehe. Dann hattest du also Angst, ich blamiere mich – nein, eher dich. Sie akzeptieren mich doch nur richtig, wenn ich Erfolg habe. Ich vergesse das schon nicht, Ray. Ich hab gehört, wie du deiner Mutter einmal gesagt hast, du wirst mich zu einem Diamanten schleifen, damit sie stolz sein kann. Du würdest Potenzial in mir sehen."

Seine Worte hatten Claire verdammt wehgetan.

„So ein Unsinn. Das hab ich so nie gesagt. Sie mögen dich wie du bist."

„Dein Vater ja."

„Hey, Claire, ich meinte es doch nur gut. Entschuldige!" Zu gern hätte sie das geglaubt. Wie zufällig berührte er ihren Hals mit seinen Lippen und stöhnte leise auf. Dieses Mal bekam er sie damit herum. Das Kribbeln war eindeutig. Ray wusste genau, wie er sie letztendlich wieder weichkochen konnte.

„Ich liebe dich und ich liebe dich auch ungeschliffen. Das ist die ganze Wahrheit", hauchte er ihr zu. Sie schloss die Augen und lächelte. Claire wollte ihm glauben. Sie wusste, er hatte den Drang seinen Eltern zu gefallen. Wie er oft sagte, hatte er ihnen eine Menge zu verdanken. Claire wollte keine Haarspalterei betreiben. Die paar Dinge, die Ray gelegentlich an ihr bemängelte und verändern wollte, waren im Grunde nicht der Rede wert. Jeder fand an einem anderen etwas, das ihm nicht in den Kram passte. Trotzdem kamen ihr unweigerlich die Bedenken, die ihre beste Freundin Jenny geäußert hatte, in den Sinn. Sie wurde nicht müde, Claire darauf hinzuweisen, dass Ray sie oft nicht würdig behandelte. Sofort verfrachtete sie diese Gedanken aber wieder in die hintersten Windungen ihres Gehirns. Er liebte sie und sie liebte ihn, sagte sie sich. Außerdem, wer konnte schon behaupten die perfekte Beziehung zu haben? Überall gab es mal Probleme. Das hatte sie unlängst auch zu ihren Eltern gesagt, als diese bei ihrem letzten Besuch seine manchmal ein wenig abgehobene Art rügten.

„Hauptsache du bist glücklich", hatte ihre Mutter letztendlich gesagt, und ihr Vater hatte zugestimmt.

„Ich liebe dich auch!", flüsterte Claire Ray zu und erhob sich, nachdem sie ihn gebeten hatte, ihr in fünf Minuten zu den Toiletten zu folgen. Er erwiderte nichts, aber sie war sicher, dass er sich das Angebot nicht entgehen lassen würde. Sie beeilte sich. Zudem wurde es längst Zeit, das Make-up und den Sitz ihres Dutts zu überprüfen. Ray liebte es, wenn sie das Haar hochgesteckt trug.

„Es lässt dich wie eine richtige Lady wirken und auch ein wenig streng. Der Kontrast zu deiner Güte und Zartheit macht mich ganz kribbelig", hatte er einmal geflüstert.

Ray wartete, lässig an der Wand lehnend, im Flur zu den Toiletten. Das gedimmte Licht ließ sein Gesicht weicher erscheinen. Sein Anblick dämpfte Claires Unbehagen, das sich in ihrem Magen ausgebreitet hatte. Sobald sie greifbar für Ray war, zog er sie mit einem Ruck zu sich und wirbelte sie herum.

Rücklings drängte er sie an eine Tür und sich der Länge nach gegen sie. Ihre Blicke trafen sich, ihr Atem ging ruckartig. Doch Claires Leidenschaft wurde jäh von ihren Gedanken unterbrochen. Sie konnte nichts dagegen tun.

„Was, wenn ich kein Diamant werde, Ray?", fragte sie leise, da presste er seine Lippen auf ihre, fest und ungestüm. Lieber wäre ihr gewesen, er hätte zuvor ihre Frage beantwortet.

Er zog sie ein wenig von der Tür weg. Die Hände suchten ihren Rücken und wanderten zu ihrem Po, während Claire mit ihren Gedanken kämpfte und sie ins Aus schießen wollte. Krampfhaft versuchte sie sich in den Kuss fallen zu lassen, da wich Ray zurück und sah sie mit einem Funkeln in den Augen an. Unweigerlich musste sie an Samu Boheme denken, besser gesagt an seinen Protagonisten, und erschrak.

„Ich will nie als Sexspielzeug enden", sagte sie. Hatte sie das gerade laut ausgesprochen?

Ray verzog eine Gesichtshälfte und schüttelte den Kopf. „Nicht reden, Claire. Genießen." Dann riss er die

Tür auf und lugte hinein. „Niemand da", keuchte er und schob Claire in den Raum und weiter in eine der Toiletten. Für Claire bestand kein Zweifel, dass sein Gehirn im *Moment allein von Testosteron beherrscht wurde.* Er sperrte die Tür hinter ihnen ab. Seine Lippen pressten sich erneut auf Claires. Sie schnappte nach Luft. Hatte Ray vergessen, dass sie unter Platzangst litt?

„Du siehst zum Anbeißen lecker aus", knurrte er und knabberte an einem ihrer Ohrläppchen. Sein schneller Atem ließ ihre Haut prickeln. Endlich fühlte sie wieder einen Anflug von Leidenschaft. Sie wollte nicht mehr denken, nur noch genießen. Reden konnten sie auch später. Er ließ seine Zunge ihren Hals entlangwandern, suchte mit den Händen ihre Brüste und knetete sie erst leicht, dann fester. Claire krallte sich an dem Gefühl fest, wollte es am liebsten an sich ketten, damit es nicht wieder verschwand. Ihre Körper drängten sich dem anderen entgegen. Claire wollte mehr fühlen, die Gedanken komplett ausschalten, aber es funktionierte nicht. Die Leidenschaft erlosch wieder. Normalerweise liebte sie den Sex mit Ray. Es musste an dem Raum liegen. Zudem kam jemand. Mädchenhaftes Gekicher drang zu ihnen.

Ray schien es anzutörnen. Er grinste Claire an und küsste sie dann erneut. Der Gedanke erwischt zu werden gefiel ihm offenbar. Das war eine neue Facette, die sie gerade an Ray entdeckte. Katherine wäre mit Sicherheit entsetzt, würde sie hiervon wissen. Claire schüttelte den Kopf und drückte Ray sanft von sich. Seine Brauen schoben sich zusammen. „Was ist?", formte er wortlos mit den Lippen.

„Ich kann nicht. Verschieben wir es auf später, wenn wir daheim sind", sagte sie leise.

Die jungen Frauen lachten, als hätten sie sie gehört. Ray blickte enttäuscht drein.

Als die Frauen weg waren, fragte er: „Hat es vielleicht doch mit dem super tollen Autor zu tun? Du musst lernen, die Arbeit im Büro zu lassen. Ich weiß, ich mach das auch nicht immer. Aber es ist besser. Und ich dachte, du wärst lockerer geworden."

„Ich bin locker, Ray. Völlig, absolut. Ich fühl mich hier nur nicht wohl. Obwohl mich der Gedanke, es hier zu tun, anfangs durchaus gereizt hat. Das hat auch nichts mit Samu Boheme zu tun."

„Aha!", sagte Ray und richtete seine Krawatte, die er vorhin gelockert hatte. Seine Eifersucht nervte Claire zunehmend. Dennoch wollte sie nun nicht streiten. Er wich ihrem Kuss aus, was sie irritierte.

„Lass uns zurückgehen. Und besorg die verdammte Einladung. Ich will ihn auch kennenlernen. Außer du hast etwas dagegen?", sagte Ray.

Seine Mimik duldete keinen Widerspruch. Um nicht Öl ins Feuer zu gießen, entgegnete Claire: „Ja doch, er bekommt eine ver... Einladung. Und nein, warum sollte ich etwas dagegen haben, dass ihr euch kennenlernt?" Sie spitzte die Lippen. „Obwohl!"

Ray hob die rechte Braue.

Claire seufzte. „Ich schwöre, ich kenne ihn nur von seinen Zeilen her. Weiter nicht. Und jetzt werde ich über das Thema nicht mehr reden."

Sie öffnete die Toilettentür. Davor stand eine alte grauhaarige Dame, die sie mit großen Augen musterte.

„Alles in Ordnung, Kindchen?", fragte sie.

Claire wurde rot, nickte, räusperte sich und ging schnell weiter, gefolgt von Ray.

„Ich hoffe ihr habt verhütet, Kinder!", rief die Dame ihnen hinterher, was Claire und Ray, wieder im Flur angekommen, leise lachen ließ. „Lass uns nicht streiten, Ray", bat Claire danach inständig. Rays Mimik erweichte sich. „Okay", sagte er dann und verkeilte die Finger einer Hand mit ihren.

Schwiegermütter

„Bist du noch dran?", fragte Jenny, mit der Claire am nächsten Tag nach Feierabend telefonierte. Jennifer Garner-Jackson war nicht nur Claires beste Freundin, sondern ein weiblicher Fitness-Guru mit eigenem Studio in Brighton. Claire und Jenny kannten sich seit der Schulzeit. Auch ihre Eltern verstanden sich blendend mit denen von Claire. Jennys Eltern waren wie ihre Tochter sportbegeistert. Seit einem Jahr verbrachten sie ihren „Feierabend", wie sie ihren „wilden Ruhestand" nannten, auf einer spanischen Insel. Sie liebten es, abends zu tanzen und fast jeden Tag am Strand joggen zu gehen oder im Meer zu schwimmen. Claires Eltern hingegen bevorzugten die Ruhe.

Claire starrte auf den weißen Umschlag mit goldener Schrift, der die Einladung zur baldigen Benefiz-Gala enthielt, die Rays Eltern ihr gaben. Ihre zukünftige Schwiegermutter hatte ihn ihr gleich nach dem letzten gemeinsamen Abend zukommen lassen, um ihn an Samu Boheme weiterzuleiten. Claire war heilfroh, dass Ray den Autor nicht mehr erwähnt hatte.

„Erde an Claire!", rief Jenny.

Schnell nahm sie den Umschlag und verstaute ihn in der untersten Schublade ihres Nachttischchens.

„Es war ein anstrengender Tag heute, was nicht nur an der Sommerhitze lag. Olivia fragte mich dauernd nach meiner Meinung zu dem Skript, die sie mir zeitgleich aber in den Mund legte. Ich kam nicht einmal zu Wort. Sie ist nach wie vor hin und weg. Ich könnte es langsam Besessenheit nennen."

Wie so oft hatte Claire Jenny in die Erlebnisse ihres Lebens eingeweiht. Im Grunde waren sie Schwestern. Als Kinder hatten sie sogar einen Bluteid auf ihre Freundschaft geschworen.

„Und dieser Autor? Hat er sich nun schon gemeldet auf deine letzte Mail hin?", wollte Jenny wissen.

Claires Magen grummelte, wenn sie daran dachte. „Nein. Ich hoffe, er ist nicht sauer, sondern denkt darüber nach."

Jenny lachte. „Das kann bei Männern bekanntlich schon mal ein wenig länger dauern."

Ihre Worte brachten Claire zum Schmunzeln. Ray wusste immer sofort, was er wollte. Zudem war er durch und durch Geschäftsmann. Erst gestern hatte er wieder einen großen Deal mit amerikanischen Großkunden abgeschlossen, wie er ihr und seinen Eltern überaus ausladend mitgeteilt hatte.

„Also Süße. Ich will noch eine Runde joggen und dann schlafen. Und wir beide treffen uns morgen in der Mittagspause zu einem Kaffee in Jerrys Café-Lounge. In Ordnung? Ist Ray noch unterwegs?"

„Ja, er macht mal wieder Überstunden. Zusammen mit seinem Vater. Du weißt doch, der kann auch nie ganz loslassen. Das mit dem Kaffee geht klar. Schlaf gut." Claire spitzte die Lippen zu einem Abschiedskuss.

„Scheint gegenüber seiner Frau anders zu sein", bemerkte Jenny spitz. Claire verdrehte die Augen. „Ray liebt mich, wie ich bin." Bestimmt war es so. Nein, sicher ist es so.

„Ist schon gut, Süße. Ich wünsch es dir."

„Ich weiß. Kann nicht jeder einen Volltreffer landen wie du mit Val."

„Ah, dann höre ich doch Bedenken?"

„Nein!", erwiderte Claire, wurde aber wieder nachdenklich und beendete das Gespräch mit einem „Gute Nacht!".

Jenny sagte immer offen, was sie dachte. Sie war Claires Fels in der Brandung, der schon so manche heranschwappende Sturmwelle aufgehalten hatte. Sie erdete sie. Claire wollte gerade das Handy weglegen, da rief ihre Mutter an.

„Wie geht es dir und Ray?", fragte sie. „Gut, alles bestens", gab Claire zurück und unterdrückte ein Gähnen. Das Lektorat der ersten Kapitel von Bohemes Werk, bei dem sie bei fast jedem Satz einen Kommentar einfügen musste, dazu Olivias Nachfragerei, hatten sie geschlaucht.

„Schön", gab Eva Winston zurück und fügte „liebe Grüße von Dad" an.

„Danke! Sag ihm auch liebe Grüße."

„Wir sind so stolz auf dich. Ray hat uns schon erzählt, dass du nun Lektorin eines Bestsellers und auf dem besten Weg zur Beförderung bist. Aber nicht nur deswegen sind wir stolz. Das weißt du."

Claire staunte. „Er war bei euch?"

„Ja, Ray hatte vormittags einen Termin in der Nähe. Er brachte auch Kuchen mit. Adam hat sich gleich darauf gestürzt. Du kennst deinen Vater doch. Im Alter wird das mit der Naschsucht bei ihm immer schlimmer. Sein Bäuchlein formt sich langsam zu einer Kugel."

Claire lachte leise. Ray fand es lustig, dass ihre Eltern Adam und Eva hießen. Ihrer Meinung nach hatten sie daher von ihren Eltern gleich den Segen für die Heirat bekommen. Es war Liebe auf den ersten Blick gewesen. Das erzählten sie zu gern. Claire fand es beneidenswert.

„Ich glaube", sagte Eva dann, „Ray ist sogar ein wenig eifersüchtig auf deinen Autor."

„Das ist Unsinn. Ich kenne den Autor nicht mal persönlich."

„Ein bisschen Eifersucht schadet nie. Wenn sie nicht übertrieben ist. Du kennst den Autor also nicht persönlich? Ich lese ja keine Thriller. Aber wenn er nun eine Romance schreibt, wie Ray erzählt hat, dann möchte ich diese schon lesen. Du weißt, ich liebe alle Bücher, bei denen du mitgewirkt hast. Die gute liebe Katherine ist auch schon so gespannt auf das Buch."

Wenn die Eifersucht nicht übertrieben war, wiederholte Claire für sich.

Da konnte sie nicht widersprechen.

„Ray wollte wissen, ob wir mehr wissen. So kam es uns vor."

Claire schluckte trocken.

„Du meinst, er wollte euch mit Kuchen und seinem Charme bestechen?", fragte sie dann.

„Ich sagte nur, es kam uns so vor."

Im Hintergrund hörte sie ihren Vater. „Gib mal her, Eva ... Claire, hör mal, Ray war nett. Er macht sich halt

Gedanken um dich. Nicht mehr und nicht weniger. Alles gut also."

Ihr Vater hielt also zu Ray, hörte sich aber dennoch unsicher an.

„Gedanken darf ich mir als Mutter auch machen, Adam", erwiderte Eva und nahm den Hörer des Telefons wieder an sich.

„Sag Ray nicht, dass wir ihn verpetzt haben, Claire."

„Du hast ihn verpetzt, Eva", erinnerte Adam sie.

„Streitet deswegen bloß nicht. Das ist es nicht wert", erwiderte Claire.

„Keine Sorge. Du kennst uns alte Knochen doch."

„Ihr seid doch nicht alt, Mum."

„Fast siebzig immerhin. Ich hab dich lieb, Süße."

„Ich dich und Dad auch", sagte Claire. Es kränkte sie langsam, dass Ray ihr so wenig vertraute. Sie fragte sich, warum. Er wurde doch nie betrogen, zumindest soweit sie wusste. Vielmehr hatte er damals zwei Freundinnen sitzen lassen, die sich eine Verlobung mit ihm erhofft hatten. Das hatte er ihr nie erzählt, aber Jenny hatte es herausgefunden. Als Claire ihn einmal danach gefragt hatte, hatte er das Thema mit dem Satz „Es hat eben nicht gepasst." abgespeist.

Nachdem Claire aufgelegt hatte, ging sie zur Fensterfront ihres großzügigen Schlafzimmers. Das weiße Flachdach-Haus mit der umlaufenden Veranda, in die ein ovaler Swimmingpool eingelassen war, lag unweit des Brighton Piers. Ray hatte es sich vor fünf Jahren mit einem großzügigen Zuschuss seiner Eltern gekauft. Die Zimmer waren geräumig, modern und hell eingerichtet. Auf Schnickschnack, wie Ray es nannte, wurde verzichtet. Den hatte sich Claire, die genau das früher gerne mochte, abgewöhnt. Nun setzte sie wie er auf schlichte Eleganz. Sie öffnete ihren Dutt und ließ ihr langes blondes Haar über die Schultern fallen. Von draußen ertönte Möwengekreische. Brighton war nicht nur schön, es war auch ein toleranter und freisinniger Ort. Ein Magnet für Prominente, Querdenker und Leute, die voller Lebenslust waren. Kurz überlegte Claire, einen Spaziergang am Strand zu machen, aber es war kalt draußen und es fröstelte sie bereits im Haus. Selbst jetzt im August stiegen die Temperaturen in Brighton meist nicht über 21 Grad. Sie rieb sich die Oberarme und zog sich eine Strickjacke über. Keinesfalls wollte sie nun krank werden.

Sie erinnerte sich an etwas, das Jenny einmal gesagt hatte: „In Brighton kann man Machos sofort an ihrer Kleidung erkennen, weil sie ganzjährig mit T-Shirts am Strand herumlaufen."

Claires Gedanken tauchten weiter in die Vergangenheit ab. Sie war so aufgeregt gewesen, als Ray sie damals, nachdem sie ein paar Monate zusammen waren, gefragt hatte, ob sie aus ihrer kleinen Wohnung ausziehen wollte, die sie während ihres Studiums bewohnt hatte. Seitdem versuchte Claire, sich hier zu Hause zu fühlen, was ihr mit jedem Tag besser gelang. Sogar an die Sterilität, die schnörkellose und daher eher kühle Eleganz gewöhnte sie sich. Ihre Eltern hatten damals nie verstanden, warum sie sich überhaupt eine eigene Wohnung genommen hatte. Sie wollte selbstständiger sein und freier. Was nicht bedeutete, dass Claire ihre Eltern nicht liebte oder sie ihr auf die Nerven gegangen waren, obwohl das sicher manchmal der Fall war.

Jenny erinnerte sie gerne daran. Claire glaubte, dass Ray ihr dieses erlangte Ziel mehr und mehr enteignen wollte. *Gedanken-Stopp!* Sie schüttelte den Kopf und ging zu ihrem und Rays Bett zurück. Als sie sich hingelegt und die silbergraue Satindecke bis zum Kinn gezogen hatte, vermeldete ihr Handy eine Kurznachricht von Ray:

Wird sicher nach Mitternacht. Aber die Vorarbeiten lohnen sich. Dad ist auch noch da. Kennst ihn ja. Kuss, Ray. Schlaf gut. Du bist doch schon im Bett?

Sie antwortete ihm sogleich:

Ja. Denke an dich und liege dabei in unseren Federn. Nur du fehlst. Mach nicht mehr so lange. Hdl

Claire hätte Ray viel lieber neben sich gehabt, wollte aber keine Zicken machen. Partnerschaft bedeutete für sie, dem anderen seine Freiheiten zu lassen. Das musste Ray umgekehrt noch lernen. Sie wollte zuversichtlich bleiben. Jenny glaubte nicht daran, dass er dies je schaffen würde. Gut, Ray war speziell in Sachen Kontrolle. Er versäumte es nie, jeden Tag öfters nachzufragen, wo sie war und was sie machte. Selbst dann nicht, wenn er es genau wusste. Claire seufzte und schloss die Augen. In dieser Nacht träumte sie von Mr. Boheme. Er tauchte als dunkle Silhouette auf, die durch einen menschenleeren Park huschte. Claire fröstelte, als sie ihm durch aufziehende Nebelschwaden folgte. Fieberhaft versuchte sie ihn zu erreichen und ihm die weiße Maske, die er trug, vom Gesicht zu reißen.

„Ich mag keine frigiden Frauen", rief er ihr zu.

„Ich bin nicht frigide. Was bildest du dir ein, du Freak."

Er lachte dunkel. „Freak? Weißt du, mit wem du redest?! Ich bin ein bedeutender Schriftsteller."

Claire riss den Mund auf. *Was für ein eingebildeter Zeilenmacho*, durchfuhr es sie. *Sie* bemerkte, dass sie nicht von der Stelle kam. Ihre Füße sanken in den Asphalt des Parkweges ein und blieben stecken. „Das kann schneller vorbei sein, als du denkst. Nämlich dann, wenn man seine Fans enttäuscht, gar vor den Kopf stößt. Du weißt, was ich meine, Samu!", rief sie Boheme nach. Unbeirrt setzte er seinen Weg fort. Die Nebelschwaden folgten ihm. Claire sah ihm nach. Im Schein des Vollmondes sah Mr. Boheme sportlich aus und besaß breite Schultern, zudem war er groß.

„Du wirst dir an mir die Zähne ausbeißen, du kleine Lektorin, deren Namen keiner kennt!", brüllte er und sein Atem entstieg in die Nacht.

Claire rang nach Luft und begann mit den Armen zu rudern. Da blieb Boheme stehen, wandte sich nach ihr um und begann zu lachen. So laut, dass es ihr in den Ohren schmerzte.

Doch so sehr sie sich auch anstrengte, ihm ihre Meinung entgegen zu spucken, es gelang ihr nicht. Stattdessen drangen Seifenblasen aus ihrem Mund, die eine nach der anderen vor ihren Augen zerplatzten.

Turbulente Neuigkeiten

Am nächsten Tag küsste Ray sie zärtlich zum Abschied. Sie lächelte ihm zu. Von dem Telefonat mit ihren Eltern hatte sie ihm nichts erzählt und war gewillt es zu vergessen. Schließlich war er am Morgen, als sie sich beim Frühstück sahen, überaus nett und zärtlich zu ihr gewesen. Danach hatte er sie zur Arbeit gefahren, da ihr Wagen, ein schneeweißer Beetle, noch bis zum Abend beim Kundendienst ausharren musste. Ray hatte ihr den Wagen letztes Jahr zum Geburtstag geschenkt. Er ließ sie praktischerweise vor dem Eingang zum Verlag aussteigen.

„Ach, Claire", pfiff er sie zurück, als sie die Beifahrertür schließen wollte. Sie beugte sich hinunter und sah ihn an. „Ja?"

„Sag Jenny nachher liebe Grüße, vor allem weil sie mich nicht leiden kann. Geht mir andersrum ebenso."

Claire fand das kindisch. „Was sich hoffentlich einmal ändern wird."

„Glaube ich kaum", gab Ray zurück. Claire hatte ihm beim Frühstück erzählt, dass sie sich mittags mit ihrer Freundin treffen würde. Ray und Jenny waren wie Feuer und Wasser, was sie sich nie offen sagten. Das war aber gar nicht nötig. Man merkte es auch so. Claire warf einen Blick auf ihr Handy. Die Zeit drängte. Doch Ray war noch nicht fertig.

„Noch was! Hast du dafür gesorgt, dass dieser Boheme die Einladung für die Gala bekommt?"

„Ja, hab ich. Wir werden dann ja sehen, ob er kommt." Die kleine Notlüge musste sein. Claire warf ihm einen Luftkuss zu. „Du, ich muss jetzt."

„Ja, geh schon. Wir wollen ja die Beförderung nicht gefährden. Bis später, Liebes. Das rote Kleid steht dir übrigens hervorragend."

Auch wenn Claire der Kragen des Kleides störte, der ihr ein wenig die Luft abschnürte, und der Stoff für den Sommer zu kräftig war, freute sie sich über das Kompliment.

„Danke, Schatz! Bis dann."

Er nickte und deutete einen Kuss an, den sie erwiderte. Dann trat sie zurück und schloss die Tür. Sogleich brauste Ray mit seinem schwarzen Audi SUV davon.

Zum Glück war Olivia den ganzen Tag unterwegs. Das wusste Claire von Andrea. Diese schien genauso erleichtert darüber zu sein wie sie. Claire steuerte auf ihr Büro zu. Ob Boheme schon geantwortet hatte? Die Kollegen und Kolleginnen, die ihr begegneten, grüßten nett, was sie ebenso erwiderte. Mit keinem hatte sie engeren Kontakt. Nur Kathleen, die bei den letzten Romanen Bohemes Lektorin war, kannte sie näher. Kathleen war ehrgeizig und wissbegierig. Claire beschloss, sie nach Feierabend zu besuchen und ihre Meinung einzuholen.

Im Büro checkte Claire zuerst ihre Mails. Die erwartete Antwort von Mr. Boheme stand noch aus. Sie fragte sich, ob er vielleicht sauer war. Nachdem sie alle Mails abgearbeitet hatte, zückte sie ihren kleinen Taschenspiegel und tupfte sich die Schweißperlen von der Stirn. Die Ehrfurcht vor der Weiterarbeit an dem sogenannten neuen Werk Bohemes hatte sie gepackt. Bevor sie in seine Zeilen abtauchte, forschte sie im Internet nach Interviews und Fotos über den berühmten Autor. Das hatte sie vor rund einem Jahr, als Bohemes letzter Thriller herausgekommen war und im Verlag in aller Munde war, schon einmal getan. Aber außer den zwei ihr bereits bekannten Interviews, zu denen sich der Autor überreden ließ, und die er, wie es darin hieß, rein telefonisch beantwortet hatte, fand sie nichts Neues.

Warum, so lautete darin eine der Fragen des Interviewers Carl Leavensteens, wollen Sie Ihre Identität für sich behalten? Boheme antwortete äußerst sachlich. Das Interview war etwas über zwei Jahre her.

Boheme: Ich möchte es einfach. Ich will keinen Trubel, nur meine Ruhe. Mehr denn je.
Leavensteen: Haben Sie Frau und Kinder?
Boheme: Vielleicht. Reden wir lieber über meine Geschichten. Sie sind wichtiger.
Leavensteen: In Ordnung. Verstehen Sie bitte aber auch Ihre Leserinnen und Leser, die natürlich darauf brennen, mehr über Sie zu erfahren. Vor allem, wer Sie wirklich sind.
Boheme: Ich schätze jeden meiner Leser und Leserinnen. Aber diesen Wunsch kann ich ihnen nicht erfüllen.

Leavensteen: Sehr, sehr schade. Wollten Sie schon immer Autor werden und Thriller schreiben?
Boheme: Ich liebe Abenteuer und Geheimnisse. Daher wohl auch die Liebe zu Thrillern und Krimis. Als Junge habe ich vieles aus diesen Genres verschlungen.
Leavensteen: Könnten Sie sich vorstellen, auch einmal in einem anderen Genre zu schreiben?
Boheme: Vielleicht irgendwann. Kann es mir aber aktuell nicht vorstellen.

Das zweite Interview war nicht viel anders. Fotos gab es keine, nicht einmal eine Zeichnung. In einem späteren Bericht hieß es, dass zwei glühende Verehrer Bohemes versuchten, ihn ausfindig zu machen, waren jedoch gescheitert. Selbst sein Agent Bob Deen erwies sich als eine harte Nuss. Er schwieg beharrlich. Allerdings gab er sich gern der Öffentlichkeit preis und hatte nach seinem Schützling mehrere namhafte Autoren unter Vertrag genommen. Boheme war mit Abstand sein berühmtester. Bob wohnte außerhalb Londons auf dem Land, war aber oft in der Welt unterwegs. Ursprünglich kam er aus Amerika.

„Ich habe einen Riecher für gute Geschichten und Talente", sagte er in einem Interview. Er war ein smarter Mann um die sechzig mit ergrautem lichtem Haar, einer kleinen spitzen Nase und einem ovalen Gesicht mit stechenden braungrünen Augen. Sein Kleidungsstil war eher leger. Am liebsten trug er einen schon leicht ausgebeulten Cowboyhut.

Claire gab auf, klickte sich aus dem Netz und atmete tief durch. Ein weiteres Mal checkte sie ihre Mails. Ihr Herz machte einen Satz. Es war so weit. Eine Nachricht

von Boheme lagerte in ihrem Postfach. Neue Schweißperlen bildeten sich auf ihrer Stirn und heiß-kalte Wellen durchfluteten ihr Inneres, als sie die Mail öffnete
und las:

Sehr geehrte, sogenannte Lektorin, Claire Winston,
Mrs. Barnes hat mir versichert, dass sie genau die Rich-
tige für meinen Roman wären. Ich fände es besser,
wenn Kathleen Coral ebenfalls ein Auge auf mein
Skript werfen würde, doch sehe ich ein, dass das durch
ihren Unfall nicht möglich ist. Sie scheinen keine Ah-
nung von der sogenannten Romantik dieser Zeit zu ha-
ben. Ihre ersten Änderungsvorschläge am Rande des
Textes entsprechen vielmehr einer Schnulze, die in den
Grimms Märchen existieren könnte. Die Wahrheit tut
oft weh. Außerdem – lesen Sie meinen Text richtig und
überfliegen Sie ihn nicht nur. Kein Wunder, dass Sie
ihn dann nicht begreifen. Sie erwarten Professionali-
tät. Ich ebenfalls, Frau Lektorin. Am besten wäre es, Sie
übernehmen nur die Korrektur und lassen das Lekto-
rat. Ich habe das Skript mehrfach überarbeitet und oft
durchdacht. Es ist stimmig. Das ist keine Überheblich-
keit von mir, sondern eine Tatsache!

Guten Tag,
S. Boheme

Claire fasste nicht, was dieser Typ sich rausnahm. Sie
schnappte mehrfach nach Luft und musste die Zeilen
ein paarmal lesen, zwischen denen sich vor ihren Augen in immer fetteren Buchstaben die Worte „dreist"

und „unverschämt" bildeten. Dazu kam, dass dieser Autor mehr als überheblich war.

Wütend schloss sie das Mail-Programm und holte sich erst einmal einen Kaffee. Was bildete sich dieser Kerl bloß ein? Keinesfalls sollte sie gleich und mit einem Vulkan im Bauch auf diese Zeilen antworten. Zurück im Büro nahm sie erst einmal einen großen Schluck von ihrem Kaffee.

„Ruhig bleiben, Claire!", sagte sie sich immer wieder vor und atmete tief ein und wieder aus. In einem hatte Boheme recht. Sie hätte nicht auf die Folgeseiten eingehen und schon gar nicht verraten sollen, dass sie diese überflogen hatte. Natürlich konnte er das als Aufhänger benutzen. Fest stand, er war kein netter Mensch. Denn ein solcher, der dazu kritikfähig war, hätte mit Sicherheit anders reagiert. Sie holte ihren Taschenspiegel hervor und besah sich ihr Gesicht. Die Schweißperlen hatten an manchen Stellen rote Flecken hinterlassen.

Als sie sich ein wenig beruhigt hatte, zwang sie sich, am Skript weiterzuarbeiten. Doch wie befürchtet blieb alles beim Bisherigen.

Mr. Boheme ließ seinen Protagonisten durch die Betten sämtlicher Frauen springen. Die meisten der auserwählten Frauen waren verheiratet oder fest liiert. Vor allem die Szenen, in denen der Protagonist Bohemes mit einem der Ehemänner zusammenarbeitete, machte Claire sprachlos. Der Gatte war der Meinung, seine Frau wäre eine geldgierige Schlampe, die es nicht anders verdiente. Etwas, das Boheme seinen Protagonisten schamlos ausnutzen ließ. Das reichte ihr. Schlampe hin oder her, das war äußerst frauenfeindlich, fand

Claire. Sie schloss den Laptop, öffnete ihn aber sofort wieder. Ihr Blut jagte in Höchstgeschwindigkeit durch die Adern. Claire musste ihre Meinung loswerden, bevor sie explodierte. Romance war das auf keinen Fall. Dennoch versuchte sie in ihrem zweiten Schreiben an Mister überheblicher Macho wieder nett zu bleiben. Ihre Finger zitterten, während sie auf die Tastatur einhämmerte. Dabei sagte sie sich mehrfach, dass sie sich in der Wortwahl zurückhalten musste.

Sehr geehrter Mr. Boheme!

Vielen Dank für Ihre letzte Mail. Es tut mir leid, dass wir uns nach wie vor missverstehen. Denn genau das leite ich aus Ihrer Mail ab. Ich will Ihr schriftstellerisches Talent nicht schmälern. Das liegt mir fern. Es geht mir rein um die Geschichte. Eine Romance kann durchaus Sexszenen enthalten. Aber das sind meiner Meinung nach eindeutig zu viele. Ich habe inzwischen weitere Kapitel, wie schon die ersten beiden Kapitel, GENAU gelesen. Ich will Sie nur darauf hinweisen, dass Ihr Protagonist mit seiner Art sicher auf großes Unverständnis stoßen wird. Oder glauben Sie, die Frauenwelt möchte so einen Mann? Ich meine, ein Mann kann durchaus mal ein bisschen Macho und Bad Boy sein, jedoch nicht derart übertrieben. Sie schießen weit über das Ziel hinaus. Da ist weniger mehr. Oder Sie erklären mehr, warum er so ist. Natürlich, es ist Ihr Buch. Aber glauben Sie mir bitte. Wir sitzen in einem Boot. Ich bin die Lektorin und mit Herz bei der Sache. Es könnte mir egal sein. Doch das ist es nicht. Lassen Sie uns als Team arbeiten und einen Kompromiss finden.

Guten Tag,
Ms. Claire Winston

Sie klopfte sich auf die Schulter. Ihr war es gelungen, ihre Wut und Enttäuschung hinter den Zeilen zu halten. Doch Mr. Boheme erinnerte sie unwillkürlich an ihre zukünftige Schwiegermutter, die auch immer recht behalten musste. Besonders wenn Claire etwas beitrug. Und es war tatsächlich so. Sie liebte es, Geschichten von Anfang an zu begleiten, ihnen und ihrem Autor bei den letzten Schritten vor der Geburt zu helfen. Bisher hatte das immer ohne große Probleme geklappt. Sicherlich hatte es auch hin und wieder eine Meinungsverschiedenheit gegeben, aber man hatte am Ende immer einen gemeinsamen Nenner gefunden. Das musste mit Boheme doch ebenfalls möglich sein.

Im Zwielicht

Um zwölf Uhr traf Claire sich mit hämmernden Schläfen wie verabredet mit Jenny in der Café-Lounge. Das Café besaß eine Vielzahl kleiner runder Tische. Auf jedem stand eine Vase mit einer weißen Rose. Claire liebte solche kleinen Details. Nur Menschen, die mit Herz bei der Sache waren, legten auf solche wert. So handhabte sie es auch mit dem Lektorieren. Jedes Buch war ein Stück weit auch ein Teil von ihr.

Jenny konnte nur den Kopf über Boheme schütteln, als Claire ihr im Vertrauen von seinen Zeilen erzählte. Andererseits machte er sie offensichtlich neugierig.

„Gut, dass Val ein romantischer Typ ist. Beim Sex kann er aber schon mal wild werden, was ich liebe. Zwei Seiten der Medaille sind immer besser als eine", sagte sie.

„Ja, so sehe ich das auch. Aber es kommt auf die Art der Seiten an. Wenn ich allein an seinen Protagonisten denke – der ist eindeutig sexistisch und machomäßig ausgerichtet. Die Frau sieht er als reines Objekt. Er findet, sie hat keine andere Sichtweise verdient. Warum?"

Claire tippte sich nachdenklich mit einem Finger an die Lippen.

„Schwer zu sagen", erwiderte Jenny.

„Ach, lass uns lieber über etwas anderes reden."

„Wie du meinst."

Claire rührte in ihrer Latte, während Jenny sich für einen schwarzen Kaffee mit einem kleinen Schuss Milch ohne Zucker entschieden hatte. Süßliche Düfte von Muffins, Kuchen und Torten und Kaffee zogen von der Theke aus durch das Café. Kurzerhand bestellte Claire sich einen Schokoladenmuffin, der halb mit weißer, halb mit brauner Schokolade überzogen war.

Jenny grinste, sagte aber nichts. Claire schüttelte das schlechte Gewissen ab.

Jenny grinste weiter.

„Du bist doch nur neidisch. Selbst schuld, wenn du immer verzichtest", stellte Claire fest und schob sich ein großes Stück Muffin in den Mund, das ihr auf der Zunge zerging.

„Dafür bleibe ich schlank", entgegnete Jenny.

Claire riss den Mund auf. „Willst du sagen, ich bin dick?"

„Quatsch! Genieße das Leben und lass dich nicht ärgern", gab Jenny zurück und zwinkerte ihr zu.

Claire seufzte. „Wenn das nur immer so leicht wäre."

Boheme schrieb auch am Nachmittag kein Wort. Dafür meldete sich Olivia Barns kurz vor Feierabend telefonisch. Sie wollte sich nach dem neusten Stand in Sachen Boheme erkundigen.

„Es geht voran", war alles, was Claire rasch erwiderte.

„Ein bisschen mehr Euphorie und ... na, Sie wissen schon, Leidenschaft in der Stimme hätte ich nun schon erwartet."

Claire fragte sich, ob sie etwa wollte, dass sie vor Erregung stöhnte?

„Es ist doch wirklich alles in Ordnung, Claire?", fragte Olivia und erinnerte sie daran, wer Samu Boheme war. *Als wäre das nötig.*

„Machen Sie sich da mal keine Sorgen. Er hat sich unvergesslich bei mir eingebrannt", versprach Claire.

„Gut, sehr gut", säuselte ihre Chefin und Claire war heilfroh, als sie das Gespräch hinter sich hatte.

Fünf Minuten später rief Ray an. Wie nebenbei erzählte er, dass die Geschäfte erfolgreich liefen, und dass er sie vermisste.

„Und, nun sag schon, Claire. Bin ich gut oder bin ich gut? Zwei neue große Aufträge binnen kürzester Zeit an Land gezogen. Das ist doch spitze." Er lachte.

„Allerdings. Glückwunsch", erwiderte Claire.

„Du hörst dich gar nicht überrascht an, Schatz. Das kann ich verstehen. Mum und Dad haben auch nichts anderes von mir erwartet."

Ray hatte eben ein gesundes Selbstbewusstsein, während sie mit dem schlechten Gewissen kämpfte. Sie wünschte ihm Erfolg, dennoch wollte sich keine Freude darüber einstellen. Sie war sicher, dass es daran lag, dass sie überarbeitet war.

„Was ist dein Plan für heute Abend?", wollte Ray wissen.

„Die Werkstatt hat angerufen. Mein Kleiner ist fertig. Diagnose: Außer dem hinteren rechten Bremslicht musste nichts gemacht werden. Er ist also kerngesund. Ich werde gleich mit dem Taxi zur Werkstatt fahren und danach meiner Kollegin Kathleen einen Krankenbesuch abstatten", erzählte Claire.

„Und danach?", fragte er.

Claire zuckte mit den Schultern und schaute ein weiteres Mal nach ihren Mails. Mr. Boheme schwieg beharrlich.

Claire schüttelte den Kopf.

„Danach fahre ich gleich nach Hause", beschloss Claire.

„Okay, gut."

„Hoffentlich bist du dann schon da. Oder machst du wieder länger?", wollte sie wissen. Sie brauchte dringend eine Kuscheleinheit.

„Nein, ich bin da. Also lass dir nicht zu lange Zeit, Claire."

Sie lächelte. „Freu mich auf dich."

„Ich mich auch auf dich." Seine Stimme wurde am Ende lasziv, was ihren Bauch angenehm prickeln ließ. Ray vermisste sie und sie ihn. Sie wischte die Zweifel weg und rief nach einem Taxi.

Kathleen wohnte mit ihrem Mann Charles am nördlichen Rand von Brighton in einer Loft-Wohnung, die wie Rays Haus modern und hell eingerichtet war. Nur dass sie mehr Pflanzen besaßen. Der grüne Touch gefiel Claire.

„Die Pflanzen bringen die Räume zum Leben, geben ihnen neben den Menschen, die darin wohnen, Atem", sinnierte sie laut und überreichte ihrer Kollegin eine Schachtel Nougatpralinen. Kathleen bedankte sich eher monoton. Sie war eine schlanke Brünette und wie Claire 28. Claire gefiel an ihr vor allem, dass sie den Mund nicht dauernd geöffnet haben musste, um etwas zu sagen.

„Sehr poetisch gesagt. So hab ich das noch nie gesehen. Ist halt Grünzeug. Vielleicht solltest du selbst schreiben. Eine Geschichte meine ich, einen Roman", gab Kathleen zurück.

Claire lächelte. „Mit dem Gedanken hab ich tatsächlich schon gespielt. Nun zu dir. Wie geht es dir denn? Das hab ich vorhin schon mal gefragt, aber du ..."

Kathleen, die auf der Couch lag, eine Decke über die Beine gestülpt und mit Augenbinde, verzog einen Mundwinkel.

„Es wird besser. Leider nur sehr langsam. Kleine Schritte haben die Ärzte gesagt. Ich muss bald noch mal ins Krankenhaus. Dieses Mal jedoch nur zur Untersuchung. Danach geht die Reha los. Du packst das doch, oder? Boheme lässt doch immer gut mit sich reden."

Claire stockte. „Ach wirklich?", stieß sie dann aus. Sie fragte sich, was Kathleens Zaubermittel war.

„Du klingst so überrascht. Gibt es etwa Probleme zwischen ihm und dir?", fragte ihre Kollegin sofort.

„Du hattest wirklich nie welche mit ihm?"

„Nein?! Ich hoffe doch, er ist keine Nummer zu groß für dich, Claire."

Ihre Antwort zeigte Claire, dass sie ihr die Arbeit mit Boheme nicht zutraute. Der Stachel saß.

„Nein, gar nicht. Alles prima", log Claire.

„Gut", erwiderte Kathleen, klang dennoch wenig überzeugt.

Dann rief sie nach Charles, der binnen Sekunden bei ihnen war. Er hatte Claire vorhin die Tür aufgemacht und sie nett begrüßt.

„Ja, Schatz?", fragte er.

„Frag unseren Gast doch mal, ob sie was trinken möchte."

Sie verneinte dankend und Charles verschwand wieder.

„Ich bin zwar im Moment blind, aber irgendwas scheint dich zu bedrücken, Claire", sagte Kathleen.

Claire räusperte sich. „Okay. Wusstest du, dass sein neuer Roman eine Romance sein soll?"

„Sein soll? Ist sie das nicht? Ja, ich weiß das schon. Olivia hat es gesagt. Ich war schon so gespannt darauf. Wenn er so leidenschaftlich und romantisch schreibt wie seine Thriller spannend und geheimnisvoll, dann muss es ein Megaseller werden. Seine Fans werden überrascht sein und er wird neue dazugewinnen. Ganz sicher. Ich stell ihn mir ja äußerst attraktiv vor. Alles, was sein Agent bezüglich seinem Schützling mal ausspuckte, war nur, dass er um die dreißig ist."

„Ach?!"

Kathleen nickte. „Du hast ihn dir älter vorgestellt?"

„Ja", musste Claire zugeben. „Ich weiß nicht, warum."

„Nun, er scheint viele Erfahrungen gemacht zu haben im Leben, wenn man die Thriller liest. Das kann nicht alles recherchiert sein. Ich meine jetzt die zwischenmenschlichen Beziehungen, wenn du verstehst?"

Das tat sie und Kathleen hatte recht. Doch es enttäuschte sie zunehmend, einen Stachel in ihren Worten zu spüren.

„Erzähl mir von seinem Roman. Olivia hat mir Blumen und eine Karte geschickt und den Roman dort kurz erwähnt. Sie ist hin und weg. Ich meine, das war sie bis jetzt bei jedem seiner Romane. Aber dieses Mal schäumt sie fast über vor Begeisterung."

Claires Kehle wurde trocken und sie bereute, nicht doch etwas bei Charles bestellt zu haben.

„Ja, ich weiß", erwiderte sie auf die Bemerkung ihrer Kollegin hin.

„Also, erzähl schon!", forderte diese. Charles brachte ihr einen Beutel mit Eis für die Augen, den sie behutsam auf die Augenbinde legte.

„Es ist so", begann Claire, nachdem Charles wieder weg war. „Ich finde nur, er übertreibt das ein oder andere Mal."

„Aha. Ein bisschen konkreter bitte!", forderte Kathleen.

Als Claire auf einem der weichen Ledersessel Platz genommen hatte, erzählte sie: „Er schreibt sehr leidenschaftlich. Viele Sexszenen. Zu viele meiner Meinung nach. Das Buch gehört damit eindeutig einem anderen Genre an. Und das bedienen wir nicht."

Kathleen blieb locker und zuckte mit den Schultern. „Na und? Wenn es Olivia gefällt. So ein Mist aber auch, dass ich nichts sehen kann. Ich bin schon gespannt es zu lesen. Oder du liest mir vor. Jetzt bin ich noch neugieriger als zuvor."

Claire hatte für Kathleen tatsächlich eine kleine Leseprobe dabei.

„Sehr schön. Dann mal los. Aber bitte nicht stöhnen", erwiderte ihre Kollegin und lachte. Das fand Claire nicht witzig. Sie kramte die Seite, die sie ausgedruckt hatte, aus ihrer Tasche.

„Los geht's!", drängte Kathleen, wobei ihr fast der Beutel mit dem Eis vom Gesicht gerutscht wäre.

Wir ritten dem Horizont entgegen. Sie über mir. Ich bohrte mein bestes Stück in sie wie ein glühendes

Eisen, das sie in meinen Armen regelrecht dahinschmelzen ließ. Ihre Augen funkelten kalt wie Diamanten. Was für ein Luder. Mit wie vielen Männern hatte sie es wohl in den letzten Monaten schon getrieben, wie vielen dabei mit ihrem lasziven Lächeln Geld aus der Tasche gezogen, ihre Gutmütigkeit ausgenutzt? Aber nun war ich an der Reihe. Von mir würde sie nur wilde, gute Leidenschaft bekommen. Sie stillte meinen Hunger, bevor ich sie verhungern lassen würde. Ihr Stöhnen waberte durch den Raum. Sie wollte mehr. Mir konnte egal sein, was sie wollte. In erster Linie ging es um mich. Ich stieß zu, immer heftiger …

Claire stoppte, als Charles einen Blick ins Zimmer warf und die Brauen hob. Augenblicklich errötete Claire, lächelte aber.

„Eine Gutenachtgeschichte?", fragte er.

„Das neueste Werk meines Schützlings Boheme, den Claire nun ausnahmsweise übernimmt, weil ich verdammt noch mal nicht kann!", stieß Kathleen aus und seufzte.

„Schreibt er nun auch Pornos?", fragte Charles, der sich eine weiße Kochschürze umgebunden hatte. Ein Mann, der kochte. *Dazu würde ich Ray niemals bewegen können*, dachte Claire. Er war toll und schien vor allem ihre Meinung zu teilen.

„Siehst du. Charles sagt es auch", erwiderte Claire in Richtung Kathleen.

Der verschwand wieder, als ein Klingeln aus der Küche drang.

Kathleen zog ihre Unterlippe durch die Zähne. „Ich finde es interessant, aufregend. Ein Bad Boy halt. Die gibt es doch heutzutage in vielen Romanen."

„Ja schon, aber so geht das ständig. Und er behandelt Frauen wie … Dreck. Der Schuss geht gehörig nach hinten los, wenn du mich fragst. Ich kann mich da nicht einfühlen. Er lässt keinen Innenblick zu, was seinen Protagonisten angeht. Das ist doch ein No-Go. Ich meine klar, es ist sein Buch, nicht meins. Ich finde eben, wenn er seinen Protagonisten tiefgehender beschreiben und diese Sexszenen zurückschrauben würde, wäre es viel besser. Viel, viel besser."

Kathleen schwieg ein paar Sekunden, dann sagte sie: „Für einen wie Boheme gibt es keine No-Gos mehr, Claire. Wenn du es so siehst, dann rede mit Olivia und gib das Projekt ab. Du scheinst offensichtlich ein Problem mit dem Mann und seiner Arbeit zu haben. Dann bist du nicht die Richtige für den Job. Ein elementarer Rat. Du solltest objektiver an die Sache rangehen. Leider will die Barns nicht warten, bis ich wieder fit bin. Klar, je eher das Buch rausgeht, desto schneller kommen neue Einnahmen rein. Da wollen wir uns mal nichts vormachen. Sobald ich wieder sehen kann, könnte ich das Skript auch von zu Hause aus bearbeiten."

Ihre Aussage ließ Claire ahnen, dass sie in eine Sackgasse lief. Kathleen verstand sie nicht oder vielmehr wollte sie sie nicht verstehen. Vielleicht war sie sogar eifersüchtig. Wie auch immer. Claire dachte an ihre Beförderung und beschloss das Skript keinesfalls abzugeben.

Sie erhob sich. „Es wird Zeit für mich, Kathleen. Dir gute Besserung."

Diese seufzte. „Hoffentlich schnell! Soll ich mit Olivia reden?"

„Nein."

„Es wäre kein Problem", säuselte Kathleen.

Claire kaufte ihr das Lächeln nicht ab. „Vielen Dank! Aber ich ziehe es durch. Ich krieg das hin."

Kathleen runzelte die Stirn. „Auf einmal?"

„Ich bin überzeugt. Am Ende wird es klasse sein. Also bitte kein Wort zu Olivia. Ich werde das Beste aus dem Roman rausholen."

Claire atmete durch und wagte es sich hinzusetzen. „Wie bei allen vorherigen Romanen auch."

„Ich bin gespannt", entgegnete ihre Kollegin wenig überzeugt und wünschte ihr einen guten Abend.

Ray erwartete Claire mit einem Glas Rotwein. Nachdem er sie mit einem kleinen Küsschen begrüßt und ihr ein Glas gereicht hatte, entführte er sie auf die Veranda. Grillen zirpten in die Nacht und am Firmament zeigten sich die Sterne funkelnd und blinkend, als würden sie ihnen zuzwinkern. Alles, was Claire heute noch erwartete, war ein gemütliches Zusammensein mit Ray. Sie lehnte ihren Kopf an seine Schulter und stieß mit ihm an. Dann nahm sie einen großen Schluck Wein, der sogleich ihren Magen wärmte. Am liebsten hätte sie diesen Moment eingefroren.

„Wie geht es Kathleen?", fragte Ray.

„Etwas besser", gab Claire zurück und versuchte Samu Boheme und alles, was damit zu tun hatte, zu vergessen. Wenigstens für ein paar Stunden.

„Hat dieser Boheme schon auf die Einladung reagiert?", wollte Ray dann wissen. Claire verdrehte die Augen. Er konnte es nicht sehen.

„Nein, Ray. Aber bitte, lass uns von etwas anderem reden. Okay?"

Sie kuschelte sich so nahe es nur ging an ihn. Doch er versteifte sich. „Wieso? Er interessiert mich. Dich doch auch."

Claire wich zurück und nahm noch einen Schluck Wein zu sich. Ray sah sie erwartungsvoll an. Da lag wieder dieses gewisse Funkeln in seinem Blick.

„Weißt du wirklich nicht mehr von ihm? Ihr telefoniert doch sicher mal", sagte er. Claire hatte dieses alte Thema satt.

„Nein, tun wir nicht. Er bevorzugt Mail-Kontakt. Rein geschäftlich. Das ist alles."

Sie gingen nach drinnen. Ray nippte von seinem Rotwein und goss sich nach. „Auch noch was?", fragte er spitz.

„Ich hab noch, danke. Ich weiß nur, dass er dreißig sein soll. Von Kathleen."

„Also so alt wie ich", überlegte Ray. „Mir egal, wie alt dieser Macho ist", rutschte es Claire heraus.

Sie trank ihr Glas auf ex leer und schenkte sich selbst ein. Dass der Alkohol ihr Gehirn ein wenig vernebelte, kam ihr ganz recht.

„Macho? Manche Frauen stehen darauf", erwiderte Ray.

Claire stellte fest, dass der Alkohol ihre Zunge lockerte. Sie musste aufpassen.

„Ich gehöre nicht dazu. Das müsstest du inzwischen wissen, Ray."

Er zuckte mit den Schultern. *Wie bitte? Was ist denn in Ray gefahren?!*

„Vorhin ist mir eingefallen, dass du früher mal erwähnt hast, Kathleen wäre hauptsächlich immer für die Bestsellerautoren zuständig gewesen? Wenn du mir von ihr erzählt hast, dann auch das. Und dass du dir auch einmal einen Bestsellerautor wünschen würdest, den du lektorieren dürftest. Bist du etwa nur ihre Vertretung?", setzte Ray das Verhör fort.

„Nein!", stieß Claire aus und nahm einen erneuten Schluck. „Olivia traut es mir eben zu, weil sie mit meiner vorherigen Arbeit sehr zufrieden ist. Ich bin kein Lückenbüßer, Ray."

Die Worte auszusprechen fiel ihr schwer, denn es war noch eine Lüge. Aber diese, so beruhigte sie wieder ihr Gewissen, *war ebenso aus einer Notlage heraus geboren.*

„Okay. Schön, wenn es so ist."

Claire sah Ray mit großen Augen an. „Ist es."

Er lächelte und nahm ihr das Weinglas ab. Stirnrunzelnd sah sie ihn an.

„Du bist süß, mein kleiner Diamant, der immer mehr funkelt. Und der mir gehört, mir allein."

Er sprach es aus wie eine Drohung. Bevor sie weiter darüber nachdenken konnte, benetzte er ihren Hals mit Küssen. Es lag nicht nur am Wein, dass ihre Knie weich wurden. Wie immer, wenn Ray sie berührte. Besonders auf diese Art. Sie sollte es nicht zulassen. Nicht, nachdem er gesagt hatte, was er gesagt hatte. Dennoch wollte sie diese Berührungen nicht missen. Sie fesselten sie an ihn. Er öffnete den Reißverschluss ihres Kleides und streifte es ihr über die Schultern. Claire biss sich auf die Unterlippe und zog sie zwischen den Zähnen hindurch, um nicht laut aufzustöhnen.

„Du brauchst nicht eifersüchtig zu sein", flüsterte sie ihm dann zu.

Ray lachte leise. „Eifersüchtig? Das bin ich nicht. Ich weiß, du würdest mich nie betrügen."

Er ließ sie kurz los und sah ihr direkt in die Augen. Claire blinzelte überrascht.

„Warum überwachst du mich dann so oft?"

Er schürzte kurz die Lippen. „Ich will nur wissen, was du tust. Du bist meine zukünftige Frau. Da interessiert mich eben alles, was du machst. Ist das nicht schön? Es zeigt, wie wichtig du mir bist."

„Es kommt mir manchmal eben so vor, dass du Angst hast, ich würde mit einem anderen Mann ...''

Er sah sie ernst an. „Mach dich nicht lächerlich, Claire. Du wirst zwar immer attraktiver, seit du mich kennst, und auch erfolgreicher, aber unterstell mir nicht, dass ich dir nicht vertraue. Das tue ich voll und ganz. Ich hab nur oft das Gefühl dich beschützen und in die richtige Richtung lenken zu müssen. Es gibt zudem viele Kranke da draußen. Ich wiederhole, das hat nichts mit Eifersucht zu tun. Ich will nur das Beste für dich, und dass es dir gut geht. Das ist alles. Bist du mir nicht dankbar dafür? Außerdem will ich dich vor falschen Wegen bewahren. Du kannst mich im Gegenzug auch gerne überwachen."

„Vor falschen Wegen?"

Er lächelte wieder und sein Blick wurde weicher. Claire wusste nicht so recht, was sie von all dem halten sollte. Doch bevor sie eine Erwiderung geben konnte, küsste er sie so leidenschaftlich, dass die Worte mit den Wellen der Erregung, die sie überschwemmte, davongetragen wurden. Ray konnte das wunderbar. Jenny nannte es Manipulation. Trotzdem wollte Claire nicht, dass er aufhörte und die Leidenschaft genießen. Sie wollte so sehr, dass Ray sie liebte und er ihr Traumprinz war. Es musste so sein. Und sie liebte ihn. Im Grunde, sagte sie sich, war alles in Ordnung. Den Teil, der daran zweifelte, wollte sie zum Schweigen bringen, indem sie ihn ignorierte.

Ray und Claire lagen vom Schweiß benetzt nebeneinander. Claire war ganz außer Atem.

„Deine Kondition wird auch immer besser", sagte Ray und schmiegte sich an ihren feuchten Körper.

Sie lachte, weil es sich so seltsam und komisch anhörte, was er eben gesagt hatte.

„War es schön für dich?", fragte sie dann.

„Sehr schön", gab er zurück und küsste sie auf die Nasenspitze. Es enttäuschte sie, dass er umgekehrt nicht nachfragte. Die Schatten von vorhin kehrten zurück, ließen sich nicht einfach ignorieren, stellte Claire fest. Nachdenklich warf sie einen Blick in ihren Handspiegel, den sie griffbereit auf das Nachttischchen gelegt hatte, und bettete dann ihren Kopf an Rays Brust.

„Es ist schön neben dir einzuschlafen", flüsterte sie.

„Finde ich umgekehrt auch. Gute Nacht." Langsam drehte er sich auf die andere Seite.

„Gute Nacht", murmelte sie.

Am nächsten Morgen erwachte sie mit Kopfschmerzen.

„Du hast geträumt", eröffnete ihr Ray beim Frühstück. Jenny schickte ihr einen sonnigen Gruß übers Handy, den sie erwiderte.

„Wirklich?", fragte Claire. Sie konnte sich nicht erinnern und goss sich und Ray frisch aufgebrühten Früchtetee ein.

„Ja. Von Boheme", sagte Ray.

Seine Worte ließen sie leicht zusammenzucken, sodass sie ein wenig von dem Tee auf der Tischplatte vergoss. „Bist du sicher? Ich kann mich wirklich an keinen Traum erinnern."

Ihre Blicke trafen sich. „Was hab ich denn gesagt?", wollte sie dann wissen.

Ray saß ihr wie aus dem Ei gepellt gegenüber, während sie noch in ihrem weißen Morgenrock herumgeisterte. Trotz ein paar Stunden Schlaf fühlte sie sich wie erschlagen. Claire empfand das nicht sonderlich verwunderlich, sollte sie wirklich *von diesem Macho Boheme geträumt haben*.

„Du hast gemurmelt, dass du keines seiner Flittchen bist, mit denen er so reden kann. Und dass du ihn für einen selbstverliebten Macho hältst, der sexsüchtig ist", erzählte Ray und beobachtete dabei jede ihrer Regungen.

Claire schluckte trocken und rutschte auf dem weißen Designerstuhl hin und her.

„Du verheimlichst mir doch etwas Claire, wenn dich dieser Samu über die Schwelle des Verlags hinaus derart beschäftigt."

„Ehrlich gesagt habe ich ein Problem mit seinem ... neuen Stil", erklärte Claire kurzerhand. Da Ray letzte Nacht erzählt hatte, dass er keineswegs eifersüchtig sei, sondern sich nur Sorgen um sie machen würde oder/und sein Ansehen, konnte sie ihm ruhig berichten, wie sie den Autor sah, mit dem sie eher weniger als mehr zusammenarbeitete. Bis auf die Tatsache, dass sie Kathleens Vertretung war, gab sie ihm also einen vollständigen Bericht. Ray und Jenny würden es mit Sicherheit für sich behalten. *Und sie waren eine Ausnahme*, rechtfertigte Claire sich vor sich selbst.

Ray schürzte die Lippen, als sie zum Ende kam.

„Tough", war das Einzige, das er dazu zu sagen hatte.

„Tough? Wer jetzt?" Sie hoffte doch inständig, er meinte damit nicht Boheme.

„Du sagst ihm die Meinung. Zwar auf nette Art, aber das finde ich gut. Ich glaube, er wird nicht mit vielen Menschen zu tun haben. Hört sich für mich nach einem Einzelgänger an. Und deine Chefin und sein Agent, sowie all die Fans, schmieren ihm jahrelang Honig um den Mund. Und dann kommt eine Lektorin und sagt ihm, dass sein Skript Mist ist."

Claire stand auf und lief in der Küche auf und ab. „Ich sag nicht, dass es Mist ist. Es ist nur zu überladen und oberflächlich. Es trieft vor Frauenfeindlichkeit und Sex."

„Die Leute mögen Sex. Sex ist kein Tabuthema mehr, Claire", gab Ray zurück. Ray fand es also in Ordnung? Er verstand anscheinend nicht, auf was es ihr ankam.

Wütend kramte sie in ihrer Tasche nach der Leseprobe, die sie Kathleen vorgelesen hatte. Das tat sie nun auch für Ray. Der schlug die Beine übereinander und hing an ihren Lippen. Mit jedem Wort jagte das Blut schneller durch ihre Adern. Als sie fertig war erhob sich Ray, ging auf sie zu und nahm ihr den Zettel ab. Dann warf er ihn auf den Tisch und sah ihr in die Augen.

„Was?", fragte sie.

„Auf alle Fälle bewirkt der Text, dass ich schon wieder Lust auf dich habe."

Claire war nicht danach. Was sie nun brauchte, war vielmehr sein Verständnis. Sie schüttelte den Kopf, ging an Ray vorbei und packte den Zettel wieder ein.

„Du nimmst mich nicht ernst", stieß sie aus.

„Meine Güte, Claire! Lass diesen Boheme doch schreiben, was er will. Es wird sich verkaufen. So oder so. Weil es aus seiner Feder stammt."

Claire drehte sich zu Ray um. „Da täusch dich mal nicht." Ray begann zu lachen und nippte von seinem inzwischen kalt gewordenen Tee.

„Was lachst du?", fragte Claire.

„Hoffen wir nur, dass Mutter den Roman nicht lesen wird. Sie ist da doch alt eingestellt, sehr katholisch und streng erzogen worden."

Das fehlte Claire noch.

„Ich geh mich umziehen", sagte sie. Ray folgte ihr und wirbelte sie im Flur herum, um sie gleich darauf zu küssen. „Er ist ein Star-Autor. Mach es einfach und freu dich auf deine Beförderung. Alles andere kann dir doch egal sein. Wenn ich ständig mit dem Herzen entscheiden würde, würde GereStar-Pens auf kurz oder lang, eher kurz, untergehen."

Diese Meinung teilte Claire nicht. Sie stakste an Ray vorbei ins Schlafzimmer und durchsuchte den Kleiderschrank nach einem passenden Kostüm. Da es draußen nieselte entschied sie sich für eine beige Stoffhose im Marlene-Stil, einer weißen Bluse mit blauen Tupfen und einer marineblauen Damen-Krawatte. Danach huschte sie mit den Klamotten über dem Arm ins Bad. Ray kam ungefragt herein und nahm ihr den Morgenmantel ab. „Du willst doch mehr Erfolg. Oder nicht?", fragte er und begann sich ebenfalls aus seinen Sachen zu schälen.

„Musst du nicht langsam los?", wollte Claire statt einer Antwort wissen.

„Der erste Termin ist erst um neun. Beantworte meine Frage!", forderte er.

„Ja, natürlich. Jedoch auf ehrliche Weise. Ich will auch stolz auf mich selbst sein können."

„Ehrlichkeit." Er lachte. „Ehrlich, das sind wir beide uns gegenüber. Aber da draußen herrschen andere Regeln, Claire. Es ist vergleichbar mit der Tierwelt. Fressen oder gefressen werden. Bearbeite das Skript, gib es ab, mach Olivia Barns zufrieden und ernte die Lorbeeren."

Fast war Claire froh, dass sein Handy klingelte und er rangehen musste. Elton rief an.

Sie blieb dabei. Sie musste eine Lösung finden, zusammen mit Boheme, die für sie beide gut war, um ehrlich stolz auf sich sein zu können. Ihrer Meinung nach hatte sie das verdient. Ob Ray es verstand oder nicht.

Der Steckbrief

Sobald sie vor dem Laptop in ihrem kleinen feinen Büro von Barns-Books saß, überkam sie wieder diese Unruhe.

„Also gut. Erst einmal Mails checken", sagte sie für sich. Andrea kam herein.

„Mrs. Barns kommt etwas später. Sie möchte Sie um zehn bei sich im Büro sehen, soll ich Ihnen ausrichten. Sie hat angerufen."

„Okay", antwortete Claire. Andrea schenkte ihr ein Lächeln und nickte. „Gut."

Claire fragte sich, ob Samu Boheme der Barns vielleicht erzählt hatte, dass er und sie nicht einer Meinung waren. Claire straffte die Schultern. *Und wenn schon*, dachte sie sich, dann würde sie dazu stehen.

Kurzerhand rief sie ihren Mail-Ordner auf und kaute dabei auf der Unterlippe. Keine Antwort von Boheme. Ihr blieb nichts anderes übrig, als auszuharren und den Termin bei ihrer Chefin abzuwarten. Bis dahin würde sie sich wohl oder übel um das nächste Kapitel von Bohemes Porno kümmern.

Jede Seite darin ließ sie mindestens einmal den Kopf schütteln. Manche Stellen las sie leise vor.

Sie vergoss nicht einmal eine Träne, als ich sie vor die Tür setzte. Es ging ihr nur um eins. Sie schrie mich an,

dass ich ihr doch ein neues Auto versprochen hätte.
Wieder einmal hatte ich recht gehabt. Mann musste
sich immer vor Frauen hüten, besonders vor den hüb-
schen. Aber mein Herz blieb kalt. Keine einzige würde
es je wieder brechen.

Claire las den letzten Satz ein paar Mal. Hoffnung
keimte auf. Der Protagonist, besser gesagt Boheme, ließ
zum ersten Mal ein wenig Einblick in sein Inneres und
Menschlichkeit zu, was Claire freute. Doch wer hatte
ihm das Herz gebrochen? Sie hoffte inständig, dass er
alsbald damit herausrückte und man ihn und sein Handeln dadurch besser verstehen konnte. Viele Seiten
blieben dafür nicht. Vielleicht war sie doch zu voreilig
gewesen mit ihrem Lob. Einige Szenen waren zu viel.
Eilig las sie weiter, wurde aber enttäuscht. Sie fand
nichts, das Bohemes Vorgehensweise, beziehungsweise
die seines Protagonisten, erklärte. Die einzig weiche
Seite zeigte er im Umgang mit Tieren. Sie hatten freien
Zugang zu seinem Herzen. Claire stellte fest, dass er
also doch eins besaß. Ein Hoffnungsschimmer für sie.
Das Klingeln des Telefons riss sie aus ihrer Arbeit. Es
war Andrea.

„Ich glaube es nicht. Er hat noch nie selbst angerufen!", rief Andrea in den Hörer.

„Wer?", fragte Claire erstaunt.

„Samu Boheme. Er hat nach Ihnen gefragt."

Claire holte Luft. „Was? Wie? ... Er ist wirklich am Telefon?"

„Ja. Ich verbinde. Besser wir lassen ihn nicht länger
warten. Er klang anfangs ein bisschen genervt, aber ich
mag seine Stimmfarbe", erklärte Andrea hastig.

Danach hörte Claire ein Klicken und weg war sie. Claires Kopfhaut begann zu prickeln, wie so oft, wenn sie unter Strom stand.

„Miss Winston am Apparat. Guten Tag, Mr. Boheme", bekam sie klarer heraus, als sie gedacht hatte und war überaus froh darüber.

„Na endlich! Musste die Sekretärin von Olivia Barns Sie erst suchen? Wo arbeiten Sie denn an meinem Buch?"

Er hatte eine klare männliche, aber nicht allzu dunkle Stimme, die sie interessant fand. Claires Kehle fühlte sich an wie ausgetrocknet. Sie wünschte, sie hätte wie sonst eine Flasche Wasser und ein Glas bereitgestellt.

„Ich arbeite im Verlag, in meinem Büro, am Laptop, Mr. Boheme." Er hatte es nicht einmal nötig, sie zu grüßen.

„Und wie weit sind Sie mit der Korrektur?"

„Korrektur? Ich mache erst einmal das Lektorat. So wie es sich gehört. Ob ich dann auch die Korrektur mache, das muss erst mit Olivia Barns besprochen werden. Manchmal machen das zwei verschiedene Leute."

Claire versuchte den Kloß, der sich in ihren Hals schob, hinunterzuschlucken. Inständig hoffte sie, dass dieses Gespräch bessere Früchte tragen würde als der Mail-Austausch. Vielleicht ging es Mr. Boheme ähnlich, dachte sie.

„Der Roman ist perfekt, wie er ist. Ich habe alles genau durchdacht, Miss Winston. Manchmal schreibe und lese ich allerdings schneller, als meine Finger sind und es können sich ein paar Tippfehler einschleichen. Das will ich nicht abstreiten. Die können Sie also suchen und entfernen. Dann war es das. Das ist mein letztes Angebot."

Claire blieb ruhig und war stolz auf sich. Auf dieses Angebot wollte sie nicht eingehen.

„Warum ist der Protagonist, wie er ist? Sie haben angedeutet, dass er sich nie wieder das Herz brechen lassen würde. Das wird doch wenigstens noch erklärt werden, was genau er damit meint. Sie wissen doch, dass die Figuren dreidimensional ..."

„Das weiß ich, Herrgott! Aber manchmal muss man den Lesern schon ein wenig mehr zutrauen und ihnen nicht alles vorkauen. Sie können das Motiv eines Puzzles am Ende selbst erkennen, auch wenn dann dennoch ein paar Teile fehlen werden. Und ist der Protagonist so nicht interessanter? Ich will diesen Stil ausprobieren."

„Neuer Stil also? Oder eine Abrechnung. Nun ja, vielleicht funktioniert es. Ich aber denke ..."

„Ist mir egal. Und beurteilen Sie nicht mich, sondern nur meine Geschichte. Oder nein. Das haben Sie schon zur Genüge getan. Gut, hab ich zur Kenntnis genommen. Und nicht angenommen. Denn das muss ich ja auch nicht. Korrigieren Sie sie also, oder lassen Sie es. Kathleen hat auch immer beides gemacht. Es wird so gemacht und der Vertrag steht." Seine Stimme wurde immer aufgewühlter. „Olivia Barns reichten zwei erklärende Sätze zum Skript und ein paar Blicke darauf und ich hatte den Vertrag. Sie ist die Expertin. Ich habe eine Mail von Kathleen erhalten. Ihr Mann hat diese für sie geschrieben. Sie hat mir darin erzählt, dass Sie bei ihr waren und gejammert haben. Sie jedenfalls findet die

Idee und auch die Leseprobe, die Sie ihr vorgelesen haben, Weltklasse."

Claire blieben die Worte im Hals stecken. Kälte- und Hitzewellen überrollten sie.

„Hallo? Sind Sie noch dran?", rief Boheme.

Claire räusperte sich. Wie konnte *Kathleen ihr nur dermaßen in den Rücken fallen?* Sie straffte die Schultern.

„Ich hab nicht gejammert. Ich habe sie nur um ihre Meinung gebeten. Und ja, sie findet es toll. Aber ich als Lektorin, das ist mein Job, darf und muss anmerken, wenn mir etwas nicht gut oder richtig erscheint. Und das tut es nach wie vor nicht."

„Aber nerven Sie nicht damit. Die Geschichte bleibt. Einigen wir uns so. Falls Ihnen, neben Tippfehlern, Kleinigkeiten im Verlauf auffallen sollten, dann bin ich auch dafür offen. Ich meine damit, wenn der Protagonist zum Beispiel in einer Szene drinnen, in der nächsten aber draußen sitzen sollte, oder wenn es Zeiten-Fehler gibt, solche Sachen nehme ich sehr gerne an."

Dieser Mann konnte einen zur Weißglut bringen. Claire stieß einen lautlosen Schrei aus.

„Ist nun alles geklärt, Miss Winston? Ich möchte die ersten vier überarbeiteten Kapitel sehen. Ich habe vor in diese noch etwas einzufügen. Sie haben doch inzwischen hoffentlich vier überarbeitet? Nehmen Sie alle Anmerkungen bezüglich des Handelns meines Protagonisten heraus. Das verwirrt mich sonst oder ich lösche sie selbst."

Claire pustete leise Luft aus.

„Ich habe sogar schon mehr als vier Kapitel bearbeitet. Ich möchte die Anmerkungen gerne drin lassen.

Bitte lesen Sie sich diese wenigstens durch", bekam sie immer noch relativ ruhig über die Lippen. Mit einer Hand griff sie nach einem Bleistift, den sie zwischen den Fingern drehte, während sie einen Punkt an der Wand fixierte.

„Nun gut! Mach ich."

Claire staunte. Ein kleiner Erfolg, der ihre letzte Hoffnung wieder aus den Abgrund zog, in den sie vor wenigen Sekunden gerutscht war.

„Aber ich glaube nicht, dass ich auch nur eine gut finden werde. Das Gerüst der Geschichte ist komplex. Jede Veränderung gefährlich."

Claire verdrehte die Augen. Das Gerüst bestand hauptsächlich aus nackten Körpern.

„Dennoch. Schauen Sie es sich an."

„Ja, das hab ich doch schon gesagt. Übrigens, Ihre Stimme klingt anders als ich gedacht habe", wechselte er auf einmal das Thema.

„Ist das nun ein Kompliment oder schon wieder eine Stichelei?", entfuhr es ihr.

Er lachte. Claire blieb ernst. Sie fand das nicht witzig.

„Ein Kompliment. Ich dachte, Sie klingen wie eine strenge Erdkundelehrerin oder so. Herb und rau, selbst wenn Sie versuchen nett zu sein."

„Ich bin ein Mensch, der in der Regel gut mit anderen auskommt und nett ist."

„Sie klingen, wenn ich es mit den Worten eines Autors ausdrücken will, selbst zwischen den Worten sehr angespannt. Tragen Sie die Haare streng oder locker?"

Sie ließ sich nicht verunsichern, versuchte es zumindest. „Das tut nichts zur Sache, Mr. Boheme. Also, wie gesagt, ich sende Ihnen nun das bisher bearbeitete

Skript zu. Bitte alle Änderungen, die Sie vornehmen, für mich nachvollziehbar einfügen. Normalerweise gebe ich das Skript erst am Ende der Bearbeitung zurück."

„Normalerweise und in der Regel. Leben Sie schon immer so? Wie ist Ihre Haarfarbe, Augenfarbe, Größe? Sind Sie schlank, dick, dazwischen? Was sind Ihre Hobbys, was macht Sie aus, sind Sie glücklich vergeben?" Wollte er sie auf den Arm nehmen?

„Wird das jetzt ein Verhör oder Interview?"

„Interview. Sie wollen doch auch einiges über mich wissen."

„Über Ihren Protagonisten, Mr. Boheme. Oder sind Sie auch so wie er?", wagte Claire zu fragen.

Samu Boheme begann nach einer kleinen Schweigepause zu lachen. Es klang unecht. Danach bohrte er weiter. „Also? Wie sehen Sie aus, etc.?"

Claire dachte nicht daran darauf einzugehen. Sie fragte sich, ob er ihr, würde sie es doch tun, dann eine Beschreibung seiner Person geben würde. Sie ertappte sich bei dem Gedanken, dass sie diese schon interessieren würde.

„Ich schicke Ihnen das Skript sofort zu. Noch einen schönen Tag."

„Schreiben Sie mir die Antworten, dann überlege ich es mir vielleicht doch den ein oder anderen Tipp anzunehmen. Guten Tag."

Weg war er. Claire knallte den Hörer auf. *Was für ein dreister, eingebildeter Kerl*, dachte sie sich. Immer schneller drehte sie den Bleistift in ihren Fingern, bis er schließlich in der Mitte brach. Sie warf beide Teile in den Papierkorb, machte sich dann ein paarmal tief durchatmend an die Arbeit und schickte Boheme die geforderten Kapitel. In der Mail an ihn beschrieb sie sich letztendlich doch in einem kleinen nüchternen Steckbrief. Vielleicht hielt er ja sein Versprechen. Was tat man nicht alles, um seine Ziele zu erreichen. Obwohl ihr unwohl war bei der Sache. Wie auch immer, sie wollte sich nicht so anstellen. Schließlich waren es keine Nacktfotos, sondern lediglich ein paar kleine Angaben zu ihrer Person. Sie fragte sich, was er wohl davon hatte. Im Internet und auch auf der verlagseigenen Homepage existierten jedenfalls keine Fotos von ihr. Damit war sie für ihn ebenso ein Geheimnis wie er für sie. Wenigstens besaß er so viel Restanstand, sie nicht nach dem Alter zu fragen.

Sehr geehrter Mr. Boheme,

in Anlage erhalten Sie, wie gewünscht, die ersten vier überarbeiteten Kapitel Ihres Romans und ein paar Infos zu meiner Person in Erwartung des Einlösens des Versprechens. Danke!
Größe: 1,73 m
Haare: blond, lang
Figur: normal
Augenfarbe: grün
Hobbys: Geschichten zu Diamanten machen, lesen, tanzen
Was mich ausmacht: Ehrlichkeit, mein Gerechtigkeitssinn
Und Ihr Steckbrief?

Mit freundlichen Grüßen
Ms. Claire Winston
Lektorin

Dass sie selbst gerne schrieb, ging ihn nichts an, weshalb sie es unerwähnt ließ. Sie starrte auf die Frage, die sie in die Mail geschrieben hatte und war sich nicht sicher, ob sie sie wirklich stehen lassen sollte. Letztendlich hoffte sie jedoch, dass eine kleine persönliche Annäherung hilfreich für ihre weitere Zusammenarbeit war. *Vielleicht konnte sie Boheme auf diese Art knacken.* Das Klingeln des Telefons riss sie aus ihren Gedanken. Es war Andrea, die sie an den Termin bei Olivia erinnerte. Aus Gewohnheit warf Claire einen Blick in den Handspiegel, bevor sie zu ihr ging. Ihre Chefin erwartete sie mit aufforderndem Blick. Claire setzte sich ihr an ihrem gläsernen Schreibtisch gegenüber.

„Und?", fragte Olivia, als Claire nichts sagte.

„Wenn Sie damit meine Arbeit meinen, dann kann ich sagen, dass alles gut läuft."

„Wirklich?" Sie zog ihre gezupften Brauen zusammen.

Claire nickte, woraufhin ihre Chefin die Lippen spitzte. Dann sagte sie mit vorwurfsvollem Unterton: „Kathleen hat mich angerufen und Bedenken geäußert."

Kathleen fiel ihr also wieder in den Rücken.

Obwohl Claire diese Nachricht traf, schaffte sie es weiterhin, Ruhe zu bewahren. „Ich kann Sie und Kathleen beruhigen."

Olivia atmete auf. „Das habe ich gehofft. Sehr schön. Ist das Skript nicht herrlich? Vielleicht ist Kathleen auch nur ein wenig eifersüchtig. Wie auch immer, auf dem Treppchen nach oben sollte man nicht auf andere schauen, sondern nur auf seine eigenen Füße, um am Ende nicht zu stolpern. Nicht wahr?"

„In Ordnung, Mrs. Barnes", gab Claire zurück.

Olivia lächelte. „So gefallen Sie mir."

Ein Euphorieschub beflügelte Claire. Sie dachte an ihre Eltern, die von Ray und an Ray selbst. Er war sicher *wahnsinnig stolz auf sie, wenn sie erst einmal die Beförderung in der Tasche hatte.* Vor allem sie selbst wäre stolz auf sich. Jenny und ihre Eltern würden ihr allerdings, dessen war sie sich sicher, als Einzige auf die Schultern klopfen und sagen, dass sie von Anfang an an sie geglaubt hatten.

„Kathleen hat gesagt, Sie wollen sich lieber auf eigene Projekte konzentrieren?"

Im ersten Moment verstand Claire nicht. „Eigene ...? Ach. Wir haben kurz darüber gesprochen, dass ich auch selbst schreibe. Also bis jetzt waren es immer nur Kurzgeschichten, die ich für mich geschrieben habe."

„Sieh an. Nun ja. Wenn Sie mal etwas fertig haben, dann nur her damit."

Claire lächelte. „Danke!"

Das Gespräch lief besser als gedacht. Nun musste nur noch Boheme mitspielen.

Olivia Barns fuhr sich mit einer Hand durch ihr rotes Haar und blickte auf einen Punkt in der Ferne. „Ach, Boheme! Ich muss ihn irgendwann dazu kriegen, sich mit mir zu treffen. Der Mann interessiert mich. Als Mensch und Autor." Sie zwinkerte Claire zu, die diese Geste nicht genauer deuten wollte.

„Er hat angerufen und mit uns telefoniert", bemerkte Andrea, als sie Olivia eine Briefmappe zum Unterzeichnen brachte.

Ihre Chefin riss die Augen auf. „Wie bitte? Er hat angerufen? Er hat noch nicht einmal mit mir telefoniert. In all den Jahren nicht einmal. Immer nur dieser Agent."

„Bob", sagten Andrea und Claire wie aus einem Mund.

„Und was wollte er?", fragte Olivia.

Meinen Steckbrief, hätte Claire fast geantwortet, behielt es aber für sich.

„Nur die ersten vier bereits von mir bearbeiteten Kapitel. Er sieht es sich an und ich mache unterdessen weiter. Soll ich eigentlich auch die Korrektur übernehmen?"

Olivia nickte und sah perplex drein. „Wie klingt seine Stimme? Und warum haben Sie mir nichts davon gesagt, Claire?"

„Ich finde seine Stimme richtig männlich, aber in den Zwischentönen noch jugendlich. Interessant auf alle Fälle. Sanft und auch glasklar", schwärmte Andrea und stieß einen Seufzer aus.

„Wow!", murmelte Olivia und sah zu Claire.

„Stimmt", ergänzte diese Andreas Aufzählung und ließ die Frage ihrer Chefin unbeantwortet. Die Euphorie, das alles doch gut ging, durchzog sie weiterhin in sanften Wellen.

Olivia klatschte in die Hände. „Dann gut. Zurück an die Arbeit. Ich werde seinen Agenten kontaktieren und ihn um ein telefonisches Gespräch mit Samu bitten. Dieses Mal muss er zustimmen. Vielleicht taut er langsam auf", sagte sie. Andrea und Claire verließen das

Büro. Claire schenkte der Sekretärin ein Lächeln, als diese erneut seufzte.

Nach Feierabend hatte sich Claire mit Jenny verabredet. Sie holte ihre Freundin in ihrem Fitnessstudio ab. Jenny hatte zwei Angestellte, die den Laden am Laufen hielten, wenn sie mal nicht anwesend war. Das Studio lag in einem restaurierten Barockgebäude inmitten einer Geschäftsstraße. Moderne und der Charme vergangener Zeiten gaben sich dort die Hand. Die vier großen Rundbogenfenster des Studios wurden in Jennys Lieblingsfarbe, Himmelblau, beleuchtet, genau wie das Schild über der Eingangstür, auf dem in großen Lettern *„J's Fitness-Lagoon"* stand. Über dem Studio hatte eine Firmengruppe ihren Sitz, die sich nicht an der Musik störte, die oft während der Kurse im Studio lief.

Val, Jennys beste Hälfte, wartete mit einer roten Rose an der beleuchteten Theke, hinter der sich an der Wand angebracht Regale mit Gläsern für gesunde Shakes und Eiweißriegel befanden. Val umarmte Claire zur Begrüßung. Der Schritt seiner Hose reichte fast bis zu seinen Knien, das roséfarbene Hemd trug Val offen. Lässig wippte er im Takt afrikanischer Musik, die von einem separaten Raum aus zu ihnen drang. Fast alle Fitnessgeräte, wovon Claire einige als Foltermaschinen bezeichnete, waren besetzt. Flatscreens an den Wänden lenkten die Leute auf den Geräten ein wenig ab, was manchmal unentbehrlich war. Claire wusste, von was sie sprach. Auch sie schwang sich hin und wieder auf eine der Foltermaschinen. Am angenehmsten war ihr das Laufband, auch wenn der Schweiß ihr immer schon nach zehn Minuten von der Stirn rann.

„Na, Claire. Alles roger?", fragte Val.

Claire nickte. Er lächelte weiter und musterte sie von oben bis unten. „Schick siehst du aus. So richtig nach wichtiger Geschäftsfrau. Steht dir so weit ganz gut."

„Danke, Val!"

Claire sah sich um. Von Jenny keine Spur. Als hätte Val ihre Gedanken erraten, sagte er: „Sie duscht, kommt aber gleich. Ich hab sie überrascht. Wir machen uns einen romantischen Abend. Mit allem Drum und Dran. Du verstehst?"

Claire lachte. „Ja, ich denke schon. Was meintest du mit so weit steht es mir?"

Val legte den Kopf leicht schief und betrachtete sie wie ein Foto. „Es wirkt so streng. Macht vielleicht auch der Dutt aus. Sonst ist es klasse."

„Ah, okay."

Sie wusste, er war nur ehrlich.

„Kein Problem. Du weißt doch, ich bin immer ein offenes Buch. Besser als zugeklappt, aber nach außen hin immer strahlend, oder?", sagte er und zeigte seine weißen Zähne.

Claire wusste, dass er damit ein wenig auf Ray anspielte. Sie ging nicht darauf ein. Streng wollte sie nicht wirken, eher schlicht elegant. Val schüttelte sein schulterlanges, blondes Haar und fragte nach Ray.

„Dem geht es gut."

„Ah, gut. Okay."

Val und Ray waren sich erst drei Mal begegnet. Und genauso wenig wie Ray Jenny mochte, konnte Val Ray leiden, was schade war, wie Claire fand. Val war Ray zu aufdringlich witzig, ein Kindskopf, und Ray für Val zu undurchsichtig. *Schade!*, dachte Claire. Es wäre schön gewesen, wenn sie sich verstanden hätten. Dann hätten sie ab und zu als Zwei-Set-Paar ausgehen können.

„Jenny hat mir schon gesagt, dass ihr zwei verabredet seid. Also du und sie. Wir können sehr gern zu dritt was essen gehen. Nur danach möchte ich sehr gern mit ihr allein sein. Ich dachte erst an ein ausgiebiges Schaumbad und danach vernasche ich sie im Bett oder auf dem Boden oder auf der Waschmaschine. Mal sehen."

Wieder musste Claire lachen. *Vals entwaffnende Offenheit war unschlagbar.* Val stimmte mit ein.

„Du kannst cool sein, wenn du willst", sagte er und klopfte Claire auf die Schulter. Sie wurde ernster. „Bin ich wirklich so steif?"

„Nicht immer. In dir drin bist du eine lässige Socke, glaub ich. So wie Jenny. Das steht dir besser."

Jenny kam in einem violetten kurzen Sommerkleid in ihre Richtung gehopst. Val ging ihr entgegen, hob sie hoch und wirbelte sie herum. Sie lachte und küsste ihn ungeniert mit Zunge. Alles, was für sie beide zählte, waren eben sie beide. *Beneidenswert*, durchfuhr es Claire. Sie drehte sich weg und konzentrierte sich auf die einzelnen Eiweißshake-Sorten, die Jenny ihren Kunden anbot.

„Deine Mitarbeiterin, Katy Young, hat gesagt, du bist unter der Dusche. Und dann kam deine Busenfreundin und wir haben zusammen über den Abend gesprochen. Ich würde dich gern entführen", sagte Val.

Er stellte seine Jenny auf den Boden und reichte ihr die Rose.

„Wie süß von dir ... Mit was hab ich die denn verdient?"

Val zuckte mit den Achseln.

Jenny zog die Augen zusammen und fixierte ihn. „Oder hast du was angestellt?"

„Nein. Außer, dass ich am Wochenende mit Clark und Justin einen Männer-Grill-Fußball-Abend machen will und dir das noch nicht gesagt hab", erwiderte Val mit großen Augen.

Jenny stemmte die Hände in die Hüften. „Daher weht also der Wind."

„Doch deswegen bin ich wirklich nicht hier."

Claire ging dazwischen. „Streitet euch nicht wegen so einer Lappalie."

Sofort winkte Jenny ab. „Aber nein, tun wir doch auch nicht wirklich. Dafür können wir beide am Wochenende shoppen gehen. Es soll warm werden die nächsten Wochen."

Val küsste Jenny erneut. „Du bist klasse, Süße. Ich freu mich auf den Abend."

Er hängte sich bei ihr und danach auch bei Claire ein. „Dann geh ich heute also mit zwei hammermäßigen Mädels aus."

Claire verneinte lächelnd. „Geht ihr lieber mal allein."

„Und du?", fragte Jenny.

„Ich geh mir ein Notizbuch kaufen."

„Ein Notizbuch. Für was?", fragte ihre Freundin. Die afrikanische Musik wechselte, Disco-Beat folgte.

„Für Ideen eben."

Jenny sah begeistert drein. „Romanideen?"

„Vielleicht."

„Das ist klasse", gab Jenny zurück und drückte Claire.

„Du schreibst ein richtiges Buch?", fragte Val.

„Ich versuche es", erklärte Claire.

„Sie schreibt super. Ich kenne ein paar ihrer Kurzgeschichten", schwärmte Jenny.

„Welches Genre?", fragte Val. Es schien ihn, wie Jenny, wirklich zu interessieren.

„In Richtung Komödie mit Romance, denke ich", stand für Claire fest.

„Klasse. Ich melde mich schon mal als Testleser an. Back die Geschichte mit viel Zucker", sagte Val mit ernster Miene.

Jenny und Claire lachten, was er sichtlich nicht verstehen konnte.

„Hast du vergessen, dass ich übertriebene Romantik in Büchern oder Filmen kitschig finde?"

„Aber im wahren Leben kann es nie genug davon geben, wenn man ehrlich verliebt ist", gab Jenny zurück und roch an ihrer Rose, die einen süßlichen Duft verströmte.

„Das stimmt", sagte Val und konnte die Finger nicht von seiner Freundin lassen. Langsam zog er sie der Länge nach an sich und sah ihr tief in die Augen.

Claire wurde ernst. Das Knistern zwischen den beiden war nahezu spürbar.

„Dann lass ich euch jetzt mal in den Sonnenuntergang ziehen. Zerschmelzt mir nur nicht vor lauter Romantik."

„Poetin on Tour", sagte Val und zwinkerte ihr zu. Dazu schnalzte er mit der Zunge.

Claire winkte den beiden zum Abschied und ging Richtung Ausgang. Jenny folgte ihr. „Du bist doch wirklich nicht sauer oder enttäuscht? Ich kann Val bitten, dass wir uns später ..."

„Nein, sprich den Satz nicht zu Ende. Geht und habt Spaß", unterbrach Claire ihre Freundin, verpasste ihr ein Wangenküsschen und zog von dannen.

Mr. Machoman

Die Uhr tickte monoton vor sich hin. Es ging auf Mitternacht zu. Claire fragte sich, wo Ray blieb. Er wollte schon vor einer Stunde daheim sein. Claire hatte ihm Sushi aus der Stadt mitgebracht und es sich auf der Couch mit einem Glas Rotwein bequem gemacht. Im Hintergrund lief eine Queen-CD. Musik hatte sie schon immer inspiriert. Mit ihrem Büchlein und einem Stift in der Hand überlegte sie, wovon ihr Roman handeln könnte. Da fiel ihr Samu Boheme ein. *Was, wenn er ihr Antagonist werden würde und sie die Protagonistin?* Sie taufte sich Courtney, ihn Damian. *Das klang für sie ein wenig wie Dämon und damit passend. Als Handlungsort wählte sie erst London, entschied sich aber letztendlich für Amerika.* Sie wollte schon immer mal nach Amerika. Eine frühere Freundin von ihr wohnte dort. Als sie vor zehn Jahren mit ihren Eltern nach Chicago ausgewandert war, hatten Anastasia und Claire sich geschworen, Kontakt zu halten. Doch der war dann leider immer weniger geworden. Inzwischen schrieben sie sich nur zu Weihnachten einen Gruß. Claire fand es schade und wollte es alsbald ändern. Hinter dem PS auf der jährlichen Karte kam meist eine kleine Jahreszusammenfassung. Die Letzte von Anastasia lautete:

Bin seit drei Monaten verlobt und so glücklich.

Claires PS war:

Werde bald heiraten. Er heißt Ray.

Die Stichpunkte zur Geschichte wuchsen und bald schon kribbelte es ihr in den Fingern, sodass sie den Laptop holte, eine neue Datei ihres Schreibprogramms öffnete und drauflos tippte. Der Titel war schnell gefunden.

„*Mr. Machoman.* Perfekt!" Sie lächelte vor sich hin. Und dann reihte sich fast wie von selbst ein Satz an den anderen. Bis auf ein paar künstlerische Freiheiten beschrieben ihre Zeilen, was sie bisher mit Boheme teilen musste. Die Ich-Perspektive gab dem Ganzen die nötige Nähe. Des Öfteren schnaubte sie, während sie tippte, holte Luft oder pustete sie geräuschvoll aus. Auch das Telefongespräch fand einen Platz in ihrer Geschichte. Fast unbewusst musste sie lächeln, wenn sie an den Steckbrief dachte. Sie war gespannt, wie die Geschichte weitergehen würde. Ray rückte unbemerkt immer mehr in den Hintergrund. Erst als er gegen zwei Uhr morgens kam, riss er sie damit zurück in die Wirklichkeit.

„Du bist noch wach? Tut mir leid, dass es so spät geworden ist! Ich hab noch wichtige Mails beantwortet, zu denen ich vorher einfach nicht gekommen bin. Ja, und dann hab ich noch mit Amerika telefoniert. Danach bin ich eingenickt."

Er küsste sie auf die Stirn und warf einen Blick auf den Laptop, den sie zuklappte.

Ray zog die Brauen zusammen. „Was tust du?"

„Ach, ich hab mich nur an einer Geschichte versucht."

Sofort wirkte er hellwach. „Darf ich lesen?"

„Nein."

Ray rutschte das Lächeln aus dem Gesicht.

„Du schreibst doch keinen Schweinkram, so wie dieser Boheme?"

Sie schnappte sich eines der Couchkissen und warf es ihm entgegen. Er lachte plötzlich.

„Es ist ein Geheimprojekt. Noch", erwiderte sie.

„Verstehe. Und um was geht es?"

„Geheim heißt geheim", erinnerte Claire ihn, stellte den Laptop weg und zog ihn an seiner Krawatte näher.

„Du bist guter Laune. Obwohl ich so spät bin? War dein Tag also gut oder ist es die Euphorie des Schreibens, die dich glücklich macht?", fragte Ray.

„Beides glaub ich", murmelte sie ihm ins Ohr. Er stand auf und hievte sie auf seine Arme. Da war es wieder. Dieses Knistern zwischen ihnen. „Ich will dich. Jetzt!", flüsterte er und trug sie Richtung Bett.

Ihr Körper war von Schweiß benetzt. Sie lag neben Ray und sah ihn an. Nachdem sie sich geliebt hatten, war er tief und fest eingeschlafen. Claire fuhr mit einem Finger über ihre Lippen. *Es war himmlisch*, dachte sie. Ray hatte sich dieses Mal ausgiebig Zeit für sie genommen und ihr gesagt, dass er verrückt nach ihr sei. Sein Atem ging gleichmäßig. Claire strich ihm eine Haarsträhne, die ihm in die Stirn gefallen war, nach hinten. „Wir sind doch glücklich. Nicht wahr?", flüsterte sie.

„Ich will mein Leben mit dir verbringen, Ray. Heiraten, Kinder. Ich will alles dafür tun, dass wir das hinkriegen."

Eine Träne rann ihr über die linke Wange und sie wusste nicht, warum sie sich auf einmal so einsam fühlte, wo sie vorhin doch so glücklich in seinen Armen gewesen war.

Claire ermahnte sich, nicht immer alles zu zerdenken. Leise schlich sie sich aus dem Bett. Sie sehnte sich nach ein paar weiteren Zeilen ihrer Geschichte und erhoffte sich zudem eine Antwort auf ihr Gefühlschaos, das sich nicht abstellen ließ. Das Knistern jedenfalls, das sie gespürt hatte, als Ray und sie intim waren, war auf einmal wie vom Winde verweht.

Der nächste Tag verging zumindest bis zum Abend ohne große Vorkommnisse. Boheme ließ nichts von sich hören, genauso wenig wie Olivia. Die steckte laut Andrea in Meetings fest. Und Bohemes Schreibe blieb auf dem gleichen Level. Dennoch wollte Claire sich ihre Zuversicht nicht nehmen lassen. Kurz nach Feierabend kam Ray dann mit einer Spontaneinladung seiner Eltern um die Ecke. Er hatte einen weiteren großen Auftrag an Land gezogen. Darauf wollten sie mit ihm und Claire anstoßen. Obwohl Claire wenig Lust hatte, sagte sie zu. *Für Ray.* Sie trafen sich im Garten ihres großen Anwesens. Das Wasser des Pools neben dem Pavillon, unter dessen Dach sie Häppchen, Hummer und Salate aßen, glitzerte im Licht der Gartenfackeln. Einer der Angestellten schenkte ihnen allen Wein ein.

„Für mich nur Wasser", bat Claire und dankte der jungen Frau, die immer große Augen bekam, sobald Ray sie ansprach oder er sie, um etwas von ihr zu fordern. Claire fragte sich, ob sie für ihn schwärmte. Sie konnte es ihr nicht verdenken.

„Wir sind so stolz auf dich, Junge", sagte Elton und seine Frau stimmte ihm überschwänglich zu. Sie trug ein langes blumiges Sommerkleid. Dazu hatte sie ihren besten Schmuck angelegt, als würde sie mehr Gäste erwarten. Ray lächelte. „Vielen Dank, Dad! Dir auch, Mum."

„Du sagst ja gar nichts dazu, Claire", bemerkte Katherine und musterte Claire.

„Das habe ich gleich getan, als ich es erfahren habe", gab sie zurück und gab Ray einen Kuss. Der legte eine Hand auf ihr Bein und lächelte. „Hat sie wirklich."

Claire fühlte sich stärker, wenn Ray derart hinter ihr stand.

„Dann ist ja gut. Denn was du leistest, das muss gelobt werden, das ist nicht selbstverständlich. Leider wird manchmal vieles zu schnell selbstverständlich", erwiderte sie und ließ Claire dabei nicht aus den Augen.

„Claire macht es schon richtig", sagte Elton, wofür Claire ihm dankbar war. Dennoch hatten sie die Worte ihrer Schwiegermutter in spe tief getroffen. Ray lächelte nur und aß weiter. Das Gebaren eines Schwerhörigen stieß Claire sauer auf. Wann hatte Rays Mutter sie schon einmal gelobt? Noch nie, fiel ihr auf. Wohl, weil es ihrer Meinung nach nichts gab, das es sich zu loben lohnte. Claire stupste Ray an.

„Was ist denn?", fragte er.

Als sie etwas sagen wollte, funkte Katherine dazwischen. „Macht denn deine Arbeit Fortschritte? Davon hört man gar nichts mehr."

Claire schürzte die Lippen. *Eine Notlüge war unabdingbar,* beschloss sie, auch wenn ihr diese schwer über die Lippen kam. „Es geht sehr gut voran. Samu ist begeistert von meiner Arbeit."

„Ach wirklich?", meinte Katherine und nahm einen Schluck Wein, nachdem sie ihr Glas gegen das ihres Sohnes gestoßen und ihm noch einmal zugelächelt hatte.

Claire fragte sich, ob sie sie ertappt hatte und schluckte schwer.

Dann atmete sie tief durch und erwiderte: „Ja. Hast du es anders erwartet, Katherine?"

Rays Mutter lachte. „Ich habe gar nichts erwartet, Liebes. Was hat er denn zur Einladung gesagt?"

Schon wieder!, dachte Claire und musste sich bemühen, nicht mit den Augen zu rollen.

„Er hat sich gefreut und versucht es einzurichten", zwang Claire sich zu einer erneuten, wie sie fand, Notlüge.

„Das ist ja toll", bemerkte Ray neben ihr und gab ihr einen Kuss auf die Wange. „Ich bin stolz auf dich."

Seine Augen leuchteten, was ein warmes Gefühl in ihr auslöste. Wenn es nur immer so wäre oder wieder.

„Danke, Ray!"

Ihre Blicke wollten in seinen versinken, da schaute er schon wieder weg.

„Gib mir doch mal das Skript. Es macht nichts, wenn es noch nicht perfekt ist. Es ist außerdem spannend, den puren Boheme lesen zu dürfen", sagte Katherine und warf Claire einen mehr als auffordernden Blick zu.

Nur über Claires Leiche.

„Das geht auf keinen Fall, Katherine!", stieß Claire aus.

Rays Mutter sah entgeistert drein. „Es erfährt doch keiner."

„Trotzdem. Ich hätte es nicht einmal erzählen dürfen. Nein, tut mir leid, Katherine!"

„Absolut richtig! Was wäre, wenn unsere Mitarbeiter wichtige interne Dinge ausplaudern würden ...", stützte Elton Claires Meinung.

„Du vertraust mir also nicht?", fragte Katherine.

Claire verging der Appetit. Hilfe suchend sah sie zu Ray hinüber. Dieser enthielt sich. Sie schob ihren Teller ein wenig von sich. „Das hat doch damit nichts zu tun."

„Und ob", gab Rays Mutter laut zurück und erhob sich.

„Jetzt übertreibst du aber", musste Claire entgegnen, was Katherine abwenden und schluchzen ließ. Mit gesenktem Haupt ging sie aufs Haus zu.

„Mum!", rief Ray und eilte ihr hinterher.

Claire wurde heiß und kalt. *Das darf doch jetzt nicht wahr sein!*, dachte sie, während Elton ihr Wein einschenkte und leise seufzte. Am liebsten wäre Claire auf und davon gelaufen. Elton war es letztendlich, der sie davon abhielt.

Wieder zu Hause ging Claire sogleich ins Bett, nachdem sie kalt geduscht hatte. Das war bitter nötig, um nicht aus der Haut zu fahren. Denn Ray hatte sich den restlichen Abend vornehmlich um seine Mutter gekümmert. Erst danach war er zu Claire gekommen und hatte verkündet, dass er die Wogen soweit wieder glätten konnte.

„Wie nett von dir. Aber wie siehst du das? Warum hast du ihr nicht gesagt, dass ich im Recht bin, Ray?"

„Mutter ist doch nicht irgendjemand, Claire. Es ging ihr nicht um das Skript, sondern ums Prinzip.

Verstehst du? Ich hab ihr gesagt, dass du sehr korrekt arbeitest und es nicht so gemeint hast. Irgendwann hat sie es dann eingesehen."

„Sie hat sich nicht mal mehr von mir verabschiedet, Ray. Dein Vater hat es verstanden, aber ...", erwiderte Claire laut und deutlich.

Ray fasste sie an den Schultern. „Lass uns nicht auch noch streiten. Bitte! Es sollte ein schöner Abend werden."

In seinen Augen lag ein versteckter Vorwurf. Sie konnte sich nicht täuschen.

„Erst die Anspielung, ich würde dich nicht genug loben und dann das."

„Das ist doch nicht wahr", widersprach Ray und wollte sie küssen. Doch Claire drehte sich weg.

„Das ist kindisch, Claire", hörte sie Ray sagen, was sie nur trauriger machte.

„Du verstehst mich nicht, Ray. Das enttäuscht mich wahnsinnig."

„Nein, du verstehst nicht, Claire. Ich liebe dich trotzdem!"

Er küsste ihren Nacken.

Claire rückte bis an die Bettkante. „Nicht. Ich ... lass uns schlafen."

Ray antwortete nicht mehr. Er zog sich um, legte sich dann hin und löschte das Licht. Warum konnte er sie nicht verstehen? Oder wollte er nicht? Mit Tränen in den Augen schlief Claire irgendwann ein.

Jenny meldete sich am frühen Morgen mit der Nachricht, dass Val ihr nach einem traumhaften Abend und einer unvergesslichen Nacht sogar Frühstück ans Bett gebracht hatte. Claire freute sich für sie, dass sie glücklich war. Etwas, das sie sich auch für Ray und sich herbeisehnte.

„Aber bei dir stimmt etwas nicht. Ich höre es an deiner Stimme. Raus mit der Sprache! Ist es wegen Boheme?"

Nachdem sie Jenny alles erzählt hatte, brauchte diese erst einmal ein paar Sekunden, um es sacken zu lassen, denn sie schwieg ein paar Sekunden, bevor sie antwortete.

„Du hast alles richtig gemacht meiner Meinung nach. Lass dich nicht einschüchtern. Ray kann froh sein, dass er dich hat und das können seine Eltern auch. Ich finde wie du, er hätte mehr zu dir stehen sollen. Punkt! Ach Süße, es tut mir so leid. Und ich dumme Kuh schwärme dir auch noch von Vals und meinem schönen Abend und so vor. Sorry!"

„Sorry wofür?", gab Claire müde zurück.

„Vorschlag. Heute ist Freitag. Ich lass das Studio morgen zu. Ich denke an einen Mädelsabend heute. Und versprochen, ich versetze dich nicht noch einmal."

„Okay, hört sich gut an. Ich melde mich später noch mal, dann können wir einen Treffpunkt und Uhrzeit ausmachen. Jetzt muss ich mich aber beeilen."

„Gut. Bis dann, Süße."

Nachdem Claire aufgelegt hatte, zwängte sie sich in ein enges graues Businesskleid und stöckelte in ihren roten High Heels Richtung Ausgang.

Ray war schon weg, als Claire aufgewacht war. Er hatte sich nicht einmal verabschiedet. Höchstwahrscheinlich war ihm wieder etwas Wichtiges für Gere-Star-Pens eingefallen, das er nicht warten lassen wollte und konnte. Dafür hatte er einen Zettel an die Innenseite der Haustür geheftet, auf den er mit Kuli die Worte „*Love you, kiss you*" geschrieben, vielmehr gekritzelt hatte. *Wenigstens etwas*, dachte Claire. Sie nahm den Zettel ab, starrte ein paar Sekunden darauf und verstaute ihn dann in ihrer Handtasche. Sie musste zugeben, dass sie das, was er mehr oder weniger schnell geschrieben hatte, nicht sonderlich berührte. Die Erkenntnis machte sie noch trauriger. *Es konnte doch nicht sein*, dachte sie, als sie in ihrem Beetle saß und Richtung Verlag fuhr, d*ass diese Sache mit Katherine eine derartige Kluft zwischen ihnen aufriss.*

Der Horizont am Ende der Straße wollte sich nicht lichten, was Claire Angst machte.

Genug ist genug

Olivia kam ihr mit einem strahlenden Lächeln entgegen.

„Wir haben einen neuen Autor im Boot. Ein Freund von Boheme. Er schreibt Thriller. Boheme hat ihm vor einer Weile schon unseren Verlag empfohlen. Ist das nicht nett?", verriet sie Claire und stöckelte in ihren High Heels neben ihr her.

„Ja, ist es. Freut mich", erwiderte Claire ehrlich überrascht.

„Er hat schon in einem anderen Verlag veröffentlicht und ist dort erfolgreich. Zwar nicht so wie Boheme, aber das wird noch. Da bin ich sicher."

„Und er versteckt sich nicht?", fragte Claire.

„Nein. Er ist jedoch eisern im Schweigen, was Boheme angeht. Das hat er mir sofort klargemacht, als wir telefoniert haben. Schade. Aber nun gut! Sie scheinen einen guten Draht zu ihm zu haben. Vielleicht knacken Sie ihn." Sie nickte Claire respektvoll zu und ging dann pfeifend weiter.

Claire lächelte für sich. Das Lob gab ihr Kraft und ging runter wie Öl. In ihrem Büro angekommen, machte sie sich gleich an die Arbeit und rief das Skript von Boheme auf, nachdem sie ihr Make-up mithilfe des

Handspiegels überprüft hatte. Das Checken der Mails war ebenso schnell erledigt.

„Vielleicht sollte ich das Ganze wirklich ein wenig lässiger sehen", flüsterte sie und las sich durch die nächsten beiden Kapitel. Doch ihr Vorsatz barst nach den ersten zwei Seiten.

Sie war mir verfallen. Für Geld winselte sie sogar wie ein Hund, wenn ich es wollte. Ich machte mir einen Spaß daraus und ließ es zu, mehrfach am Tag. Wenn sie wüsste, dass sie das alles am Ende umsonst machte, würde sie mir wohl an die Gurgel springen. Nicht einmal mit ihrem knackigen Hinterteil würde sie mich ansehen, wenn ich ihr nichts von dem Luxus bieten könnte, in den ich sie einhülle und ihre Sinne verneble, den Blick für die Realität verschleiere. Sollte ich je Mitleid mit solch armen Seelen haben? Die Frage war gar nicht relevant, ebenso wenig die Antwort. Viel wichtiger war diese: Hätten sie Mitleid mit mir, wenn ich nackt vor ihnen stünde? Noch der gleiche Mensch? Nur eben ohne Gold, Glanz und Glorie?

Die Antwort ließ Boheme zwischen den Zeilen. Es war h*offnungslos.* Claire schüttelte den Kopf, lehnte sich zurück und schloss für ein paar Sekunden die Augen.

„Auf was hab ich mich da bloß eingelassen?", fragte sie sich, da vermeldete ihr Laptop einen neuen Mail-Eingang. Claire sah nach. *Wenn man an den Teufel denkt ...,* durchfuhr es sie. Es war Boheme. Schon der Betreff ließ nichts Gutes vermuten und stieß sie wieder ein paar Schritte zurück. Sie öffnete schließlich die Nachricht.

Hallo Lektorin,

danke für den Steckbrief. Ich schreibe an einem neuen Roman und dachte, Sie könnten mir Inspiration sein für meine Protagonistin. Ich habe mich getäuscht. Es findet sich nichts Interessantes bei Ihnen. Außerdem ist er lieblos hingeschrieben, ohne Gefühl. Erinnert mich eher an einen Fahndungsaufruf der Polizei. Meinen Steckbrief werde ich Ihnen nicht geben. Ich bin vorsichtig. Aber das hat nichts damit zu tun, dass ich zugeschnürt wäre, wie Sie es anscheinend sind.

Claire öffnete ungläubig den Mund. *Was erlaubte der sich noch?* Hitze stieg in ihren Kopf. Sie las weiter:

Zu Wichtigerem, meinem Skript. Das Einzige, was in Ihrem Steckbrief einen kleinen Blick in Ihr Inneres oder zumindest Ihre Aura zulässt, ist die Andeutung, dass Sie Geschichten zu Diamanten werden lassen wollen. Wollen, aber nicht können. Zumindest bei diesem nicht. Man merkt, dass Sie nie selbst einen Roman geschrieben haben. Denn wenn ich mir die vier Kapitel ansehe, Ihre Einwände, dann muss ich lachen. Dafür DANKE! Manches hat mich amüsiert. Entgegen Ihrer Forderung musste ich alle Anmerkungen löschen (siehe Anhang). Die Korrekturen (Tippfehler, Rechtschreibung mancher Wörter und Grammatikfehlerchen) nehme ich allerdings gerne an. Bitte verschwenden Sie also nicht meine wertvolle Zeit und korrigieren, wie schon zuvor gebeten, den Rest und lassen Ihre seltsamen Ideen weg. Ihre Chefin wird sowieso wieder

zufrieden sein, ich auch und wir können Adieu sagen.
Schade, Ihre Stimme versprach mehr Potenzial.
Mit gut gemeinten Grüßen,
S. B.

Ihr platzte der Kragen. Für was hielt dieser Mensch sich? Für unwiderstehlich in allen Bereichen? Ihre Finger flogen buchstäblich über die Tastatur.

Sehr geehrter Mr. Boheme,

wie können Sie sich anmaßen über mich zu urteilen? Das wird mir zu persönlich. Ich wollte nur nett sein. Und ja, ich habe noch nie einen Roman geschrieben, nur Kurzgeschichten, aber ich werde demnächst einen Roman beginnen. Egal. Was wichtiger ist, ist die Herablassung meiner Arbeitsweise. Ich habe Ihnen, wie schon früher erwähnt, nur Vorschläge unterbreitet. Dass Sie alle ablehnen, diese als lächerlich abtun, kränkt mich. Ich brauche keinen Steckbrief von Ihnen. Ich glaube, in Ihnen steckt ein trotziges kleines Kind. Was ist passiert, dass Sie so geworden sind und sich verstecken? Mir fehlen weitere Worte. Und ich bleibe dabei. Das ist keine Romance, das ist ein Porno, der alle Frauen als luxusaffinierte Wesen ohne Gewissen über einen Kamm schert und nur andeutungsweise auf den Protagonisten eingeht, der mit Abstand ein grässlicher egozentrischer Macho ohne Hirn und Herz ist. Ich hatte so gehofft, Sie bauen Ihre Andeutung im Roman, dass es doch anders sein könnte, noch aus. Ich kann ihn und Sie da nicht verstehen. Es tut mir leid. Barns-Books lehnt den Roman ab.

Alles Gute,
Claire Winston

Bohemes Unverschämtheit, die Unterstellung von Rays Mutter und dessen Verhalten in einigen Punkten, das war zu viel für sie. Ohne zu zögern schickte sie die Mail ab. Dann schoss sie hoch, ging zu einem der Fenster, um es zu öffnen. *Tief Luft holen, Claire!,* riet sie sich. Tränen stiegen ihr in die Augen. Erst nach ein paar Minuten fing sie sich wieder und kehrte zu ihrem Platz zurück. Zitternd starrte sie auf ihren Bildschirm und die zuletzt bearbeitete Seite von Bohemes Porno.

Langsam wurde ihr klar, was sie vor ein paar Minuten getan hatte. Sie hatte Boheme eine Absage erteilt. Sie hatte ihrem Zorn und dem verletzten Stolz freie Bahn gegeben und nicht nur das. Sie empfand alles, was sie geschrieben hatte, als wahr und richtig. Daran gab es nichts zu rütteln. Sie hatte die Mail-Eingang-Benachrichtungsmeldung noch aktiviert, die am rechten unteren Bildschirmrand aufblinkte. Mit zittrigen Fingern klickte sie darauf. Eine neue Mail von Boheme. Claire pustete geräuschvoll Luft aus, dann las sie:

Hallo,

SIE erteilen mir eine Absage? Und wer urteilt hier? In Ordnung, ich hätte manches für mich behalten sollen. Ich wollte Ihnen nur einen Gefallen tun, Sie wachrütteln. Da sieht man es wieder. Ihre Mail ist eine bodenlose Frechheit und kränkt mich zutiefst. JA, ich habe Gefühle, genau wie mein Protagonist. Stellen Sie sich vor. Sie wissen GAR NICHTS von mir und das wird auch so bleiben. Und Sie sind entweder zu faul, um unter die Oberfläche zu blicken, oder Sie können es eben nicht. Oder dachten Sie vielleicht, ich will Sie wegen der Steckbriefsache kennenlernen und sind daher so wütend, weil das nicht der Fall ist?

S. B.

Claire konnte nur den Kopf über seine Dreistigkeit schütteln. Trotzdem hätte sie das mit der Absage nicht schreiben, sondern erst Rücksprache mit ihrer Chefin halten sollen. In ihrer Verzweiflung nahm sie das Handy, um Ray anzurufen, entschied dann aber anders und wählte Jennys Nummer. Plötzlich kam Olivia ins Zimmer. Sie hatte nicht mal geklopft. Ihre Mimik verriet, dass sie sauer war.

„Was fällt Ihnen ein?", rief sie und warf die Tür hinter sich ins Schloss.

Claire sah sie mit großen Augen an und ließ das Handy sinken.

Wusste sie etwa schon Bescheid? Claire fixierte ihre Chefin. Die Suppe musste sie nun auslöffeln.

„Samu Boheme hat mir eine Mail geschrieben. Er stellt darin klar, dass nicht ich ihm kündigen brauche, sondern er mir, besser gesagt dem Verlag. Und er schrieb mir auch den Grund. Er fühlt sich nicht mehr ernst genommen und hätte sowieso schon ein besseres Angebot. Dennoch wollte er bei uns bleiben, weil er unsere bisherige Zusammenarbeit geschätzt hat. Bis Sie ...“

Olivia stoppte und lief puterrot an. „Bis er Sie als Lektorin bekommen hat. Er findet es eine Frechheit, dass Sie seine Arbeit so herabwürdigen, seinen Stil komplett ändern wollen. Er hat gar das Gefühl, Sie hassen ihn. Sein Agent schickte mir daraufhin die offizielle Bitte um Vertragsabbruch. Und jetzt kommen Sie", schnaubte Olivia.

Andrea steckte kurz ihren Kopf ins Zimmer und wollte etwas sagen, da brüllte Olivia: „Raus!"

Die junge Frau zog sich sofort zurück. Olivias Augen sprühten Funken des Zorns. Sie kam einen Schritt näher, während Claire mit ihrem Stuhl einen Meter zurückwich. Claire hoffte, dass sie sie nicht gleich umbringen würde.

„Ich hasse ihn nicht. Ich ... ich sagte ihm nur die Wahrheit. Ja, ich war voreilig, als ich ihm in der letzten Mail geschrieben habe, dass der Verlag sein Skript zurückweist. Verdammt, ich war sauer, Mrs. Barns! Sie sollten ..."

Olivia schnappte nach Luft.

„Sind Sie von allen guten Geistern verlassen? Und ich sollte gar nichts. Doch Sie sollten, ja Sie müssen. Nämlich das auf schnellstem Wege wieder geradebiegen."

Claires Puls jagte. Abermals stiegen ihr Tränen in die Augen, die sie hinwegzublinzeln versuchte. Sie empfand sich im Recht. Und zwar absolut.

„Er hat geschrieben, Sie hätten ihn beleidigt. Ihn und seine Arbeit. Ich sollte Sie rauswerfen. Auf der Stelle, Miss Winston."

„Nein, bitte Olivia. Lassen Sie mich erklären."

Hektische rot-weiße Flecken bildeten sich auf Olivias Stirn.

„Da bin ich gespannt. Dann mal los."

Claire versuchte ihre Chefin mit der lückenlosen Fassung der Ereignisse umzustimmen, aber ihre Mimik erhellte sich kein Stück.

„Er ist unser bester Mann. Ich will ihn unbedingt behalten. Und ich stehe auch hinter seinem neuen Roman. Und schon jetzt hinter all den weiteren, die noch folgen werden."

Claire runzelte die Stirn.

„Sie werden sich persönlich bei Boheme entschuldigen oder ich feuere Sie und nicht nur das ..." Sie kam bis an den Rand des Schreibtisches, beugte sich zu Claire hinunter und flüsterte zischend: „Glauben Sie mir, Sie werden keinen Fuß mehr in ein Verlagsgebäude setzen, wenn ich mit Ihnen fertig bin. Keiner aus der Branche wird je wieder etwas mit Ihnen zu tun haben wollen."

Claire kannte Olivia. Wenn sie sich etwas in den Kopf gesetzt hatte, dann führte sie es auch aus. *Wie würden Ray und Katherine reagieren, wenn sie davon erführen? Claire war sicher,* Katherine würde mit Sicherheit behaupten, dass ihr immer schon klar gewesen wäre, Claire würde beruflich nichts Nennenswertes auf die Reihe bringen.

„Ich habe nur meine Arbeit gemacht", flüsterte Claire. „Aber ich gebe wiederholt zu, das mit dem Vertragsbruch war ein Fehler von mir", ergänzte sie.

„Das bringt mir nichts. Sie werden zu ihm gehen und sich entschuldigen. Wie schon erwähnt. Und zwar höchstpersönlich. Er muss bleiben!"

Claire sah ihre Chefin an, die flach und schnell atmete.

„Verstanden?", zischte diese und verengte die Augen.

„Und wo finde ich ihn? Ich dachte, keiner weiß, wo er wohnt."

Ihre Chefin hob eine Augenbraue. „Dann finden Sie es verdammt noch mal heraus! Und zwar pronto. Ich gebe Ihnen bis spätestens Montagmittag Zeit."

Nachdem sie das gesagt hatte, machte sie auf dem Absatz kehrt und verließ das Büro.

Claire sah ihr nach und zuckte zusammen, als sie die Tür mit voller Wucht hinter sich ins Schloss zog. *Das musste ein Albtraum sein.*

Mit dem rechten Handballen hämmerte sie sich ein paar Mal gegen die Stirn. „Ganz klasse gemacht, Claire Winston." Zwei Minuten später rief sie Jenny an.

„Schreib ihm erst einmal eine Mail", schlug diese vor.

„Ja, hab ich vor. Und was soll ich schreiben?"

„Dass es dir leidtut? Tut es aber nicht, oder?"

Claire starrte auf ihr Mail-Programm. „Mir tut nur meine Voreiligkeit leid. Sonst nichts."

„Dann schreib ihm das."

„Okay. Das ist persönlich genug."

Noch vor der Mittagspause schickte sie die Mail ab. Das vor ihm auf den Knien Rutschen fiel ihr bei Gott nicht leicht. Dennoch musste es sein, sagte sie sich, wollte sie vor allem ihre Arbeit retten.

Sehr geehrter Mr. Boheme,

ich möchte mich hiermit in aller Form bei Ihnen entschuldigen, dass ich in leichter Rage behauptet hätte, der Verlag möchte Ihr Buch nicht und hebt den Vertrag auf. Das ist natürlich nicht der Fall. Ich hoffe auf Ihr Verständnis. Normalerweise bin ich nicht so impulsiv,

sondern vielleicht wirklich eher zugeschnürt. Ein biss-
chen, höchstens. Ich wäre auch bereit bei einem Telefo-
nat noch einmal in Ruhe über alles zu reden.

Mit freundlichen Grüßen
Ms. Claire Winston
Lektorin

Claire stützte die Ellbogen auf ihrem Schreibtisch ab und vergrub das Gesicht in ihren Händen, nachdem sie die Mail an Boheme abgeschickt hatte.

„Gott, was für ein Mist!", flüsterte sie und ließ die Hände nach unten sinken, als ein Anruf einging. Es war ihre Mutter. Seufzend nahm Claire das Gespräch an.

„Warum rufst du direkt im Verlag an?", fragte sie ihre Mutter.

„Ich wollte nur mal hören, wie du dich meldest." Sie lachte, wozu Claire gar nicht zumute war. Ihre Blicke schweiften durchs Büro, das vielleicht schon bald nicht mehr ihres sein würde. Selbst wenn Olivia ihre Eigenheiten hatte, hatte sie sich hier im Verlag doch immer wohlgefühlt.

„Ray ist so unendlich stolz auf dich, dass du nun Lektorin eines Bestsellerautors bist und bald befördert wirst. Das finde ich wiederum sehr nett von ihm, allerdings sollte er dich jedoch nicht hauptsächlich darüber definieren."

„Das mit der Beförderung steht in den Sternen", murmelte Claire.

„Was hast du gesagt?", fragte Eva.

Claire winkte ab, als könnte sie es sehen.

„Hat Ray wieder mit dir telefoniert, Mum?"

„Nur kurz. Er ist wieder sehr beschäftigt und er klang ein wenig niedergeschlagen. Ihr habt doch nicht gestritten?"

„Nein", log Claire. *Im Grunde war es für sie kein Streit gewesen. Zumindest kein richtiger.*

„Dann ist gut."

Claire beendete das Gespräch mit einem Küsschen, das sie für ihre Mutter ins Handy hauchte. Danach sah sie, dass Bohemes Agent, dieser Bob, ihr eine Mail geschickt hatte. Mit klopfendem Herzen las sie:

Sehr geehrte Miss Winston,

Samu Boheme wird keine weiteren Mails mehr von Ihnen empfangen. Er hat Sie blockiert und ist zutiefst enttäuscht über Ihr Vorgehen. Wir werden den Vertrag definitiv canceln. Und nicht nur diesen. Es ist längst an der Zeit andere Ufer auszuprobieren.

Mit freundlichem Gruß
Bob Deen

Claire schluckte mehrfach. *Nein. Das konnte er doch nicht machen.* Kurzerhand rief sie Bohemes Agent an. Seine Kontaktdaten waren am Fuße der Mail vermerkt. Er meldete sich mit leicht kratziger Stimme, die sie ein wenig an den Paten aus dem TV erinnerte.

„Hier ist Miss Winston. Die Lektorin von Samu Boheme."

„Ah, Hallo. Sie meinen wohl eher, die ehemalige Lektorin", berichtigte Bob sie. Claire rutschte auf ihrem Stuhl hin und her.

„Hören Sie. Ich habe voreilig gehandelt, als ich ihm geschrieben habe, dass der Verlag ihm kündigen will. Das stimmt nämlich nicht. Ich sehe den Fehler ein. Völlig. Also bitte, sagen Sie ihm doch ...“

„Da muss ich Sie gleich unterbrechen, Miss Winston, bevor Sie noch mehr Atem verschwenden.“

Claire stoppte.

„Die Entscheidung von Mr. Boheme steht fest. Das Verlags-Angebot, das er noch bekommen hat, ist wirklich viel lukrativer als das von Olivia Barns.“

Claire kaute auf ihrer Unterlippe, setzte sich dann aufrecht hin und atmete tief durch. „Aber Barns-Books hat ihn aufgebaut, obwohl Boheme anfangs so gut wie keinen Marktwert hatte. Sagen wir es offen, er war ein Nobody. Mrs. Barns ist auf volles Risiko gegangen“, musste Claire ihn erinnern.

„Kann schon sein. Dennoch müssen wir wirtschaftlich denken.“

Vor allem Sie, dachte Claire und schüttelte den Kopf.

„Nun. Alles Gute für Sie und Barns-Books. Wir werden natürlich nie vergessen, was Mrs. Barns für Samu getan hat.“

„Moment noch!“, wollte Claire den Agenten aufhalten. Boheme und er schienen auf einer Wellenlänge zu schwimmen. Und auch wenn es sie anwiderte, versuchte sie ein letztes Mal das Ruder herumzureißen. Sie war schließlich nicht unschuldig an der Misere. Auch deswegen wollte sie die Suppe fertig auslöffeln.

„Geben Sie mir wenigstens seine Nummer, Mr. Deen, und damit die Möglichkeit, ihm persönlich ...“

„Nein, das kann ich nicht. Das würde er mir auch nie verzeihen. Mein Klient kann sich zu hundert Prozent auf mich verlassen."

Boheme und sein Agent schienen denselben Dickschädel zu haben. Der Seitenhieb saß.

„Ist das wirklich Ihr letztes Wort?"

„In der Sache auf jeden Fall, Miss Winston. Ich sollte Ihnen noch dankbar sein, auch wenn ich Ihr Verhalten, wie Samu, unerhört finde. Guten Tag."

Und weg war er. In der Mittagspause brauchte Claire dringend frische Luft. Von Andrea erfuhr sie, dass Olivia sich den Rest des Tages freigenommen hatte.

„Alles okay?", wollte die junge Sekretärin wissen.

„Ja, klar", erwiderte Claire rasch und eilte nach draußen, wo sie der Verkehrslärm der Stadt begrüßte. Nachdem sie kurz mit Jenny via Handy die Sachlage besprochen hatte, die genauso auf dem Schlauch stand wie sie selbst, machte sie einen kleinen Ausflug in einen Park. Dort setzte sie sich unter eine Platane und versuchte durch eine kleine Yogaübung, die Jenny ihr gezeigt hatte, ein wenig Ruhe in sich zu finden. Es half nichts.

Nach einem weiteren Plan suchend stierte sie in das Blätterdach des Baumes. Die Blätter raschelten im sanften Wind des Sommers.

Das Klingeln ihres Handys riss sie aus ihrem Gedankenkarussell, in dem sie zusammen mit Boheme, seinem Agenten und ihrer Chefin unzählige Runden drehte. Claire fühlte sich alleingelassen von Ray. Allerdings wollte sie sich mit ihm nicht weiter zerstreiten. Daher war sie doch glücklich, als er kurz durchklingelte.

„Bist du noch sauer?", fragte er sie.

Claire verneinte, was ihn erleichterte, denn sie hörte ihn aufatmen.

„Hin und wieder sagt man eben etwas zu schnell, zu unüberlegt, was man dann hinterher bereut. Nur manchmal ist es zu spät, um es im Nachhinein wiedergutzumachen", erklärte Claire.

„Das finde ich auch. Dann sind wir wieder gut? Ich verzeih dir und du mir, dass ich vielleicht manchmal ein klein wenig auf dem Schlauch stehe. Aber du weißt ja, dass ich auch immer viel um die Ohren habe."

Claire fragte sich, was genau er ihr verzieh. Zudem gefiel ihr nicht, dass er es so hinredete, als wäre nur er derjenige von ihnen beiden, der arbeitete. Keinesfalls wollte sie ihm die Sache mit Boheme auf die Nase binden, jedenfalls nicht am Telefon. Wenn überhaupt, dann am Abend bei einem oder besser zwei Glas Rotwein. In ihr blieb eine schale Sehnsucht zurück.

„Sonst alles in Ordnung bei dir, Schatz?", fragte Ray.

„Ja, klar. Wann kommst du nach Hause?"

„Gegen acht. Ich bring uns was sehr Leckeres mit." Das hörte sich vielversprechend an. Claire wollte wieder hoffen und die letzten Funken auffangen, die zwischen Ray und ihr tanzten. Vielleicht konnten sie daraus doch wieder ein Feuer entfachen.

Versteckte Einsamkeit

Das liebevoll mit Blumengirlanden und weißen Seidentüchern geschmückte Schaufenster eines Buchladens in einer Geschäftsstraße Brightons lud Claire zum Verweilen ein. Die Bücher, die dort wie kleine Helden auf Glassockeln drapiert waren, schienen für den Besitzer des Ladens einen besonderen Wert zu haben. Claire kam nicht umhin zu denken, dass das bei Olivia irgendwann aufgehört hatte. Vor allem in letzter Zeit war ihr aufgefallen, dass ihre Chefin nur noch umsatzorientiert dachte. Das musste sie zwar, aber eine Portion Leidenschaft gehörte für Claire zu einem guten Geschäft eben dazu. Und die schien in diesem Denken langsam zu ertrinken. Konnte es sein, dass Olivia sich nur einredete etwas schön zu finden, wenn sie sicher war, dass es einen großen Karren Geld einfahren würde? So wie eben Bohemes neues Buch? Aber nur, weil er sich einen Namen gemacht hatte, konnte das Ganze auch nach hinten losgehen. Claire pustete Luft aus. Aus dem Laden kam ihr der Geruch von Papier und Tinte entgegen, was sie sofort anzog. Sie wagte einen Blick hinein. In den roten Teppich, mit dem der Laden ausgelegt war, waren goldene kleine Kronen eingewebt. Auf runden Tischen mit weißen Decken lagen stapelweise Bücher aus. An den Wänden waren warm-weiß beleuchtete

Regale voller Bücher angebracht. Darunter auch welche von Samu Boheme, die ein eigenes Regal füllten. Darüber prangte ein Werbeplakat mit ihm als schwarze Silhouette, die von Nebel umhüllt wurde. *Wie passend*, fand Claire. Gleich neben der Gestalt stand in Weiß geschwungenen Buchstaben *Meister des Thrillers – Samu Boheme*.

Claires Herz schlug wie wild, als würde der sogenannte Meister gleich selbst zwischen den Buchseiten hervor und ihr an die Gurgel springen.

„Suchen Sie ein bestimmtes Buch von Samu Boheme? Wir haben alle da", sagte ein älterer Herr mit grau meliertem Haar, der in etwa so groß wie Claire war und einen feinen braungrauen Anzug mit dunkelblauer Krawatte trug.

„Ich weiß nicht", gab sie zurück und besah sich ein Buch nach dem anderen.

„Es gibt ein kleines Bonsaibuch mit ein paar Gedichten und Zeichnungen von Boheme, das nicht ganz so bekannt ist. Er hat es über einen kleineren Verlag herausbringen lassen und unter anderem Namen. Jedenfalls wird das von manchen Leuten stark vermutet. Ich bin einer davon."

Davon hatte Olivia nie etwas erzählt. *Wusste sie es vielleicht gar nicht oder war es nur ein Hirngespinst des Buchhändlers?*, fragte sich Claire.

„Haben Sie es da?", wollte sie wissen.

Der Mann nickte und zog ein dünnes Büchlein zwischen den Thrillern hervor, das er ihr reichte. Der Umschlag war samtig grün.

„Wie kommen Sie darauf, dass es von ihm ist?"

Auf dem nüchternen Umschlag stand in goldener Schrift der Titel des Werks *Versteckte Einsamkeiten*. Als Autor wurde ein gewisser Sam Blackford genannt.

„Sam für Samu", sinnierte Claire laut und der Verkäufer, der sich ihr als Besitzer des Ladens vorstellte, nickte.

„Aber das ist natürlich nicht das einzige Indiz", sagte er.

„Was noch Ihrer Meinung nach?", wollte Claire wissen.

„Die Gedichte, beziehungsweise Verse. Sie sprechen seine düster-romantische Sprache und sie erwähnen die fast unberührte Natur Kanadas, wo auch einige Szenen seiner Thriller spielen."

Claire nickte nachdenklich. „Okay. Klingt interessant." Das tat es in der Tat.

„Ich kaufe es", beschloss sie.

Ray köpfte den Wein, den Claire aus der Stadt mitgebracht hatte, während sie das Sushi anrichtete. Nachher wollte sie ein Bad nehmen und in dem Gedichtband schmökern. Claires Gedanken wanderten wieder zu Boheme. *Hatte Samu Boheme alias Sam Blackford etwa eine Vorliebe für Kanada?* Claire hatte schon einmal gehört, dass er die Natur liebte. „Düstere Romantik", flüsterte sie und schüttelte den Kopf.

Auf dem Weg nach Hause hatte sie mit Jenny telefoniert und das Treffen mit ihr abgesagt. Diese fand es schade, aber konnte es verstehen. Noch einmal ließ sie das Telefonat in ihrem Kopf Revue passieren: „Wirst du es Ray sagen und glaubst du, das Büchlein aus dem Laden hilft dir weiter?", hatte Jenny sie gefragt.

„Ich weiß es nicht. Das ist die Antwort zu deinen beiden Fragen, Jenny. Ich hab nur noch bis Montagmittag Zeit eine Lösung zu finden, die Olivia Barns akzeptiert. Dieser Bob, der Agent, wird mir definitiv nicht weiterhelfen. Und was sage ich Ray, wenn ich ihm nichts von der Sache erzählen will?!"

„Ich höre heraus, dass du da eher zu einem Nein tendierst. Normalerweise gehört es zu einer Partnerschaft dazu, dass der andere einen auffängt. Du hast Angst, Claire. Das tut mir weh."

Claire wollte das nicht hören. „Fang nicht wieder damit an, dass Ray nicht der Richtige für mich ist."

„Das habe ich nicht gesagt, Claire", hatte Jenny erwidert.

„Jedoch gemeint. Ich muss mein Herz entscheiden lassen."

„Ja, tu das. Aber vergiss nie den Verstand mitentscheiden zu lassen. Gott, entschuldige! Ich kling wirklich besserwisserisch. Dabei meine ich es nur gut."

Claire hatte auf ihre Worte hin schmunzeln müssen. „Ich weiß doch."

„Über was denkst du nach?", fragte Ray und holte sie damit aus ihren Gedanken, die sie wieder einmal zu fest im Griff hatten. Er kam zu ihr und legte von hinten einen Arm um sie. Dann drehte er sie zu sich um. In seinem Jogginganzug gefiel er ihr besser als in den Anzügen, die er sonst immer trug.

„Ich hab dir noch etwas mitgebracht", sagte er, was sie aufmerksam fand. Sie war gespannt, was es war. Einen Wimpernschlag später zog er einen schwarzen, mit Glitzersteinen besetzten Spitzenbody hinter seinem Rücken hervor. Die Schnittführung war gewagt und raffiniert. Demnach verdeckte er nur wenig. „Für mein Juwel", flüsterte Ray und küsste ihren Hals, während er Claire den Body in eine Hand drückte.

„Und da drin willst du mich später sehen?", fragte sie leise und wurde rot. *Was für ein Fummel*, dachte Claire und musste kurz an Boheme denken, den sie sofort wieder verscheuchte. Sonst hatte sie nichts gegen Dessous. Doch dieses Teil mochte sie nicht.

„Noch mehr als nur sehen", sagte Ray, wich zurück und zwinkerte ihr zu. Dann senkte er seine Lippen auf ihre. Claire schloss die Augen, versuchte zu fühlen, sich fallen zu lassen. Es funktionierte nicht. Langsam löste sie sich von ihm.

„Es war ein anstrengender Tag. Ich glaube, ich nehme erst einmal ein Bad, um zu entspannen", sagte sie und lächelte ihm zu. Das Dessous legte Claire auf den Tisch neben das Sushi.

„Aber beeil dich, ja!", rief Ray ihr hinterher.

Claire passte auf, dass das Büchlein keinen Badeschaum abbekam. Die Wärme des Wassers entspannte zwar ihre müden Knochen, aber nicht ihre Seele. Pfirsichduft stieg ihr in die Nase. Sie schlug das Büchlein auf, auf dessen zweiter Seite sich eine Kreidezeichnung befand, die wilde Natur zeigte, in der zwei Bärenkinder miteinander rangelten. Daneben stand ein kleiner Vers:

Kinderspiel, kinderleicht, das Lachen tief aus ihren Seelen weicht. Glaube an Magie und Lichterglanz, verschluckt wird später viel zu oft von großer Hand. Gib auf den Spiegel acht, lass ihn nicht fallen, sonst wirst du dich nie wieder als du selbst erkennen, dich auf fremden Wegen verrennen.

„Wahrlich düster romantisch. Kein Meisterwerk, aber dennoch durchaus mit Tiefgang", flüsterte Claire, als könnte Boheme sie hören, vor allem die Überraschung in ihrer Stimme. Sie blätterte weiter. In einem anderen Gedicht ging es um Blumen, welche er auf der gegenüberliegenden Seite einer einsam gelegenen Hütte gezeichnet hatte, die von hohen Bäumen umgeben war. Sie besaß eine umlaufende Veranda. In der Nähe floss ein kleiner Bach. Die Details der Zeichnung gefielen Claire. Auf einem Ast eines Baumes saß eine Eule. Am Himmel prangten Sterne und im Bachlauf des Flusses brach sich das Mondlicht. *Irgendwie beruhigend*, dachte sie. Nur das Gedicht erschien ihr im Rückblick auf den Schriftverkehr mit Boheme wieder frauenfeindlich. Vorausgesetzt die Verse stammten tatsächlich von ihm.

Rosen gibt es viele
Schön anzusehen
Betört von ihrer Zartheit und ihrem Duft
Wie ein Zauber in der Nacht,
wenn man ihre Dornen nicht sehen kann.
Doch kümmern sie mich auch bei Tage nicht,
werden sie mich nie verletzen können.

Claire seufzte und blätterte weiter. Es folgten Gedichte der gleichen Art. Dazu Zeichnungen von Flüssen, Wasserfällen und wilden Wäldern. Sie blätterte zurück zur Hütte. *War das ein Ort, an dem er gerne Urlaub machte?*, sinnierte sie. Wieder schossen ihr seine Worte aus der Mail und ihrem Telefonat in den Kopf und machten sie schier wahnsinnig. Schließlich stieg sie aus der Wanne, trocknete sich ab, ließ das Wasser ablaufen und ging zurück ins Esszimmer. Ray war nicht mehr dort. Sie fand ihn im Wohnzimmer auf der Couch liegend. Er war eingeschlafen, hatte die Knie ein wenig angewinkelt. *In der Position sah er aus wie ein kleiner Junge, fand Claire und* schmunzelte. Auf Zehenspitzen schlich sie zurück ins Esszimmer und schloss die Tür hinter sich. Es war nicht allzu spät. Das Ticken der Wanduhr erinnerte sie wieder an den Termin am Montag. Sie musste mehr tun. Kurzerhand probierte sie doch noch einmal bei Bob, Bohemes Agenten, ihr Glück. Sie atmete auf, als er nach dem vierten Klingeln ranging.

„Sie schon wieder?", rief er ins Telefon, als er hörte, wer dran war.

„Bitte legen Sie nicht auf!", bat Claire inständig.

„Ich hatte mich doch klar und deutlich ausgedrückt."

„Ich muss mit ihm sprechen. Jeder hat doch eine zweite Chance verdient."

„Nein, tut mir leid."

Was für ein kalter Mensch dieser Agent doch war. Claire ging im Esszimmer auf und ab. „Wenn Sie ihm wenigstens meine Nummer geben würden?!"

„Nein. Und jetzt stören Sie mich nicht weiter. Meine Frau wartet auf mich."

Claire durfte nicht aufgeben. „Wo ist er?", hakte sie weiter nach.

Bohemes Agent lachte. „Sie glauben doch nicht ernsthaft, dass ich Ihnen das auf die Nase binde. Lassen Sie mich und Samu in Ruhe. Ein für alle Mal!"

„Sie verstehen nicht ...!", rief Claire verzweifelt.

„Sie sind diejenige, die kein Einsehen haben will. Nun kann ich Boheme noch besser verstehen. Er will seine Ruhe."

„Seine Ruhe? Die kann er danach haben, so viel er will. Ich möchte doch nur ..."

„Ihren Hintern retten. Ich weiß."

Claire schnaubte. „Er war auch nicht gerade sehr freundlich, Bob. Meinen Sie nicht, er hat auch eine kleine Mitschuld an dem Dilemma? Es ist kaum zu glauben, dass so ein Mann Verse schreiben kann, die auch eine Spur Romantik enthalten."

„Von was sprechen Sie da?", fragte Bob.

„Ich weiß, dass er unter Sam Blackford einen Gedicht- und Bildband herausgebracht hat. Darin könnte man meinen, dass er sehr tiefgründig ist."

„Das ist er auch. Er ist kein oberflächlicher Mensch. Vielleicht ein bisschen zu emotional von Zeit zu Zeit und stürmisch. Das gebe ich zu."

„Toll!", stieß Claire aus. „Warum hat er dann keine Tiefgründigkeit und Erklärung, höchstens einen Hauch, in seinen neuen Roman eingebaut? Der Leser, also auch ich, versucht zu verstehen, warum Boheme ein kaltblütiger Macho ist. Aber man lässt ihn am ausgestreckten Arm verhungern." Claire ruderte zurück. „Ich meine seinen Protagonisten natürlich."

„Das alles führt zu nichts, Miss Winston. Ich lege jetzt auf", sagte Bob.

„Nein. Bitte, sagen Sie mir, wo er ist. Ich verrate es auch nicht. Ich ..."

„Sie sind sehr hartnäckig. Das muss man Ihnen lassen, Miss Winston."

„Sie aber auch. Ich will mich wirklich entschuldigen. Ich weiß, dass ich manches nicht hätte sagen dürfen. Manchmal schießt man über das Ziel hinaus. Dennoch werde ich eines nicht tun, den Roman, den er geschrieben hat, so wie er ist für gut befinden."

Was rede ich da schon wieder?, fragte sich Claire. Das ging diesen Bob doch nichts an.

„Vielleicht wäre es tatsächlich besser, wenn Sie beide sich einmal persönlich gegenseitig den Kopf waschen würden", äußerte Bob und Claire stockte der Atem. Ein Lichtblick tat sich auf.

„Gern!", stieß sie nach zwei, drei Sekunden aus und lauschte angespannt.

„Dann viel Glück bei der Suche."

Claire seufzte. „Sie helfen mir also nicht?"

„Nein. Und nun leben Sie wohl, Miss Winston."

„Ein kleiner Tipp. Ist er in England? Kalt oder heiß?"

„Sehr kalt. Gute Nacht."

Er legte auf. Kurzerhand wählte Claire die Nummer ein weiteres Mal.

„Ich werde Sie nun blockieren. Hören Sie auf, mich zu belästigen, Miss Winston!", brüllte Deen, sobald er abgehoben hatte.

Darauf konnte sie keine Rücksicht nehmen.

„Dann ist er im Ausland? Ich meine, weil sie meinten, es wäre kalt. Also meine Vermutung, dass ...", sagte sie schnell.

„Ja."

„Wo ist er? Bitte!"

„An einem Fleckchen Erde, das Sie als Großstadtpflanze ganz sicher nicht mögen würden. Geben Sie auf. Sie haben es vermasselt."

Claire warf ihr Handy auf den Esszimmertisch und ballte die Hände zu Fäusten.

„Herrgott noch mal!", zischte sie.

Dann stapfte sie in ihr kleines Arbeitszimmer und klappte den Laptop auf.

Mit zitternden Fingern gab sie Sam Blackford in die Suchleiste des Internets ein. Es gab ein paar wenige Artikel, die auf das Büchlein hinwiesen, das sie im Buchladen gekauft hatte. Der Zusammenhang mit Boheme wurde jedoch nur vermutet. Claire zog die Brauen zusammen, denn die Suchmaschine zeigte auf den Folgeseiten weitere Ergebnisse an. Zwar hatten diese nichts mit dem Büchlein, aber mit einem See namens Blachford zu tun. Das klang ähnlich. Der See befand sich in Kanada. Claires Herz machte einen Satz. Leise las sie:

Der Blachford See ist ein abgelegener See im fast noch unberührten Norden Kanadas. In der Nähe liegt Yellowknife. Das Resort um den See und den See selbst erreicht man mit einem Wasserflugzeug. Auf Besucher warten eine atemberaubende Natur, Polarlichter und Abenteuer. Abgelegene Hütten bieten Ruhe und Romantik.

Dann ist er dort!, durchfuhr es Claire. Sie schloss die Augen und fuhr sich mit einer Hand über das Gesicht. „So ein Mist!", murmelte sie.

Plötzlich stand Ray in der Tür. „Alles okay?", fragte er. Claire nickte wie mechanisch. Ray gähnte. „Sorry, dass ich eingenickt bin! Du brauchst aber auch ewig. Was machst du da?"

Er ging zu ihr und runzelte die Stirn. „Kanadas Wildnis. Abgelegene Hütten unterm Polarlichthimmel", las er die Überschrift des Berichts laut, den sie geöffnet hatte. Entgeistert sah er sie an. „Das wird aber nicht dein nächster Urlaubswunsch oder?"

Claire blickte zu ihm auf. „Auf den Fotos sieht es fantastisch aus."

Ray winkte ab. „Ohne mich. Natururlaub pur ist nichts für mich. Meer, Strand, Sonne, Bikinis und gutes Essen, das ich nicht erst jagen muss, ist schon besser, viel besser."

„Bikinis? Sieh an", entfuhr es Claire. Ihr schwirrte der Kopf. War Boheme gerade am Blachford See, in einer einsamen Hütte und ärgerte sich über sie? Nein, wenn, dann lachte er vielmehr über sie, konnte sie sich vorstellen.

„Eifersüchtig?", fragte Ray und zwinkerte ihr zu.

„Ich bin nicht zu Scherzen aufgelegt, Ray", erwiderte Claire und klappte den Laptop zu. Ray stützte sich mit beiden Händen an der Kante ihres weißen Schreibtisches ab und sah ihr in die Augen.

„Hast du Hunger? Ich schon. Und als Dessert vernasch ich dich in dem heißen Spitzenbody. Na, Laune besser?"

Warum ignorierte er schon wieder, was sie eigentlich gesagt hatte?

Er drückte ihr einen Kuss auf die Lippen, zog dabei aber seine rechte Braue nach oben, da klingelte ihr Handy, das im Esszimmer lag. Vielleicht war es Bob, der es sich anders überlegt hatte. Claire sprang auf, eilte aus dem Zimmer und ging ran. Es war Jenny. „Hi. Du weißt doch, dass Val ein Thriller-Fan ist. Er hat auch einiges von Boheme gelesen. In zwei, drei Thrillern hat er einige Szenen in einer Hütte an einem See in Kanada spielen lassen. Als du mir vorhin von Sam Blackford und seinen Zeichnungen erzählt hast, da kam mir etwas später der Gedanke. Dort gibt es ein Blachford Wilderness Resort mit einsam gelegenen Hütten. Ich habe Val natürlich nichts Konkretes erzählt."

Claire staunte. „Danke, Jenny!" Das bestätigte, was sie vorhin schon dachte.

Einen Wimpernschlag später erschien Ray im Esszimmer.

Trotz der Neuigkeit sah Claire ihre Felle endgültig davonschwimmen. Höchstwahrscheinlich war er wirklich in Kanada. Das war weit weg. *Zu weit.* „Du, Jenny, ich ruf dich morgen wieder an", sagte sie zu ihrer Freundin.

„Und wenn du hinfliegst?", fragte diese.

Claire lachte, wurde aber ernst, als sie Rays fragenden Blick auffing.

„Bis morgen", sagte sie und legte dann auf.

„Wer war das?", wollte Ray sofort wissen.

„Jenny."

„Und was wollte sie?"

„Nur gute Nacht sagen", erwiderte Claire müde.

Ray spitzte die Lippen. „Verheimlichst du mir etwas?"

Claire sah ihn entgeistert an. „Nein. Es ist nichts, Ray. Du musst dir keine Sorgen machen."

„Du bist so angespannt zwischendurch. Kommst du mit dem Job nicht zurecht? Ist er doch zu ..." Er stoppte.

„Zu was?", fragte Claire.

„Ich weiß nicht. Er ist eben ein großer Star. Da ist man sicher manchmal eingeschüchtert."

Claire nickte. „Ach, du meinst, ich fühle mich ihm nicht gewachsen? Du dachtest doch schon mal, dass mich das alles überfordert."

„Das habe ich nun nicht gesagt, Claire."

Claire atmete durch. „Aber gemeint."

„Nein." Die Antwort klang nicht recht überzeugend für Claire.

Unmöglich konnte sie ihm die Wahrheit sagen.

Es reichte, dass sie sich vor sich selbst bloßgestellt hatte. Schon allein das Gespräch mit diesem windigen Agenten war erniedrigend genug.

„Lass uns nicht streiten. Ja? Mum würde sich freuen, wenn sie wenigstens erfahren dürfte, um was es in dem Skript geht. Ich meine, da ist doch nichts dabei."

Claire versuchte ruhig zu atmen.

„Hauptsächlich um wilden Sex, Ray. Sag ihr das. Du wirst ihr letztendlich immer recht geben. Nicht wahr? Und ich, ich bin das kleine Dummchen, der ungeschliffene Diamant", stieß sie dann aus und ließ ihn stehen.

Doch er kam ihr nach.

„So ein Blödsinn. Fang nicht schon wieder mit diesem Irrsinn an."

Er fasste sie an den Schultern und wirbelte sie herum. Erschrocken sah sie ihn an. „Du benimmst dich wie ein trotziges Kind, Claire. Was ist nur los?"

Claire konnte nicht verhindern, dass ihr Tränen in die Augen schossen. Es hatte keinen Sinn wei*ter zu disku-tieren.* „Du verstehst es sowieso nicht. Ich bin müde. Gute Nacht."

Sie riss sich los und ging ins Schlafzimmer. Dort ließ Ray sie zum Glück in Ruhe. Seine Worte hallten in ihr nach und malträtierten ihr Herz. Alles um sie herum und sie selbst versank in einem Chaos, das den Namen Leben trug.

Eine waghalsige Entscheidung

Den Samstag verbrachten Ray und Claire größtenteils getrennt und mit Schweigen, nachdem er sie nach allem zudem „empfindlich" genannt hatte. Jenny, mit der sie telefonierte, erzählte sie nichts von ihrem Leid. Sie wollte ihr nicht andauernd etwas vorjammern, musste sich erst selbst sortieren. Jenny hatte sie sofort durchschaut und ihr gesagt, dass sie immer für sie da wäre. Erst am Sonntag näherten Ray und Claire sich wieder an. Die vorherigen Stunden hatte Claire mit dem Ausarbeiten eines Exposés für ihre Geschichte genutzt. Nun sammelte sie erst weitere Stichpunkte, bevor sie an dem Roman weiterschreiben wollte. Zudem hatte sie über die Wildnis Kanadas recherchiert. Jede Ablenkung tat ihr gut. Denn der Termin am morgigen Montag lag ihr wie ein Stein im Magen.

„Ich liebe dich, lass uns nicht streiten", sagte Ray am Sonntagmorgen. Er stellte sich hinter sie und küsste ihren Hals. Claire vergoss ein wenig von ihrem Tee. Sie war noch immer enttäuscht über Rays Verhalten und seine Worte. Dennoch genoss sie die Körperwärme, die er ausstrahlte und seine Küsse. *Vielleicht sollte sie den nächsten Schritt tun.* „Ich war vielleicht wirklich ein wenig zu empfindlich", flüsterte sie deshalb.

Langsam drehte Ray sie zu sich um und lächelte. „Wir haben noch etwas nachzuholen. Schade, dass es den Body nicht in Rot gab."

Claire stutzte. *War das alles, was er zu ihrem Streitgespräch zu sagen hatte?* Ein bisschen Sex und alles war wieder gut? Als er sie küsste, vereisten die wenigen Schmetterlingsflügel, die sich soeben hoffnungsvoll in ihr ausgebreitet hatten. Sie ging an Ray vorbei.

„Was ist denn nun schon wieder?", fragte er.

Claire ließ die Frage unbeantwortet.

Allmählich begann Claire das Ticken der Uhr über der Bürotür zu hassen. Es war ein grauer Montag, passend zu ihrer Stimmung, und bereits dreizehn Minuten nach Mittag. Ihre innere Unruhe wuchs mit jeder Sekunde, die verging.

Andrea hatte ihr die drei Thriller, von denen Jenny am Telefon gesprochen hatte, vor einer halben Stunde aus der verlagseigenen kleinen Bücherei besorgt. Die Titel hatte Jenny Claire bei einem Telefonat am Sonntag genannt. Tatsächlich war in allen drei Büchern vom selben Handlungsort die Rede. Die Hütte war demnach die einsamste, die es in der Region um den Blachford See gab. Sie lag rund drei Meilen vom See entfernt. Von Nähe konnte da also nicht die Rede sein. Sie gehörte keinem Urlaubsresort an, sondern war privat. Claire glaubte fest, dass es diese Hütte wirklich gab und Samu dort war. Doch es half ihr nichts. Samu Boheme war unerreichbar für sie, außer es passierte ein Wunder.

Das Wunder blieb aus. Olivia sah Claire mit verschränkten Armen über ihren Schreibtisch hinweg an. Ihre Gesichtszüge waren wie in Stein gemeißelt, hart und unnachgiebig.

„Na dann."

Sie stand auf, nachdem Claire ihr alles gesagt hatte, was sie unternommen und in Erfahrung gebracht hatte. Dann reichte sie Claire eine Hand über den Tisch hinweg. Claire versuchte die Fassung zu wahren. *Das war es dann also.* So richtig wollte und konnte sie nicht glauben, dass sie nun gehen musste, dass das hier ihr letzter Tag gewesen war.

„Die Jahre hier werde ich nie vergessen", flüsterte sie. „Es tut mir leid! Nicht alles, aber dass ich mir herausgenommen habe zu sagen ...", bekam sie mit halbwegs fester Stimme heraus.

„Gute Reise", unterbrach Olivia sie und hob die Brauen.

Claire nickte.

„Ich nehme an, die Kündigung ist fristlos", sagte sie und brachte die Worte kaum über die Lippen. Ihr Herz flatterte und wusste nicht, wohin mit all den düsteren Emotionen.

„Dazu wird es hoffentlich nicht kommen." Claire blinzelte erste Tränen weg, die sie nicht unterdrücken konnte.

„Ich gebe Ihnen noch eine Chance. Sie zeigen mir gerade wieder, dass Sie wirklich mit Herz an Ihrer Arbeit hängen. Und ich glaube Ihnen, dass Sie es bereuen", sagte Olivia.

Die dunklen Wolken über Claire waren mit einem Mal wie weggeblasen.

„Ist das wahr?", rief sie und schlug dann eine Hand vor den Mund, um einen Jubelschrei zu unterdrücken. Sie wollte es nicht übertreiben. Olivia blieb todernst. „Sie behalten den Job, wenn Sie es schaffen sich zu entschuldigen und Boheme die Entschuldigung annimmt und seinen Vertrag bei uns weiterlaufen lässt."

Claire entgleisten sämtliche Gesichtszüge. Sie hätte es wissen müssen. *Natürlich gab es einen Haken.*

„Aber ich habe Ihnen doch erklärt ...", erwiderte sie.

„Gute Reise, Claire. Sie fliegen nach Kanada und suchen ihn dort. Sie sind doch überzeugt, dass er dort ist. Also, Koffer packen und los geht es. Ich erwarte regelmäßige Zwischenberichte. Ach ja. Sie werden Ihre Urlaubstage dafür opfern müssen."

Claire kam aus dem Staunen nicht mehr heraus.

„Das geht doch nicht. Das kann ich nicht."

Olivia setzte sich wieder und blätterte seelenruhig in einem Notizbuch. „Dann bekommen Sie die fristlose Kündigung zugeschickt. Wie Sie wollen."

Olivia blickte nicht mal mehr auf. Claire wusste, dass sie es meinte, wie sie es sagte. Ihre Chefin war eine Frau, die selten Scherze machte.

„Aber was soll ich Ray sagen?", murmelte Claire.

Olivia hob die Brauen. „Die Wahrheit? Oder hat er immer noch die Pantoffeln an?", fragte Olivia und kritzelte etwas in ihr Notizbuch. Die Art, wie sie den Stift dabei aufs Papier drückte, verriet Claire die innere Anspannung, unter der sie stand.

„Nein. Keiner von uns trägt Pantoffeln. Darf ich darüber nachdenken?", fragte Claire.

Olivia nickte. „Ja."

Wenigstens etwas, dachte Claire.

„Danke!", erwiderte sie und war schon im Begriff zu gehen. Sie brauchte dringend frische Luft. Doch ihre Chefin war noch nicht fertig. „Fünf Minuten müssen genügen", ergänzte Olivia und winkte sie dann hinaus.

Claire öffnete eines der Fenster ihres Büros und atmete die hereinströmende Sommerluft tief ein. Sie glaubte, die Gedanken in ihrem Kopf rattern zu hören. *Was sollte sie tun und Ray sagen? Unmöglich die Wahrheit.* Das Handy in ihrer Hosentasche vibrierte schon zum dritten Mal. Sie zog es seufzend heraus und warf einen Blick auf das Display. Es war Ray. Im ersten Moment wollte sie ihn wegklicken, entschied sich dann jedoch ranzugehen.

„Ray, hallo."

„Claire. Ich wollte dir nur schnell etwas sagen. Muss gleich zu einem Meeting."

„Okay. Und deswegen rufst du an?"

„Nein. Ich … ich liebe dich, Claire! Wir kriegen das doch alles hin. Wir zwei. Das ist es doch, was zählt. Ich bin stolz auf dich. Wirklich. Kein Lippenbekenntnis. Ja, das war es schon, was ich dir sagen wollte."

Er machte eine Pause.

„Claire?"

„Ja … ich bin noch dran." Seine Worte erstaunten sie. Er sprach sie sanft aus, berührte damit ihr Herz. Sie konnte nicht anders, als ihm noch eine Chance zu geben. Sie würde für ihre Liebe und ihr Glück kämpfen. Ihr war bewusst, dass sie auch nicht fehlerlos war und für das, was ihr wichtig erschien, kämpfen musste. Auch wenn sie kleine Notlügen dazu gebrauchen musste. Sie wollte Ray und sich selbst stolz machen. Sie glaubte, dass die Schmetterlinge noch nicht erfroren waren. Schon jetzt spürte sie, dass sie sich leicht regten. Ray zeigte ihr mit dem Anruf, dass auch er kämpfte.

„Claire? Du sagst ja gar nichts." Sie ahnte, dass er gerade die rechte Braue hob und musste schmunzeln.

„Ich liebe dich und ich denke auch, wir kriegen es hin. Wir zwei. Ja, nur das zählt!", antwortete sie deshalb und blickte dem Horizont entgegen.

Aufbruch in die Ungewissheit

Jenny nahm sich Zeit für Claire, als diese bei ihr im Fitnessstudio auftauchte.

„Komm mit in mein Büro. Da können wir ungestört reden." Jenny legte einen Arm um Claire.

Als sie dort ankamen, setzten sie sich auf eine violette Samtcouch, die längs der Wand in der Nähe von Jennys rundem Glasschreibtisch stand. Das Büro war wie der Rest des Studios hell und modern eingerichtet. Eine Palmpflanze gab dem Raum Natürlichkeit.

„Und was sagst du Ray?", fragte Jenny mit großen Augen, nachdem Claire ihr alles erzählt hatte. Auch, dass sie fest entschlossen war, nach Kanada aufzubrechen, was sie selbst immer noch nicht glauben konnte.

„Ich denke, die Sache wird nicht lange dauern. Ich entschuldige mich und komme dann wieder. Ray und ich werden es schaffen, Jenny. Ich weiß, du magst ihn nicht. Trotzdem möchte ich den Mann heiraten. Als er vorhin angerufen hat, da war er wieder der Ray, in den ich mich verliebt habe. Aber ich will ihm davon nichts erzählen und das seidene Band, das sich da wieder zwischen uns bildet, nicht durch diese blöde Geschichte zerstören."

Jenny lächelte leicht. „Ich wünsche es dir von Herzen, Claire. Dass alles so klappt und wird, wie du es dir wünschst. Ich muss Ray ja nicht mögen und ich habe auch nicht immer recht. Auf jeden Fall scheint er bemerkt zu haben, dass es eine Kehrtwende braucht. Das spricht für ihn."

Claire lachte vor Erleichterung, dass Jenny es genauso sah, wurde aber gleich wieder ernst.

„Ich habe Ray früher von Anastasia erzählt. Einer Freundin."

„Die, die in Chicago wohnt?!", erinnerte sich Jenny.

„Ja, genau die. Sie hat sich verlobt. Ich sage Ray einfach, dass ich sie besuche übers Wochenende und spätestens Dienstag wieder da sein werde. Olivia ist damit einverstanden. Der Flug für Freitagfrüh ist schon gebucht."

„Und du meinst, das glaubt er?"

Claire lehnte sich in ihrem Stuhl zurück. „Ich sage ihm, dass wir in letzter Zeit öfters telefoniert haben und sie mich letztendlich zu einem Mädelswochenende überreden konnte, zumal sie ihre Hochzeit plant und mir da einiges zeigen wollte. Unter anderem ihr Brautkleid."

Jenny hob die Hände und drückte Claire die Daumen.

„Danke, Jenny!"

„Vielleicht sollte ich mitkommen. Das ginge schon. Val hat sicher Verständnis", schlug sie dann vor. Doch das wollte Claire nicht.

„Das muss ich selbst schaffen." Sie umarmte Jenny. „Du bist eine echte Freundin."

Ray war perplex, als sie ihm die Neuigkeiten erzählte. Nachdem sie nach Hause gekommen war, hatte sie für sie beide Spaghetti mit veganer Soße gekocht, so wie Ray es mochte. Sie hatte die Schmetterlinge in ihrer alten Form gefühlt, als er sie zur Begrüßung geküsst hatte. Claire fühlte, dass sie auf dem richtigen Weg war. Nun musste sie das mit Boheme hinbekommen und ihre goldene Zukunft konnte kommen.

„Warum so spontan?", fragte Ray und goss sich ein Glas mit Wasser ein.

„Du meinst die Reise?"

Er nickte.

„Warum nicht?" Claire lächelte und versuchte weiter relaxed zu wirken.

„Man sollte alles planen. Solche Dinge zumindest genauer."

Dieser Oberlehrer-Ton missfiel ihr.

„Ani und ich haben schon länger darüber gesprochen. Am Telefon natürlich."

„Warum hast du mir nie etwas davon erzählt?"

Claire griff über den Tisch hinweg und legte eine Hand in seine. „Du warst so beschäftigt und ... Sie hat mich eben überredet. Und jetzt fliege ich. Es ist doch nur übers Wochenende."

„Du allein in Chicago." Er entzog ihr seine Hand langsam wieder. Claire kaute wieder einmal auf ihrer Unterlippe. Dann sagte sie: „Ich bin schon erwachsen, Ray."

„Ja." Bildete sie es sich ein oder hinkte da ein Fragezeichen hinter dem Ja her?

Es fiel ihr nicht leicht, Ray anzuflunkern, aber nun gab es kein Zurück. Ray blieb der Sache gegenüber den

Rest der Woche bis zu ihrem Flug verhalten. Wenigstens stritten sie nicht mehr, was Claire beruhigte. Dennoch stand da etwas zwischen ihnen, das sie trennte. Claire hoffte, dass es nur der innere Stress war. Zum Abschied küsste Ray sie erst weich, dann innig. Als sich ihre Zungenspitzen trafen, wurde ihr wärmer. Plötzlich löste Ray sich von ihr. Sie sahen sich tief in die Augen. „Bleib brav", sagte er.

„Immer!", versprach Claire und schluckte ihre Wut darüber hinunter. Dann entließ Ray sie in die Ungewissheit einer neuen Welt, die ganz sicher genauso wenig auf sie wartete wie Boheme.

„Eine Welt voller Wildnis, Abenteuer und hoffentlich einem einsichtigen Samu Boheme", flüsterte sie für sich und winkte Ray noch einmal, bevor sie in den Flieger stieg.

Mit ein wenig Verspätung landete die Maschine, in der Claire saß, am frühen Abend in Yellowknife. Sie war nie zuvor über die Grenzen Englands hinausgekommen und daher umso aufgeregter. Die Hälfte des Fluges hatte sie sogar etwas schlafen können und bereits zehn Kurznachrichten und drei verpasste Anrufe Rays auf dem Handy. Schnell schrieb sie Ray eine Nachricht, dass sie noch im Flugzeug und alles in Ordnung war. Bis auf das Schwindelgefühl, das beim Abheben der Maschine, für ein paar Minuten Besitz von ihr ergriffen hatte, machte ihr das Fliegen nichts aus. Im Gegenteil. Dass sie diesen Schritt gewagt hatte, wenn auch mehr oder weniger mit dem Messer auf der Brust, machte sie stolz auf sich.

Yellowknife war die Hauptstadt der kanadischen Nordwest-Territorien und lag am Nordufer des Sklavensees. Ihren Namen hatte die Stadt den gelblichen Kupfermessern der First Nation Yellowknife zu verdanken, die diese im 18. Jahrhundert mit anderen Stämmen gegen Nahrung tauschten.

Claire prüfte ihr Make-up mithilfe ihres Handspiegels und atmete danach die würzig duftende Luft ein, die sie auf dem Außengelände des Flughafens empfing. Sommerwind umtanzte sie. Selbst die Schwüle, die den Tag beherrschte, kam ihr surreal vor. Ein bisschen so, als würde sie das alles nur träumen. Trotz der Hitze musste sie an die kalte Jahreszeit denken und damit gleichzeitig an Boheme. *Seiner Art nach müsste er den Winter lieben, dachte Claire.* Der Winter, so sagten sogar die Kälte gewohnten Kanadier, war hier zu Hause. Claire setzte ihren Weg unbeirrt fort. Sie wollte alles schnell hinter sich bringen.

Die Stadt war von einem natürlichen Nichts umgeben, als wäre sie eine eigene Galaxie. *Irgendwie magisch*, fand Claire, die sich auf dem Flug in wachen Momenten in Bohemes Thriller *Seeblut* vertieft hatte. Einer jener, in dem es um jene Hütte ging, bei der sie Boheme hoffentlich antreffen und die Entschuldigung schnell hinter sich bringen konnte. Sie hatte sich überlegt, diese heimlich aufzuzeichnen. Damit Olivia oder Boheme vor Olivia am Ende nicht behaupten konnten, sie hätte es nicht einmal versucht, sollte der Versuch der Versöhnung scheitern. Trotz allem und so weit weg von zu Hause hatte sie ein schlechtes Gewissen Ray gegenüber. Auf dem Weg zu einem der Wasserflugzeuge, das sie von Yellowknife aus in einer halben Stunde zum Blachford Wilderness Resort bringen sollte, rief sie Ray an.

„Na endlich! Ich dachte schon, du speist mich mit der Kurznachricht ab." Er gähnte. Sie dachte an den Zeitunterschied.

„Entschuldige! Ich bin gut angekommen. Alles prima."

„Gut. Das beruhigt mich etwas." Seine Stimme klang aufgewühlt und leicht heiser.

„Bist du krank?", fragte sie.

„Nein. Ich stürze mich in Arbeit, bis du wieder da bist und besuche Mum und Dad."

Er schien sie zu vermissen. Sie konnte nicht verhehlen, dass sie glaubte, es würde ihm einmal guttun, auf sie warten zu müssen. „Sag ihnen Grüße."

„Mach ich. Wie geht es Anastasia? Du erwähnst sie gar nicht", wollte er dann wissen.

„Auch gut. Sie ist im Hochzeitsvorbereitungs-Fieber."

„Pass auf dich auf. Melde dich bald wieder. Ich liebe dich! Nicht vergessen!"

Wie könnte sie das vergessen? Fast hätte sie ihn laut gefragt. „Ich dich auch, Schatz."

Sie wollte es nicht denken, aber in dem Moment, als sie das Gespräch beendete, war sie froh, dass sie es hinter sich hatte. Claire schüttelte den Kopf über sich selbst.

„Es ist nur das schlechte Gewissen", sagte sie sich und eilte mit ihrem Koffer und dem Rucksack weiter.

Claire verspürte einen Anflug von Übelkeit in sich aufsteigen, als das Wasserflugzeug über die von

Gletschern und Seen geformte Waldlandschaft flog. Ein paar Mal schwankte es bedenklich.

„Luftlöcher", erklärte der junge Co-Pilot. Er warf einen Blick nach hinten und lächelte. Sie war die einzige Passagierin. Ein wenig unsicher erwiderte Claire das Lächeln. Danach wandte sich der junge Mann an den Piloten und alsdann wieder den Instrumenten zu. Als das kleine Flugzeug gleichmäßig schnurrte, beruhigte sich Claire und ließ sich von der grünblauen Welt ablenken, die sich unter ihr auftat. Sie war menschenleer. Nur hier und da entdeckte Claire ein paar Dallschafe und Karibus, über die sie im Internet gelesen hatte. Von Bergkamm zu Bergkamm jagte ein landschaftlicher Höhenflug den nächsten. Der strahlend blaue Himmel ließ dieses Postkartenflair noch gigantischer wirken.

„Wow!", flüsterte Claire und bemerkte dabei kaum das nächste Luftloch.

Die Landung vor dem Ufer des Resorts auf dem klaren Wasser des Sees verlief butterweich. Claire gab den jungen Männern reichlich Trinkgeld und verabschiedete sich freundlich. Der braun gebrannte sportliche Co-Pilot erinnerte sie an Val. Er half ihr beim Schultern des Rucksacks und reichte ihr dann ihren Koffer, als sie aus dem Flugzeug auf einen hölzernen Anlegesteg gestiegen war. Er musterte sie, vor allem ihre schwarzen Stöckelschuhe, die von Staub überzogen waren und nunmehr grau aussahen.

Claire folgte seinem Blick. „Die sind nicht so gut für hier geeignet, oder?", fragte sie. Der Co-Pilot schüttelte den Kopf und wünschte ihr gleich zwei Mal alles Gute.

„Danke!"

Er nickte und ging zurück zum Flugzeug, wo sein schweigsamer Kollege auf ihn wartete, der mindestens zehn Jahre älter sein musste.

„Ähm, Moment!", hielt Claire den jungen Mann zurück. Der wandte sich um.

„Ja, Ma'am?"

Sie nahm den Rucksack wieder ab. Zwei junge Leute rannten an ihr vorbei und sprangen kreischend und lachend in den See, auf dem ein paar kleinere Boote unterwegs waren. Claire holte das kleine Büchlein von Sam Blackford heraus und zeigte dem jungen Piloten eine Zeichnung der Hütte mit dem Bachlauf in der Nähe.

„Kennen Sie die Hütte?"

Er schürzte die Lippen.

„Es ist jedenfalls keine von denen, die zum Resort gehören. Sorry, ich bin kein Kanadier. Ich wohne selbst erst seit einem Jahr hier. Der Liebe wegen. Aber das weiß ich sicher. Meine Freundin arbeitet im Resort. Fragen Sie in der Haupthütte nach ihr. Folgen Sie einfach den Schildern. Ihr Name ist Angela. Sagen Sie ihr, Dan schickt Sie."

Claire freute sich. *Ein neues Ziel und ein neuer Lichtblick.* Sie dankte Dan und steckte ihm fünfzig Dollar zu, die er staunend entgegennahm. „Und ziehen Sie sich andere Schuhe an. Damit brechen Sie sich die Knöchel und wer weiß was sonst noch", riet er ihr.

Claire nahm sich den Rat zu Herzen und tauschte die High Heels sogleich gegen die Turnschuhe aus ihrem Rucksack, um danach sofort loszumarschieren.

Die wenigen Menschen, die ihr auf dem hügeligen, steinigen Weg zu jener Haupthütte, die man Claires

Auffassung nach auch als kleines Hotel bezeichnen konnte, begegneten, lächelten ihr entgegen. Manche grüßten sogar. Die Luft war erfüllt von Tannenduft. Claire konnte hier durchatmen. Nur der Gedanke, dass er, Samu Boheme, hier in der Nähe hauste, drückte sich auf ihre Stimmung und ließ ihren Puls ansteigen. Außerdem war da die Sorge um Ray, der erneut versucht hatte sie über das Handy zu erreichen. Als sie einen Blick darauf warf, wäre sie fast über einen Stein gestolpert, der mitten auf dem verschlungenen Bergpfad lag. Sie fing sich an einem Baum ab. Das Diktiergerät hatte davon weniger. Es rutschte aus einer der Seitentaschen des Rucksacks und krachte auf einen Felsstein.

„Nein. Verdammt!", fluchte Claire, bückte sich und hob es auf. An der Seite waren Teile abgebrochen, das Kassettenfach war aufgesprungen, der Deckel hatte sich verzogen. Zu alldem ließ sich der Aufnahmeknopf nicht mehr drücken.

„Ganz klasse!", schimpfte Claire, stopfte das Gerät in ihren Rucksack und ging weiter. Laut einem neuen Hinweisschild, das an einer hohen Tanne befestigt war, die wie viele andere Bäume hier den Anschein erweckte, am Himmel vorüberziehende Wolken berühren zu können, war sie auf dem richtigen Weg. Trotz der kühlenden Schatten war ihr so heiß, dass sie schwitzte. Schon jetzt merkte sie, dass sie zu viel mitgenommen hatte und ihre Unsportlichkeit ihr eine Quittung vor die Augen hielt. Ray würde mit Sicherheit den Kopf schütteln, wenn er sie sehen könnte. Ganz zu schweigen von Katherine. *Die Notlüge war also völlig gerechtfertigt*, sagte sich Claire und setzte den Weg fort.

Als sie endlich bei dem Hotel ankam, brauchte sie erst einmal eine kleine Verschnaufpause und setzte sich auf ihren Koffer. Menschen mit Rucksäcken kamen ihr entgegen und nickten ihr lächelnd zu. So etwas gab es in Brighton nicht oft. Die Menschen hier erschienen ihr ausgeglichener zu sein. Kein Wunder, sie waren alle höchstwahrscheinlich in Kanada, um Urlaub zu machen und nicht einen selbstverliebten Macho zu suchen, bei dem sie zu Kreuze kriechen und sich entschuldigen mussten. Claire schoss hoch. *Los, weiter!*, trieb sie sich an.

Das Hotel mit den großen Fenstern und einer umlaufenden Veranda nannte sich Aurora Sky Lodge und war umgeben von einem wilden Blumenmeer. Das Interieur war so rustikal, wie das Gebäude von außen erschien.

Gemütlich, dachte Claire. Auch wenn sie nichts für die Elchköpfe und Hirschgeweihe an den Wänden übrig hatte. Sie bog um die Ecke, die laut einem Hinweis zur Rezeption führte. Plötzlich sah sie sich einem riesigen Grizzly gegenüber, dem sie fast in die Arme lief. Vor Schreck ließ sie ihren Koffer los und schlug die Hände vor den Mund.

„Alex, bring den Bären endlich weg!", rief eine junge Frau von der warm-weiß beleuchtenden Theke aus.

Bär? Was zur Hölle tut der hier drin?, fragte sich *Claire.* Sie nahm die Hände herunter, holte Luft und beschaute sich das Ungetüm mit den Rollrädern unter den Tatzen.

„Tut mir leid!", sagte eine Stimme hinter dem Bären.

„Der Bär ist ein Geschenk eines Jägers, der hier mit seiner Familie seit Jahren Urlaub macht. Gut gemeint. Geschossen hat er ihn aber nicht selbst. Sagte er zumindest", erklärte die junge Frau.

Claire holte ein paarmal tief Luft. Dann straffte sie die Schultern. *Das Ding sah wirklich echt aus.* Dennoch war ihr peinlich, dass sie so erschrocken war.

Die fletschenden Zähne des Bären blitzten im Licht der Deckenstrahler. Hinter ihm tauchte ein junger Mann mit schulterlangen braunen, leicht lockigen Haaren auf. „Entschuldigen Sie!", sagte er.

„Ich lebe ja noch. Aber das ist eher ein Urlaubsschreck", stieß sie aus.

Die junge Frau lachte. Sie besaß braune Naturlocken und himmelblaue warme Augen.

Als das Ungetüm von Alex hinausgebracht wurde, ging Claire zur Theke.

„Was für ein Empfang. Hallo. Haben Sie ein Zimmer in der Lodge oder eine Hütte reserviert?", fragte die junge Frau dahinter.

„Nein, habe ich nicht. Sind Sie Dans Angela?"

Die Frau sah verdutzt drein.

„Woher wissen Sie das?"

„Dan hat mich hierhergeflogen. Er und sein Kollege. Ich bin auf der Suche nach einer bestimmten Hütte", erklärte Claire schnell.

„Ah, okay."

„Er hat gesagt, Sie würden mir sicher weiterhelfen."

Angela nickte. „Wenn ich kann, gerne. Wir haben hier ein paar Hütten, die wir an Gäste vermieten. Hier im Haupthaus gibt es auch Zimmer. Die sind aber leider schon alle belegt."

Claire holte das Büchlein mit den Gedichten und Zeichnungen aus ihrem Rucksack und zeigte Angela die Seite, die sie vorhin Dan gezeigt hatte. Die junge Frau besah sich diese genau und zog dabei die gezupften Brauen zusammen.

„Hm!", machte sie.

Claire hoffte, dass sie ihr weiterhelfen konnte.

„Ja, es gibt da eine Hütte mit so einer südseitigen Veranda, die mitten im Wald steht. Und in der Nähe fließt ein kleiner Bach. Sie ist privat, soweit ich weiß. Seit ein paar Monaten ist sie dauerhaft bewohnt. Das war nicht immer so. Es gibt einen Ranger, der ab und zu nach ihr schaut, wenn der Besitzer nicht da ist. Das hat mir mein Onkel erzählt."

Am liebsten hätte Claire Angela umarmt. Sie hatte den richtigen Riecher gehabt. Jedenfalls hörte es sich danach an.

„Der Besitzer. Kennt Ihr Onkel den?", wollte Claire wissen.

Angela schüttelte den Kopf. „Nein. Er hat nur gehört, dass es ein Mann ist. Dessen Grundstück darf von Unberechtigten nicht betreten werden. Die Hütte ist ein ganzes Stück von hier entfernt. So drei Meilen außerhalb unseres Resorts. Nur zu Fuß erreichbar. Kennen Sie den Mann?"

Claire zögerte. „Kennen ist übertrieben. Aber ich hatte schon einmal mit ihm zu tun. Ich muss ihm etwas Wichtiges ausrichten. Vielen Dank jedenfalls, Angela. Sie haben mir wirklich sehr geholfen."

Die junge Frau lächelte. „Sehr gern. Ach übrigens. Wir haben zwar aktuell kein Zimmer mehr frei, vermieten aber Schlafzelte. Falls Sie eines möchten?"

Claire überlegte. „Verkaufen Sie die auch? Ich mache einen guten Preis."

„Da muss ich erst den Chef fragen", sagte Angela und verschwand kurz in einen anderen Raum. Keine fünf Minuten später kehrte sie mit einer tellerartigen silbergrauen Tasche zurück.

„Das ist ein Wurfzelt, das in Sekundenschnelle aufgebaut ist. Tasche öffnen, Seil entfernen, werfen und fertig."

Claire lächelte. Das klang einfach. „Ist ulkig. Ich habe noch nie gezeltet. Aber gut, ich nehme es."

„Und Sie wollen ganz allein nach dieser Hütte suchen?", wollte Angela wissen und musterte Claire in ihren feinen Klamotten von oben bis unten.

Diese wollte sich nicht verunsichern lassen. *Das konnte doch nicht so schwer sein.* „Das schaffe ich locker. Ist ja nur ein bisschen Natur", redete sie sich selbst Mut zu.

Angela nickte skeptisch dreinblickend.

„Proviant dabei?", fragte sie dann.

„Gibt es unterwegs vielleicht einen Kiosk?"

Angela lachte und schüttelte den Kopf. „Nach den Grenzen des Resorts gibt es nur noch Natur pur. Auch wilde Tiere können Ihnen begegnen. Das Gebiet wird nicht überwacht."

Claire schluckte trocken. „Grizzlys wie der da eben?"

„Nein, echte Bären", erwiderte Angela.

Echte Bären. Das änderte die Sachlage. „Danke für die Offenheit. Jetzt fühl ich mich noch besser."

Angela winkte ihren Kollegen von vorhin heran.

„Alex kann Sie bis zur Grenze begleiten und sollte das auch darüber hinaus tun", schlug sie dann vor und erklärte ihm, worum es ging.

„Natürlich bekommen Sie eine Entlohnung dafür. Aber bis zur Grenze reicht es", bemerkte Claire.

„Abgemacht. Bin dabei", sagte Alex.

Claire bedankte sich bei den beiden und wollte schon los, doch Alex hielt sie zurück.

„Heute geht nicht mehr. Es wird bald dunkel. Zudem muss ich hier noch einiges erledigen. Morgen können wir aufbrechen. Allerdings erst um vierzehn Uhr. Eher schaff ich es nicht."

Claire verlor ungern weitere Stunden, doch Alex konnte ihr unterwegs sicher so einige Tipps für die Wildnis geben und Boheme würde ihr schon nicht davonlaufen, weshalb sie zustimmte.

„Sie können im Zelt schlafen. Das machen auch andere. Im Außenbereich. Wir stellen gerne Decken zur Verfügung. Wenn Sie noch etwas essen wollen, dann ist das kein Problem. Und überlegen Sie es sich noch einmal. Ich meine, dass Alex Sie bis zur Hütte begleitet", sagte Angela.

„Sie sind wirklich nett", gab Claire zurück.

Angela führte sie auf eine hölzerne Terrasse, die auf der Rückseite der Lodge an die Veranda anschloss. Dahinter erstreckte sich eine freie Grünfläche, auf der zwei Zelte standen. Alex, der vorbeikam, stellte ihres ein paar Meter daneben auf.

„In der Lodge gibt es auch eine Bar, eine Sauna und Ausrüstung für Unternehmungen. Und wegen dem Essen, ich kann Ihnen auch etwas nach draußen bringen lassen", sagte Angela. Die junge Frau war Claire vom ersten Augenblick an sympathisch.

„Haben Sie einen Salat?", fragte sie sie.

„Ja, natürlich. Mit Baguette?"

„Gern."

„Es gibt auch leckeren Fisch."

Claire verneinte. „Nein, keinen Fisch. Danke!"

Seit sie früher einmal nach dem Angeln mit ihrem Großvater, der vor ein paar Jahren gestorben war, ausgerutscht und mit dem Gesicht in eine Schüssel frisch ausgenommener Fischinnereien gefallen war, mied sie Fisch aller Art. Sie ekelte sich vor der glitschigen Haut dieser Tiere und ihrem Geruch.

Claire legte das Zelt mit ihrer Decke aus. Angela brachte ihr neben dem Salat ein Kissen und eine weitere Decke.

„Den Koffer nehmen Sie auch mit?", fragte sie dann.

Claire nickte. „Vieles hätte ich gar nicht mitnehmen sollen. Hinterher ist man immer klüger", sagte sie dann.

Angela lächelte und beobachtete Claire, die ihren Handspiegel aufklappte und sich den Dutt richtete, der locker geworden war.

„Sie erinnern mich an meine Mum."

„Ach wirklich?", fragte Claire erstaunt. War das ein Kompliment oder nicht?

„Sie ist zwar schon älter, aber auch witzig, ohne dass sie es will und merkt. Ich liebe sie dafür."

Angelas Augen leuchteten im Licht des Feuers, das in drei Kupferschalen auf Metallsockeln auf der Terrasse entzündet wurde. Ein paar Gäste hatten es sich auf Liegen mit Getränken in Händen bequem gemacht.

„Ich bin also witzig", stellte Claire fest.

„Das ist nicht böse gemeint. Ich hoffe, Sie wissen das."

„Ach was. Schon okay, Angela."

Angela lächelte. „Wenn Sie noch etwas brauchen, dann rufen Sie einfach nach mir. Oder nach Alex. Okay?"

Claire nickte. „Okay."

Sie nahm die Decke, die Angela ihr gebracht hatte und setzte sich damit vor das Zelt. Der Salat, der sogar mit Blüten dekoriert war, schmeckte herrlich frisch. Angela kam noch einmal kurz vorbei und brachte ihr ein Glas Wasser mit einer Scheibe Zitrone. Inzwischen war es schon kühler draußen geworden.

„Trinken ist sehr wichtig. Und was den Koffer angeht, den können Sie gerne hierlassen. Ich stell ihn in die Kammer und hab ein Auge darauf. Versprochen!"

Claire war mehr und mehr angetan von Angela. Sie freute sich darüber, so nette Hilfe gefunden zu haben. Dann jedoch fiel ihr Ray wieder ein. Sie kramte in ihrem Rucksack nach dem Handy und schickte ihm eine Nachricht. Sie wünschte ihm eine gute Nacht, und dass sie sich morgen wieder melden würde.

Gleich nach dem Frühstück setzte sie ihr Versprechen in die Tat um und rief Ray an.

„Sag mal, was ist denn los? Bist du so beschäftigt, dass du nicht öfters zwischendurch schreiben und telefonieren kannst?", blaffte er. Im Hintergrund hörte sie die Stimme von Katherine.

„Bist du bei deinen Eltern?", fragte Claire Ray.

„Ja. Mum brauchte eine Massage. Du weißt doch, meine bewirken Wunder bei ihr. Sie war wieder zu fleißig. Und du? Gehst du mit deiner Freundin fleißig für die Hochzeit shoppen?"

Claire hörte genau, dass Ray sauer und enttäuscht war und sie kam nicht umhin, dass sie erneut ein schlechtes Gewissen drückte. Obwohl es sie gleichermaßen ärgerte, dass Ray alles laut sagte, sodass seine Mutter unweigerlich alles mitbekam.

„Es tut mir leid. Okay? Es ist alles so ... Die ganzen neuen Eindrücke. Du weißt doch, ich bin noch nie allein verreist. Aber das heißt doch nicht, dass du mir nicht mehr wichtig bist oder so, Ray."

„Das will ich auch hoffen. Okay. Ja, vielleicht habe ich ein bisschen überreagiert. Du fehlst mir halt jetzt schon und es ist ungewöhnlich, dass du eben dein Ding ganz allein machst."

„Ja, sehr ungewöhnlich", bemerkte Katherine im Hintergrund. Claire biss die Zähne aufeinander. *Es war vorauszusehen,* dachte sie, da*ss Rays Mutter kein gutes Haar an der Sache ließ.* Elton hingegen rief liebe Grüße dazwischen, was Claire wiederum milder stimmte.

„Was machst du gerade?", wollte Ray wissen.

Claire legte den Kopf in den Nacken. Sie stand vor der Haupthütte. Sie blickte in den azurblauen Sommerhimmel. *Was für ein wundervoller Anblick, dachte sie.* Dazu der Geruch der Natur und das Zirpen der Grillen. Hier konnte man richtig durchatmen.

„Ich blicke in den Himmel und denke an dich."

„In den Himmel gucken?", fragte Ray.

„Ja. Das müssen wir mal gemeinsam machen. Das entspannt. Wir haben auch noch nie zusammen die Sterne angesehen."

„Für derartige Träumereien habe ich eigentlich keine Zeit. Ich will etwas erreichen. Für uns", sagte Ray. Claire enttäuschte der wenig interessierte und zugleich vorwurfsvolle Tonfall seiner Stimme.

Urplötzlich überkam sie Sehnsucht nach einer wärmenden Umarmung.

„Ray?"

„Ja?", fragte er.

„Wir schaffen es. Mit Vorwürfen wird das allerdings nichts."

„Das haben wir doch schon besprochen. Ja, natürlich, Claire. Wir schaffen es. Welche Vorwürfe? Entschuldige mal, dass ich nicht Juhu schreie."

Ein dicker Kloß bildete sich in ihrer Kehle.

„Claire, tut mir leid! So war es nicht gemeint. Ich liebe dich! Du bist meine Traumfrau. Das weißt du doch. Es macht mich nur ... Ich mach mir Sorgen", hängte er an und seine Stimme klang mit einem Mal wieder weicher. „Hab einen schönen Tag. Auch wenn ich nicht an deiner Seite bin."

Er hasst es, die Kontrolle verloren zu haben, dachte sich Claire. „Du auch, Ray", war alles, was sie noch zu ihm sagte. Sobald sie aufgelegt hatte, legte sie das Handy zurück in den Rucksack. Dann blickte sie noch eine Weile in den Himmel und wünschte sich, der Ray, den sie liebte, wäre an ihrer Seite und würde ihr die Wärme und Geborgenheit geben, nach der sie sich so sehnte. Es wurde immer schwieriger, nach den guten Momenten und Seiten zu schürfen und diese im Licht zu halten.

Auf wilden Pfaden

„Schade, dass ich keine Polarlichter gesehen habe", erzählte Claire Alex kurz nach ihrem Aufbruch zur Hütte. Sie war froh, dass der Jetlag ausblieb.

„Die Polarlichter erscheinen nicht jede Nacht. Aber die Jahreszeit ist gut dafür. Also die Hoffnung nicht aufgeben", erklärte er.

Claire nickte und folgte Alex weiter. Bis zur Grenze des Resorts waren es zwei Meilen. Den Koffer hatte Claire bei Angela gelassen, so wie sie es am Abend zuvor besprochen hatten, und sich eine Jeans, die Turnschuhe und ein weißes Langarmshirt übergestreift. Das Haar trug sie zu einem Zopf gebunden. Alex hatte ihr ein Erste-Hilfe-Kit eingepackt. Auch Wasser und Essen fehlten nicht. Claire hielt auf dem schlangenförmigen Weg inne, der immer tiefer in den Wald führte und dehnte ihre leicht schmerzenden Knochen. Ihr Begleiter blieb stehen und drehte sich nach ihr um, ein Lächeln in den Mundwinkeln versteckt.

„Übliche Übungen. Nichts weiter", sagte sie, was ihn schmunzeln ließ.

Die Nacht hatte sie fast durchgeschlafen. Nur der Untergrund war etwas hart gewesen, was nun seine Nachwirkungen zeigte. Die Dehnübungen, die Jenny ihr irgendwann einmal gezeigt hatte, halfen. Es konnte weitergehen.

„Das Netz wird nach dem Resort noch schlechter als ohnehin schon, oft wird es ganz ausfallen", gab Alex ihr zu bedenken. „Sparen Sie Akku."

Leichter gesagt als getan, wenn man einen Freund wie Ray hatte. Zudem wollte sie ab und zu mit Jenny schreiben oder telefonieren. Aber Alex hatte recht. „Ja, in Ordnung. Was noch?"

Ein wenig kam sie sich vor, als würde sie in den Krieg ziehen.

„Es gibt ein paar sehr wichtige Regeln, die Sie beachten sollten. Sie haben sich doch bestimmt schon vorinformiert?", fragte Alex mit ernster Stimme, während sie weiter durch die grüne Lunge der Wildnis streiften.

„Doch, natürlich."

Sein skeptischer Blick verriet Claire, dass er ihr nicht glaubte.

„Es ist nach wie vor eine Seltenheit, dass man wilde Tiere trifft. Schwarz- und Grizzlybären, Elche, Rotwild, Pumas, Kojoten, Vielfraße und Wölfe. Wenn man doch einmal einem begegnet, bedeutet das nicht gleich Gefahr. Zwischenfälle sind oft auf das Fehlverhalten von Menschen zurückzuführen", erzählte Alex dann.

„Ja, das habe ich schon gehört. Also, dass Tiere meist schlauer sind als wir Menschen", warf Claire ein.

„Und sie greifen nicht aus Habgier an oder weil sie gerade Lust dazu haben."

Claire nickte.

„Die meisten Tiere sehen in den Menschen auch nicht Nahrung. Sie essen am liebsten Chips, Salami und Käse. Alles, was stark duftet, muss außerhalb des Zeltes gelagert werden. Und auch nicht in nächster Nähe dessen. Verstanden?"

„Verstanden!", erwiderte Claire und ging um einen dickstämmigen Baum herum.

„Die Kochstelle muss ebenfalls ein paar Meter vom Zelt entfernt sein. Ach ja. Und nicht zu leise sein."

Claire runzelte die Stirn. „Nicht zu leise sein?"

„Genau. Singen Sie, seien Sie geräuschvoll. Dann suchen Tiere das Weite."

Claire hatte das Gegenteil vermutet.

„Bären und Co. haben ihre Reviere", erzählte Alex weiter. „Wenn Sie eines bemerken, durch abgewetzte Baumstämme, aufgegrabenen Boden oder Ähnliches, dann nehmen Sie Abstand von dem Revier. Und falls Sie einen Tierkadaver sehen, dann bleiben Sie nicht stehen, sondern gehen Sie zügig weiter."

Claire pustete geräuschvoll Luft aus. Sie musste zugeben, dass sie sich das Ganze einfacher und weniger gefährlich vorgestellt hatte. Alex stoppte, wandte sich um. Fast wäre Claire auf ihn aufgelaufen. Sie sahen sich in die Augen.

„Warum auf einmal so bleich?", fragte er.

Claire zuckte mit den Schultern, dann winkte sie ab.

„Nichts. Alles gut."

Ihr Begleiter kniff die Augen zusammen. „Sie lügen!"

Claire zuckte mit den Schultern. „Na ja, ein bisschen mulmig ist mir schon, wenn ich all das höre. Ich glaube, ich werde keine Dschungelkönigin. Ich dachte, es wäre einfacher. Ich werde das Beste versuchen."

„Überleben Sie, das wäre fürs Erste das Beste. Und wenn Sie alles beachten, dann wird Ihnen die Natur sicher sogar Spaß machen und Ihnen eine Menge zurückgeben."

Claires Kehle war wie ausgetrocknet. Alex holte eine Flasche Wasser aus seinem kleinen Rucksack und gab sie ihr. Dankbar nahm sie sie an und nahm ein paar Schlucke daraus.

„Okay. Was soll's", sagte Alex und griff nach seinem Handy.

„Schauen Sie nach oben. Ein Unwetter rollt heran. Wir müssen eine Pause einlegen. Ich rufe Angela an."

„Warum?", fragte Claire.

„Werden Sie dann gleich hören. Wollen wir nicht einfach Alex und Claire sagen?", schlug ihr Begleiter vor, während er aufs Handy starrte.

Claire nickte, weiterhin irritiert.

„Mist, kein Empfang! Ich versuch es mal dort drüben", sagte Alex und ging weiter. Wie eine Gazelle kletterte er einen Felsen hinauf und stellte sich auf ein kleines Plateau, das vom Boden aus etwa zweieinhalb Meter in die Höhe ragte.

„Angela? ... Nein, es ist alles okay. Ich begleite sie bis zu dieser Hütte. Wir müssen nun erst einmal das Unwetter abwarten, das gerade aufzieht. Oder wir brechen ab."

„Nein, keinesfalls abbrechen!", rief Claire.

Alex nickte. „Okay. Sie will weiter. Notfalls übernachten wir."

Claire konnte nicht behaupten, dass sie sich nicht über die Entscheidung von Alex, dass er sie weiter begleiten würde, freute.

„Natürlich kann ich es nicht umsonst machen", erklärte er ihr, als er wieder bei ihr war.

„Natürlich nicht", erwiderte Claire sofort. „Danke jedenfalls!"

Er lächelte. „Dachte ich mir doch, dass du froh bist über meinen Vorschlag. Du lässt nicht gerne Schwäche zu. Aber in manchen Situationen wäre es anders töricht. Mir ist nun auch viel wohler."

Bei einer Hütte am Rand des Resorts stellten sie sich unter. Das Unwetter hielt länger an als gedacht und weichte den Boden auf. Nicht nur deswegen entpuppte sich der Weg nach dem Resort als schwierig. Die Bäume standen dichter. Wurzeln und Geäst erschwerten das Gehen. Geräusche und Schatten zwischen dem Dickicht ließen Claire immer wieder stoppen und lauschen. *Das war aufregender als in der Nacht durch dunkle verwinkelte Gassen Brightons zu gehen, stellte sie fest.* Alex hingegen ging sicheren Schrittes. Klar, er war hier aufgewachsen. Seine Eltern besaßen ein kleines Haus mit Boot am Ufer des Sees, wie er ihr erzählte. Er war ein Freigeist, der gerne mit dem Boot auf dem See herumfuhr, fischte und im Resort sozusagen der Mann für alles war.

„Mein Herz schlägt für Kanada. Ich würde es niemals verlassen. Ich war schon an vielen Orten. Mein Vater reist gerne. Er hat mich oft mitgenommen. Es war zwar toll, wirklich abgeholt hat es mich aber nie. Nach nicht einmal einer Woche wollte ich jedes Mal zurück. Mein Herz schlägt nur hier im Takt. Verstehst du?"

Claire nickte. „Ich denke schon."

„Und wie ist es bei dir?"

„Ich liebe Brighton", erwiderte sie.

„Und was besonders dort?"

Da brauchte sie nicht lange zu überlegen. „Die Parks. Unter einem Baum im Schatten sitzen, lesen oder sich Notizen für eine Story machen. Traumhaft!"

„Also doch mehr ein Naturkind. Na, davon hast du hier nun genug."

Nie zuvor war jemand auf die Idee gekommen, sie als Naturkind zu bezeichnen. Sie selbst schon gar nicht.

Eine halbe Meile weiter, mitten im Niemandsland, verstauchte sich Claire den Knöchel, weshalb sie eine ganze Weile Rast machen mussten. Danach ging es nur zäh weiter. Umkehren wollte sie jedoch keinesfalls.

„Ich glaube nicht, dass wir es vor Einbruch der Dunkelheit schaffen, wieder zurück zu sein. Besser wir übernachten hier im Zelt oder, wenn dein Bekannter nett ist, in seiner Hütte."

„Im Zelt … ist besser", antwortete sie prompt.

Alex nickte und zog die Stirn in Falten. „Okay."

Claire befühlte ihren Fuß. Er war zwar nicht geschwollen, stach aber hin und wieder. Ihr rannte die Zeit davon. An einem See fand sich ein schönes Plätzchen unter freiem Himmel. Es dämmerte bereits.

„Ich werde dir in unserem Schlafgemach echt nahe kommen. Aber nicht so, wie du nun denkst", sagte Alex, nachdem er Claire gebeten hatte, das Zelt zu werfen.

„Ach, was denke ich denn?"

Er lächelte und sie lächelte zurück.

„Keine Sorge, Alex. Ich vertraue dir."

„Schön."

Sie freute sich innerlich wie ein Kleinkind, als es mit dem Aufbau des Zeltes gleich beim ersten Mal klappte.

„Außerdem habe ich den schwarzen Gürtel in Karate", sagte Claire.

„Echt jetzt?" Alex sah sie bewundernd an.

„Nein." Sie lachte.

„Sehr witzig."

„Aber ich kann mich schon wehren", gab Claire zurück, obwohl ihr wieder mulmig wurde. Nicht wegen Alex, sondern aufgrund der Dunkelheit, die langsam das Tageslicht vertrieb.

Claire sah auf ihrem Handy nach. Sie hatte Ray und Jenny vor ein paar Minuten geschrieben, dass alles in bester Ordnung sei. Es stimmte und sie betete, dass es so blieb. Einerseits war dieses Abenteuer aufregend, andererseits machte es ihr Angst. Darin eingeschlossen die Reaktion Bohemes, sollte sie ihn tatsächlich hier in der Wildnis antreffen. Claire summte vor sich hin. Sie setzte damit Alex' Tipp um, dass man mit Worten oder Gesang wilde Tiere vertreiben konnte. Die knacksenden Geräusche von außen trieben ihr einen zarten Schweißhauch auf die Haut.

„Claire?", sagte Alex ein wenig genervt.

„Schlaf ruhig weiter", erwiderte sie.

Er stöhnte. „Wie denn, wenn du hier ein Konzert veranstaltest?"

„Das mache ich nur zu unserem Schutz, Alex."

„Ich habe sowieso keinen tiefen Schlaf und kenne mich mit Geräuschen, die Beachtung verdient haben, bestens aus. Ich bin in Kanada aufgewachsen. Schon vergessen? Du kannst ruhig schlafen. Ich passe auf."

Claire verstummte. „Okay. Ich vertraue dir ja wirklich."

„Gut! Also halt die Klappe. Lieb, aber auch völlig ernst gemeint."

Claire bekam dennoch kaum ein Auge zu. Die Ohren gespitzt, fuhren ihre Gedanken in verschiedene Richtungen, bis sie kollidierten. Das Chaos in Claires Kopf machte sie fast wahnsinnig. *Was, wenn das Wochenende nicht ausreichte, um die Sache zu bereinigen? Oder wenn Boheme gar nicht hier war? Was, wenn Ray weiterhin mehr zu seiner Mutter hielt als zu ihr? Wenn die restlichen Schmetterlinge wieder verschwanden, ihre Liebe in einer Sackgasse endete? Verdammt, war es nicht schon so weit? Im Grunde? Wie auch immer. Claire wollte nicht aufgeben.*

Sie schloss die Augen und atmete bewusst. Auch das half nichts. Ihr Zeltnachbar war so still, dass sie zwei Mal überprüfte, ob Luft aus seiner Nase entwich. Eine Weile später beruhigte sich das Chaos in ihrem Kopf um Boheme und Ray. Dennoch konnte sie nicht einschlafen. Sie blickte zu Alex hinüber. Sie glaubte, er sah Angela mehr als gern und konnte ihr deshalb den Wunsch nicht abschlagen, sie, Claire, zur Hütte zu begleiten. Dass er es allein wegen des Geldes machte, konnte sich Claire nicht vorstellen. Alsdann dachte sie an ihre Geschichte und freute sich über diese schöneren und ruhigeren Gedanken. Nach ein paar Minuten fielen ihr gleich ein paar neue Ideen ein, die sie unbedingt für ihren Roman festhalten wollte. Schnell, aber leise setzte sie sich auf, kramte nach der Taschenlampe, die mittig über ihren Köpfen lag und ihrem Notizbuch, das sie mit ins Zelt genommen hatte. Der Kugelschreiber klemmte zwischen den Seiten. Sie war dankbar für jeden Stichpunkt, den sie notieren konnte, und begann eine Hälfte des Büchleins zu nutzen, um die wichtigsten Ereignisse ihrer Reise festzuhalten. Das Schreiben war Balsam für ihren geschundenen Kopf. *Schon besser*, dachte sie, als sie fertig war, und legte sich zurück. Alle grauen Sturmwolken in ihrem Kopf blieben fürs Erste in einer hinteren Region, sodass sie endlich einschlafen konnte.

Alex wusch sich das Gesicht an dem Bachlauf in der Nähe, als Claire am nächsten Morgen das Zelt verließ. Ihrem Fuß ging es wieder blendend. *Gott sei Dank!*, *dachte sie.*

Alex winkte ihr zu, sobald er sie entdeckte. Claire winkte zurück und gähnte herzhaft, um sich danach ausgiebig zu dehnen. Sonnenstrahlen blitzten durch die Äste der hohen Bäume. Erstaunt stellte sie fest, dass sie sich frischer fühlte, als nach so manchen Nächten in ihrem Bett. „Ich habe Beeren fürs Frühstück gesammelt. Passen gut zu den Pancakes, die Angela dir mitgegeben hat. Wie geht es dem Fuß?", sagte Alex. Claire lächelte und ging zu ihm. Das Wasser des Bachlaufs plätscherte friedlich vor sich hin und glitzerte wie ein Diamant.

„Fuß ist in Ordnung. Führt der Bach zur Hütte?", fragte Claire.

„Sehr gut. Ja, der Bach führt an der Hütte vorbei. Aber ich kenne einen besseren und kürzeren Weg dorthin", erklärte ihr Alex.

Sie wusch sich mit dem kühlen Wasser das Gesicht und die Achseln, wobei sie einmal ausrutschte. Bevor sie auf dem Po landete, fing Alex sie auf.

„Immer schön auf die Füße achten, du Großstadtpflanze. Schritt für Schritt."

Claire nickte. „Schon kapiert. Du bist hier der Oberlehrer."

Er lächelte wieder und führte sie zurück zu ihrem Lager. Seine Jacke lag neben dem Lagerfeuer. Er hatte sie zu einer Kuhle geformt und die Beeren hineingelegt.

Alex zeigte darauf. „Frühstück ist fertig."

Claire staunte über die rote und blaue Beerenmischung. Es waren mindestens fünf Handvoll.

„So viele? Wie lange bist du denn schon wach, Alex?" Ein Blick auf ihr Handy sagte ihr, dass es neun Uhr morgens war.

„Ich stehe für gewöhnlich schon um sechs auf, manchmal sogar noch eher. Heute ist mein freier Tag. Probier mal. Die Beeren sind gut. Iss! Es gibt in unseren Wäldern haufenweise davon. Die blauen heißen Salal. Eine Vitaminbombe und Garant für ein langes gesundes Leben. Die kannst du trocknen lassen und essen. Schmecken wie Rosinen. Super lecker."

„Nicht schlecht." Claire nahm eine der Beeren zwischen die Finger und zeigte auf die zweite Sorte.

„Johannisbeeren?", fragte sie.

„Das ist die Büffelbeere. Die Leibspeise der Grizzlybären."

Claire weitete die Augen. „Das muss ich mir merken, falls mir mal einer zu nahe kommt, lenk ich ihn am besten mit einem Eimer Büffelbeeren ab." Sie lachte und bemerkte erst jetzt, dass die blauen Beeren zwei unterschiedliche Sorten waren.

„Die anderen Blauaugen, wie ich sie gerne nenne, sind Chokecherries", erklärte Alex weiter.

„Wie bitte? Man erstickt daran?"

„Irrsinn. Das ist ein Vorurteil, auf das auch du gerade hereinfällst. Wegen Leuten wie dir fristen die armen Beeren ein Schattendasein."

„Oh! Aber wer hat ihnen dann diesen idiotischen Namen gegeben? Ich würde eher dem Täufer die Hauptschuld geben."

„Auf jeden Fall sind sie super lecker."

Alex nahm einen Mix aus Beeren in eine Hand und schob sich die Ladung in den Mund.

„Hammer!", murmelte er, wobei er genüsslich schmatzte.

Claire packten der Hunger und die Neugierde. Sie wurde nicht enttäuscht. Der Geschmack der Beeren erinnerte sie durchaus an Johannis- und Heidelbeeren. „Lecker!", teilte sie Alex ihr Fazit mit und klopfte ihm auf die Schulter wie einem alten Freund, was ihn lächeln ließ.

Nach dem beerigen Frühstück setzten sie ihren Weg fort.

„Noch keine Blasen?", fragte Alex mit Blick auf Claires Turnschuhe.

Sie schüttelte den Kopf.

„Hast du noch Ersatz-Schuhe dabei?", fragte er dann.

Claire schürzte die Lippen.

„Also nicht. Es gab genug in der Lodge", bemerkte Alex und schüttelte den Kopf.

„Doch, habe ich. Meine eigenen", gab Claire zurück, als Alex über eine etwa einen Meter breite Stelle des Baches sprang und sie zu sich winkte. Sie verriet ihm nicht, dass es sich bei dem zweiten Paar Schuhe um ihre High Heels handelte. Immerhin waren die besser als gar keine, sollten die Turnschuhe ihren Geist

153

aufgeben, was sie nicht hoffte. Sie musste zugeben, dass sie beim Packen mehr über Boheme und wie sie ihre Entschuldigung an ihn formulieren sollte nachgedacht hatte als über andere Dinge.

„Gibt es keinen anderen Weg?", fragte Claire. Gefühlt war es eine Ewigkeit her, seit sie das letzte Mal so weit springen sollte und das war nicht glimpflich ausgegangen. Damals hatte sie sich den Knöchel bei jener Sportstunde auf der Highschool gehörig verstaucht und konnte tagelang nicht laufen.

„Ist es wegen dem Fuß?", fragte Alex.

Sie schüttelte den Kopf und rügte sich selbst, sich nicht so anzustellen.

„Okay. Ich komm schon."

Er streckte ihr einen Arm entgegen. Claire nahm Anlauf, stoppte aber kurz vor dem Absprung.

„Verdammt!", murmelte sie und blickte zu Alex.

„Du kannst das. Wer so verrückt ist und hier mit High Heels ankommt, der schafft es auch über einen Bachlauf zu springen."

Wollte er sie auf den Arm nehmen?, fragte sie sich. „Wie witzig."

„Ist mein Ernst", gab Alex zurück und sah sie auffordernd an.

Okay. Auf drei, sagte sich Claire und nahm Anlauf. Hinter ihr raschelte etwas in einem Gebüsch, das ihr den nötigen Schwung für den Sprung gab. Einen Wimpernschlag später landete sie sicher in Alex' Armen. *Sie dankte Gott im Himmel.* Ihr Begleiter klopfte ihr auf die Schulter, so wie sie es vorhin bei ihm getan hatte. „Gut gemacht, junge Frau."

Claire wandte sich um und konnte wieder lächeln. Das Geräusch von vorhin war nicht mehr zu hören und auch nichts Ungewöhnliches auf der anderen Seite des Baches zu entdecken.

Verbotene Grenzen

„Hier ist es", verkündete Alex und zeigte nach vorn. Claire, die damit beschäftigt war, fast nur auf Geräusche und ihre Füße zu achten, blickte auf. Hinter einem schulterhohen Lattenholzzaun stand sie. Die Hütte aus dem Büchlein. Sie musste es sein. Zwischen dem Zaun prangte ein schmiedeeiserner Bogen mit einer Holztür, an der ein Schild mit drei eingeritzten Wörtern und einem Ausrufezeichen hing: „Do not Enter!"

„Das ist eindeutig", bemerkte Alex.

„Halten sich da auch Bären und andere Tiere dran?", fragte Claire, obwohl ihr gar nicht zum Scherzen zumute war. Alex aber fand es witzig und lachte. „Na ja. Klug sind sie schon, die Tiere Kanadas."

„Er weiß also nicht, dass du kommst? Wer ist er? Ein heimlicher Geliebter, ein Mörder?", fragte Alex und nickte Richtung Hütte. Alles dort war still.

Sie bemerkte, dass Alex, während er sie das fragte, auf seine Armbanduhr lugte.

„Keines von beidem. Ich komm ab jetzt allein klar. Danke für alles, Alex. Bei meinem Bekannten bin ich gut aufgehoben." Sie schenkte ihm ein Lächeln und hoffte, er würde ihr die Ehrfurcht nicht anmerken, die vor allem der bevorstehenden Begegnung galt.

„Ich kann noch bleiben und ..."

„Geh schon!"

„Wie lange willst du denn hierbleiben?"

„Nur heute. Ich breche sehr bald wieder auf. Er wird mich sicher zurückbegleiten."

Am liebsten hätte sie Alex zurückgehalten, aber er sollte nichts von dem Streit mitbekommen. Ihr blieb also keine andere Wahl.

„Okay. Hör zu, ich markiere den Weg, den wir hergekommen sind, mit kleinen roten Kreuzen an manchen Bäumen. Nur für alle Fälle. In Ordnung? Ich habe ein Farbspray dabei. Gehört zur Grundausrüstung. Und wenn was ist, mein Handy ist an. Nummer habe ich dir vorhin in deines eingespeichert. Ich komm dir dann entgegen. Wie gesagt, heute ist mein freier Tag."

Seine Besorgtheit rührte sie. „Mach dir keinen Kopf. Mein Bekannter ist ja auch noch da", beruhigte Claire ihn.

Sie nahm ihren Rucksack ab und holte das Portemonnaie heraus. Alex reckte den Hals. Dass er ihr geholfen hatte, würde sie ihm nie vergessen. Und Angela auch nicht. „Dreihundert Dollar sind für dich. Hundert für Angela. In Ordnung?"

Alex lachte. „Du schleppst so viel Geld mit dir hier rum?"

„Wieso nicht? Ich glaube nicht, dass es mir eines der Tiere klauen wird, um sich was Leckeres zu kaufen."

„Jedenfalls danke, Claire." Er umarmte sie.

„Vielleicht erzählst du mir später von dem mysteriösen Bewohner. Doch ein heimlicher Flirt?"

Claire verdrehte die Augen. „Ganz kalt."

Alex wurde ernst. „Du willst ihn doch nicht etwa umbringen und mich deswegen so schnell loswerden? Mein Schweigen wäre dann um einiges teurer."

Verdutzt öffnete Claire den Mund, da lachte Alex wieder. „War ein Scherz."

„Ich lache später. Ich muss ihm nur etwas ausrichten. Das ist alles. Unspektakulär also."

Alex sah enttäuscht, aber auch skeptisch drein.

„Na gut, Claire. Doch dafür, dass es unspektakulär ist, gehst du einen weiten Weg. Dann lass ich dich mal machen. Viel Glück!"

„Eine Sache kann zwar unspektakulär, aber dennoch wichtig sein. Oder?", gab sie ein wenig genervt zurück.

„Schon okay, Claire. Alles gut."

Sie lächelte. „Sorry! Ich stehe nur auch ein wenig unter ... Zeitdruck."

Alex nickte. „Ja. Mach dir keinen Kopf."

„Du auch nicht." Sie schenkten sich ein versöhnliches Lächeln. Schließlich zog Alex davon. Claire sah ihm nach, bis er zwischen den Bäumen und Gebüschen verschwand. Danach wandte sie sich wieder der Hütte zu, die sie durch den Zaun sehen konnte. Er war an einigen Stellen nicht blickdicht. Ihr Magen krampfte.

„Na los. Bring es hinter dich!", sagte sie sich. Die Holztür war nicht verschlossen, was sie wunderte. Da es keine Klingel gab, stieß sie diese auf und ging hindurch. Vor der einfach gehaltenen Hütte, die gemütlich aussah, war niemand zu sehen. Direkt daneben befand sich eine merkwürdige Konstruktion, an der eine blecherne Gießkanne hing. *Soll das eine Dusche darstellen?, fragte sich Claire.*

Langsam ging sie weiter. Die fünf Holzstufen, die zur Veranda führten, knarzten unter ihren Füßen. Das Herz schlug ihr bis zum Hals, als sie direkt vor der Tür stand. Sie betete, dass Boheme da war und er ihr nicht den Kopf abreißen würde. Die Hütte besaß zwei kleine viereckige vorhanglose Fenster mit grün gestrichenen Fensterläden, von denen an manchen Stellen die Farbe abblätterte. Claire kaute auf ihrer Unterlippe. Ihre Füße fühlten sich inzwischen an, als würden sie in Feuer stehen. All das war jedoch egal angesichts dessen, was ihr bevorstand.

Die hohen Bäume, die das Anwesen wie Wächter umgaben, glotzten auf sie herab. Sie hob eine Hand, ballte sie zur Faust und klopfte, als sich die Tür einen winzigen Spalt öffnete. Erschrocken wich Claire zurück, verharrte, lauschte.

„Hallo?"

Warum war er so unvorsichtig, ließ alles offen stehen?

Keine Antwort.

„Hallo?", wiederholte sie.

Erneut keine Antwort.

Hätte sie sich einen Schnaps eingepackt, hätte sie nun einen Schluck davon genommen. Sie nahm allen Mut zusammen, lauschte wieder und stupste die Tür dann auf, wobei ihr Herz einen großen Satz machte. Vorsichtig reckte sie den Kopf in den Raum. Niemand war zu sehen. Schließlich ging sie ganz hinein. Ihre Neugier war stärker als ihr schlechtes Gewissen.

Das Interieur, das sich ihr zeigte, bestand aus einem viereckigen Holztisch mit drei Stühlen, einer Kochnische, Wandregalen mit Geschirr und Töpfen, einer kleinen Küchenzeile mit Unterschränken und einem offenen Kamin. Alles pragmatisch, bis auf die kleine Vase, die das Tischchen mit ein paar wilden Blumen zierte. Sie wagte sich ein Stück weiter. Der Geruch von Holz und Staub legte sich in ihre Nase. Sie musste zweimal niesen.

Auf einem weiteren Tisch in der Ecke stand eine alte Schreibmaschine. Daneben ein Laptop. Claire stockte der Atem, als sie ein Buch Bohemes entdeckte, das auf einem alten zerfledderten Sesselstuhl lag, der in der Nähe des Tischchens weilte. *Er wohnte definitiv hier.* Ihr Herz stolperte, als draußen ein Schuss fiel. So wie es sich anhörte, war er hinter der Hütte abgefeuert worden. *Shit, bloß raus hier!, durchfuhr es sie.* In ihrer Panik steuerte sie die Flucht nach vorn an und verließ die Hütte. Das Blut schoss so schnell durch ihre Adern, dass ihr schwindlig wurde. *Ich will noch nicht sterben!* Wie in Trance zog sie die Tür hinter sich zu und wollte die Stufen nach unten rennen und das Anwesen verlassen, als sie stolperte und mit dem Kopf voraus aufkam. Es wurde dunkel um sie.

Claire schlug die Augen auf, über die ein Schleier lag, der sich erst nach mehrmaligem Blinzeln auflöste und sie einen Teil der Umgebung klarer sehen ließ. Schlagartig erinnerte sie sich wieder. An die Hütte, den Schuss und dass sie auf der Treppe gestolpert war. *Sie fragte sich, ob sie im Himmel war.* Panik erfasste sie, als sie die hölzernen Balken über sich sah. An einem hing der Totenschädel eines Tieres. Mit einem Ruck setzte sie sich auf. Ihr Kopf dröhnte, sodass sie schmerzhaft das Gesicht verzog. „Au!"

„Bleiben Sie besser noch ruhig liegen", vernahm sie eine männliche Stimme, die ihr bekannt vorkam. Ihre Augen weiteten sich.

Sie ließ die Blicke schweifen, sah einen Mann unter der Tür stehen. *Das musste Samu Boheme sein.*

„Ich ... also ...", stotterte Claire.

„Wer sind Sie? Was wollten Sie auf meiner Veranda? Betreten Sie immer ungefragt fremde Anwesen?", fragte er, als nach zwei Worten ihre Stimme versagte. Neben der Tür lehnte eine Schrotflinte.

Er ahnte also nicht, wer sie war, durchfuhr es sie blitzartig. Vielleicht war es gut, dass sie es ihm noch nicht gesagt hatte. In ihrem Zustand war es schließlich nicht so leicht, schnell genug zu fliehen. *Andererseits musste sie es ihm bald sagen. Wenn sie wieder fit genug war,* dachte sie dann. Er schien nicht nur ein Macho und selbstverliebt, sondern zudem gefährlich zu sein.

„Die Tür war offen. Haben Sie geschossen?", bekam sie über die Lippen.

Er nickte. „Ich habe nur einen Grizzly verjagt, der sich in der Nähe meines Anwesens rumtrieb. Der Bursche versteht langsam keine andere Sprache mehr. Ich war nur kurz weg."

„Sie haben ihn erschossen?", fragte Claire erschrocken.

„Nein, verjagt. Das sagte ich doch gerade."

Er klang genervt, kam herein und schloss die Tür hinter sich. Claire wollte aufstehen.

„Liegen bleiben! Ist Ihnen übel?"

„Nein!", sagte sie.

„Gut. Wir müssen das noch eine kleine Weile beobachten. Also, was haben Sie hier gesucht?"

Claire zögerte. „Ich habe mich verlaufen. Ich wohne in der Lodge. Die kennen Sie doch?"

Er lachte und nickte, während sie ihn näher musterte. *Was war so witzig?* Das war also der berühmte Samu Boheme. Er trug eine verschlissene dunkle Latzhose, ein beiges Baumwollhemd, das schwarze Haar, wie Alex, schulterlang. Sie war enttäuscht und fragte sich, warum. *Es konnte ihr doch herzlich egal sein, dass er ungepflegt war.* Sein Bart, der ihm bis zur Brust reichte, war zerzaust. Kurzerhand zog er sich die Träger der Latzhose von den Schultern und öffnete das Hemd, das er sich ungeniert abstreifte. Verlegen wandte Claire den Blick ab. Zumindest kurz. *Muskulös war er ja.* Sie beobachtete ihn beim Holen einer großen weißgrauen Email-Schüssel, die er in einem der Unterschränke der Küchenzeile aufbewahrte. Er füllte sie mit Wasser, stellte sie neben die Vase auf den Tisch und wusch sich damit den braun gebrannten Oberkörper.

Nicht von schlechten Eltern, auch wenn er sonst eher an einen Neandertaler erinnert, dachte sich Claire.

Boheme drehte sich nach ihr um, als hätte er ihre Gedanken gehört. Erneut blickte sie verlegen zur Seite.

„Hinlegen, habe ich gesagt!", brummte Boheme.

Seine Stimme klang jung. Manchmal klar, meist aber tief. Mit dem Bart wirkte er jedoch wie ein älterer Mann auf sie. In Claire tobte das Chaos neu auf und ließ sie innerlich zittern.

„Wohnen Sie schon lange hier?", fragte sie.

Boheme trocknete sich mit einem Handtuch ab, von dem schon ein paar Fäden abhingen, und warf es danach in einen Wäschekorb.

„Seit zwei Jahren ist das mein fester Wohnsitz."

„Und davor?"

Er runzelte die Stirn. „Ende der Fragerei. Ich bringe Sie dann zurück in die Lodge. Bis dahin geben Sie Ruhe."

Er machte ihr eine heiße Milch, was sie aufmerksam fand.

„Die ist von meinen beiden Ziegen. Sehr gesund. Mit einem Schuss Rum. Wird Sie stärken, damit Sie bald wieder verschwinden können", erklärte er und reichte ihr die Tasse, wobei er ihr zum ersten Mal ganz nahe kam. Ihre Blicke trafen sich. Er zog sich ein neues beiges Baumwollhemd über, das nach Tannennadeln roch. In seinen blauen Augen lag ein fragender und kühler Ausdruck. D*ieser Blick*, dachte Claire, war *seltsam*. Er stieß sie ab, zog sie aber auch an. Etwas Unbestimmtes lag in ihm. So wie in dem ganzen Mann. Claire setzte sich langsam auf und nahm die Tasse. „Danke!"

Er nickte.

„Und woher kommen Sie?", wollte er dann wissen.

„Aus einer Großstadt in England", erwiderte sie und nahm einen Schluck. Noch nie in ihrem Leben hatte sie frische Ziegenmilch getrunken. Schon gar nicht mit Rum. *Sie schmeckte ihr.*

„Und Sie sind ganz allein hier unterwegs? Respekt!"

„War ganz leicht."

„Ich meine nur, so als weibliche Großstadtpflanze."

Da war er. Der arrogante Macho.

„Frechheit!", murmelte sie.

„Nicht aufregen. Suchen Sie hier in der Gegend etwas Bestimmtes?", fragte Boheme und musterte sie weiterhin, als wollte er die Wahrheit aus ihr heraussaugen.

Claire fühlte sich immer unwohler. Die Schlinge um ihren Hals zog sich spürbar zu. *Tief durchatmen und ruhig bleiben, sagte sie sich.*

„Es ist meine erste große Reise", gestand sie und trank noch einen Schluck. Die Wärme der Milch und der Alkohol machten sie ein wenig lockerer. Sie versuchte Boheme nicht ein weiteres Mal direkt anzusehen.

„Das ist keine konkrete Antwort auf meine Frage. Sie wirken angespannt. Sind Sie immer so?"

„Sind Sie immer so direkt?", fragte Claire.

„Ich mag keine Gegenfragen."

„Sie zwingen mich praktisch dazu."

Claire lachte leise, da rieb er sich seinen Bart mit zwei Fingern und verengte die Augen.

„Hoffnungslos. Ich bin kurz mal draußen. Wenn Sie mich brauchen, einfach rufen", sagte er dann und ging.

Claire pustete geräuschvoll Luft aus, die sich in ihrer Brust staute, und griff nach ihrem Rucksack. *Wie spät war es inzwischen?* Das Handy verriet es ihr. Fast sieben Uhr abends. Da sie Empfang hatte, trudelten nach und nach verpasste Anrufe und Nachrichten ein. Olivia Barns forderte endlich einen Bericht von ihr. Kurzerhand gab sie ihr diesen via Kurznachricht:

Bin gut angekommen und dabei, die Sache zu klären. Grüße aus der kanadischen Wildnis.

Das musste erst einmal reichen. Alsdann las sie die Nachrichten von Ray:

Was ist nur los? Warum meldest du dich so wenig? Das enttäuscht mich. Auch Mum und Dad machen sich Sorgen. Und deine Eltern wissen gar nichts von der Reise.

Claire schüttelte den Kopf. *Kein Gruß, kein Kuss.* Sie war den Tränen nahe, während sie tippte:

Bin krank geworden. Grippe. Liege im Bett. Aber man kümmert sich rührend um mich. Grüße an zu Hause.

Ob sie ihren Eltern etwas erzählt hatte oder nicht, ging ihn im Grunde nichts an.

Wenigstens setzte Jenny sie nicht unter Druck. Eine Minute, nachdem sie die Nachricht an Ray abgeschickt hatte, rief dieser an. Da kehrte Boheme in die Hütte zurück.

„Sie sind also aus England", sagte er und tippte sich gegen die vollen Lippen.

„Ja", erwiderte Claire und ließ das Handy zurück in ihren Rucksack gleiten. Das Büchlein Bohemes lugte ein klein wenig heraus. Sofort stopfte sie es tiefer hinein. Doch Samu hatte es gesehen. Sie sah es an seinem Blick.

„Diese Stimme und ..." Er zeigte auf den Rucksack.

„Was?", brachte sie heiser heraus und sah ihn mit großen Augen an.

„Sie sind nicht zufällig Claire Winston?", stieß er dann aus.

Verdammt, warum hatte sie ihm nicht gleich die Wahrheit gesagt?! Gewehr hin oder her. Heiß-kalte Schauer überrollten sie.

„Lassen Sie mich erklären ...", stotterte sie.

Boheme lachte. „Also ja. Ich fasse es nicht."

Er presste die Lippen aufeinander.

Claires Kopf drohte zu zerplatzen vor Anspannung und Schmerzen. Dennoch schoss sie hoch und ging einen Schritt auf ihn zu. Dabei musste sie ihn ansehen.

„Bitte, hören Sie mir zu. Ich will mich entschuldigen. Ernsthaft. Deshalb bin ich extra hierhergereist."

Er schüttelte den Kopf und wich ihrem Blick aus.

„Es tut mir leid, wie alles gelaufen ist! Nehmen Sie nun meine Entschuldigung an und kommen zurück zum Verlag, Mr. Boheme? Bitte!"

Er fuhr sich mit einer Hand durchs Haar, während Claire durchatmete. *Es war gesagt, raus, erledigt.* Jetzt konnte sie nur auf sein Verständnis hoffen. Er musste es doch zu schätzen wissen, dass sie für eine Entschuldigung die weite Reise hierher unternommen hatte.

Boheme verengte die Augen.

„Sie haben mich ausspioniert, kommen hierher, dringen ungefragt hier ein, obwohl da draußen deutlich angeschrieben steht, dass das Betreten verboten ist, und lügen mich dann auch noch an. Ich bin so ein Idiot. Ich dachte echt, Sie brauchen Hilfe. Oh Mann!" Er fasste sich an die Stirn und wandte sich gänzlich ab.

Gut, ganz unrecht hatte er nicht. Dennoch wollte sie nicht aufgeben.

„Es tut mir ehrlich leid, dass ich einfach eingedrungen bin, weil die Tür offen war. Und dann hatte ich solche Angst, als ich den Schuss gehört habe. Und als ich aufgewacht bin und das Gewehr gesehen hab, da ..."

Er drehte sich wieder zu ihr um. Seine Augen blitzten.

„Da was? Dachten Sie, Boheme ist nicht nur ein selbstverliebter Macho und ein Sexist, sondern auch ein

Gewaltverbrecher, der Sie nun eventuell erschießt und seine Freude daran hat?"

Claire zog die Brauen zusammen. *Was unterstellte er ihr da schon wieder?* „Das ist Ihre Version."

Er lachte.

Claire ignorierte die neue Welle des Schwindels, die sie überrollte.

„Ich habe Fehler gemacht, Sie ... Meine Güte! Nehmen Sie nun die Entschuldigung an oder nicht?"

Langsam reichte es ihr.

Wieder lachte er. „Welche Entschuldigung?"

„Die, die ich eben ausgesprochen habe", gab Claire zurück.

Boheme hob die Brauen. „Das soll eine ehrliche Entschuldigung gewesen sein? Vergessen Sie es. Nehmen Sie Ihr Zeugs da und verschwinden Sie!"

Er packte ihren Rucksack und das Zelt und drückte ihr alles in die Arme.

„Und jetzt raus!", rief er.

Das konnte doch jetzt nicht wahr sein.

„Ich habe es ernst gemeint, Mr. Boheme."

„Natürlich. Um Ihren Arsch zu retten", stieß er aus, riss die Tür auf und zeigte nach draußen.

Claire schnaubte. Sie war traurig, verzweifelt, aber vor allem war sie wütend.

„Und wehe Sie erzählen jemandem, wo ich bin. Dann packe ich über Sie aus. Und das wollen Sie ganz sicher nicht. Ich will meine Ruhe!", zischte Boheme, als sie sich noch einmal nach ihm umdrehte.

„Sie sind noch schlimmer, als ich Sie mir vorgestellt habe!", entwich es Claire mit Tränen in den Augen, die sie nicht zurückhalten konnte. Besonders in letzter Zeit war sie nah am Wasser gebaut, was sie ärgerte. *War und ist alles eben zu viel*, dachte sie. Auch das machte sie wütend. Mit stapfenden Schritten verließ sie das Anwesen. Ihre Füße überschlugen sich regelrecht. Regen setzte ein. Fast wäre sie gegen die Holztür des Zauns gerannt. *Was für ein Arschloch*, kam sie nicht umhin zu denken, ohrfeigte sich gedanklich aber auch selbst. „Es tut mir leid, lieber Gott!", murmelte sie, während sie einen Schritt nach dem anderen machte. Da fiel ihr ein rotes Kreuz auf, das an einem Baumstamm prangte. Sicher stammte es von Alex.

„Ich hätte Boheme nicht anlügen dürfen. Ich hätte den Mund in der Mail an ihn nicht so voll nehmen sollen. Ja, ich habe auch Fehler gemacht. Aber dieser Mensch ist so kalt, der würde mir in tausend Jahren nicht richtig zuhören und mich nicht verstehen. Wir sind seelisch Lichtjahre voneinander entfernt", brabbelte sie vor sich hin und wurde immer schneller. Der Regen wurde stärker. Doch das war im Moment ihr kleinstes Problem.

„Ich werde meine Arbeit verlieren und Olivia wird mich hassen und dafür sorgen, dass ich bei keinem anderen Verlag mehr unterkomme. Und Ray? Was wird er dann sagen? Und seine Mutter? Was fühle ich? Zurzeit vor allem zunehmende Leere."

Sie wischte sich ein paar Tränen und Regentropfen weg und hasste sich für das Selbstmitleid. „Schluss damit!", rief sie, als sie einen Abhang hinabstieg. Die Umgebung nahm sie nur noch bedingt wahr. Sie glaubte, am Fuße eines Baumes das nächste rote Kreuz zu entdecken. Ein paar Schritte weiter verlor sie den Halt, begann immer schneller zu rutschen, bis sie der Länge nach hinfiel. Ihr Körper rollte den Abhang hinab, wobei sie ihren Rucksack und die Zeltasche verlor. *Nein, stopp, stopp, stopp!, dachte sie.* Sie rollte über Äste und Steine, die ihren Körper malträtierten, bis sie von etwas Hartem aufgefangen wurde. Ein Baum. Sie atmete trockene Erde und musste husten. *Wie viel Pech sollte es noch für sie regnen?*, fragte sie sich und spähte nach dem Rucksack, der ungefähr zwei Meter von ihr entfernt lag. *Immerhin, dachte sie, lebte sie.* Sie wollte zu ihrem Rucksack robben. Sobald sie sich bewegte, machte sich ein Stechen in ihrem rechten Fuß breit.

„Mist!", rief sie, ballte eine Hand zur Faust und schlug auf die Erde ein, da tauchte jemand am Absatz des Abhangs auf.

„So schnell sieht man sich also leider wieder."

Ganz klasse!, dachte Claire. Das passierte vielleicht in einem Film oder Roman, aber doch nicht in ihrem Leben. Denn es war Boheme, der dort oben stand. In seinen Worten steckte ein höhnischer Ton.

„Ich brauche Sie nicht. Alles prima." Claire winkte ihn weg.

„Anscheinend doch. Sie legen sich heute schon zum zweiten Mal vor meine Füße, Miss Winston. Ich war in der Nähe. Habe Sie rufen hören. Auch wenn ich ein herzloser Frauenverkenner bin, ignoriere ich Menschen oder Tiere in Not nicht. Egal, was sie getan haben."

Claire schluckte ihre Wut hinunter, biss dann die Zähne zusammen und versuchte aufzustehen. Ihr rechtes Knie machte ihr jedoch einen gehörigen schmerzhaften Strich durch diese Rechnung.

„Warten Sie. Nicht bewegen. Wie geht es Ihrem Kopf?", fragte Boheme und klang plötzlich sachlich ernst.

„Es geht. Verdammt noch mal!", zischte Claire.

„Vergessen Sie jetzt mal Ihren Stolz und lassen sich helfen", erwiderte Samu und stieg zu ihr hinunter. „Das Wetter wird in den nächsten Stunden nicht besser werden", ergänzte er.

Claire musste sich geschlagen geben.

In nächster Nähe

Samu Boheme behielt recht. Das Wetter wurde auch in den nächsten Stunden nicht besser. Triefend nass waren sie beide bei der Hütte angekommen. Claire versuchte, tapfer zu bleiben, als er ihr Knie untersuchte. Sie appellierte an ihren Verstand. *Vielleicht,* sagte sie sich, *war der Unfall ein Wink des Schicksals und sie konnte das Ruder herumreißen. Also musste sie positiv denken.*

„Die Wunde ist gesäubert. Es ist nur eine Abschürfung und eine kleine Stauchung. Glück gehabt", sagte er. Der Regen trommelte an die Fenster. Claire beobachtete Boheme beim Entzünden von zwei Öllampen, die sogleich tanzende Schatten an die Holzwände warfen.

„Hier gibt es keinen Strom, oder?", fragte Claire.

Der Autor lachte und rubbelte sich Bart und Haar mit einem Handtuch trocken.

„Nein!"

„Das ist ja schrecklich. Ohne Internet und so." Er warf ihr zwei trockene Handtücher entgegen. „Ziehen Sie sich aus."

„Was?", rief Claire und riss die Augen auf. Sie saß auf dem braunen Stoffsofa, auf das sie nie wieder zurückkehren wollte.

Der Autor verdrehte die Augen.

„Keine Angst, ich will Sie nicht vernaschen. Sie müssen raus aus dem nassen Zeug. Ich schau auch nicht hin. Und zu Ihrer Frage: Doch, an bestimmten Stellen hat man auch hier, am Ende der Welt, Internetempfang. Ich brauche das Internet allerdings selten, genau wie mein Handy. Und wenn der Akku leer ist, gehe ich ins Resort, um es aufzuladen. Neugierde befriedigt?"

Claire biss sich auf die Unterlippe und zwang sich, die Ruhe zu bewahren. Samu Boheme ging vor ihr auf und ab, was sie langsam wahnsinnig machte. *Mit strubbeligem Haar sah er noch unmöglicher aus*, sinnierte sie. Allerdings kam sie nicht umhin, seine Muskeln ansprechend zu finden.

„Was ist? Machen Sie schon. Sie holen sich sonst eine Lungenentzündung. In Ihrem Rucksack da haben Sie doch bestimmt Kleidung zum Wechseln eingepackt." Er klang wie vom Militär.

„Klar!", erwiderte Claire. Doch war sie nicht auf diese Art Wildnis eingestellt gewesen und hatte gedacht, schnell wieder zurück im Resort zu sein. Daher hatte sie das Brauchbarste eingepackt, das sie in Brighton in ihren Koffer geworfen hatte. Eine champagnerfarbene Hose im Marlene-Stil und eine weiße Bluse.

„Also gut. Dann machen Sie mal. Wenn das Unwetter rum ist und ihr Knie sich beruhigt hat, bring ich Sie zurück. Das war's dann. Bis dahin beschränken wir das Reden auf das Nötigste", sagte Boheme.

Claire nickte und betete, dass der Regen schnell nachließ. *Wenn es sein musste, würde sie eben auf einem Bein zurück*hüpfen. Unter normalen Umständen, beziehungsweise einem normalen Menschen, hätte sie sich für die Rettung bedankt. Doch sie konnte nicht. Nicht bei Boheme. Wind heulte um die Hütte.

Er ging zur Küchenzeile und setzte einen Wasserkessel auf, nachdem er Holz in den kleinen Ofen geworfen hatte, das durch sein Knistern ein neues Instrument im Naturkonzert anstimmte.

„Bleiben Sie so, bis ich fertig bin!", forderte Claire.

Er lachte. „Ich fall schon nicht über Sie her. Sie sind zudem nicht mein Typ."

„Da habe ich ja Glück!", zischte Claire und ärgerte sich, dass sie überhaupt geantwortet hatte.

Sie zog sich die nasse Kleidung aus und rubbelte sich mit den steifen kratzigen Handtüchern hastig trocken. Danach suchte sie nach ihren Klamotten und zog sie sich über.

„Fertig!", sagte sie und fühlte sich ein wenig wohler. Damit das Haar schneller trocknete, löste sie ihren Dutt, aus dem ohnehin einige Strähnen entwischt waren, und kämmte es mit einer Bürste, die sie ebenfalls eingepackt hatte.

Unterdessen goss Boheme Tee auf, der einen würzigherben Geruch verströmte.

„Fertig?", fragte er nochmals nach.

„Ja", antwortete Claire.

„Gut. Der Tee ist aus verschiedenen Kräutern. Hilft gegen Atemwegserkrankungen. Ein waschechter Indianer hat mir das Rezept gegeben", erklärte Samu und drehte sich nach ihr um, zwei Tassen voll mit dem Gebräu in Händen. Er stockte und sah drein, als hätte er einen Geist gesehen.

„Was ist?", fragte Claire, konnte es sich aber schon denken und blickte an sich hinab.

Boheme pustete laut Luft aus. „Sie sind nicht allein hierhergekommen. Geben Sie es zu!"

„Wir wollten doch nur das Nötigste sprechen. Das erscheint mir darüber hinauszugehen", erinnerte sie ihn.

Er schüttelte den Kopf. „Sie sind ... unglaublich! Im Resort gibt es doch genügend Kleidung, die besser für die Wildnis geeignet ist."

„Ich fühle mich pudelwohl!", zischte Claire.

„Okay, wenn Sie meinen."

Nachdem er das gesagt hatte, reichte er ihr die Tasse. Obwohl sie Durst hatte, lehnte sie dankend ab.

Wieder schüttelte Boheme den Kopf. „Dann nicht. Denken Sie etwa, ich will sie vergiften?"

„Unsinn!", murmelte Claire und nahm sich eine der zwei Flaschen Wasser, die Angela ihr mitgegeben hatte, aus dem Rucksack. Sie wollte nichts mehr von Boheme annehmen. Am Ende hätte er sie vielleicht als ausnehmend bezeichnet. Samu zog sich in die Ecke mit der Schreibmaschine und dem Laptop zurück. Claire blieb auf dem Sofa und bekam langsam Hunger, weshalb sie von den Beeren aß, die Alex gesammelt hatte.

Das klackende Geräusch der Schreibmaschine beruhigte, aber überraschte Claire.

Ein paar Mal schielte sie heimlich zu Boheme hinüber. Einmal trafen sich dabei ihre Blicke. Der Regen trommelte weiter an die Fenster. Kräftiger als zuvor, stellte Claire mit einem Seufzen fest. Sie nahm ihr Handy, das ein paar Nachrichten von Olivia und Ray anzeigte. Sie beschloss, mit der Antwort noch zu warten. Zudem hatte sie da, wo sie gerade saß, keinen Empfang. Sicherlich würde Ray bald misstrauisch werden, wenn er es nicht schon war. Lange sollte sie die Antwort an ihn also nicht aufschieben.

Claire schielte noch einmal zu Boheme. *Schreibt er an einem neuen Skript?*, fragte sie sich. Wie auch immer. Es ging sie nichts an und konnte ihr egal sein. Dennoch war es das dummerweise nicht. Sie ärgerte sich nach wie vor über die Ablehnung all ihrer gut gemeinten und in ihren Augen absolut richtigen und notwendigen Änderungsvorschläge. Natürlich musste er nicht alle annehmen, aber ein paar waren unabdingbar.

Ihre Gedanken wanderten weiter zu ihrer Chefin, ihrem Büro und ihrer Arbeit, die sie nicht missen wollte. Sie musste sich am Riemen reißen, Boheme einlullen, obwohl ihr so etwas fernlag und Galle in ihren Hals schwappen ließ. Denn er hatte ebenso Fehler gemacht. *Wenigstens hatte sie die Größe, diese zuzugeben.* Sie fand es schade, dass das Diktiergerät kaputtgegangen war. Sie schluckte die Galle hinunter und räusperte sich. „Danke!", sagte sie leise.

Boheme hörte mit dem Schreiben auf und sah zu ihr herüber. „Ach! Sie haben doch einen Funken Anstand in sich." Claire ballte eine Hand zu einer Faust, erwiderte aber nichts.

„Bitte!", ergänzte er dann und widmete sich wieder seiner Schreibmaschine.

Nach ein paar Minuten versuchte sie eine erneute Kontaktaufnahme. „Er heißt Alex."

Wieder hielt Boheme inne. „Wer?"

„Der Mann, der mich hierher begleitet hat. Er arbeitet im Resort."

Boheme runzelte die Stirn, stand auf und band sich sein Haar mit einem Gummi im Nacken zusammen, was sein kantiges Gesicht mit der geraden Nase und der hohen Stirn besser zur Geltung brachte. Seine Haut war makellos, fiel ihr auf.

„Weiß dieser Alex etwa von mir? Ich meine, er weiß von der Hütte, und dass hier jemand wohnt. Aber weiß er auch, wer ich bin? Haben Sie ihm meinen Namen gesagt?"

Claire schüttelte den Kopf. Samu blieb jedoch skeptisch. „Ehrlich!", ergänzte sie daher und sah ihm fest in die Augen, die ihren kalten Schimmer beibehielten.

„Dann ist ja gut."

Ein Frösteln überzog Claires Körper. Sie durfte nicht aufgeben.

„Schreiben Sie an einem neuen Roman?" *Sie biss sich auf die Zunge, weil sie ihn das doch nicht hatte fragen wollen.*

„Das geht Sie nichts an. Außerdem widerspricht es unserer Abmachung, nur das Nötigste zu reden."

Claire atmete leise durch und redete sich wieder innerliche Ruhe zu.

„Entschuldigung!", zwang sie sich zu sagen, was er unerwidert ließ. *Dann eben nicht, Macho*, dachte sie und schnappte sich ihr Notizbüchlein, um die letzten Erlebnisse ihrer Reise in Stichpunkten festzuhalten.

Bin angekommen! Entschuldigung war für die Katz. Er hat mich gerettet, weil ich zu blöd zum Laufen war in meiner Wut und Verzweiflung. Nun sitze ich hier mit ihm fest. Er benimmt sich wie ein Neandertaler. Und er sieht auch so aus. Allerdings gefällt meinen Augen, was sie unterhalb seines Antlitzes sehen. Er ist sportlich, muskulös und groß. Und die Farbe seiner Augen, dieses Blau, ist so intensiv und tief. So habe ich ihn mir auch ehrlich gesagt vorgestellt. Sportlich und groß ist Ray auch. Aber dennoch wirkt es bei Boheme anders. Männlicher? Leider ist er kalt wie ein Eisklotz. Na ja, ich habe mich auch saudumm angestellt. Er hat nun wohl komplett den Respekt vor mir verloren.

Liebe meinen Beruf, meine Berufung, auch wenn ich mehr und mehr erkenne, dass Olivia Barns eine Egoistin ist. Sie umgibt sich bevorzugt mit den Leuten, die ihr Erfolg bringen.

Gott, wenn ich an Ray denke, dann meist zugleich an seine geliebte Mutter Katherine und die ewigen Ratschläge an mich. Die schönen Momente verblassen zunehmend. Die fanden meist nur noch im Bett statt. Aber ich will ihn nicht aufgeben. Wir wollen doch heiraten, Kinder bekommen. Es wird, es muss, sich ein Weg finden! Ich sehe ihn zurzeit nur vor lauter Dunkelheit und Chaos nicht. Eins steht fest: Nicht nur ich, auch Ray muss an sich arbeiten. Ich verlange ja nichts Großartiges. Nur, dass er mehr in mich hineinsieht.

Die Hütte riecht nach Sand und Moos. Ich mag es und mag es nicht. Die Natur um uns ist gewaltig. Man merkt, sie bräuchte uns Menschen gar nicht. Im Grunde sind wir nur Störenfriede in ihrer Welt. Hier ist vieles, was in der materiellen Welt zählt, unnütz. Dennoch vermisse ich England und bin froh, wenn ich hier wieder weg bin. Vor allem von IHM.

Ich will schreiben! Wenn ich wie gerade den Klang seiner Schreibmaschine höre, dann weiß ich das genau. Ich hoffe nur, es ist nicht wieder ein Porno. Ach, es kann mir doch egal sein. Ich liebe Geschichten. Ich wollte auch seine lieben. Ich bin sicher, es wäre so, wenn er viel mehr Gefühl hineingebracht hätte. Und vor allem eine Erklärung, warum sein Protagonist so geworden ist, wie er ist. Das wäre spannend und könnte berührend fesselnd sein. Nein, es wäre so. Davon bin ich überzeugt. Vielleicht könnte ich dann auch Boheme besser verstehen. Und wenn er mir mal richtig zuhören würde, dann sollte er auch mich verstehen. Ich wünsche seiner Geschichte einen Puls und Herzschlag. Boheme und ich hätten ein unschlagbares Team sein können. Aber nein! So ein Sturschädel ist mir noch nie untergekommen.

Es regnet und regnet und regnet ... Doch diese Natur hat was. Ich sollte sie genauer erkunden. Irgendwann! Vielleicht lässt Ray sich dazu überreden. Wir müssen ja nicht in dieses Gebiet hier. Kanada ist groß. Manchmal ist es gut, wenn man über seine selbst gesetzten Grenzen springt. Dahinter verbirgt sich oft ungeahnt Schönes und Wertvolles.

Ich weiß nicht genau, wer ich bin! Ich habe mich verbogen. Nicht immer, nur manchmal. Für Ray! Das ist eben so, wenn man eine Ehe eingehen, eine Partnerschaft am Laufen halten, vorantreiben will. Einer muss sich das Glück immer biegen, man selbst muss sich verbiegen. Ich weiß, das sollte man nicht. Aber das ist doch ein Märchen. Verbiegt sich Ray? Ich muss ihn das mal fragen. Wie oben schon erwähnt muss auch er an sich arbeiten, nicht immer nur ich.

Claire schmerzten die Finger vom Schreiben. Die Gedanken hier in der Wildnis, stellte sie fest, waren anders, als in der Zivilisation. Ob komplexer oder klarer konnte sie allerdings nicht beantworten. *Eines war jedoch gewiss, hier fühlte sie sich noch weiter entfernt von Ray als woanders. Und dies hatte nichts mit der räumlichen Entfernung zu tun*, gestand sie sich ein. Schließlich machte sie sich neue Notizen zu ihrem Roman, bis Boheme sie unterbrach, was sie sogar erschreckte.

„Sie sind kein Naturmensch. Immerhin muss ich es Ihnen zugutehalten, dass Sie den Weg auf sich genommen haben."

Claire blickte von ihrem Büchlein auf. Ihre Blicke tauchten ineinander. Das Flackern der Öllampen ließ Bohemes Gesicht ein wenig geisterhaft erscheinen.

„Sie lieben Ihre Arbeit also wirklich sehr. So sehr, dass Sie sich mir sogar persönlich stellen." Samu machte eine Pause.

Claire wollte etwas erwidern, aber Samu sprach schon weiter. „Ich weiß, dass Sie sich entschuldigen müssen. Bob hat mir mitgeteilt, dass Olivia Barns ihn angerufen und gesagt hat, dass sie dafür gesorgt hat, dass sich ihre Mitarbeiterin höchstpersönlich bei mir entschuldigen wird. Sie hat mir außerdem über ihn ausrichten lassen, dass ihr die Sache selbst sehr unangenehm ist und sie mich als Autor keinesfalls verlieren möchte. Das glaube ich sehr gern. Also brauchen Sie nun nicht behaupten, dass Sie aus freien Stücken gekommen sind. Hat sie Ihnen eine Beförderung versprochen?"

Claire verschluckte sich beinahe an ihrer eigenen Spucke. *Fabelhaft kombiniert*, dachte sie.

„Ja, es stimmt. Ich liebe meine Arbeit. Deshalb bin ich auch bei Ihrer Geschichte so hartnäckig geblieben. Ich finde, sie hat diesen Protagonisten, so wie er sich jetzt gibt, eben nicht verdient. Ohne Erklärungen seinerseits, warum er so geworden ist, außer, dass die

Frauenwelt eine andere, bessere Behandlung nicht verdient hätte."

„Falsch!", erwiderte Boheme.

Claire legte ihr Büchlein weg und sah ihn weiter an.

Falsch?

„Diese Art Frauenwelt. Nicht alle. Lesen Sie genauer. Diese Frauen würden auch keine Erklärung verstehen, denn die sehen nur sich", berichtigte er sie dann.

Claire versuchte das, was er eben gesagt hatte, zu ordnen.

„Es liest sich aber so, als wäre es eine allgemeine Abrechnung. Und ich glaube nicht, dass nur diese Art Frauenwelt das Buch lesen wird."

Samu schien ebenfalls nachdenklich, erhob sich dann und winkte ab. „Es bleibt dabei. Und ich will jetzt nicht darüber reden, denn es ist unnötig."

„Ist es nach wie vor nicht. Aber gut. Ich möchte mich jedenfalls ehrlich dafür entschuldigen, dass ich den Vertrag zurückgezogen habe, ohne meine Chefin ..."

„Sie wiederholen sich gern, oder? Falls es wirklich so sein sollte, dann tut auch das nichts mehr zur Sache. Denn es gibt kein Zurück. Meine Entscheidung steht fest. Ich wechsle den Verlag."

Claire schnaubte. Für einen Moment hatte sie geglaubt, es gäbe Hoffnung.

„Sie sind ein sturköpfiger Neandertaler!", stieß sie aus.

„Und Sie stellen zu viele dumme Fragen", entgegnete der Autor.

Claire ging auf ihn zu und sah ihn direkt an. Boheme wich ihrem Blick nicht aus. Seine Augen funkelten.

„Und Sie scheinen genau davor Angst zu haben. Was ist passiert in Ihrem Leben, dass Sie so geworden sind? So ... so kalt wie Ihr Protagonist?"

„Gehen Sie zurück in Ihre Großstadt und leben Sie Ihr Luxusleben weiter, das Sie offenbar gewöhnt sind. Sie kennen das wahre Leben doch gar nicht. Sie kommen ja nicht mal allein durch den Wald!", gab er zischend zurück.

Claire griff nach ihrer Zelttasche und riss die Tür auf.

„Sie kommen nicht weit. Es ist stockdunkel und der Boden matschig. Dieses Mal hole ich Sie nicht wieder!", rief er ihr nach.

Hauptsache raus hier!, dachte sie sich.

„Ich übernachte draußen im Zelt. Ich komme sehr wohl in der Natur zurecht. Ich habe bereits zwei Mal in einem Zelt geschlafen, unter freiem Himmel", bellte Claire und warf dem Autor einen eindringlichen Blick über die Schulter zu.

Boheme lachte. „Sicher nicht allein."

„Doch, einmal schon. Und es war prima."

Er brauchte nicht zu wissen, dass diese Übernachtung in der Nähe der Lodge stattgefunden hatte.

„Dann bin ich gespannt, Miss Winston."

„Das können Sie auch!", rief Claire, holte ihren Rucksack, trat auf die Veranda und knallte die Tür hinter sich zu. Regen peitschte ihr ins Gesicht. Der war zwar lange nicht mehr so stark wie vorhin, dafür war es deutlich frischer geworden.

„Das wäre ja gelacht", sagte sie sich, schaltete die Taschenlampe an und humpelte vorsichtig voran.

Der Aufbau des Zeltes gelang auf Anhieb. Sie klatschte in die Hände, nachdem sie Rucksack und Decke darin verstaut hatte. „Na also!" Vor sich hin singend, rollte sie sich in die Decke ein und löschte dann das Licht der Taschenlampe. Dass ihre Klamotten feucht waren, ignorierte sie. *Endlich Ruhe.* Zudem ließ der Regen ganz nach. Sie würde gleich morgen früh die Heimreise antreten. Die Stille der Nacht umhüllte sie und machte ihr immer bewusster, dass ihr Traum von der Beförderung endgültig vorbei war. *Und nicht nur das. Olivia würde ihre Drohung sicher wahr machen.* Dahingehend war vielleicht ja doch noch mit ihr zu reden. Claire konnte die Tränen nicht zurückhalten, unter denen sie irgendwann einschlief. Vor ihrem inneren Auge tauchten verschiedene Traumszenen auf, in denen sich Ray und Boheme trafen und sich wegen ihr in die Haare bekamen.

„Hört auf. Nicht!", brummte Claire und versuchte die beiden auseinanderzukriegen, da erwachte sie. Sie atmete auf und rollte sich auf die andere Seite. Einen Wimpernschlag später vernahm sie ein brummendes und scharrendes Geräusch, das von draußen kam. Erschrocken setzte sie sich auf und tastete nach der Taschenlampe, wollte sie einschalten, ließ es dann aber und lauschte wie eingefroren. Das Scharren wurde lauter.

Claire konnte vor Angst kaum atmen. Sie traute sich nicht, sich nur einen Millimeter zu rühren. *Ich will noch nicht sterben*, dachte sie. *Das da draußen sollte verschwinden, auf der Stelle!* Selbst wenn sie gewollt hätte, hätte sie keinen einzigen Ton über die Lippen gebracht. In Gedanken stellte sie sich einen riesigen

Bären mit messerscharfen Klauen vor, einen Wolf mit Reißzähnen und ein Monster, das bisher nicht entdeckt worden war. *Würde sie sein erstes Opfer werden?* Dem Brummen folgte ein Grunzen.

Bitte lieber Gott, lass die Bestie weiterziehen!, flehte Claire in Gedanken und schloss die Augen. Als sich das Scharren eine kleine Weile später entfernte, war sie drauf und dran das Zelt fluchtartig zu verlassen und zu Samu Boheme in die Hütte zu flüchten. Langsam konnte sie wieder halbwegs durchatmen und völlig klar denken. Sie straffte die Schultern.

„Nein, ich gehe nicht zu ihm. Lieber soll mich das Ding da draußen fressen", flüsterte sie sich selbst zu. Immer noch bibbernd vor Angst zwang sie sich wieder hinzulegen, wobei sie sich auf den Rücken bettete, um beide Ohren frei zu haben.

Eine Fliege, die sich ins Zelt verirrt hatte, leistete ihr Gesellschaft und versuchte sich ständig auf ihre Nasenspitze zu setzen. Claire wedelte sie mit einer Hand weg. „Hau ab, nerviges Vieh!"

Dabei stieß sie gegen den Rucksack mit den restlichen Beeren. *Auweia!*, durchfuhr es sie, *sie hatte vergessen, ihn draußen zu lassen.*

„Wie blöd muss man sein?!", rügte sie sich leise selbst und beschloss sich des Rucksacks zu entledigen. Laut den Hinweisen, die ihr Alex gegeben hatte, warf sie ihn am besten so weit es ihr möglich war vom Zelt weg. Sie lauschte. Nichts war zu hören. Blitzschnell öffnete sie den Reißverschluss des Zeltes und machte sich bereit. Das Herz schlug ihr bis in den Kopf. Sie warf. Mit einem dumpfen Geräusch landete der Rucksack auf dem Boden. Kurz darauf hörte Claire das Brummen wieder.

Dieses Mal lauter. Ein heller Schrei entwich ihrer Kehle. Vor Aufregung machte sie sich fast in die Hose. Wie eine Furie stob sie aus dem Zelt, bevor es ihr selbst richtig bewusst wurde. Einen Wimpernschlag später hallte ein Schuss durch die Umgebung und in ihren Ohren wider. *War sie getroffen?, fragte sie sich panisch.* Sie spürte zwar nichts, sackte aber auf die Knie, presste die Stirn in den Boden und schlug die Hände über dem Kopf zusammen. Schritte und ein Rascheln krochen in ihre Ohren. Jemand fasste sie an den Schultern. Als sie dieses Mal schreien wollte, kam kein Laut aus ihrer Kehle. Wenigstens gehörte das brennende Gefühl an ihrem Knie der Vergangenheit an.

„Kommen Sie schon rein", hörte sie Boheme sagen. Sie blickte auf. Er holte ihren Rucksack. *Warum musste er schon wieder ihr Retter sein?!, durchfuhr es sie.* Schnell kam er zurück, zog sie hoch und mit sich zur Hütte.

„Nicht nötig", murmelte Claire, doch dann warf sie ihren Stolz über Bord.

„Was?", fragte Samu, schob sie in die Hütte und sperrte hinter ihnen ab.

Claires Brustkorb stach vor innerem Aufruhr. Boheme trug nichts außer Shorts am Leib. Im Licht einer brennenden Öllampe sah Claire, dass sich seine Muskeln anspannten. Der Anblick gefiel ihr. Ob sie wollte oder nicht.

„Das war der neugierige Grizzly. Der ist noch jung", erklärte Boheme, der, wovon ein Kissen und eine Decke zeugten, nachts immer auf dem Sofa schlief.

„Sie haben ihn erschossen?", bekam sie heiser heraus und schämte sich für ihren hysterischen Schrei, obwohl es ihr inzwischen egal sein könnte, was Boheme über sie dachte.

„Nein. Ich habe ihn wieder nur gewarnt."

Claire nickte. „Ja, wieso hätten Sie ihn auch erschießen sollen? Er hätte mich beinahe gefressen. Aber egal. Natürlich bin ich jedoch sehr froh, dass wir beide lebend aus der Sache herausgekommen sind."

Boheme sah sie herablassend an. „Er wollte die Beeren in Ihrem Rucksack, von denen Sie ein paar zum Frühstück gegessen haben. Ich wollte Ihnen ja noch sagen, dass Sie den Rucksack besser nicht mit ins Zelt nehmen, aber Madame ..."

Claire holte Luft. „Wie bitte? Sie haben es beobachtet und nichts gesagt? Sie wussten, dass der Grizzly unterwegs ist. Er hätte mich töten können, verdammt noch mal!"

„Wow, wow, wow, Miss Winston. Ganz ruhig, ja. Die Bären sind ständig auf Nahrungssuche. Sie halten von November bis Mitte Mai einen Winterschlaf. Und keine Angst, sie fressen keine ... Menschen."

Sie zeigte auf ihn. „Noch mal von vorn. Sie wussten, dass ihn der Geruch der Beerensammlung in meinem Rucksack und die anderen Lebensmittel anlocken. Ja, das wussten Sie genau. Sie ... Sie ... Scheusal. Und dann konnten Sie der dummen Großstadttante erneut zeigen, was für eine Idiotin sie ist und was für ein Held Sie sind. Ja, es war auch mein Fehler. Aber das, was Sie gemacht haben, ist vorsätzliche In-Gefahr-Bringung." Boheme verdrehte die Augen.

„Der Grizzly hat sich mehr vor Ihnen erschreckt als umgekehrt. Er war nicht mal auf dem Anwesen."

„Hörte sich aber verdammt so an."

„Glauben Sie mir."

Claires Wut schäumte über. Sie drehte den Schlüssel an der Tür, öffnete diese und ging zurück nach draußen. Ihre Wut war größer als die Angst.

„Gute Nacht. Morgen, beim ersten Sonnenstrahl, bin ich weg!", rief sie. Darauf konnte er Gift nehmen.

„Wenn sie denn scheinen sollte. Gute Nacht. Ich wollte nur helfen. Mal wieder. Sie sind ein Sturschädel, Miss Winston."

„Oh ja, und Sie sind ein Held. Zufrieden?"

Selbstverliebt und besserwisserisch, dachte sie.

Mit großen Schritten kehrte sie zum Zelt zurück, in dem sich inzwischen ein paar Fliegen versammelt hatten, die ihr um die Ohren flogen. Claire beachtete sie nicht weiter und zählte die Minuten bis zum Morgengrauen.

Atmen, wenn man kann

Claire war stolz auf sich, dass sie die Nacht durchgehalten hatte, auch wenn sie so gut wie kein Auge zubrachte. Beim ersten Sonnenstrahl packte sie ihre Sachen. Es versprach ein schöner Tag zu werden, zumindest was das Wetter anging. Milder Wind umwehte sie und die Bäume zeichneten Schatten auf das Anwesen Bohemes, dem sie gleich für immer den Rücken kehren würde. Die Wut und menschliche Enttäuschung in ihr hatten sich keineswegs gelegt, als sie ihn auf die Veranda kommen sah. Er ignorierte sie, so wie sie ihn. Schnell räumte sie ihre Habseligkeiten zusammen und türmte schon fast vom Grundstück. Vor sich hin schimpfend folgte sie den roten Markierungen, die Alex ihr hinterlassen hatte. Es klappte, was sie freudiger stimmte. Zudem erleichterte sie jeder Schritt, den sie tat, was sie sogar ihre Angst vor den Tieren der Wildnis fast vergessen ließ. Auch wenn sie wusste, dass sie nichts bei Boheme erreicht hatte, war sie zumindest stolz auf sich, dass sie es versucht hatte. Trotzdem hing an dem Ganzen ein schaler Nachgeschmack, wenn sie wieder daran dachte, arbeitslos zu sein. Ein Schatten zwischen den Bäumen ließ sie innehalten.

„Keine Angst. Ich bin es. Alex."

Erleichtert atmete sie auf. Er tauchte aus dem Schatten zweier dicht nebeneinanderstehender Tannen.

„Da bist du ja. Angela und ich haben uns schon Sorgen gemacht", sagte er. Sie umarmten sich zur Begrüßung. „Wie schön dich zu sehen, Alex. Meine Güte, das war ein Albtraum! Du bist also extra wegen mir hierhergekommen?", entfuhr es ihr.

Alex drückte sie von sich und sah sie mit großen Augen an. „Ja. Also raus mit der Sprache. Wem ist der Albtraum zuzuschreiben? Der Wildnis, deinem Bekannten oder beiden?", wollte er wissen.

Claire ging weiter. „Frag besser nicht."

„Ich bin neugierig", erwiderte Alex und ging ein Stück neben ihr.

„Ach. Ich habe meinen Teil der Abmachung erfüllt. Mehr kann ich nicht tun. Ende der Geschichte. Der nächste Teil wird allerdings auch nicht leichter, fürchte ich", sagte sie, mehr zu sich selbst.

„Also doch Stress mit deinem Bekannten. Das tut mir echt leid. Na komm. Gehen wir erst mal ins Hotel."

Claire nickte und Alex legte freundschaftlich einen Arm um sie, nachdem er ihr das Zelt abgenommen hatte, das sie trug. Sie schenkte ihm ein dankbares Lächeln.

„Wer ist er denn?", wollte Angela wissen. Claire hielt Wort und verriet es nicht.

„Ein Bekannter, mit dem ich noch was klären musste. Er selbst ist ein Sturkopf. Schon vergessen." Sie nickte für sich. Angela und Alex schmunzelten.

„Aber uninteressant scheint er nicht für dich zu sein und es scheint dir auch nicht egal zu sein, was er über dich denkt", zog Alex ein Fazit.

Angela stupste ihn an. „Nerv sie nicht!"

Sie gab Claire den Schlüssel für ein Zimmer. Diese wusste gar nicht, wie sie der jungen Frau danken sollte. Auf jeden Fall würde sie ihr ein fettes Trinkgeld geben und Alex ebenfalls.

„Eins der Zimmer ist inzwischen frei geworden", erklärte Angela weiter. „Sie können sich dort duschen und ein bisschen ausruhen bis Ihr Flug geht, Miss Winston. Essen können Sie auch in Ruhe auf dem Zimmer, gern auch im Saal."

Claire umarmte Angela. „Danke. Euch beiden. Für alles. Und bitte nenne mich nicht Miss Winston. Ich bin Claire."

„Das freut mich. Ich bin Angela. Und Grüße von meinem Schatz. Er fand dich ein wenig merkwürdig, aber nett. Er wollte wissen, ob du die High Heels inzwischen ausgezogen hast", erwiderte Angela und lachte.

„Ein ehrlicher Bursche", stellte Claire fest.

„Sei ihm nicht böse. Er sagt gern, was er denkt. So weiß ich wenigstens immer, woran ich bin", erzählte Angela und ihre Augen begannen zu leuchten.

Claire lächelte. „Ja, stimmt", flüsterte sie leise.

„Dan, der Traum aller Frauen", äffte Alex und erntete dafür einen Hieb auf den rechten Oberarm von Angela.

„Meiner auf jeden Fall", sagte sie, woraufhin Alex weiterzog.

Das Zimmer, in das Angela Claire dann führte und in das sie auch ihren Koffer hatte bringen lassen, war urig gemütlich und doch modern eingerichtet. Von den

Fenstern aus konnte Claire durch Bäume hindurch auf den See im Tal blicken, dessen Wasser im Sonnenschein glitzerte.

Erst einmal ließ sich Claire rücklings auf eines der Betten fallen. Die Matratze war weich. *Es war traumhaft.* Die ersten Minuten des Glücks, wieder unter normalen Menschen zu sein, verblassten, als sie erneut an den Verlag und an Ray dachte. Schnell griff sie in ihre Hosentasche und holte das Handy heraus. Erst wollte sie Jenny anrufen. Ray und Olivia mussten noch warten, beschloss sie. Schon beim zweiten Rufzeichen ging Jenny ran und wollte nach einem kurzen „Hallo" wissen, wie es Claire weiterhin erging. Claire ließ kaum ein Detail aus bei ihrer Erzählung.

„Das tut mir so leid. Ist die Sache mit Boheme denn nun endgültig?", fragte Jenny.

Claire seufzte. „Ja. Und es tut weh. Du weißt, ich liebe meine Arbeit im Verlag. Ich kann mir nicht vorstellen woanders zu arbeiten."

„Vorstellen kann man sich vieles nicht. Du findest sicher wieder einen Verlag. Die Barns macht vielleicht nur Gedöns. Klar will sie dir Angst machen, damit du alles gibst, um Boheme zurückzuholen. Schon mal daran gedacht?"

„Kann sein."

„Außerdem, willst du wirklich ewig für so eine Kuh arbeiten?"

Claire überlegte. „So oft habe ich sie nun auch nicht gesehen. Es ist doch so, ich trage wirklich eine Teilschuld. Klar ist Olivia da sauer, wenn ich über ihren Kopf hinweg entscheide."

„Ach, Süße. Alles schwierig. Und Ray?"

„Ja, Ray. Den muss ich gleich als Nächsten anrufen. Danach Olivia. Mein Flug geht morgen früh. Ich will mit Ray glücklich werden. Unbedingt. Das muss nun Priorität haben."

Jenny schwieg ein paar Augenblicke, dann sagte sie: „Du willst es werden. Das heißt, du bist es nicht."

Ihre Worte erschreckten Claire. „Was? Nein, so meinte ich das nicht. Natürlich stört mich das mit seiner Mutter. Aber ... wir kriegen das schon hin."

„Das wünsche ich dir. Dass du richtig glücklich bist, ohne Zweifel. Im Moment hört es sich nicht so an."

„Danke, Jenny. Ich melde mich wieder. Jetzt brauch ich erst einmal eine Dusche."

Die nahm sie, nachdem sie aufgelegt hatte. Sie vertrieb den Gedanken, dass sie damit nur Zeit schinden wollte, Ray anzurufen. Die Worte Jennys gingen ihr weiter nach.

Während sie abwechselnd heißes und kaltes Wasser auf ihre Haut rieseln ließ, musste sie an Samu denken, als er fast nackt vor ihr gestanden hatte. *Wie er wohl ohne Bart aussieht?* Sie schüttelte den Kopf über sich selbst.

Schnell sprang sie aus der Dusche, rubbelte sich trocken und schnappte sich ihr Handy, um das Telefonat mit Ray über die Bühne zu bringen. Es überraschte sie, dass Katherine ranging.

„Meine Güte, Claire! Was denkst du dir? Ray derart warten zu lassen ist eine Frechheit. Und nicht nur das. Wir müssen ein ernstes Wort miteinander reden."

„Katherine, hallo. Warum hast du Rays Handy?"

„Mum, gib her bitte", hörte Claire Rays Stimme, dann ein Rascheln.

Endlich ging Ray ans Telefon. „Claire?"

„Hallo Ray."

Claire setzte sich aufs Bett. Ihr glühte der Kopf.

„Was meint deine Mutter mit ihren Andeutungen?", musste sie sofort wissen und betete, dass Katherine nicht Bescheid wusste.

„Wo treibst du dich rum?", wollte er statt einer Antwort wissen.

„Ich treibe mich nicht rum. Wie sich das anhört. Du weißt doch wo ..."

„Ja, Hochzeitsvorbereitungen. Aber kann ich dir das glauben?"

Claire schluckte schwer. „Was?"

„Du hast gelogen. Mum hat die Nummer von Bohemes Agenten in deinen Unterlagen gefunden. Besser gesagt, ich habe sie gefunden. In deinem Arbeitszimmer."

Claire öffnete ungläubig den Mund.

„Sie hat ihn angerufen und gefragt, ob sie Boheme nun als Gast der Benefiz-Gala eintragen darf oder nicht. Und weißt du was? Er wusste nicht einmal, dass es eine Gala geben soll und auch nichts von einer Einladung. Boheme, beziehungsweise dieser Agent, hat nie eine erhalten."

Sie fasste es nicht. Nicht nur das, Ray und seine Mutter schnüffelten ihr hinterher.

„Lass uns darüber reden, wenn ich zu Hause bin."

„Was ist nur los mit dir? Ray hat uns inzwischen natürlich alles erzählt. Erst diese merkwürdige Reise, so Knall auf Fall und dann lügst du auch noch?", rief Katherine im Hintergrund.

Claire fühlte sich in die Ecke getrieben. „Weißt du was, vielleicht brauchen wir einfach ein wenig Abstand, Ray", brach es aus ihr hervor.

„Abstand? Etwa noch mehr?"

Claire erhob sich und ging an eines der Fenster. Sie öffnete es und ließ frische Luft herein. Dann fasste sie einen Entschluss, der ihr vor ein paar Minuten noch völlig irre vorgekommen wäre. Sie wollte ein paar Tage hierbleiben. Im Resort. *Zum Durchatmen.* Sie musste ihrer Chefin ja nicht auf die Nase binden, dass das mit Boheme schon gescheitert war.

„Ehrlich gesagt bin ich nicht mehr in Amerika. Ich habe beschlossen, mich selbst zu suchen", sprach sie weiter.

„Was?", stieß Ray aus.

„Bitte, vertrau mir."

„Vertrauen? Du bist also nicht mehr bei dieser Anastasia?"

„Nein, Ray."

„Wo ist sie dann? Ich sagte ja gleich, da stimmt was nicht!", rief Katherine im Hintergrund.

„Ja, wo bist du?"

„Muss deine Mutter immer ein Wort mitreden? Und wo ich bin geht sie erst recht nichts an."

„Sie ist meine Mutter. Sie hat das Recht dazu, Claire."

Diese Worte saßen. Claire glaubte für einen Augenblick keine Luft mehr zu bekommen.

„Ich komme in ein paar Tagen zurück. Dann reden wir", sagte sie nach einer kleinen Pause.

Sie hörte das Schlagen einer Tür. Ray war anscheinend in einen anderen Raum gegangen.

„Was ist nur in dich gefahren, Claire? Wie stehe ich vor meinen Eltern da? Wie ein Idiot."

„Nichts ist mit mir los. Ich brauche doch nur ein paar Tage für mich. Ist das so schwer zu verstehen? Ich habe dir auch alle Freiheiten gelassen, wenn ..."

„Es geht hier nicht um mich, sondern um dich."

„Es geht um uns, Ray", machte Claire ihm klar, zumindest versuchte sie es.

„Gut, bleib noch. Doch spätestens Freitag erwarte ich dich zurück. Für meine Eltern lass ich mir etwas einfallen."

„Ray? Alles gut?", hörte sie Katherine, die offensichtlich ungefragt ins Zimmer platzte. *Das war so typisch, dachte Claire.*

„Wahrscheinlich kommt sie mit ihrem Job nicht klar. Boheme scheint doch eine Nummer zu groß für sie zu sein. Das dachte ich mir schon", hörte sie sie im Hintergrund. Ray sagte nicht einmal etwas dagegen, was Claire noch mehr enttäuschte.

„Ich komme, wenn ich bereit dazu bin. Schönen Tag noch, Ray", stieß Claire mit zitternder Stimme aus und beendete das Gespräch.

Fünf Sekunden später rief Ray sie an. Sie ging nicht ran. Bäuchlings warf sie sich aufs Bett und versuchte zu weinen. Nicht einmal das gelang ihr. Ihre Gedanken rannten umher wie ein Schwarm Ameisen, während sich in ihr eine Mauer aus Eis errichtete, die bis zur Spitze ihres Herzens reichte. Aber sie durfte nicht resignieren und schon gar nicht anfangen, sich weiter Schuldgefühle zu machen und alles hinzunehmen. Also setzte sie sich auf. Sie wollte versuchen, die dunklen Gedanken abzuschütteln und sich den Kummer von der

Seele zu schreiben. *Doch wo war ihr Rucksack?* Ein schrecklicher Gedanke schob sich in ihren Kopf, als sie sich auf den Weg zu Angela machte.

Claire schlug die Hände vors Gesicht. „Nein, oder?", jammerte sie.

Angela nahm ihre Hände herunter. „Soll ich Alex schicken, um den Rucksack für dich zu holen?"

Claire überlegte, schüttelte dann aber den Kopf.

„Ich will für meine Fehler selbst geradestehen. Ich mach das. Dieses Mal allerdings mit richtiger Kleidung. Die, die du mir besorgt hast, habe ich auch vergessen. Ja, ich muss die Sachen holen. Den Weg kenne ich ja nun."

„Kleidung für Ausflüge in die Wildnis stellt dir doch auch das Resort zur Verfügung. Aber du ganz allein durch die Wildnis? Das ...", widersprach Angela.

Claire klopfte ihr auf die Schulter. „Das krieg ich hin. Auch wenn es mir keiner zutraut. Ich habe ja nun auch schon Übung."

Außerdem wollte sie kein Angsthase mehr sein und vor keiner Entscheidung, vor nichts auf dieser Welt, davonlaufen. Natürlich, war ihr bewusst, war das alles leichter gesagt als getan. *Es zu versuchen war schon mal ein Anfang.* Sie konnte nur hoffen, dass Boheme nicht so neugierig war wie die Grizzlys oder ihre Schwiegermutter in spe. Gleich morgen früh würde sie aufbrechen.

Wieder zurück auf ihrem Zimmer rief sie Olivia an, um ihr mitzuteilen, dass sie ein paar Urlaubstage dranhängen müsste, da die Sache offen, aber noch nicht verloren sei.

Zwar war Olivia nicht begeistert, gab dann jedoch nach. „Okay. Dann machen Sie mal. Wie ist er denn so?"

„Na ja. Er ist ein absoluter Einzelgänger, hat sich hier in einer Hütte außerhalb eines Resorts in der Nähe des Blachford Sees eingenistet, ist sehr verbissen und ..."

„Ich meine eher, ob er sexy ist? Herrgott, Claire, seien Sie nicht immer so bieder!", unterbrach ihre Chefin sie.

Nur weil sie nicht gleich auf seine männlichen Vorzüge eingegangen war? „Vielen Dank auch, Mrs. Barns."

„Gern. Kommen Sie mal aus sich raus. Wenn man es genau nimmt, dann haben uns Ihre mittelalterlichen Ansichten dahin gebracht, wo wir jetzt sind."

Claire schnappte nach Luft. „Wie charmant."

„Und Sie sind schnell schnippisch. Das nervt mich ebenfalls. Vielleicht kann die raue Natur Sie ein wenig lockerer schleifen oder wer weiß, auch Samu Boheme", säuselte Olivia.

Das hatte sie nun nicht wirklich gesagt, durchfuhr es Claire.

„Mrs. Barns?!", stieß sie entsetzt aus.

„Miss Winston! Es ist nur ein gut gemeinter Rat von Frau zu ... Frau. Wenn ich Bohemes Werk lese, dann sehe ich einen rassigen Mann vor mir, der Feuer im Blut hat und nicht nur dort. Kein Wunder, dass es zwischen Ihnen beiden zum Gewitter gekommen ist. Er ist heiß, Sie kalt. Er liebt die Abenteuer, Sie den heimeligen überschaubaren Herd. Zwei Fronten, bei denen es unangenehm knallt, wenn sie aufeinandertreffen. Ich hätte da eher dran denken müssen. So ein Mann wäre bei Kathleen wohl wirklich besser aufgehoben. Ihr geht es übrigens schon besser."

Claire hatte genug gehört. „Bis die Tage", erwiderte sie und drückte ihre Chefin weg. „Ich habe Feuer. Ich bin keine Kaltfront", flüsterte sie und warf das Handy aufs Bett. Wurde sie immer mehr wie Ray, der über alles die Kontrolle behalten wollte? Ein wenig Kontrolle war zwar nötig, aber Ray musste einsehen, dass er es übertrieb. Sie wollte diese Beziehung genauso wenig aufgeben wie ihren Job. Claire hielt inne. Konnte es sein, dass Verstand und Herz getrennt sprachen? Demnach wollte ihr Verstand das mit Ray nicht beenden und ihr Herz hing an dem Job. *Sollten nicht beide im Einklang herrschen oder zumindest involviert sein?* Claire rieb sich die Augen. Ihre Gedanken fuhren Achterbahn mit Dauerloopings, die ihr Kopfschmerzen verursachten. Als die Nacht hereinbrach, setzte sie sich auf die Terrasse und wartete vergeblich darauf, eines der berühmten Polarlichter zu sehen, während sie versuchte, ihre Gedanken zu ordnen. Rays Nachrichten und Anrufversuche ignorierte sie. Es musste sein.

Zurück in die Wildnis

Der Weg zurück zu Boheme verlief mal besser, mal schlechter. Wenigstens hielt sich das gute Wetter. In den Wanderschuhen, die sie sich im Resort neben richtiger Kleidung für diese Tour durch die Wildnis besorgt hatte, lief es sich leichter, als in ihren dünnen Turnschuhen. Immer wieder ließ sie die Blicke durch die Natur schweifen und versuchte weiterhin den Kopf freizubekommen. Rays Worte aber folgten ihr wie der eigene Schatten. Genau wie Olivias und Katherines. Dazwischen versuchte sich Boheme zu behaupten. Claire machte an dem Bach, an dem Alex und sie einen Stopp gemacht hatten, eine Pause und kühlte sich das erhitzte Gesicht mit dem Wasser. Alex und Angela hatten sie nur widerwillig gehen lassen. Hin und wieder war ihr schon mulmig, wenn sie ein Geräusch hörte, das sie nicht einordnen konnte. Diese und der Gedanke, Boheme könnte ihre niedergeschriebenen Stichpunkte lesen, trieb sie voran. Am frühen Abend erreichte sie die Hütte. Ihr schmerzten sämtliche Glieder, aber sie war stolz auf sich, es geschafft zu haben. Die zeitweise Ruhe der Natur und die frische Luft hatten sogar ihre Gedanken ein wenig leichter gemacht.

„Hallo?", rief sie und klopfte gegen die Gartentür. Das Schloss war offen. Auch nach dem zweiten Ruf antwortete Boheme ihr nicht. Sie betrat das Anwesen und lief Richtung Veranda.

„Hallo. Hier ist Claire Winston. Ich bin nur hier, um meinen Rucksack zu holen", rief sie. Als sie klopfte, merkte sie, dass die Tür wieder nur angelehnt war.

„Hallo? Mr. Boheme?"

Ist der Macho etwa schon wieder auf Bärenjagd?, fragte sie sich.

Keine Antwort. Ihr Herz schlug einen Tick heftiger gegen die Rippen als vorhin, sodass sie zeitweise glaubte, schlecht Luft zu bekommen. Vielleicht hatte sie ja Glück und konnte sich unbemerkt ihre Sachen schnappen und ohne ein Wort der Erklärung verlieren zu müssen wieder verschwinden. Entschlossen stieß sie die Tür ein Stück auf und lugte in die Hütte. Gähnende Leere. Ihr Rucksack und ihre Klamotten, besser gesagt die von Angela, lagen auf dem Sofa. Schnell huschte Claire zu den Sachen und öffnete den Rucksack mit zittrigen Fingern.

Das Büchlein war an Ort und Stelle. Er hatte es also vielleicht gar nicht gelesen. „Gott sei Dank!", murmelte sie. So schnell sie konnte, packte sie die Klamotten von Alex in den Rucksack, schloss ihn wieder und schnallte ihn sich um. Er passte farblich zu der Nierentasche, die sie sich umgebunden hatte. Alex und Angela hatten ihr ein neues Klappmesser mitgegeben, dazu Pflaster und eine Trinkflasche. Auf dem Weg nach draußen fiel ihr ein dünner beschriebener Stapel Papier auf, der neben der alten Schreibmaschine lag.

„Geh schon weiter!", trieb sie sich selbst an. Dennoch blieb sie wie angewurzelt stehen und horchte. Als sie sicher war, dass Boheme noch nicht kam, ging Claire näher an den Tisch heran.

„Nur ein kurzer Blick", sagte sie sich. Den Zeilen nach schrieb er tatsächlich an einer neuen Geschichte. Das Deckblatt verriet ihr den Titel: „Unter dem Polarlicht".

Das klang mystisch und romantisch zugleich. Boheme hatte das Genre unter dem Titel vermerkt: „Liebeskomödie". Claire wollte das Deckblatt wegziehen, da hörte sie ein Räuspern hinter sich. Erschrocken fuhr sie herum und prallte dabei fast gegen Boheme, der sie mit gerecktem Kinn und zusammengekniffenen Augen ansah. Automatisch wich sie zurück und stieß gegen den Stuhl, der dicht an den Tisch herangerückt stand.

„Was wird das?", fragte Boheme und verschränkte die Arme vor der Brust. *Warum hatte ich ihn nicht gehört?* Claire starrte ihn an. Er sah anders aus, hatte sich seinen Bart abrasiert. Sie konnte nicht verleugnen, dass der Neandertaler ein durchaus attraktives Gesicht besaß. Sein Kinn war leicht rundlich mit einem kleinen Grübchen in der Mitte, die Lippen voll, nahezu sinnlich.

„Hat es Ihnen die Sprache verschlagen, Miss Winston?"

Sie schüttelte den Kopf. „Ich habe nur meinen Rucksack geholt. Es war wieder offen, da ... Keine Sorge, bin schon weg."

Sie wollte sich an ihm vorbeischieben, doch er stellte sich ihr in den Weg.

„Was soll das?", fragte sie und sah wieder zu ihm auf.

„Sie brechen hier ein und fragen mich, was das soll?"

Im ersten Moment wollte sie ihm recht geben, doch dann besann sie sich anders. „Die Holztür zwischen dem Zaun war nicht abgeschlossen und auch die Tür zur Hütte stand offen."

Boheme lachte. „Ach! Und das bedeutet freie Fahrt?"

„Ich dachte, Sie wären da. Und als Sie nicht geantwortet haben, bin ich eben rein. Es hätte Ihnen ja auch etwas passiert sein können."

„Verstehe. Sie legen es sich gerne so zurecht, wie Sie es brauchen. Nicht wahr?" Er hob eine Braue.

„Ich habe nicht den Nerv wieder mit Ihnen zu streiten! Ich gehe jetzt und das war's." Endlich ließ er sie passieren. Kaum war sie zur Tür hinaus, hörte sie ihn fragen: „Wird sie Sie nun feuern?"

Claire stoppte und lachte bitter. „Ja, wird sie. Freuen Sie sich. Schönes Leben noch." Sie setzte ihren Weg fort, hörte aber, dass er ihr folgte.

Als sie das Treppenende erreicht hatte, sagte Boheme: „Tut mir leid."

Hatte er das gerade wirklich gesagt? Claire drehte sich nach ihm um und sah ihn an. „Ja, mir auch", erwiderte sie ehrlich.

Boheme stand breitbeinig auf der Veranda und legte den Kopf leicht schief. „Ich meine damit, dass ich nicht darauf hereinfalle."

Was sollte das denn nun heißen? Der Autor stützte sich am Geländer der Veranda ab und lächelte unecht. Die Ärmel des eierschalenfarbenen Hemdes, das er halb offen trug, hatte er bis zu den Ellbogen zurückgekrempelt. Claire musste zugeben, dass es ihm ausgezeichnet stand, auch wenn es zerknittert war. Höchstwahrscheinlich hatte es nie ein Bügeleisen gesehen.

„Den Rucksack haben Sie doch absichtlich liegen lassen. Das können Sie ruhig zugeben. Und damit auch das Notizbüchlein. Übrigens, die Ideen finde ich gut. Sie sind also auch Autorin?"

Das ist an Dreistigkeit doch nicht mehr zu überbieten, dachte Claire.

„Sie haben es gelesen?", stieß sie aus.

Er lächelte weiter. „Na kommen Sie. Das wollten Sie doch. Mitleid erregen, den attraktiven Neandertaler doch noch umstimmen. Schlau, aber eine Fehlzündung. Die Bombe hat nicht eingeschlagen, Miss Winston. Ich falle nicht auf Ihre Mitleidstour rein. Sie nutzen wirklich alle Register. Anscheinend sind Sie doch nicht so bieder und langweilig, wie ich dachte."

Claire lachte trocken, was ihn für einen Moment irritierte, wie sie merkte. Auch wenn es ihr mehr als peinlich war, dass er ihre Gedanken gelesen hatte, war es obendrein nicht nur dreist, sondern auch äußerst frech von ihm. „Sie nehmen sich für zu wichtig, Mr. Boheme oder Mr. Blackford oder wie immer Sie auch heißen. Das Buch ist Privatsache. Ich habe lediglich den Rucksack vergessen. Mein Fehler, doch gewiss keine Absicht. Sie ... Sie ... Ach, rutschen Sie mir doch den Buckel runter!"

Sie drehte sich um und ging weiter. *Auf Nimmerwiedersehen, durchfuhr es sie.* „Was tun Sie jetzt, wo Sie keinen Job mehr haben? Die Natur erkunden oder zurück in Rays Arme flüchten?", rief Boheme ihr nach.

„Es geht Sie zwar nichts an, aber ich werde ein paar Tage in Kanadas Wildnis bleiben. Leben Sie wohl!", zischte sie.

„Na dann, alles Gute. Und schön auf die Füße achten", erwiderte er und lachte, was Claire rasend vor Wut machte. Sie biss sich auf die Zunge, um nicht das zu sagen, was in ihr wühlte, sonst hätte dieses Brachland von Charakter sie am Ende angezeigt.

Claire beschloss die Nacht im Zelt zu verbringen. Sie wollte eins sein mit der Ruhe der Natur, diese auf sich wirken lassen, sich ihren Ängsten stellen, klarer werden. *Hoffentlich*, dachte sich Claire, *würde dann auch die Wut im Bauch langsam verrauchen.* Als das Zelt stand, warf sie einen Blick auf ihr Handy. Ray hatte ihr mehrere Kurznachrichten mit immer wieder derselben Frage gesendet:

Wo bist du?

Dazu hatte er mindestens zehn Mal versucht, sie zu erreichen und letztendlich eine Sprachnachricht geschickt, die sie abhörte, sobald sie eine Stelle gefunden hatte, von der aus ihr Handy ein bisschen mehr Empfang hatte. *Schlimmer konnte es nicht mehr werden*, dachte sie sich. Und vielleicht hatte Ray doch ein Einsehen, wofür eventuell auch das Herz-Emoji sprach, das er unter die Nachricht gesetzt hatte.

„Hallo Claire. Ich weiß, du bist sauer. Ich versteh es nicht. Mum meint es nur gut. Ich habe mit deinen Eltern telefoniert. Nicht einmal sie weihst du vollends in deine Pläne ein. Und wie es sich anhörte, verstehen sie genauso wenig, dass du so überstürzt und über meinen Kopf hinweg handelst. Wir sind doch ein Team. Du hast nicht so geklungen, als wäre das alles genau überlegt. Komm zurück. Lass uns reden. Ich liebe dich doch, will dich heiraten. Ich brauch dich, Claire!"

Claire fasste es nicht, dass er ihre Eltern benachrichtigt hatte. Aber es stimmte, sie plante normalerweise alles in ihrem Leben. Besonders seit sie Ray hatte. *Wenn sie nicht aufpassen würde,* wurde ihr klar, *würde sie mehr und mehr zu seinem Schatten mutieren.* Kurzerhand schickte sie ihm eine Nachricht zurück:

Hallo Ray, wir machen es wie besprochen. Und keine Sorge, es ist alles gut durchdacht. Vergiss bitte nicht, dass ich kein kleines Kind mehr bin. Liebe Grüße nach Brighton, Claire.

Alsdann rief sie Jenny an, die ihre Entscheidung teilte und sie für ihren Mut bewunderte, was sie ein Stück glücklicher machte.

„Komm heil wieder, Liebes!", sagte Jenny und gähnte.

„Sorry, hab die Zeitverschiebung vergessen!"

„Macht nichts. Ray geschieht es ganz recht, dass er mal nicht die Fäden in der Hand hält. Das muss er lernen."

„Ja, ich weiß. Beziehung und Ehe bedeuten ja nicht, dass man alles planen und den anderen an die Leine nehmen muss. Sondern dass man sich Freiheiten lässt und dem anderen vertraut. Voll und ganz. Aber das kapiert er noch nicht. Ich hoffe inständig, er wird es. Nur dann sehe ich noch eine Chance."

Jenny seufzte. „Ich weiß. Und was Samu Boheme betrifft. Der scheint wirklich ein Ekel zu sein. Wenn auch ein sehr attraktives Ekel, so wie du ihn beschreibst. Wie wäre es, wenn er nett wäre? Stell es dir nur mal vor ..."

Claire wusste nicht, weshalb plötzlich eine Hitzewelle in ihr aufstieg.

„Er ist aber nicht nett, Jenny. Er sagte, ich wäre eine Lügnerin, eine Intrigantin. Ich schwöre, ich habe das Büchlein nicht absichtlich liegen gelassen. Ich könnte mich ohrfeigen dafür, dass er alles gelesen hat. Verdammt noch mal! Und ich hätte zu gern gewusst, ob er wieder einen Porno schreibt. Dass ich da schnüffeln wollte, geb ich ja zu. Ach, Jenny! Es ist alles so ein Chaos. Nur die Natur hier erdet mich. Also jedenfalls so lange ich keine seltsamen Geräusche höre."

„Klingt wie immer kompliziert. Aber he, mich musst du nicht überzeugen. Ich glaube dir. Jedes Wort, und ich hab dich lieb. Genauso wie du bist."

Die Worte ihrer Freundin machten sie nachdenklicher. „Es ist komisch", sagte sie dann und kickte mit einem Fuß einen Stein zur Seite.

„Was?", fragte Jenny.

Claire legte den Kopf in den Nacken und blickte in den Himmel. „Ich fühl mich, seit ich hier bin, manchmal richtig lebendig."

„Weil du aus deinem Trott draußen bist. Und weil dein Kopf freier ist, wenn Ray nicht dauernd um dich herumgeistert oder dir auf die Finger schauen kann."

Wahrscheinlich hatte Jenny recht.

„Du, ich muss Schluss machen, noch ein paar Beeren sammeln."

Jenny lachte. „Das klingt ulkig. Du in der Wildnis beim Beerensammeln. Wenn ich dir das vor ein paar Wochen erzählt hätte, dann hättest du mich für verrückt erklärt."

Claire stimmte in das Lachen mit ein. „Allerdings." Dann verabschiedeten sie sich und Claire machte sich auf die Suche. Es dauerte nicht lange, bis sie fündig wurde und die ersten Beeren einsammeln konnte. Düfte nach Moos und Laub stiegen ihr in die Nase. Sie fing an, Gefallen am Sammeln der Beeren zu finden und begann vor sich hin zu summen. Nach den Beeren suchte sie Holz für ein Lagerfeuer. Alex hatte ihr erklärt, wie man eines zustande brachte. Das Feuerzeug war ihr eine große Hilfe. Es klappte zwar nicht auf Anhieb, aber letztendlich bekam sie auch das hin. Da es langsam kühler wurde, konnte sie sich herrlich an dem Feuer wärmen, während sie die Umgebung genau im Blick und Gehör behielt. Alles war, bis auf das Gezwitscher der Vögel und das Grillen der Zikaden sowie das Plätschern des Wassers, ruhig. Sie nahm sich ihr Büchlein und machte neue Notizen zu ihrer Reise und ihrem Roman, den sie, wieder zu Hause, in Angriff nehmen wollte. Dazu setzte sie sich auf einen kleinen Felsen. *Von wegen Großstadtpflanze!, durchfuhr es sie.*

Das Plätschern des Wassers wurde lauter. Als sie nach ein paar Minuten aufblickte, sah sie einen Grizzly. Er watete gemächlich von der anderen Bachseite aus ins Wasser und angelte mit seinen Tatzen nach Fischen. *Herr im Himmel!, dachte Claire,* schluckte einen aufsteigenden Schrei hinunter und versuchte sich nicht mehr zu bewegen. Der Bär hatte sie offensichtlich noch nicht entdeckt und sie hoffte inständig, dass das so blieb. *Fieberhaft rief sie sich in Erinnerung, was Alex ihr in Bezug auf Bären geraten hatte. Sie fragte sich, ob sie Angst vor Feuer hatten?* Bei Wölfen, meinte sie zu wissen, war das so.

Plötzlich blickte der Grizzly auf und direkt in ihre Richtung. Claire hielt den Atem an, als er sich auf seine Hinterbeine stellte.

„Heilige Scheiße!", murmelte sie. *Was jetzt?* Sollte sie nicht doch lieber die Flucht ergreifen? Sie war im Begriff aufzustehen, da hörte sie eine Stimme in der Nähe.

„Nein, sitzen bleiben! Der ist nur neugierig."

Die Stimme kannte sie. Sie gehörte eindeutig Samu Boheme. War er ihr etwa gefolgt? Der Bär schnupperte in ihre Richtung und stieß einen dunklen Schrei aus. Claire tat besser, was Boheme ihr riet und betete, dass er recht behielt. Schließlich ließ sich der Bär wieder auf alle viere nieder und fischte weiter. Claire atmete auf. *War Boheme noch hier?* Ganz langsam warf sie einen Blick über die Schulter. Von Boheme war nichts zu sehen. Claire schaute wieder nach dem Tier. Der Fischfang des Bären war erfolgreich. Mit der Beute im Maul trabte er zurück ans Ufer und verschwand.

„Es ist zu gefährlich. Kommen Sie", vernahm Claire Bohemes Stimme kurz darauf. Er war also doch noch da. Claire wollte es nicht wahrhaben, aber sie war froh darüber. Etwas, das sie ihm nicht zeigen konnte. Ihr Stolz ließ es nicht zu.

„Ich denke nicht daran", erwiderte sie deshalb und schlug wieder ihr Büchlein auf.

Boheme trat zu ihr und blieb lässig neben ihr stehen.

„Man sollte nie allein in der Wildnis übernachten. Schon Ihr Alleingang war gefährlich."

Claire lachte leise. „Warum? Weil ich eine dumme Großstadttante bin?"

„Nein. Das hat damit nichts zu tun."

Er ging neben ihr in die Hocke. Neben einer Angel trug er eine Waffe bei sich.

„Wie schnell kann so ein Bär denn werden?", fragte sie.

„So 24 Meilen pro Stunde ist die Spitzengeschwindigkeit, soweit ich gehört habe."

„Wow!" Das hätte Claire nicht gedacht, zumal so ein Bär eine erhebliche Masse mit sich herumschleppte.

„Mieten Sie sich lieber eine Hütte im Resort und bleiben dort. Das bietet auch den Komfort, den Sie sonst gewöhnt sind. Hat Sie Ihr Begleiter nicht gewarnt?"

Claire vermied es, Samu anzusehen, und konzentrierte sich auf den Bachlauf.

„Ich wollte es so."

„Ach so. Klar. Verstehe. Sturschädel."

Claire schnaubte in sich hinein.

„Sie brauchen sich keine Sorgen machen. Ich komm schon klar und treffe meine Entscheidungen auch allein, Mr. Boheme. Und welchen Komfort ich sonst genieße oder genießen will, das wissen Sie nicht und geht Sie ebenfalls nichts an."

Er erhob sich wieder.

„Schon gut, Miss Winston, fahren Sie nicht die rot lackierten Krallen aus, bevor Sie endgültig abbrechen. Übrigens, ich mach mir keine Sorgen. Ich wollte nur fischen."

„Fischen? Ekelhafter Sport!", entfuhr es ihr.

„Dachte ich mir. Übrigens ist es kein Sport für mich, obwohl es sehr erholsam sein kann."

Kopfschüttelnd ging er an ihr vorbei auf den Bach zu und ein Stück weit hinein. Zu seiner Jeans trug er grüne Gummistiefel. Der leicht aufkommende Wind spielte mit seinem Haar, das wie das Fell des Bären vorhin, seidig glänzte.

Mit geschmeidigen und zugleich flinken Bewegungen warf er die Angel aus. Die Flinte hatte er geschultert.

Auch da, stellte sie fest, machte er leider eine überaus gute Figur.

„Was dachten Sie sich?", musste sie wissen. Sie sollte über seinen Bemerkungen stehen, doch sie schaffte es nicht.

„Dass Sie Fisch ekelig finden. Sie würden in der freien Natur keine Woche überleben."

Claire verschränkte die Arme vor der Brust. „Das werden wir ja sehen. Es dämmert übrigens bereits", rief sie ihm zu, um ihm klarzumachen, dass sie ihm nicht glaubte, dass er nur wegen des Angelns hier war.

„Das macht nichts", gab er mit genervtem Unterton zurück. Claire verdrehte die Augen und versuchte sich wieder auf ihr Büchlein zu konzentrieren. Bevor sie mit den Stichpunkten weitermachte, schrieb sie an denen ihrer Reise weiter.

Er hat sicher einen knackigen Hintern. Es ist so unfair, Gott. Ich wünsche ihm eine Warze unterhalb der Lippe, die ihn stechen soll, sobald er eine Frechheit ausspricht. Ach, ich würde ihn am liebsten schütteln für seine Dreistigkeit. Aber ja, ich bin ihm dennoch dankbar für die Hilfe. Es ärgert mich vor allem, dass weder er noch Ray oder seine Eltern mir etwas zutrauen. Nicht wirklich jedenfalls. Ich werde hierbleiben. Basta!

Ich stelle fest, dass mir das Parfüm der Natur und ihre Aura immer mehr gefällt. Sie erdet mich nicht nur, sie lässt mich träumen, erfüllt mich aber gleichzeitig mit Sehnsucht. Der Friede der Natur (Bären und Co. ausgenommen) zeigt, wie wunderbar das Leben sein könnte. Obwohl, nein, ich tue den Tieren unrecht. Sie tun einem nichts, wenn sie sich nicht bedroht fühlen. Jedenfalls sind sie nicht so dumm wie Menschen und beginnen Kriege oder bauen Waffen oder reden dummes Zeugs, wie dieser Macho-Autor.

Ray schreibt und ruft an. Er akzeptiert nicht, um was ich ihn gebeten habe. Das tut weh. Sieht er nur sich? Ich will, dass das mit uns funktioniert, dass er aufwacht. Es kann doch nicht vorbei sein. Verdammt noch mal! Ein Geben und Nehmen, das ist der Schlüssel für eine gute Partnerschaft.

Zusammenfassung für positive Energie: Lichtblick ist die Natur und mein Roman, den ich, sobald ich zu Hause bin, noch mal neu beginnen möchte. Vielleicht wird aus mir ja einmal eine super tolle Autorin.

Das Plätschern von Wasser riss sie aus ihren Gedanken. Boheme hatte einen Lachs an der Angel und holte ihn schnell an Land.

Claire schoss hoch. „Oh mein Gott! Der arme Fisch."

Sogleich wandte Boheme sich in ihre Richtung und lachte nur, was sie wieder einmal den Kopf über ihn schütteln ließ. Das Lachen blieb ihm zwei Sekunden später im Hals stecken. Wie Claire Samus Fluchen entnahm, hatte sich der Lachs befreien und entkommen können. Nun war es Claire, die lachte.

„Verdammt noch mal, der ist weg!", schimpfte Samu.

Er stapfte in ihre Richtung. Claire verstummte, schmunzelte aber.

„Zufrieden?", fragte er dann.

Claire nickte.

„Sie sind unmöglich, Miss Winston."

„Sie wollen mir doch nicht ernsthaft die Schuld dafür geben, dass der Lachs wieder abgehauen ist?"

„Ich habe die Leine wegen Ihnen kurz locker gelassen."

Claire zuckte mit den Schultern. „Hab ich Sie etwa darum gebeten?"

Boheme war sichtlich kurz davor zu explodieren. Blitzschnell schnappte er sich ihr Büchlein.

Claire machte große Augen. „He, was soll das?"

„Sie schlafen in meinem ... Garten. Morgen bring ich Sie zurück ins Resort. Sie bringen definitiv Unglück."

Claire pustete Luft aus und eilte ihm nach, als er gemächlich weiterging. „Halt! Geben Sie mir verdammt noch mal das Büchlein zurück, Sie ... Neandertaler!"

„Sie können es sich ja dann abholen."

Er ging schneller. Claire rannte fast. „Lesen Sie es ja nicht noch einmal!"

Sonst würde sie sich vergessen.

Sie wurde schneller, stolperte dabei fast zweimal. Boheme drehte sich nach ihr um und bekam es so einmal mit.

„Nehmen Sie Ihre Sachen und kommen Sie zur Hütte, Miss Winston. Glauben Sie nicht, dass ich das gern tue. Aber ich will mir nicht die Schuld geben müssen, wenn Ihnen etwas passiert und ich Sie einfach hab ins Messer rennen lassen. Das hier ist kein Hotel!", rief er.

Claire folgte ihm weiter. „Und ich bin kein Kind. Sie müssten kein schlechtes Gewissen haben. Sie haben es ja versucht. Und mir wird nichts passieren. Ich lerne schnell."

„Ihr Stolz sitzt an der falschen Stelle, Winston."

Auf einmal machte er kehrt. Abermals versuchte Claire ihm das Büchlein abzunehmen, doch er hielt es nach oben, sodass sie nicht drankam. Sein Blick tauchte in ihren. Diese Augen hatten etwas, das sie faszinierte. *Hieß es nicht, der Teufel wäre einst der schönste Engel Gottes gewesen?*, kam ihr dann in den Sinn. Das, sinnierte sie weiter, könnte zu Boheme passen. Claire blickte zur Seite, ließ die Arme sinken und ballte sie an der Seite zu Fäusten.

„Hören Sie mir zu, Miss Winston. Vor zwei Jahren ist, etwa fünf Meilen von hier entfernt, ein junges Paar von einem Grizzly angefallen worden. Die junge Frau hat die Dummheit ihres Freundes mit dem Leben bezahlt, der einen Stock nach dem Bären geworfen hat, als er ihn gesehen hat. Darauf hat der Grizzly angegriffen. Wie gesagt, die Tiere greifen nur an, wenn sie sich bedroht fühlen. Sie sind noch unerfahren mit der Natur. Das ist nun mal so."

Claire sah ihn wieder an. Was er da gesagt hatte, schockierte sie.

„Das ist kein Spiel, Miss Winston, und hat nichts mit Sympathie oder so zu tun", legte Boheme nach.

Sie wusste, er meinte es ernst.

„Okay", gab sie zurück.

Er nickte. „Na endlich."

„Aber erst geben Sie mir mein Notizbuch wieder, Mr. Boheme."

Er atmete genervt aus und drückte es ihr unsanft in die Hände.

„Danke. Ich hole meine Sachen."

„Gut. Ich helfe Ihnen. Und keine Widerrede."

Sie hob abwehrend beide Hände und sagte kein Wort mehr.

Claire nächtigte in Bohemes Garten und musste zugeben, dass sie sich dort deutlich sicherer fühlte als in freier Wildbahn. Auf dem Weg hierher hatten sie und

Samu kein Wort miteinander gesprochen. Dennoch ärgerte es sie, dass sie wieder hier gelandet war. Was er ihr an den Kopf geknallt hatte, konnte sie nicht vergessen. Gut, sie selbst war auch nicht ohne. Dennoch glaubte sie sich im Recht. Wenigstens gab ihr Handy Ruhe. Alex und Angela wussten Bescheid, dass es ihr gut ging. *So weit zumindest.*

Claire versuchte zu schlafen, was ihr nicht gelang. Es wurde immer stickiger in ihrer kleinen Behausung. Angestrengt lauschte sie nach draußen. Gott sei Dank war alles ruhig, sodass sie beschloss, sich kurz die Beine zu vertreten. Schnell zog sie sich eine Jacke und Schuhe über. Das Geräusch des Reißverschlusses am Zelt, den sie vorsichtig aufzog, erinnerte sie an ihre Kindheit. Immer, wenn ihr Vater ihre Winterjacke geschlossen hatte, hatte es sich so angehört. Die Erinnerung entlockte ihr ein Lächeln und entfachte ein warmes Gefühl in ihrem Bauch. Ihre Eltern waren zweifelsohne das Beste, das sie besaß, selbst wenn sie manchmal beharrlich auf ihren Nerven standen. Trotzdem hätte sie nicht immer alles gutgeheißen, was sie von sich gaben, und schon gar nicht von Ray verlangt, sich dem jedes Mal zu beugen. Beim Hinauskriechen blieb sie mit einem Schuh am Zeltsaum hängen und wäre fast der Länge nach auf dem Rasen gelandet. Gerade noch konnte sie sich mit den Händen auf der Erde abstützen. Sie atmete die würzige Luft tief ein und wagte sich hinaus. Was sie dort erwartete, ließ sie vor Staunen erstarren. Am Firmament hingen leuchtend grüne Wolkenschleier. Die Spitzen mancher Bäume ragten hinein. Dazwischen blinkten, diamantengleich, unzählige Sterne. Noch nie zuvor hatte Claire Polarlichter live gesehen.

„Wow, wow, wow!", stammelte sie und stand auf, den Blick wie hypnotisiert nach oben gerichtet.

„Immer wieder gigantisch", unterbrach auf einmal Boheme die Stille. Claire zuckte zusammen und sah sich um. Der Autor saß auf der Veranda, von deren Dach eine Öllampe baumelte.

„Ja, wirklich", gab sie, noch immer gefangen von der Faszination für das Himmelslicht, zurück.

„Ihr erstes Polarlicht?", wollte er noch wissen.

Was sollte das werden? Small Talk? Womöglich wollte er sie nur wieder überwachen, aushorchen, spionieren. Vielleicht fand er sie doch inzwischen interessanter, brauchte Anregungen für eine Figur aus seinem neuen Roman. Das konnte er vergessen. „Nacht", sagte sie und ging zurück ins Zelt.

„Eine Frage zu viel an Eure Hoheit und schon stöckelt sie zurück in ihr Gemach", hörte sie Samu sagen.

Der Boden, auf dem das Zelt stand, war uneben, sodass sie sich von einer Seite zur anderen wälzte. Krampfhaft versuchte sie, Boheme aus ihrem Kopf zu vertreiben. Es gelang nicht. Dazu klingelte ihr Handy. Sie wollte es erst ignorieren, warf dann aber doch einen Blick darauf. Es war ihre Chefin. *Was will die denn um diese Zeit?*, fragte sich Claire. Olivia hatte wohl vergessen, dass ihre Uhren anders tickten. Die stickige Luft im Zelt hatte ihre Kehle ausgedörrt. Sie öffnete den Reißverschluss und lugte nach draußen. Alles ruhig. Mittlerweile lag die Hütte in völliger Dunkelheit. Claire nahm den Anruf an. „Mrs. Barns. Hier ist es mitten in der Nacht", erinnerte sie ihre Chefin und legte den Kopf in den Nacken.

Das Polarlicht war verschwunden. *Schade!*, dachte Claire.

„Bei mir auch. Ich muss Überstunden machen. Für das, was Sie sich geleistet haben, sollten Sie den Mund nicht so weit aufmachen, Claire. Ich habe noch einmal mit diesem Bob gesprochen. Er sagt, dass der Entschluss seines Schützlings absolut endgültig ist. Und jetzt kommen Sie?"

Claire ließ die Schultern hängen. „Ich habe alles probiert."

„Reden Sie lauter. Ich versteh Sie so schlecht!", keifte Olivia.

„Ich habe mich entschuldigt und es tut mir ehrlich leid. Das wissen Sie ja", rief Claire. Das Blut rauschte so schnell durch ihre Adern, dass sich ein leises Rauschen in ihre Ohren setzte.

„Ja und? Was sagt er dazu?"

„Er glaubt mir nicht."

„So. Und Sie geben schon auf?"

„Nein. Ja. Es bringt nichts. Er glaubt mir nicht."

„So wenig hängen Sie also an Ihrem Job? Solche Männer wie Boheme können es sich eben leisten einen Stolz aus Stahl zu haben. Da müssen Sie sich schon mehr anstrengen."

„Ich hänge sehr an meiner Arbeit, Mrs. Barns. Auch das wissen Sie. Und ja, ich habe einen Fehler gemacht, indem ich Ihnen vorgegriffen habe. Und ich bin hierhergereist, habe versucht ..."

„Das haben Sie alles schon erzählt!", zischte Olivia.

„Geben Sie mir noch eine Chance. Auch wenn ich das nun vergeigt habe. Es kommt nie wieder vor. Bitte! Boheme wollte doch sowieso den Verlag wechseln ..."

Claire stolperte über einen Ast, fing sich aber wieder.

„Wie bitte? Sie reden sich raus? Noch eine Chance wollen Sie? Vergessen Sie es! Beim letzten Telefonat klangen Sie, was Samu Boheme betrifft, doch optimistisch. Und nun? War das auch eine Lüge?"

„Ich wollte niemanden verletzen. Und ich dachte, vielleicht passiert ja noch ein Wunder. Doch daran glaube ich nun nicht mehr. Das ist die ganze Wahrheit. Was das Skript betrifft. Ich habe nur meine ehrliche Meinung gesagt. Das ist doch mein Job. Außerdem wollte ich das Beste für die Geschichte. Wenn dann jedoch gar nichts von dem, was ich sage, angenommen wird und ich zusätzlich beleidigt werde ... Ja, ich hätte ruhig bleiben sollen."

„Allerdings. Boheme hat schließlich nicht umsonst Bestseller geschrieben. Und dann kommen Sie daher und bekommen Höhenflüge."

„Ich bekomme keine Höhenflüge, Mrs. Barns. Bitte, ich ..."

„Schluss. Aus. Fertig. Aber okay, Sie bekommen eine letzte Chance. Und zwar die, Boheme doch noch zurückzuholen. Sie sind gefeuert, wenn Sie das bis Ende der Woche nicht schaffen. Und noch mehr als das. Ich mache meine Drohung wahr. Kein seriöser Verlag wird Sie mehr einstellen. Ich habe so viel Arbeit in Boheme gesteckt und das lasse ich mir von Ihnen nicht kaputtmachen. Auge um Auge, Zahn um Zahn. In diesem Fall sehe ich das gerechtfertigt, wenn Sie noch einmal versagen. Zeigen Sie, dass Sie sich durchsetzen können. Aber bitte in der richtigen Sache. Sie sollten Ihre schnippische und arrogante Art ablegen und ihm schöne Augen machen. Sie wissen, was ich damit meine. Springen Sie über Ihren Schatten. Bei Samu Boheme dürfte das doch nicht allzu schwer sein, oder? Könnte ich mir vorstellen. Schönen Tag noch."

„Es ist mitten in der Nacht", erklärte Claire erneut.

„Na und?", rief Olivia.

Claire schnappte nach Luft. *Drehte ihre Chefin nun völlig durch?* „Ich werde keinesfalls mit ihm ins Bett gehen, nur weil Sie ihn wiederhaben wollen, wenn Sie das meinen." Keine Antwort. Da begriff Claire, dass ihre Chefin bereits aufgelegt hatte. Wenigstens wusste sie nun den wahren Stand der Dinge. Nein, das war kein Job der Welt wert, dass man sich derart für ihn aufgab, zog Claire ein Fazit. Eine Minute später rief Ray an. Claire pustete geräuschvoll Luft aus und ging ran. Sie fühlte sich der Ohnmacht nahe. Viel schlimmer konnte es nicht mehr werden.

„Ich kann nicht schlafen. Claire, du sagst mir jetzt sofort, wo du bist!", forderte er ohne ein Hallo.

„Ray, wir hatten doch eine Abmachung. Ich brauch Zeit, um nachzudenken."

„Über was denn, Himmel Herrgott?! Mum und Dad, auch deine Eltern und ich machen uns Sorgen und du Urlaub? Urlaub macht man als Paar nur zusammen."

Sprach sie *chinesisch?* „Ich hatte es dir doch erklärt. Und ich glaube nicht, dass meine Eltern mir misstrauen. Und aus dem Alter, bei dem ich mich an- und abmelden muss, bin ich längst raus."

„Du hast wirres Zeugs geredet und tust es noch. Du klingst jedenfalls nicht wie eine erwachsene klar denkende Frau."

Wie bitte? „Ich denke klar, Ray. Willst du sagen, ich werde verrückt? Oder sagt das deine Mutter?", stieß Claire aus.

„Was greifst du schon wieder Mum an?!"

Es war hoffnungslos. „Du verstehst es nicht, Ray. Das tut mir weh."

„Du tust mir weh. Es geht dir nur um dich."

Claire hatte sich geirrt. Es konnte doch schlimmer werden.

„Nein, das ist nicht wahr." Tränen schossen ihr in die Augen.

„Wir drehen uns nur im Kreis. Ich muss jetzt auflegen, Ray."

„Nein, das wirst du nicht. Wo bist du?"

Claire beendete das Gespräch und ließ kraftlos das Handy sinken. Von der Veranda aus hörte sie ein Rascheln und zuckte zusammen. *War Boheme etwa doch noch draußen und hatte lediglich das Licht gelöscht? Claire war wütend auf sich selbst, dass sie so laut gewesen war.* Ihre Emotionen waren übergekocht. Der Himmel über ihr schien sich zu drehen und sie sich innerlich mit ihm.

„Hallo?", fragte sie in die Nacht hinein.

„Ich habe nichts gehört", kam es zurück. *Also doch. Er war da!* Sie holte mit einem Fuß aus und stieß ihn in die Luft, wobei ihr großer Zeh einen Stein streifte.

Ein brennender Schmerz durchzuckte sie.

„Verdammt!", fluchte sie leise.

„Was ist?", wollte Samu wissen.

„Nichts!"

„Hörte sich nicht danach an."

„Ist aber so. Gute Nacht!", zischte sie.

„Na gut! Mir kann es ja egal sein."

„Eben!"

Claire humpelte zurück zum Zelt und fasste einen schmerzhaften Entschluss. Es würde definitiv keinen Versuch der Versöhnung mehr geben. Sie gab auf. Morgen würde sie zurück ins Resort gehen und sich schon mal Gedanken um einen neuen Job machen und auch darum, wie es mit Ray weitergehen sollte. Müde kroch sie ins Zelt, kuschelte sich in die Decke. Die innere Anstauung war nicht mehr auszuhalten. Rays und Olivias Worte überschlugen sich in ihrem Kopf, sodass es nur noch ein Ventil gab, um sich Luft zu machen. Sie ließ den Tränen freien Lauf.

Wahre Worte

Als sie am nächsten Morgen angezogen aus dem Zelt kletterte, schien die Sonne. Aus der Hütte drang der Klang der mechanischen Schreibmaschine. Boheme schrieb sicher wieder an seiner sogenannten Romance. Claire ertappte sich dabei, dass diese sie immer noch neugierig stimmte. Zudem war das Geräusch der Tasten neben dem Rauschen der Blätter der Bäume wie ein Freund für sie. Ihr Blick fiel auf die Vorrichtung, die sich aus ihrer Sicht rechts neben der Hütte befand. Sie musste darüber sogar schmunzeln. Langsam ging sie darauf zu und blieb davor stehen. Angelehnt an eine in den Boden eingelassene Holzstange stand eine silberne Wanne. An dem oberen Ende der Stange war eine Kanne befestigt und an dieser wiederum ein Seil. *Benutzte Boheme dies als Dusche? Höchstwahrscheinlich. Wie er wohl darunter aussah? Sie schmunzelte bei dem Gedanken.*

„Sie können ruhig duschen. Ich schau Ihnen schon nichts weg", sagte Boheme. Erschrocken fuhr Claire herum.

„Müssen Sie sich so anschleichen, Herrgott?! Sie sind mir unheimlich", stieß sie aus.

„Warum das denn?", fragte Samu und hob die Brauen. Claire winkte ab.

„Schlecht geschlafen, Miss Winston, oder was für eine Laus ist Ihnen schon wieder über die Leber gelaufen?", wollte er dann wissen.

„Ich habe vorzüglich geschlafen."

„Freut mich."

„Mich auch. Ist Wasser in der Kanne?"

„Ja, sie ist voll."

„Okay. Dann wasch ich mich damit. Über der Wanne", entschloss sich Claire.

Er zuckte mit den Achseln. „Wie Sie wollen. Dachte ich mir aber schon, dass Sie sich nicht trauen. Und mir ja schon gar nicht."

Claire kniff die Augen zusammen. „Das hat nichts damit zu tun. Ich dusche nur für gewöhnlich nicht im Freien und schon gar nicht mit so was."

„Mit so was", äffte er nach und drehte sich um. „Machen Sie, was Sie wollen." Etwas leiser setzte er hinzu: „Und ich hatte sogar Mitleid mit der."

„Was? Wenn Sie mich soeben gemeint haben, ich will kein Mitleid!", rief Claire.

Doch Boheme hörte nicht und ging in die Hütte. *Mitleid?* Er hatte definitiv gelauscht. Sie eilte ihm nach, riss die Tür auf und lief in die Hütte. Er setzte sich an den kleinen Tisch mit der Schreibmaschine zurück und begann seelenruhig zu tippen, als wäre Claire gar nicht da.

„Sie haben mich belauscht, Boheme."

Er tat, als hätte er es nicht gehört und schrieb weiter. Dabei war sie sicher, dass er sie verstanden hatte.

„Nicht wahr? Geben Sie es zu. Erst lesen Sie meine Notizen und dann spionieren Sie mir hinterher, dann lauschen Sie und machen sich über mich lustig."

Als er dennoch weiterschrieb, riss sie ihm das Blatt aus der Maschine und eilte wutentbrannt damit nach draußen. *Na warte!, dachte Claire.*

„He!", brüllte er und rannte ihr nach.

Claire hielt das Blatt hoch, so wie er tags zuvor ihr Notizbüchlein, und rannte, so schnell sie konnte, um das Haus herum. Die Ziegen, die sich aus ihren Bretterstall gewagt hatten, meckerten aufgeregt. In den neuen Schuhen gelang es Claire sogar, Boheme, der barfuß war, auf Abstand zu halten. „Sie sind eine riesige Nervensäge. Ich hätte Sie von dem Grizzly fressen lassen sollen."

„Dann hätten Sie mich doch in Ruhe gelassen!", rief Claire und rannte eine Zickzacklinie, als er drohte sie doch einzuholen.

„Ja, ich bereue es, dass ich ein Herz habe. Haben Sie das gehört?"

„Oder Sie wollten nur Ihr schlechtes Gewissen beruhigen!", rief Claire und keuchte leise. Lange würde sie diese Geschwindigkeit nicht halten können.

„Bleiben Sie stehen. Sie fallen sonst nur wieder hin."

Claire dachte nicht daran.

„Keine Angst, Mr. Wichtigtuer."

„Biedere Großstadttante. Ich habe nur Angst um meinen Text."

„Sexbesessener Gockel."

„Na warten Sie. Ich habe Sie gleich."

Claire lachte. „Vergessen Sie es."

Sie steuerte die Holztür am Zaun an, riss sie auf, schlüpfte hindurch und eilte weiter. Doch der Weg außerhalb des Anwesens war um einiges unebener als der hinter dem Zaun, sodass sie fast wieder auf der Nase gelandet wäre.

„Zicke! Kein Wunder, dass Sie Ray in den Wahnsinn treiben."

Hinter einem Gebüsch mit rötlichen Blättern blieb sie stehen und holte Luft. Nicht, weil sie kaum noch welche hatte, sondern wegen dem, was Boheme eben gesagt hatte. Er kam schnell näher. Bevor er ihr den Zettel entriss, konnte sie zwei Sätze darauf lesen:

Er hätte nie gedacht, dass Liebe so einfach sein konnte, wenn man bereit war, die Mauer, die man mit der Zeit um sich herum aufgebaut hatte, zu zertrümmern und sich einer anderen Seele nackt zu zeigen. Judy war so eine Seele.

„Was fällt Ihnen ein?", schrie Claire Boheme an.

Der lachte dunkel. „Mir? Sie sind doch wie eine Furie in meine Hütte gestürzt und haben mir meinen Text geklaut", erinnerte er sie.

„Das habe ich nicht vergessen. Ich hatte auch allen Grund dazu."

Boheme glättete das zerknitterte Papier. Das, was er geschrieben hatte, gefiel ihr, auch wenn sie ihm das nicht sagen würde. Und es machte sie so nachdenklich, wie sie seine Worte von vorhin wütend.

„Welchen Grund?", wollte Boheme wissen und sah sie direkt an. Sie schaute an ihm vorbei. Die Zikaden um sie wurden lauter, als spürten sie ihren inneren Aufruhr.

„Sie haben mich gestern belauscht. Ray geht Sie einen feuchten Dreck an, Samu Boheme. Genau wie alles andere, was mich betrifft. Bis auf die Tatsache meiner

Entschuldigung, die Sie wiederum einen feuchten Dreck interessiert."

„Was Sie nicht verdauen können."

„Doch. Das habe ich." Nun sah sie ihn doch an. Seine Augen funkelten.

„Ach! Das hörte sich nicht so an. Olivia feuert Sie, wenn Sie mich nicht rumkriegen."

Claire schluckte schwer. „Damit muss ich wohl leben. Ich werde jedenfalls nicht mit Ihnen ins Bett steigen, nur um ... Ach, ich will nur noch hier weg."

Sie ging an ihm vorbei, um ihre Sachen zu packen. Waschen, vor allem richtig duschen, konnte sie sich im Resort.

„Da wird sich Ray freuen und Ihnen hoffentlich verzeihen", rief Boheme ihr nach.

Claire entfuhr ein Knurren, während sie mit den Tränen kämpfte, was Boheme zum Glück nicht sehen konnte. Er folgte ihr.

„Okay, das war nicht fair. Es tut mir leid!", sagte er plötzlich.

Was sollte denn dieser plötzliche Sinneswandel? Zuckerbrot und Peitsche? Unbeirrt ging sie weiter zum Zelt, wischte sich heimlich eine Träne weg und räumte ihre Habseligkeiten zusammen.

„Es ist mein Ernst. Ich wollte Sie nicht zum Heulen bringen", sagte Boheme hinter ihr. Claire durchfuhr ein siedend heißer Blitz. Sie wirbelte herum, nachdem sie die Decke aus dem Zelt gefischt hatte.

„Ich weine nicht. Was Sie sagen ist mir doch egal!", schrie sie ihm ins Gesicht und konnte nicht verhindern, dass sich das Beben in ihr nach außen hin bemerkbar machte. *Langsam brachte sie dieser Kerl über die eigenen Grenzen. Im Grunde hatte er das bereits getan.*

„Ihre Augen sehen aber ganz danach aus und auch Ihre Körperhaltung hat Sie verraten."

Claire presste die Zähne aufeinander und arbeitete weiter.

„Ja, ich habe gelauscht. Zuerst unbeabsichtigt, dann dachte ich, was soll's."

Claire öffnete den Mund. „Wie bitte?"

„Das dachten Sie doch auch, als Sie vor meinem Skript standen, oder, Miss Winston? Und vorhin – war das kein Schnüffeln? Aber das war, anders als bei mir, von Ihnen von Anfang an beabsichtigt."

Sie schüttelte den Kopf. „Kein Wort mehr, Claire. Sonst flippst du aus", brabbelte sie vor sich hin.

„Reden Sie öfters mit sich selbst?"

Claire ignorierte seine Frage und begann zu singen.

„Das können Sie genauso wenig wie in der Natur leben. Nun gut, um Bären auf Distanz zu halten reicht der Singsang allemal. Und da ich schon beim Tippgeben bin. Sie sollten öfters Ihre Meinung so laut kundtun wie gestern. Im Grunde hätte ich es gar nicht überhören können, selbst wenn ich nach drinnen gegangen wäre."

Mit voller Wucht feuerte sie eine der Decken auf den Boden, ging dann auf Boheme zu und stieß ihn zurück. „Gehen Sie. Ich bin gleich weg. Ich will Sie nicht mehr sehen und nicht mehr hören."

„Ich dachte, Sie finden mich attraktiv."

„Na und?", entfuhr es Claire, da hielt er sie mit seinen Händen an beiden Armgelenken fest. Claire versuchte sich loszureißen und mit den Fäusten auf seinen Brustkorb einzutrommeln.

„Mistkerl!", schimpfte sie.

„Meinen Sie nun mich oder Ray?", fragte der Autor, was Claire wilder werden ließ. Aus Rays, Bohemes und Olivias Worten mixte sich in ihrem Inneren ein gefährlicher Cocktail zusammen.

Boheme ließ ihre Hände mit einem Mal los und Claire nutzte die Gunst der Stunde und hämmerte auf ihn ein.

„Ich bin nicht euer Spielzeug oder eure Marionette. Ich bin auch nicht bieder oder ein Kind, dass man überwachen muss und dem man sagt, wann es den Mund aufmachen und wann es ihn zu halten hat. Und ich habe eine Meinung, die nicht unwichtig ist, wie ihr mir glauben machen wollt. Außer sie entspricht eurer. Ich bin kein Genie, aber auch keine Idiotin", platzte es aus Claire heraus. Boheme wehrte ihre Hände ab und drehte Claire herum, sodass er die Führung übernahm.

„Weiter!", feuerte er sie an und lächelte.

„Nein. Nicht weiter. Bis hierher und keinen Schritt mehr."

Boheme schmunzelte und nickte, was sie verwirrte. Eine Sekunde später spürte sie die südseitige Wand des Holzhauses im Rücken.

„Stimmt. Ab jetzt kann es wieder nur noch vorwärtsgehen", erwiderte Samu und wurde ernst.

Claire atmete schnell und flach, während ihre Blicke ineinander tauchten. *Was soll denn das?*

„Es tut mir ehrlich leid!", flüsterte Boheme dann und dieses Mal klang es anders, ernster. Das Schmunzeln auf seinen Lippen verlor sich.

„Ich wollte nicht schnüffeln, Miss Winston. Und ich war sauer auf Sie."

„War?", fragte sie, ebenso ernst.

„Das, was ich über Ihre Verlagschefin mitbekommen habe, ist nicht, ich drücke es mal freundlich aus, schön. Ich rechne es Ihnen hoch an, dass Sie nicht mit mir schlafen, nur um das Ruder herumzureißen."

„Das würde ich nie tun. Für kein Geld und keinen Job der Welt würde ich mich prostituieren."

„Sie sollten sich auch sonst nie unter Wert verkaufen. Und sich Ihre Freiheit bewahren."

Wieder sahen sie sich direkt an. Mit seinen letzten Worten meinte er Ray, da war Claire sich sicher. Sie biss sich auf die Unterlippe. *Er hat recht. Verdammt noch mal, sie* wollte nicht, dass sie das dachte, aber es war nicht aus dem Kopf zu kriegen. Sie wusste, er würde es nicht sagen, würde er es nicht so meinen. Seine Augen, die ganze Haltung, sagten ihr, dass er die Wahrheit sagte und sie nicht auf den Arm nahm. Zeitgleich dachte sie an die beiden Sätze, die er geschrieben und sie vorhin gelesen hatte.

„Wer ist Judy?", hörte sie sich fragen.

„Wer bist du, Claire?", flüsterte er und seine Stimme jagte ihr einen wohligen Schauer über die Haut.

Warum wird er auf einmal so persönlich?, fragte sie sich.

Claire wollte zurückweichen, erinnerte sich dann aber, dass das ja nicht ging.

„Ich dachte, Sie hassen Gegenfragen, Mr. Boheme?"

„Samu!"

„Ich will kein Mitleid", murmelte sie.

„Was willst du denn dann?"

Dieser Mann machte sie wahnsinnig. Er war wie das Wetter in den Bergen. Unkontrollierbar, aber auch interessant. Vielleicht sogar gerade deswegen? Sie ermahnte sich, den Kopf einzuschalten.

„Was soll das? Das freut Sie doch nur, Mr. Boheme. Ich meine, die Sache mit Olivia Barns und das mit Ray, den Sie überhaupt nicht kennen."

„Warum sollte mich das freuen? Nennen Sie mir einen Grund."

„Genugtuung!"

Er schüttelte den Kopf. „Brauch ich nicht. Du verstehst mich schon, glaube ich. Du willst es nur nicht zulassen, weil du ein stolzer Sturkopf bist, Claire Winston."

„Denken Sie nicht, dass Sie mich nun kennen."

„Ein bisschen besser inzwischen vielleicht. Also geh zurück in dein altes Leben und rette, was du meinst noch retten zu müssen. Aber ich glaube, du überstürzt es. Oder bleibe und werde dir klar, was du wirklich vom Leben willst, bevor du zurückgehst. Das muss nicht hier bei mir sein. Fernab sieht man nach einer gewissen Zeit oft alles klarer. Mir geht es immer so."

Claire staunte. „Was genau sehen Sie denn da, Mr. Boheme?"

„Samu! Ich komm mir alt vor, wenn du dauernd Mr. Boheme sagst." *Sagte er das, um abzulenken? Was war früher passiert, dass ihn zum Einzelgänger gemacht hat?* Ein Einzelgänger, der ein derartiges Bild von Frauen entwickelt hatte, das er den aufgestauten Frust nun seinen Protagonisten ausleben ließ? Es musste da einen Zusammenhang geben, dessen war Claire sich immer sicherer.

Claire beschloss, dass es besser war die Förmlichkeit der Anrede beizubehalten. Es bedeutete Abstand, der im Moment immer geringer wurde. Seltsam war, dass ihr genau das warme prickelnde Schauer über den Körper jagte. Sie hatte keine Ahnung, warum sie sich ihm zuerst unbemerkt ein Stück zugeneigt hatte, so wie er ihr.

Schlagartig erinnerte sie sich an das Skript. Dieses war der Grund, weswegen sie beide sich nun gegenüberstanden. *Was wollte er wirklich? Sie herausfordern? Testen, ob sie nicht doch mit ihm ins Bett hüpfen würde? Würde er das eiskalt ausnutzen, so wie der Typ aus seinem Roman? Nicht mit ihr.*

„Ich war glücklich in meinem alten Leben. Und ich werde, nein, ich bin glücklich mit Ray. Streiten, das gehört zu jeder gesunden Beziehung dazu. Fragen Sie Psychologen. Die werden das bestätigen. Und das mit Olivia habe ich Ihnen zu verdanken, Mr. Boheme. Sie haben mich hochgeschaukelt. Und jetzt gehe ich besser."

Er sah ihr noch einmal tief in die Augen, womit er ihr unsichtbare Fesseln anlegte. *Was ist nur los mit mir?*, fragte sie sich. Bohemes Atem strich kaum merkbar über ihre Lippen, was Claire mehrfach schlucken ließ. *Sie musste hier weg.* „Nein!", flüsterte sie. Da kräuselte Samu die Lippen und trat zur Seite.

„Sie wollen unbedingt gehen. Gut. Reisende soll man nicht aufhalten, Claire. Schon gar keine, die so über mich denken. Schade! Ich dachte wirklich für einen Moment, zwischen uns klart der Himmel ein Stück weit auf."

Ohne Erwiderung eilte sie weiter.

Ob sie wollte oder nicht. Dieses Prickeln ging ihr nicht mehr aus dem Kopf, während sie auf dem Weg ins Resort war. Das schlechte Gewissen folgte ihr. Sie musste nach Hause und Ray alles gestehen. Sie hoffte inständig, dass Ray das Muttersöhnchen-Dasein und den Kontrollfreak doch noch ablegte. Sie wollte den Glauben daran nicht aufgeben. Zudem sich die Trauer über die verlorene Stelle immer mehr in ihr geschundenes Herz drängte. Es dauerte sicher eine ganze Weile, bis sie die Sache überwinden würde. Dennoch wollte sie auch da nicht aufgeben, sich als Lektorin bewerben und sich nicht weiter von den Warnungen Olivias einschüchtern lassen, selbst wenn die, da war sie nach wie vor überzeugt, nicht unbegründet waren. Olivia hatte großen Einfluss in der Verlagsbranche. Je weiter Claire sich von der Hütte entfernte, desto mehr rückten wieder die Worte und Taten Bohemes in ihrem Kopf in den Vordergrund. *Es sollte doch umgekehrt sein*, sagte sich Claire. Sie glaubte noch immer seinen Atem auf ihren Lippen zu spüren. Und was sollten diese Zweideutigkeiten? Der Ausdruck in seinen Augen, der besonders zuletzt so gar nicht mehr zu dem Macho-Bild passte, das sie von ihm hatte. *Hatte er dieses „Schade!" ernst gemeint? Es gut mit mir gemeint sogar?* Claire kaute nachdenklich auf ihrer Unterlippe und machte eine kurze Pause. Sie griff in ihre Hosentasche, holte den Handspiegel heraus und besah sich die dunklen Ringe unter ihren Augen und das zerzauste Haar. Dieses Mal interessierte sie sich weniger für ihr Aussehen, als für den Glanz in ihren Augen. Er fehlte. Etwas musste passieren. Sie glaubte sich klar genug darüber zu sein, um wieder in ihr altes Leben zurückzukehren und die Weichen für eine glückliche neue Zukunft zu stellen. Zusammen mit Ray. Allerdings musste sich manches dafür ändern.

Teufelskreis

„Ja, ich komme nach Hause, Ray. Ich habe sogar schon für morgen am Vormittag einen Flug bekommen. Holst du mich dann am Flughafen ab? Danach wäre es schön, wenn du einen Tag freinehmen würdest, den wir nur für uns nutzen. Vor allem, um in Ruhe zu reden", sagte sie ihm, sobald sie in der Lodge angekommen war. Alex und Angela hatten sie wieder herzlich empfangen. Es war erstaunlich, wie schnell die drei einen richtigen Draht zueinander entwickelt hatten. Angela hatte dieses Mal kein Zimmer mehr für Claire, sodass sie die Nacht in ihrem Wurfzelt verbringen musste. Sie freute sich sogar darauf und hoffte, noch einmal ein Polarlicht sehen zu können.

„Na endlich kommst du zur Vernunft, Claire. Das letzte Telefonat hat mir sehr zugesetzt, weißt du. Ich mache mir Sorgen und als Dank ... Nun gut! Ich bin großzügig. Vergessen!"

„Danke. Lass uns nicht wieder streiten."

Ray seufzte. „Seit du dieses Skript übernommen hast, bist du nicht mehr du selbst, Claire."

„Ja, auch darüber will ich mit dir reden. Wir sagten uns doch, dass wir alles schaffen. Ich will es schaffen. Nach wie vor."

„Ich doch auch, Claire."

Claire, die draußen telefonierte, setzte sich auf einen der Liegestühle, die auf der menschenleeren Veranda standen. Frischer Wind umtanzte sie.

„Aber bitte nie wieder so. Du haust ab, lässt mich in trüben Gewässern schwimmen, unsere Eltern im Unklaren."

„Ray, wie schon einmal gesagt, wir sind erwachsen. Wir müssen ihnen nicht mehr alles sagen."

Schweigen am anderen Ende.

„Ich kann dich zwar vom Flughafen abholen, aber nicht den restlichen Tag mit dir verbringen", bemerkte er, ohne auf ihr davor Gesagtes einzugehen, was sie enttäuschte.

„Warum?"

„Ich finde, du solltest zuerst Mutter besuchen und versuchen deine Lüge wiedergutzumachen. Ich habe einige Meetings und noch Vorbereitungen für die Benefiz-Gala zu treffen, die nicht aufgeschoben werden können. Da solltest du dich auch endlich einbringen."

Seine Worte waren wie Hammerschläge, die ihr Herz malträtierten.

„Also habe nur ich Fehler gemacht in deinen und ihren Augen?"

„Was hat sie denn falsch gemacht, deiner Meinung nach?"

Er klang wie ein strenger Vater, der mit seiner kleinen Tochter sprach.

„Sie kann nichts dafür, wenn du mit deinem Job überfordert bist. Sieh das doch ein. Dann wird auch alles wieder besser. Du musst vernünftig werden, deine Arbeit anders angehen. Ich gebe dir gerne Tipps. Nun gut! Wir sehen uns dann abends." Seine Worte überlagerten sich in Claires Ohren. „Warte im Bett auf mich. In dem süßen Body, den ich dir mitgebracht habe. Ja?", ergänzte er mit deutlich weicherer Stimme.

Claire schossen Tränen in die Augen und sie holte Luft.

„Im Bett?"

„Im Bett kann ich dir sowieso nicht lange böse sein. Und denk dir was Schönes für Mum aus. Dad sieht das, was du machst, ja alles nicht so eng."

Da ist er wohl der Einzige, dachte Claire. Sie verspürte Sodbrennen und sie fühlte sich, als wäre gerade ein riesiger Stein auf ihrem Herzen gelandet und wollte es unter seinem Gewicht erdrücken.

„Ich glaube, es war keine gute Idee", flüsterte Claire und für einen Moment kam es ihr vor, als stünde sie neben sich. Dennoch glaubte sie nun endlich die richtige Entscheidung zu treffen.

„Was?", fragte Ray.

„Dass ich schon nach Hause komme."

„Wie bitte?", rief Ray.

„Spontane Umbuchung. Ich bleibe doch noch ein paar Tage. Ich muss dringend noch gründlicher nachdenken und nachfühlen."

„Ja, musst du allerdings. Aber hier. Und am besten mit mir zusammen, bevor dir noch mehr Unfug einfällt."

„Nein, allein. Fernab von allem Alltag und dir."

„Claire? Was soll das jetzt? Du benimmst dich kindisch."

„Nein, Ray. Ich muss herausfinden, ob das mit uns überhaupt noch einen Sinn macht. Ich darf es nicht nur wollen. Es muss sich auch hundert Prozent so anfühlen. Verstehst du?"

Ray holte geräuschvoll Luft. „Was soll denn das? Du bist das Beste für mich, ich aber auch das Beste für dich. Was gibt es da zu überlegen? Es ist so."

„Ich weiß es nicht mehr. Es tut mir leid! Ich lege jetzt auf."

„Halt! Wo bist du? Sag mir wenigstens das endlich!"

„Das tut nichts zur Sache."

Sie drückte das Gespräch weg und schrieb ihren Eltern eine Kurzmessage, die vorhin versucht hatten, sie telefonisch zu erreichen:

Macht euch keine Sorgen. Es geht mir gut. Eure Claire. Bis bald.

Alsdann machte sie das Zelt zurecht und aß eine Kleinigkeit. Großen Hunger verspürte sie seit Tagen nicht mehr. Nach dem Essen leistete ihr Angela kurz Gesellschaft und erzählte ihr von ihrem Freund. Claire genoss die Abwechslung. Angela und ihre bessere Hälfte hatten beschlossen, bald gemeinsam Urlaub in England und einen Abstecher nach Brighton zu machen. Claire freute sich, sie dann als ihre Gäste begrüßen zu dürfen. Als sie später allein in ihrem Zelt war telefonierte sie mit Jenny und ignorierte weitere Nachrichten von Ray. Es musste sein.

„Du musst nur immer eins tun!", riet Jenny ihr.

„Auf mein Herz hören", gab Claire zurück.

„Genau richtig! Und auf die innere Stimme. Wenn da alles harmoniert, weißt du, was zu tun ist."

Claire lächelte gequält. „Ja, das ist nur nicht so leicht, wenn alle durcheinanderquaken."

„Ich weiß, Süße. Ich glaube auch ans Schicksal. Du wirst den richtigen Weg gehen, wenn du dich öffnest. Davon bin ich überzeugt."

Claire nickte. „Ja. Ich versuch es. Danke!"

„Ich hätte Boheme zu gerne gesehen. Du hättest heimlich ein Foto machen sollen."

„Nein. So etwas mach ich nicht."

„Bitte!", flehte Jenny und erinnerte Claire an ein kleines Mädchen, das nach Eis bettelte.

„Du bist unmöglich. Mal Kind, mal Frau, mal Nervensäge."

„Vor allem die beste Freundin der Welt."

Das stimmte. „Und die Neugierigste."

„Das auch."

Sie lachten. Als sie das Gespräch beendet hatte, war es draußen bereits dunkel. *Was Boheme wohl gerade macht?*, fragte sich Claire und wunderte sich zugleich darüber. Sie stellte sich vor, dass er bei Lampenlicht an seinem Roman weiterschrieb und das Feuer im Ofen knisterte. Fast vermisste sie es.

„Judy", flüsterte sie, musste lächeln und legte sich mit einer Decke auf die Liege neben dem Zelt, die ihr Alex gebracht hatte. Vielleicht konnte sie heute wieder eines dieser magischen Himmelslichter sehen und es für Jenny auf Video oder einem Foto festhalten. Die Fackeln auf der Veranda der Lodge spendeten Claire genug Licht, sodass sie ein paar Notizen und Gedanken in ihrem Büchlein festhalten konnte. Dazwischen fiel ihr Blick auf den Gedicht- und Vers-Band mit den Zeichnungen von Sam Blackford, das halb aus dem offenen Rucksack ragte.

Claire streckte sich und nahm es heraus.

Die hinteren Verse und Gedichte hatte sie noch nicht gelesen, fiel ihr ein.

Die Zeichnungen dazu waren intensiver als die davor, stellte sie beim Durchblättern fest. Sogar Polarlichter waren darin festgehalten. Er hatte es geschafft, den Sternen dazwischen ein Leuchten zu geben.

Claire las:

Oft bleibt man gegenüber dem Schönsten im Leben blind, wenn man immerzu nur nach dem schielt, was man nicht hat oder das es nicht wert ist zu besitzen.

„Das es nicht wert ist zu besitzen?", wiederholte Claire und musste unweigerlich an den Protagonisten und seine Frauen aus der Porno-Romance denken. *Waren sie es nicht wert oder war er es nicht?* Sie schätzte, dass er damit Ersteres meinte.

Auf der nächsten Seite fand sie die Zeichnung eines Elches, der die Augen verdrehte, was sie zum Lachen brachte. Daneben stand:

Solange du noch lachen kannst, lebst du. Solange du noch weinen kannst, ist deine Seele noch nicht zerbrochen, die Hoffnung noch nicht tot.

Das konnte Claire absolut bejahen. Worte, die ihr Mut gaben. Eine Seite weiter war ein Herz gemalt, fast wie von Kinderhand. Wohl mit Absicht. Denn der Vers dazu lautete:

In den einfachen Dingen stecken die größten Geheimnisse. Meist bleiben sie unentdeckt, weil man nicht weiß, wo der Schlüssel zu ihnen steckt. Versuch es doch mal mit dem Herzen.

Dieser Tiefsinn klang so gar nicht nach dem Boheme, den sie kennengelernt hatte. Und doch glaubte sie ihm seltsamerweise jedes Wort.

Das Flackern der Flammen auf der Veranda legte sich auf das Büchlein nieder, als Claire die letzten beiden Seiten aufschlug. Neben der Zeichnung eines einzigen Sterns stand:

Du warst das Funkeln eines Sterns für mich,
meine Zuflucht,
meine Wärme,
mein Ohr,
mein Denken,
mein Fühlen,
mein Leben,
mein Sein,
meine Liebe,
mein Schatten,
mein Licht,
mein Gleichgewicht!
Nur Schein!

Wie schön und traurig zugleich, dachte Claire. Sie las das kleine Gedicht noch einmal. Sie spürte, dass besonders diese Worte tief aus Bohemes Herzen kamen. *Für wen hatte er das Gedicht geschrieben? Ob es die Person je gelesen hat?*, fragte sie sich. Zwischen den Zeilen schwang eine private Botschaft mit, die voller Liebe und zeitgleicher Trauer steckte. Claire konnte sich nicht täuschen. Wer so schreiben konnte, wusste, was wahre Liebe war und bedeutete. Sie lehnte sich zurück und blickte in dieser Nacht lange in den Himmel. Ein Polarlicht wollte sich nicht zeigen, aber das machte nichts. Dafür kam sie mehr und mehr zu dem Entschluss, dass Boheme einen weichen Kern besaß, der sich über die Jahre eine harte Schale angeeignet hatte.

Die Überraschung

Claire fühlte sich putzmunter, nachdem sie im Lodge-eigenen Pool zwei Runden gedreht und sich im Hotel geduscht hatte. Und das, obwohl sie die ganze Nacht unruhig geschlafen hatte. Sie hatte viel nachgedacht. Über ihr Leben, vor allem über Ray, der weiterhin in regelmäßigen Abständen versuchte, sie zu erreichen. Ihre Eltern hatten keine Fragen gestellt. Nur geschrieben, dass sie gesund zurückkommen sollte, wofür sie ihnen dankbar war.

Mit einem Seufzen dachte sie an die letzte Nachricht, die Ray ihr geschickt hatte:

Vergiss nicht vor lauter Nachdenken, dir etwas für Mums Entschuldigung zu überlegen!

Beim Verlassen der Außenpoolanlage kam ihr wieder Boheme in den Sinn. Alex, der ihr entgegenkam, zog sie beiseite.

„Was ist?", fragte Claire überrascht. Sie hatte sich in einen weißen Bademantel gehüllt, der der Lodge gehörte.

„Dort ist dein Bekannter. Er sagt, er ist der aus der Hütte", flüsterte er.

Claires Herz machte einen Satz, als sie Alex' Blick folgte.

Tatsächlich, Boheme war hier.

„Was tut der denn hier?", murmelte sie.

„Ist das wirklich der Typ aus der Hütte?"

Claire nickte.

„Ich habe ihn vielleicht viermal hier gesehen, aber ihn nicht mit der Hütte in Verbindung gebracht. Er lädt seinen Laptop und Handy auf oder holt sich was aus dem Restaurant. Trinkgeld ist oft großzügig", sagte Alex. „Er hat sich uns vorhin nur als der Mann aus der Hütte vorgestellt, der die Dame aus England sucht. Namen nannte er keinen. Warum macht er eigentlich so ein Geheimnis daraus? Und du willst auch nichts weiter über ihn erzählen."

„Das ist eine lange Geschichte", erklärte Claire.

Alex sah sie an. „Er hat aber keinen umgebracht oder?"

Sie lachte. „Nein, Quatsch!"

„Dann ist ja gut."

„Denke ich jedenfalls", murmelte sie.

„Was?", fragte Alex und sah sie mit großen Augen an. „Spaß!"

Alex verzog den Mund. „Wirklich lustig, Miss Winston."

Sie zwinkerte ihm zu. Warum fühlte sie sich auf einmal so beschwingt. Lag es daran, dass sie Samu wiedersehen würde? *Nein. Das konnte nicht sein.* Sicher war er nur wegen des Handys und Laptops hier.

Plötzlich trafen sich ihre Blicke. Und zum ersten Mal, seit sie ihn mehr oder weniger, eher weniger, kannte, wirkte er ein kleines bisschen verlegen. Claire erstarrte.

„Das letzte Mal trug er einen Bart. Ich wusste, dass er ohne viel besser aussieht. Hat er wohl wegen dir gemacht. Teufelskerl! Was macht so ein Hengst nur solo in freier Wildbahn?", fragte er, da lenkte Claire den Blick verdutzt auf ihn. Alex spitzte die Lippen und wackelte mit den Brauen. Ist er etwa ein Homo?

Claire fixierte ihn. Der teilte ihren Blick nur kurz. „Was denn? Ich steh auf Männer. Noch nicht bemerkt?"

„Jetzt schon", erwiderte Claire ein wenig stotternd. Dann musste sie lächeln.

Alex reckte das Kinn. „Stört dich das etwa?"

„Nein. Keineswegs", erwiderte sie ehrlich.

„Gut." Er stupste Claire an. „Meine Güte, er kommt! Also, was nun? Ist er ein Homo oder Hetero? Ich wusste doch, dass sich hinter dem Bart ein Schnuckelchen verbirgt. Wer so einen Körper hat. Und diese Ausstrahlung. So männlich und geheimnisvoll."

„Frag ihn doch. Du bist doch sonst so tough", erwiderte Claire.

„Das ist noch mal was anderes, Claire."

Sie verstand durchaus, was er meinte.

„Frag ihn doch jetzt", schlug sie ihm vor.

Alex flehte sie mit seinen Blicken an, ihm eine Antwort zu geben, bevor Boheme bei ihnen ankam. Ihr Herz begann zu flattern. Sie wollte sich keineswegs anmerken lassen, dass sie aufgeregt war.

„Jetzt sag schon, Claire", flüsterte Alex in letzter Sekunde.

„Guten Morgen", sagte Boheme und nickte ihr und Alex freundlich zu.

„Mr. ... Ich meine Hallo", entgegnete Alex.

„Was soll sie mich fragen?", fragte Boheme und blickte zu Alex, der ein wenig rot wurde. Claire erkannte ihn kaum wieder. „Nichts soll sie fragen", sagte er schnell.

„Doch! Alex würde gerne wissen, ob du schwul bist oder nicht", bemerkte Claire.

Alex räusperte sich und blickte zur Seite. Angela, die in der Nähe war und offensichtlich gelauscht hatte, lachte leise.

Claire lächelte. Sie hatte mit ihrer Vermutung, Alex könnte mehr in Angela sehen als eine Kollegin, also völlig danebengelegen. Sie wollte nie wieder voreilige Schlüsse ziehen.

„Bist du still!", mahnte Alex sie, nachdem sie die Frage klar und deutlich gestellt hatte. Samu blieb cool.

„Nein. Ich stehe eigentlich nur auf Frauen", gab Boheme wieder in alter Lässigkeit zurück. Er trug ein verwaschenes, weißes Shirt, eine leicht verschlissene Jeans und klobige Wanderschuhe. An seinem Kinn sprossen Bartstoppeln.

Claire wollte es nicht wahrhaben, aber sie konnte sich nicht an ihm sattsehen.

„Eigentlich?", fragten Alex und sie gleichzeitig.

„Ja, eigentlich."

„Was bedeutet?", bohrte Claire weiter.

Boheme sah sie an und das Prickeln kehrte wieder. „Eigentlich bedeutet eigentlich", sagte er.

Claire seufzte innerlich. Da war er wieder. „Selbstverliebter Gockel", murmelte sie.

„Wie bitte?", fragte Boheme.

„Nichts."

Es war ihr sogar egal, dass sie ihm im Bademantel und wieder einmal mit ungekämmten Haaren, dazu ohne jegliches Make-up gegenüberstand. Sie wusste, er mochte das Natürliche und hatte sie außerdem schon in einem schlimmeren Zustand erlebt. *Ray würde ausflippen, wenn er sie hier so sehen würde. Ungebügelt in der Öffentlichkeit.* Besonders wenn man Mitglied einer solch berühmten Stifte-Hersteller-Familie war wie der seinen, hatte man stets auf jeden Schritt zu achten, den man außerhalb der eigenen vier Wände tat. Dass der Spross der Familie bald heiraten wollte, darüber hatte sogar die Presse berichtet. Claire hatte es nicht beeindruckt. Sie konnte getrost darauf verzichten, berühmt zu sein. Boheme gab Alex ein Zeichen, dass er gern mit Claire alleine reden würde. Doch Alex blieb wie angewurzelt stehen und fixierte ihn. Angela, die vorbeikam, hatte im Gegensatz zu ihm sofort verstanden und schob ihn weiter den Flur entlang.

„Hallo? Was soll das?", regte Alex sich auf.

„Wir haben noch eine Menge zu tun", erinnerte ihn Angela. „Wir sehen mal, ob Ihr Laptop und Handy schon fertig sind, Sir", sagte sie dann mit einem Blick über die Schulter.

„Danke!", erwiderte Boheme.

„Schade!", hörte Claire Alex sagen und musste leise lachen. Boheme stimmte mit ein, wurde aber wieder ernst, sobald er sie ansah.

„Du hast dich also umentschieden. Ich meine, was die Anrede betrifft."

Kurz hatte Claire geglaubt, er konnte Gedanken lesen.

„Ähm, ja. Wenn du schon so dreist bist, dann kann ich das auch."

Er nickte schmunzelnd. „Klar. Freut mich. Auch, dass du wieder mit mir sprichst. Ein Wunder."

„Höre ich da schon wieder Sarkasmus in deiner Stimme, Samu?"

„Ein wenig. Wann fliegst du?"

Claire schürzte die Lippen. „Ich denke ich sollte noch ein paar Tage bleiben. Um einen klaren Blick zu bekommen. Das hat mir jemand dringend geraten. Und als ich so darüber nachgedacht habe, da ..." Sie stoppte, als sie sein Lächeln sah.

„Sehr gute Entscheidung. Bleibst du hier im Resort?", fragte er dann.

Claire sah ihn an, öffnete den Mund, schloss ihn aber wieder. Sie war sich nicht sicher, was sie sagen wollte und war heilfroh, so verrückt es auch war und sie sich dabei vorkam, dass er ihr die Entscheidung abnahm und sie nur noch zustimmen brauchte.

„In meinem Garten ist noch ein Zeltplatz frei."

„Wirklich?", fragte sie.

Er grinste. „Sag schon Ja."

Claire nahm ihren Mut zusammen und nickte.

Etwa eine Meile nach dem Resort begann es in Strömen zu regnen. Unter dem Dach dichter Baumkronen öffnete Boheme Claires Wurfzelt und sie krochen hinein. Er ließ ihr den Vortritt. Donnergrollen durchzog die Umgebung. Claire schüttelte ihr Haar. Sie lachte und wusste nicht einmal, warum. Ihre Blicke begegneten sich und sie wurde wieder ernst.

„Es ist die richtige Entscheidung, Claire. Daran glaube ich fest", sagte er.

Früher hätte sie ihn in diesem Moment einen Besser-wisser geschimpft, aber jetzt musste und wollte sie ihm recht geben.

„Und du wirst auch wieder einen neuen Job finden. Oder eben Bestsellerautorin werden. Oder beides. Olivia Barns wird sich noch in den Hintern beißen, dass sie dich gefeuert hat."

Claire fuhr sich mit einer Hand durchs Haar. Samu dachte also, sie hätte Olivia schon Bescheid gesagt, dass ihr die Felle in Sachen Boheme inzwischen unwiederbringlich davongeschwommen waren. Sie beschloss, ihn vorerst in diesem Glauben zu lassen. Außerdem wollte sie nun nicht über ihre Chefin sprechen.

„Wie fühlt es sich an?", wollte sie dann wissen.

„Was?", fragte Samu. Ein Regentropfen hatte sich in seinen Wimpern verfangen.

„Bestsellerautor zu sein, so viele Menschen zu begeistern."

Er zuckte mit den Schultern. „Dass ich sie begeistere, bekomme ich nur aus der Ferne und das selten mit. Aber die Vorstellung ist schön. Bob, mein alter Freund und Agent, hat es allerdings nie versäumt, es mir mitzuteilen. Und die Abrechnungen sprechen für sich. Ja, es ist schon ein gutes Gefühl, wenn den Leuten die Geschichten so viel geben. Klar, nicht allen. Jedoch vielen. Ich liebe das Schreiben. Es erfüllt mich. Und es kann auch helfen. Wenn ich mir etwas von der Seele schreibe, dann geht es mir danach gleich besser. Das kennst du doch auch, oder?"

Claire nickte und hing regelrecht an seinen Lippen.

„Ja, ich entdecke es immer mehr. Beim Schreiben kann ich mein Herz öffnen."

Samus Augen trugen ein Leuchten in sich, das tief aus seiner Seele zu kommen schien. „Das ist das Wichtigste. Denn dann, nur dann, schreibst du authentisch. Alles andere sind am Ende leere Worthülsen. Vergleichbar mit Lippenbekenntnissen."

Claire glaubte nicht, dass dieser Mann, der da vor ihr saß, der Gleiche war, der das Skript geschrieben hatte, welches sie für ihn lektorieren sollte.

Sein verschmitztes Lächeln, das sich auf seinen Mund legte, verriet ihr, dass er ahnte, an was sie dachte. „Ich bin dir suspekt, nicht wahr?", fragte er.

Warum lügen?, dachte Claire. „Ja." Sie räusperte sich, als wollte sie die Frage, die in ihrer Kehle steckte, animieren, über ihre Lippen zu kommen. Letztendlich schaffte sie es. „Ich habe es anfangs nicht gesehen, aber jetzt denke ich, dass man bei deiner sogenannten Romance zwischen den Zeilen lesen muss. Das hast du ja auch schon einmal so in etwa gesagt. Dass die Leute sich selbst ein Bild machen sollen."

Er bejahte es weder noch verneinte er es. Auch rührte er sich keinen Millimeter von der Stelle oder ließ sie durch Mimik seine Antwort zu ihrer Meinung erahnen.

„Gut, dann lass mich noch schmoren", sagte sie.

Jetzt lachte er.

„Nicht gleich wieder die Krallen ausfahren, Claire. Bleib cool. Lass dich nicht verunsichern von mir. Von keinem. Auch nicht von dir selbst."

Wie wahr, dachte Claire und lächelte ansatzweise.

„Okay. Offenheit. Was ist passiert, Samu? Früher, in deinem Leben? Dass du so geworden bist? Ein Einzelgänger und jemand, der so über die meisten Frauen denkt." Sie hielt es nicht länger aus, musste es endlich erfahren.

Er wurde ernst. „Das ist eine lange Geschichte. Hast du denn das Buch zu Ende gelesen?"

„Nein, noch nicht."

„Vielleicht wüsstest du es dann."

Claire staunte, fast erschrak sie sogar. Manchmal glaubte man, auf etwas vorbereitet zu sein, doch wenn es dann eintraf, merkte man schnell, dass dem nicht so war. „Dann hatte ich recht? Du bist der Protagonist?", wollte sie wissen.

Er öffnete das Zelt und warf einen Blick nach draußen.

„Der Regen lässt nach."

Sie legte eine Hand auf seine Schulter. „Du lenkst ab."

„Nein! Ich möchte nur nach Hause. Vielleicht erzähle ich dir ein anderes Mal mehr. Wenn wir uns noch besser kennen." Claire zog ihre Hand zurück.

Ohne Erwiderung kletterte er aus dem Zelt. Sie kam nicht umhin zu denken, dass ihm das Thema naheging. *Wollte er davor flüchten?*

„Und was ist mit Ray?", fragte er, als sie zusammengepackt hatten und weitergingen. Der graue Himmel über ihnen klarte langsam auf und zeigte ein intensives Blau.

„Er ist sauer", gab sie zu.

„Weil du noch bleibst? Weiß er, dass du bei einem anderen Mann bist?"

Claire stoppte. „Ja, er ist sauer. Er kann es nicht verstehen, obwohl ich versucht habe, es ihm zu erklären. Auch wenn ich ein kleines Detail ausgelassen habe. Aber Herrgott, ich tue nichts Verbotenes!"

Samu sah sie verwirrt an. „Langsam. Dass er sauer ist bezieht sich nun auf meine erste oder die zweite Frage?"

„Natürlich auf die erste. Er ist sauer, weil ich noch bleibe. Jetzt verstanden?"

„Also weiß er nicht, dass du bei einem anderen Mann, sprich mir, bist?!"

Claire pustete geräuschvoll Luft aus. „Korrekt. Und keine Angst, auch Alex und Angela wissen nach wie vor nicht, wer du wirklich bist. Ich halte mein Versprechen", stieß sie aus, obwohl sie so viel hatte gar nicht erzählen wollen.

„Darum geht es nicht. Obwohl ich dir das hoch anrechne. Dein Schweigen meine ich."

Er ging weiter. Wie es aussah, machte er keine Anstalten, auf sie zu warten. Schnaubend folgte sie ihm.

„Um was soll es dann gehen?", fragte sie ihn dann.

Er drückte einen Ast zur Seite. „Um Vertrauen. Wenn du ihm völlig vertrauen würdest, hättest du ihm auch das Detail sagen können. Und wenn du umgekehrt sicher sein könntest, dass er dir vertraut."

Claire schluckte trocken. Ja, verdammt! Sie wusste selbst, dass es so sein sollte. „Die Einzige, die alles weiß, ist Jenny", murmelte sie. Seine Worte hatten mitten ins Schwarze getroffen. *War das eine kleine Revanche für vorhin?*, fragte sie sich. Und hatte sie umgekehrt auch bei ihm ins Schwarze getroffen?

„Ich will dir nur helfen, völlig klarzusehen, Claire. Ich hätte nie gedacht, dass ich das mal sage, aber du bist so ein Mensch, der es verdient glücklich zu werden. Und ich denke, erst wenn man die Dinge glasklar sieht, kann man das. Jedenfalls in den grundlegenden Dingen."

Claire wusste, dass es stimmte, was er da sagte.

Er blieb stehen und wartete bis sie ihn eingeholt hatte. Den Rest des Weges gingen sie schweigend nebeneinanderher.

Ein magischer Ort

Da es draußen wieder zu regnen begann, sobald sie bei der Hütte ankamen, bat Boheme sie mit hinein.

„Ich schlafe später im Zelt", teilte sie ihm mit.

„Warum? Hier drin ist es trocken. Im Zelt wird es schnell klamm. Und ich glaube nicht, dass der Regen vor morgen früh aufhört. Am Ende wirst du noch krank. Du kannst die Couch haben, ich benutze eine Matratze. Oder denkst du, ich fresse dich?"

„Ich bin nicht Judy, Samu", musste sie auf diese letzte Bemerkung hin sticheln.

„Die habe ich auch nicht gefressen."

Claire setzte an, die Augen zu verdrehen. „Du weißt, was ich damit meine. Ich bin nicht wie sie."

„Das glaube ich auch nicht. Nicht mehr", erwiderte er ernst.

Claire wollte etwas erwidern, ließ es dann jedoch und sah ihm dabei zu, wie er Holz in den Ofen schlichtete.

„Morgen zeig ich dir den schönsten und magischsten Ort, den es meiner Meinung nach in der Umgebung gibt. Wenn mir zu viel im Kopf herumsaust, dann gehe ich gern dorthin. Ich glaube, der Ausflug dorthin wird dir guttun", erzählte er.

„Okay. Ich bin gespannt", erwiderte sie und setzte Judy auf die Wartebank. Sie wollte ihn nicht drängen und das Eis, das immer mehr zwischen ihnen taute, nicht wieder zum Erhärten bringen.

„Das kannst du auch. Wasser hat eine enorm reinigende Kraft."

„Wasser? Wir gehen also an einen Bach oder See?"

Er zwinkerte ihr zu.

„Schwimmen?"

„Wenn du magst." Er wandte sich um und knöpfte sich das Hemd auf. Seine Haut schimmerte seidig und ließ ihr Herz wummern. *Verzeih mir, Ray!*, dachte sie und sah zur Seite.

„Mir ist alles recht, solange ich nicht fischen soll."

Er lachte kurz. „Kein Fischen. Nun umziehen. Und versprochen, anders als du werde ich dir nicht dabei zusehen."

Claire knurrte gespielt.

„Locker bleiben. War nur Spaß", sagte er und warf ihr ein neues Hemd von sich zu. „Kannst du haben, Großstadtpflanze. Hose auch."

„Dein Humor ist schrecklich außergewöhnlich. Meistens jedenfalls, Neandertaler."

„Ich nehme das mal als Kompliment. Vielen Dank, Claire!"

„Bitte schön, Samu, oder wie auch immer du wirklich heißt. Und ich brauche übrigens keine Sachen, ich habe genügend Sachen dabei."

„Ja, ich weiß. Ich habe deinen Rucksack geschleppt."

Sie legte den Kopf leicht schief und blinzelte ihm zu. „Du wolltest doch unbedingt. Also beschwer dich jetzt nicht."

Er lachte. Dieses Mal hatte sie ein paar Sachen aus ihrem Koffer eingepackt, darunter ein Sommerkleid.

Unsinnigerweise steckten ihre High Heels noch im Rucksack. *Die hatte sie total vergessen.*

„Ich hätte besser den Bikini einpacken sollen. Denn Lust zum Schwimmen hätte ich schon", sinnierte sie, während sie sich umzog.

„Bikini braucht man hier nicht. Ich schwimme immer nackt. Traust du dich das etwa nicht?", fragte Boheme prompt.

Erschrocken wandte sie sich zu ihm um. „Das hättest du wohl gern!", rief sie und warf ihm sein Shirt zu, das er sicher auffing.

„Kein Bedarf. So, und jetzt mach ich uns mal eine Gemüsesuppe."

Wow! Was für ein schneller Themenwechsel. *War der Macho etwa verlegen?*

Claire sagte kein Wort mehr. *Kein Bedarf,* hallten seine letzten Worte in ihr nach. *Wieso störte sie, dass er das gesagt hatte?* Sie schnappte sich ihr Handy, das sie frisch im Resort aufgeladen hatte. Wieder waren neue Nachrichten von Ray verzeichnet. Vom Inhalt her ergaben sie nichts Neues. Enttäuscht verzog sie sich auf die Couch und versank in sich selbst.

„Wenn du schreiben willst, du kannst gern den Laptop oder die Schreibmaschine benutzen", bot Samu ihr an. *Er konnte verdammt nett sein, wenn er wollte.* Doch Claire schüttelte den Kopf und wischte mit einem Taschentuch auf dem Display ihres Handys hin und her. Das Knistern des Feuers und die Wärme, die es ausstrahlte, erfüllten den Raum. Claire kam es hier drin mehr und mehr heimelig vor. Das Flackern der Öllampe, das Heulen des Windes, wenn er um die Hütte huschte und das Knacksen des Holzes im Ofen, sowie die Gerüche nach Holz und Papier. *Ray würde es hier sicher keinen Tag aushalten.* Er konnte der Natur nichts abgewinnen. Er liebte seine Großstadt. Alles, was sie dort vermisste, war ihr Job – *Olivia Barns ausgeschlossen* – und Jenny.

„An was denkst du? Ich glaube ja, du denkst zu viel. Um tausend Ecken. Ich habe das früher auch oft getan", sagte Samu und ließ sich neben sie fallen. Erschrocken zuckte sie zusammen und sah ihn an. Er erwiderte ihren Blick.

„Du siehst drein wie ein Reh, das einen Wilderer gesehen hat. Die streunen hier übrigens ab und zu durch die Wälder."

„Rehe?", murmelte sie.

„Wilderer. Mistkerle!" Seine Wangenmuskeln zuckten.

„Barbaren also."

Er nickte.

„Rehe gibt es aber auch."

„Ich bin kein scheues, dummes Reh, Samu."

Er zog die Stirn in Falten. „Das sagte ich doch auch gar nicht."

„Ich lese auch zwischen den Zeilen, Mr. Boheme."

„Ja, das weiß ich inzwischen. Claire Winston, du kannst ganz schön anstrengend sein. Man kann jedoch auch Spaß mit dir haben. Du bringst mich zum Lachen."

Sie kniff die Augen zusammen. „Ja, das habe ich schon gemerkt. Du lachst gerne über mich."

„Nein, lieber mit dir." Er stupste sie an, so wie Jenny es manchmal tat.

Dann fiel sein Blick auf ihr Handy, das sie augenblicklich zur Seite legte. Samu rückte ein wenig auf Abstand. „Bist du plötzlich wegen mir so schlecht drauf?", wollte er wissen.

Sie atmete leise aus. „Nein, es ist wegen ..." Sie hob kurz beide Arme. „Ach, Ray und ich haben zu verschiedene Vorstellungen vom Leben. Ich habe das lange nicht wahrhaben wollen, weißt du. Ich will nur nicht zu schnell aufgeben. Es ist schwierig. Vielleicht sollte ich noch einmal um diese Liebe kämpfen. Ja!"

Samu nickte. „Dazu gehören immer zwei", erwiderte er nur, erhob sich wieder und ging zurück an den Herd. Claire sah ihm nachdenklich hinterher.

Als sie später das Licht schon gelöscht hatten und nur noch das Trommeln des Regens an die Fenster und das Knistern des restlichen Feuers im Ofen zu hören waren, fragte Boheme in die Stille hinein: „Schläfst du schon, Claire Winston?"

„Nein", murmelte sie und wischte sich eine Träne aus den Augen. Was würde sie jetzt für eine Umarmung geben. Sie stellte sich vor, wie es wäre, wenn Samu seine starken Arme um sie schließen würde. *Nein, das war doch lächerlich.* Außerdem war es unfair Ray gegenüber, der von allem nichts wusste. Sie verbuchte den Gedanken unter versehentlich und schloss die Augen. Aber sie konnte sich nichts vormachen. Dass Ray so war, wie er nun einmal war, ließ die Gefühle für ihn wie das Feuer im Ofen langsam verebben. *Stopp! Noch*, sagte sie sich, *war es nicht zu spät, es wieder zu entfachen.*

Sie hörte, dass Samu sich umdrehte. „Bist du traurig?", fragte er.

Claire zögerte mit der Antwort. „Vielleicht. Ein bisschen", sagte sie dann leise.

„Das musst du nicht. Es wird sicher alles wieder gut." Seine Stimme klang angenehm warm.

Sie lachte leise, obwohl ihr gar nicht danach zumute war.

„Was ist so lustig?", wollte er wissen.

„Nichts. Du bist nur so ... Ich nenne es mal facettenreich."

„Also doch nicht so wie mein Protagonist aus meiner sogenannten Romance? Du weißt schon, der getarnte Hardcore-Porno."

Claire konnte ein weiteres Lachen nicht unterdrücken und Boheme stimmte leise mit ein.

„Auf alle Fälle bist du ein selbstverliebtes Mysterium, Samu Boheme."

„Danke. Und sexbesessen nicht vergessen. Falls du mal eine Biografie über mich schreiben willst."

Claire biss sich für zwei, drei Sekunden auf die Unterlippe. „Hör auf!"

„Warum? Wir können sowieso beide nicht schlafen."

Sie seufzte. „Du weißt, wie ich es meine. Und komm mir jetzt nicht damit, dass ich bieder bin. Bin ich nicht. Wenn du wüsstest."

Seine Matratze machte ein komisches Geräusch. Er hatte sich wohl aufgesetzt. „Oho! Was dann? Was weiß ich nicht? Jetzt bin ich neugierig. Nun kann ich wirklich nicht mehr einschlafen. Nicht, bevor du mich aufgeklärt hast."

Claire zog die Decke über den Kopf. „Vergiss es! Ich sage kein Wort mehr. Und aufgeklärt bist du schon genug."

„Schade!"

Sie drehte sich von der Seite auf den Rücken und blickte in die Dunkelheit.

„Ich bin nicht sexbesessen, Claire", sagte er auf einmal in die Stille hinein.

„Und ich bin nicht wie mein Protagonist. Ich wünsche manchen Frauen, dieser bestimmten Gattung, nur mal einen solchen Mann an die Seite, damit sie aufwachen. Falls das möglich ist."

„Was?", flüsterte Claire.

„Ja, ich hasse alles, was bieder, spießig ist. Das war schon immer so. Dazu stehe ich. Ich liebe und brauche Freiheit. Aber ich war auch immer, wie du, auf der Suche."

„Nach was?", fragte Claire, als er wieder eine Pause machte.

„Liebe!"

Ihr Puls jagte und ihr wurde wärmer. Seine Neugierde hatte sie angesteckt und fest im Griff.

„Und du hast sie nie gefunden?" Ihre Kehle war wie ausgetrocknet. Gespannt lauschte sie weiter.

„Ich dachte es ein paar Mal. Auch wenn ich mich nie richtig angekommen gefühlt hab. Dennoch gaben sie mir das Gefühl, dass es noch kommen würde. Jede Einzelne. Ich meine, meine Gefühle waren echt. Ihre leider nicht."

„Dann gab es mehr Frauen als Judy, bei denen du auf die große Liebe gehofft hast? Ich meine, ich habe schon früher herausgehört, dass es mehr gab. Ich dachte eben, nur die eine war wirklich wichtig gewesen."

„Ja, es gab mehr."

„Und dann?"

Er schwieg. „Es stellte sich jedes Mal heraus, dass ich einem großen Irrtum unterlag und sie mich nur benutzt haben. Klingt nach Mitleid. Ist aber pure Tatsache. Und jetzt versuch zu schlafen, Claire."

Er konnte doch nicht ernsthaft glauben, dass sie nun schlafen konnte, nachdem sie das nun wusste. Allerdings wollte sie ihn nicht drängen weiterzuerzählen und abwarten, bis er es von sich aus tat. Vielleicht schon morgen. In seinem Buch hatte er Frauen beschrieben, die dem Luxus verfallen waren oder die sich selbst als Luxus bezeichneten und sich demnach gern mit attraktiven und reichen Männern umgaben. Samus Protagonist ließ jede Einzelne fallen, sobald er sich mit ihr auf dem Zenit der Beziehung befand. *Aus Rache. Hatten ihn also all die Frauen, denen er im Leben begegnet war, benutzt? Auf beide Arten? War das das Geheimnis, das die Leser zwischen den Zeilen entdecken sollten?* Claire schlief ein, während sie darüber grübelte. Gleich am nächsten Morgen schnappte sie sich Samus Laptop und öffnete seine Version des Skripts. Der Autor schlief tief und fest. Es wunderte sie, dass er den Laptop nicht durch ein Passwort geschützt hatte.

Die Seiten des Skriptes, die sie noch nicht gelesen hatte, handelten vor allem von Frauen, die sich in der High Society Londons und Amerikas bewegten. Ihrem Denken nach sahen sie den Protagonisten Samus als ihr Eigentum an. Doch der wusste darum und ließ sie fallen, wenn der für ihn günstigste Augenblick gekommen war. Ein Augenblick, der die Frauen völlig überrollte. Die meisten von ihnen waren verlobt oder verheiratet. Sie hatten ihm geschworen ihre Partner für ihn zu verlassen, weil diese sie angeblich betrogen oder schlugen. Nichts als Lügen. Sie nahmen den selbst ernannten Macho aus, ohne dass sie wussten, dass er ihnen schon längst zuvorgekommen war. Er hatte sie durchschaut. Die herzlichen Gefühle schaltete er aus, so wie auch diese Frauen es taten. Nun verstand Claire. Er wollte ihnen einen Spiegel vorhalten. Boheme schrieb sich mit dem Roman erlebte Enttäuschungen in Sachen Liebe von der Seele. Dabei mussten die Geschichten nicht genauso passiert sein, aber vom Grund her waren sie ähnlich. Als sie aufblickte, stand Samu mitten im Raum und sah sie an.

„Guten Morgen", sagte er.

„Guten Morgen", stotterte sie.

„Was liest du?", fragte er.

Kurzerhand drehte sie ihm den Laptop zu. „Ich glaube, ich verstehe es jetzt", flüsterte sie dann.

Er sah sie weiter an. Ein paar Sekunden schweigend. Dann nickte er und sagte: „Gut!" Alsdann ging er nach draußen. Claire erfasste Mitgefühl für Samu. Trotzdem fand sie nicht, dass Rache eine Lösung war, so wie er sie seinen Protagonisten verüben ließ. Sie konnte sich überdies nicht vorstellen, dass diese Rache wirklich befreiend wirkte. Zudem wäre es besser gewesen, wenn er all sein Leiden und damit das des Protagonisten in den Zeilen offengelegter hätte, nicht nur dazwischen. Wie auch immer. Claire wünschte Samu und damit seinem Protagonisten, dass er die Richtige finden würde.

Samu verlor auf dem Weg zum Wasserfall kein Wort mehr über seine Vergangenheit. Selbst dann nicht, als Claire ihm ihren Standpunkt vorsichtig darlegte. Er tat, als ginge es ihn nichts an, als wäre der Boheme von gestern Nacht gänzlich ein anderer gewesen. Doch das war er nicht. Also erzählte sie ihm von Ray. Die ganze Geschichte. Das tat sie auch, weil sie sie selbst noch einmal hören musste, aus ihrem eigenen Mund. Dabei wurde ihr schmerzhaft klar, dass das Feuer bis auf den letzten Funken erloschen war. Besonders sein Verhalten der zuletzt vergangenen Tage hatte dazu geführt. Samu hörte ihr zu und wirkte ehrlich interessiert.

„Danke!", sagte er, als sie zum Ende gekommen war.

„Für was?"

„Für das gegenseitige Geben und Nehmen. Ich kann nun auch besser zwischen deinen Zeilen lesen, Claire."

Sie lächelte bittersüß.

„Ich fürchte, dass ich Rays und mein Ufer nicht mehr sehen kann. Er hört mir nicht einmal mehr zu. Je mehr ich, ohne die rosarote Brille zu tragen, darüber nachdenke, desto klarer wird mir das."

„Das tut mir leid", flüsterte Boheme und strich ihr über einen Arm. Was er sagte, kam Claire nicht wie ein Lippenbekenntnis vor. Sie beide standen mitten in der Wildnis. Die Sonne schien durch das Geäst und die Vögel zwitscherten. Claire warf kurz den Kopf in den Nacken.

„Zu dieser Szene hätte eher der Regen von gestern gepasst", sagte sie, um sich selbst aufzuheitern. Samu wusste etwas Besseres. Er nahm sie bei der Hand und zog sie mit sich. Sie durchstreiften bunte Blumenwiesen, die nach Honig und Zuckerwatte dufteten, kletterten über kleine Felsenplateaus und beobachteten zwei Erdhörnchen bei der Nahrungssuche. Über einem Bach schwebte ein Weißkopfseeadler. Karibus mit imposanten Hörnern durchstreiften die Umgebung. *Ein Bilderbuch aus der Kindheit, das zum Leben erwacht war,* durchfuhr es Claire. Samu trug den Rucksack und eine Trillerpfeife um den Hals. Seine Schritte waren sicher, dennoch hastete er nicht, sondern passte sich Claires Tempo an, was sie äußerst aufmerksam von ihm fand. Sie gingen in ein Waldstück hinein. Vereinzelte Sonnenstrahlen brachen durch die Baumkronen. Claire kam nicht umhin, Samu zu betrachten, sooft sie nur konnte. Das Spiel seiner Muskeln, die breiten Schultern, der wohlgeformte Po.

„Huch!", stieß sie aus und wäre fast über eine teils aus der Erde ragende Baumwurzel gestolpert.

Boheme drehte sich nach ihr um. „Wo bist du denn mit deinen Gedanken? Auf den Weg achten, Claire."

Sie konnte nicht vermeiden, dass sie errötete, nickte nur und bedeutete ihm weiterzugehen. Der Weg führte sie tiefer in den Wald hinein, bis sie an eine Lichtung kamen. Der Wind kühlte ihr Gesicht. Links des schmalen Pfades entdeckte Claire eine Felsenbucht, von der ein kleiner Wasserfall, dessen Gischt wie Nebel anmutete, in einen wilden See mündete. An seinem Ufer wuchsen dicht aneinandergereiht Nadel- und Laubbäume. Hohes Gras ragte ein Stück weit in das Wasser hinein. Ein kleiner Teppich aus weißen Seerosen schwamm auf der Wasseroberfläche. Ihre Blüten reckten sich der Sonne entgegen. Wildbienen summten durch die Luft, manche ließen sich auf Blumen nieder, deren Sorte Claire nicht kannte. Die Lagune sah aus, als wäre sie einer Postkarte entsprungen, wozu wohl auch der nahezu wolkenlose blaue Himmel beitrug.

„Wunderschön!", sagte Claire und Tränen stiegen ihr in die Augen, die sie schnell weg blinzelte.

„Freut mich, dass es dir gefällt. Hier bin ich sehr gerne", erwiderte Samu.

„Das glaube ich sofort. Es ist ein Stück Paradies auf Erden", schwärmte Claire weiter.

Samu nickte und seine Augen strahlten.

„Danke, Samu, dass du es mir zeigst."

Er lächelte. „Sehr gern."

Claire atmete die frische Seeluft und sog die Eindrücke auf wie ein trockener Schwamm. Sie fühlte, dass der Hinkelstein, der ihr Herz bedrückt hatte, ein Stück weit zur Seite rückte.

„Und jetzt gehen wir schwimmen!", rief Samu.

Claire schielte zu ihm. „Was?"

Schon schulterte er den Rucksack ab und begann sich zu entblättern.

„Du wirst sehen, dass das Wasser auch den Kopf reinigt."

„Ich geh nicht schwimmen. Ich sagte doch, ich habe keinen Bikini dabei."

„Dann lass doch die Unterwäsche an. Oder trägst du keine? Oder schwimm eben nackt wie ich."

Claire stockte der Atem. Sie nahm sein Shirt, das er über den Rucksack geworfen hatte, und hieb es ihm spielerisch über den Kopf. *Frecher Kerl*, dachte sie. Samu lachte nur darüber.

„Immer noch so bieder, Claire?"

Sie schnaubte. Das fand sie nicht mehr witzig.

„Ich geh schon mal vor. Überleg es dir. Du würdest jedenfalls was verpassen, wenn du es nicht machst. Und verpasste Chancen kommen nie wieder. Denk dran!", rief er und machte sich auf den Weg ins kühle Nass.

Claire sah ihm mit großen Augen nach. Er hatte sich tatsächlich bis auf die Unterhose ausgezogen. Der Anblick war, sie konnte es nicht anders sagen, lecker. Für ein paar Sekunden tauchte Samu unter und jaulte wie ein Wolf, nachdem er wiederaufgetaucht war. Claire versuchte ernst zu bleiben, konnte aber nicht und lachte.

„Kindskopf!", rief sie.

„Was? Hast du was gesagt?", fragte er. Das Rauschen des Wasserfalls ließ sie seine Worte kaum verstehen. Sie holte eine Decke aus dem Rucksack und machte es sich darauf bequem. Dann legte sie den Kopf in den Nacken und sah in den azurblauen Himmel. Mit einem Mal wurde ihr bewusst, dass sie sich noch nie so frei und unabhängig gefühlt hatte. Nach einer kleinen Weile schielte sie zu Samu, der ihr zuwinkte.

„Na komm schon, Claire. Meinetwegen auch mit Kleidung. Wir haben doch Ersatzkleidung dabei. Also was soll's."

Sie tippte sich an den Kopf und verneinte.

„Ich geh doch nicht mit Kleidung schwimmen", rief sie zurück.

„Du hast nur Angst. Gib es zu. Und du traust mir nicht."

Claire stand auf und straffte die Schultern. Er glaubte offensichtlich einen Feigling vor sich zu haben. Die Hitze der Sonne ließ sie geradezu nach einem Bad im See lechzen. Außerdem war sie nie zuvor in einem wilden See schwimmen gewesen. *Vielleicht machte es Spaß. Sie wollte ihm vor allem zeigen, dass sie keine Memme war.*

„Umdrehen!", forderte sie.

Samu reckte einen Daumen nach oben. „Ich bin beeindruckt, Claire."

„Umdrehen!", wiederholte sie. Er befolgte ihren Wunsch. Claire packte der Mut. *Was soll's?*, dachte sie und zog sich bis auf ihre weiße Spitzenunterwäsche aus. Dabei ließ sie Samu nicht aus den Augen. Dass sie sich doch traute, damit, da war sie sich sicher, rechnete er nicht. Ein paar Sekunden später warf er einen Blick über die Schulter. Seine Augen weiteten sich. *War das nun ein gutes oder schlechtes Zeichen?*, fragte sich Claire.

„Bleib!", entfuhr es ihm.

Irritiert schaute Claire an sich hinab und dann wieder auf. „Was ist denn?"

„Nicht bewegen!", sagte Samu.

Claire verstand nicht.

„Hinter dir am Waldrand ist ein Schwarzbär."

Claire legte den Kopf leicht schief. „Wenn das nun ein Scherz sein soll, damit ich schneller reinkomme, dann …"

„Nicht bewegen!", las Claire von Samus Lippen ab. Seiner Mimik nach meinte er die Mahnung ernst. Automatisch warf sie einen Blick über die Schulter. *Verdammt, es stimmte! Bär auf zwölf Uhr.* Das Blut in ihren Adern gefror. Schnell wandte sie sich wieder zu Samu. *Konnte es sein, dass sie Bären magisch anzog?* Samu hielt Blickkontakt mit Claire. Schweißperlen krochen ihr aus sämtlichen Hautporen.

„Bitte, lieber Gott, lass ihn weiterziehen!", flüsterte sie.

Samu legte einen Finger auf den Mund. Claire nickte und starb tausend Tode. Sie sehnte sich nach Samus starken Armen, die sie schützend an sich ziehen würden. Doch in diesen Momenten waren es allein seine Blicke, die sie langsam beruhigten und ihr genug Kraft gaben, die Situation durchzuhalten. Das Brummen des Bären ließ ihren Blutdruck noch einmal ansteigen.

Nach ein paar Minuten, die ihr wie eine Ewigkeit vorkamen, erlöste Samu sie.

„Er ist weg."

Hatte sie richtig verstanden? Sie wagte einen weiteren Blick über die Schulter und stellte fest, dass Samu recht hatte. Erleichtert rannte sie auf den See zu, sprang ohne zu zögern ins kühle Nass und tauchte ein paar Zentimeter vor Samu wieder auf. Dieses Mal war er es, der überrascht dreinblickte. Das Wasser war herrlich. *Wieso hatte sie überhaupt gezögert?* Sie wusste es schon gar nicht mehr. Samu schien ihr völlig den Kopf zu verdrehen. Ohne nachzudenken, schlang Claire die Arme um ihn. Seine Oberarme fühlten sich samtig, weich und hart zugleich an. „Danke! Obwohl ich dachte, dass sie mein Singen fernhält", murmelte sie. Samu zog sie langsam an sich. Sie spürte seinen straffen Brustkorb und lauschte seinem Atem, der ihr rechtes Ohr streifte.

„In der Situation war es so am besten. Sagte mir mein Instinkt. Man muss echt auf dich aufpassen", flüsterte er dann. Claire wich ein Stückchen zurück, um ihm ins Gesicht zu sehen. Das Wasser kam ihr gar nicht kalt vor, im Gegenteil.

„Ich bin kein kleines Kind mehr, Samu", musste sie ihn erinnern.

Er schmunzelte. „Das sehe ich."

Claire öffnete empört den Mund, um etwas zu erwidern, denn plötzlich kam sie sich in seinen Augen wieder wie die tapsige, besserwisserische Großstadttante vor, da legte er einen Finger auf ihre Lippen und sah ihr tief in die Augen.

„Lass uns nicht streiten, Claire. Okay?", bat er sie.

Seine Blicke elektrisierten sie.

„Okay, einverstanden."

Sie sah an ihm vorbei zum Wasserfall. „Kann man näher hinschwimmen?"

Samu lächelte wieder. „Klar. Komm!"

Sie schwammen nebeneinanderher, bis sie die Gischt des Wassers im Gesicht spürten, in dessen Tropfen sich die Farben des Regenbogens zeigten. Claire streckte die Hände aus und lachte.

„Es ist der Wahnsinn!", rief sie.

Sie ließen sich beide im Wasser treiben, wobei sich ihre Hände kurz berührten. Erneut tauchten ihre Blicke ineinander, aber kein Wort kam ihnen über die Lippen. Claires Unterleib zog sich wohlig zusammen. Sie trieb ein Stück weit von ihm weg. Und auf einmal begann sie Samu und das Paradies der Wildnis zu vermissen, obwohl sie noch da war. *Schon verrückt*, dachte sie sich, w*elche Kehrtwende das Leben manchmal einschlug.*

Plötzlich musste sie lachen. „Was ist?", fragte Samu. Claire schwamm auf ihn zu, wie von einer unsichtbaren Macht getrieben. Dicht vor ihm hielt sie inne. Ihre

Gesichter waren höchstens zwei Zentimeter voneinander getrennt.

„Es geht mir besser. Sogar die Begegnung mit dem Bären hatte etwas … Magisches", flüsterte sie.

„Schwarzbären tun uns nichts, wenn wir sie in Ruhe lassen und nicht hysterisch werden. Es ist ein gegenseitiges stillschweigendes Versprechen", erklärte Samu.

„Ja. Stimmt. Ich habe ja auch nichts gegen Bären." Er schmunzelte. „Du kannst ziemlich süß sein, weißt du das?"

„Du auch", sagte sie.

Plötzlich streckte er ihr eine Hand entgegen. Verwirrt sah sie ihn an.

„Garrett, hi."

Claire stutzte. *War das sein wahrer Vorname?*

„Garrett?", fragte sie.

Er nickte.

„Das ist dein richtiger Name?" Sie war mehr als erstaunt, dass er ihn ihr verriet.

„Gefällt er dir nicht? Dann müsstest du dich bei meinen Eltern beschweren."

„Keine Beschwerde nötig. Hi, Garrett. Schön, dich kennenzulernen." Sie lächelte tief berührt. Ja, der Name passte perfekt zu ihm. Warum konnte sie nicht sagen, es war einfach so, obwohl sie sich an Samu gewöhnt hatte.

„Hi, Claire. Schön, dich kennenzulernen."

Sie wusste, dass er damit ihr wahres klares Ich meinte. Ihr ging es umgekehrt ebenso.

„Wollen wir am Ufer darauf anstoßen. Ich habe Tee dabei, aber auch einen Sekt aus der Lodge", schlug er vor.

Sie nickte. „Das klingt sehr gut, Garrett."

Fünf Minuten später stießen sie mit Pappbechern, die sie halb voll mit Sekt gefüllt hatten und die Samu irgendwann in der Lodge besorgt hatte, am Ufer des Sees an.

Claire stand Garrett in Unterwäsche gegenüber. Es machte ihr nicht mal etwas aus.

„Auf Klarheit, Zuversicht in eine gute kreative Zukunft, die wahre Liebe und unser Kennenlernen", sagte Garrett. *Die wahre Liebe*, wiederholte sie in Gedanken. Er wollte daran glauben, merkte sie, genau wie sie selbst es tat.

„Auf die wahre Liebe, Kreativität, Klarheit und Zuversicht", erwiderte sie und sie nahmen einen Schluck, der ihre Mägen wärmte.

„Vielleicht gibt es trotzdem noch eine Chance für Ray und dich", sagte Samu dann.

Claire fixierte Garrett, trank ihren Becher auf ex aus und spürte eine Hitze in sich aufsteigen, die sie überrollte. „Aber warum vermisse ich ihn dann nicht mehr und wünsche mir vielmehr, dass du mich küsst?", hörte sie sich plötzlich sagen.

Ernst sah Garrett sie an. Sein Mund öffnete sich ein klein wenig. „Claire!", flüsterte er.

Claire blinzelte und mit einem Mal wurde ihr glasklar, was sie da eben gesagt hatte, dass sie es wirklich getan hatte.

„Stimmt. Es war ... Es ist ..." Sie zeigte um sich. „Diese Umgebung. Sie verleitet einen ... Ach, ich weiß auch nicht. Entschuldige! Vergiss, was ich eben gesagt habe." Sie wandte sich beschämt ab. Das Herz schlug ihr noch immer bis zum Hals. Garrett stellte sich hinter sie und legte seine Arme um ihren Bauch. Claire schloss die Augen, lehnte ihren Kopf nach hinten an seine leicht kühle Brust und genoss die Nähe und Wärme, die er ihr gab. Es war surreal, dass sie hier mit diesem Mann stand, dazu fast nackt. Ein Mann, den sie vor ein paar Tagen vehement beschimpft und für einen Wüstling gehalten hatte und von dem sie sich nun mehr oder weniger insgeheim mehr als nur Freundschaft erhoffte.

„Du bist dir also nun sicher. Wirklich absolut? Und ist es dann gut, dich gleich neu zu verlieben?", fragte er leise.

Vorhin war sie es. Dennoch hatte sie das Gefühl, Ray noch eine Chance geben zu müssen.

„Und du, Garrett? Was willst du?"

„Keine Gegenfragen, Claire."

Sie atmete leise durch.

„Mal denke ich ja, so wie vorhin ..." Sie stoppte.

„Dachte ich mir. Werde dir erst noch klarer als klar, Claire. Lass dir Zeit."

Er ließ sie los und drehte sie langsam um. Dann küsste er sie auf die Stirn. Wieder schloss sie die Augen und nickte dann. Auch wenn sie zu gerne seine Lippen auf ihren gespürt hätte, wusste sie, dass er recht hatte, und dass sie es letztendlich wohl auch nicht mit ihrem Gewissen hätte vereinbaren können. Es fiel ihr jedoch mehr als schwer. Sie musste noch einmal mit Ray reden. Langsam traten sie und Samu den Heimweg an. Meist gingen sie schweigend hintereinander. Auch das war schön, stellte Claire fest. Mit Garrett zu schweigen.

Unter Polarlichtern

Olivia Barns machte Claire in einer Kurznachricht deutlich, dass sie einen Zwischenbericht erwartete. Claire versprach ihr, ihr diesen zu geben, sobald sie zurück in England war. Gleichzeitig wollte sie ihrer Chefin ins Gesicht sagen, dass sie versagt hatte und die Verantwortung dafür übernehmen würde. Garrett erzählte sie davon nichts. Auch nicht von den weiteren Anrufversuchen Rays. Sie wollte mit ihm die Polarlichter genießen, die nachts über die Hütte hinwegzogen. Sie hatten es sich beide auf seiner Veranda bequem gemacht. Mit Tee und eingehüllt in Decken lagen sie dicht nebeneinander, um sich gegenseitig Wärme zu spenden. *Daran ist nichts verwerflich*, sagte sich Claire. Sie schaute in den Himmel. Ein violetter Lichterschweif zog vorüber.

„Ich kann dich verstehen", sagte sie leise, so, als könnte sie, spräche sie lauter, das Polarlicht vertreiben.

„Was meinst du?", fragte Garrett.

„Dass du ganz hierhergezogen bist. Inzwischen könnte ich mir so ein Leben auch vorstellen."

Er lachte, was sie sofort ein Stück zur Seite weichen ließ. Doch Garrett zog sie an sich, was ihr Herz schneller schlagen ließ. Ihre Lippen berührten sich beinahe.

„Warum lachst du da?", fragte sie und schmollte, genoss aber ihn so nah zu spüren. Die Wärme, die er ausstrahlte, schlich in jede Faser ihres Körpers.

„Na dann bleib doch einfach hier. Du hast dich, soweit ich das beurteilen kann, schon gebessert. Du läufst sicherer."

Sie hämmerte auf seine Brust ein. „Du machst dich lustig. Vielen Dank auch."

Er suchte ihren Blick. „Ehrlich. Ich glaube, wenn du etwas willst, dann kämpfst du dafür und fühlst es mit allen Sinnen. Also ja, warum nicht."

Claire verengte die Augen. „Und das sagst du jetzt nicht nur so?"

Garrett blieb ernst, was Antwort genug war. *Bei ihm bleiben, für immer.* Der Gedanke gefiel ihr. Sie kuschelte sich an ihn. Schließlich wurde es kühler. Claire biss sich auf die Unterlippe. Es tat so gut ihn zu riechen, zu spüren. Ihm schien es genauso zu gehen. Für ein paar Minuten vergaß sie Ray und ihr altes Leben völlig.

„Du kannst jederzeit zu mir kommen, Claire", bemerkte Garrett dann in die Stille hinein, die zwischen ihnen entstanden war.

„Das ist schön. Das bedeutet mir viel", flüsterte Claire. „Wir werden sehen, was passiert", ergänzte er und Claire nickte.

„Auf alle Fälle gefällt mir die natürliche echte, fast schon wilde Version von Claire Winston immer mehr."

Claire schmunzelte und schloss die Worte tief in ihr Herz. „Dito, Garrett alias Samu Boheme. Und ich schwöre, dass ich dein Geheimnis bewahren werde."

„Das will ich dir auch geraten haben. Sonst müsste ich dich wohl an die Bären und Wölfe verfüttern."

Claire gab ihm einen kleinen Stups gegen den Brustkorb, was ihn spielerisch aufjaulen ließ.

„Kennt noch jemand dein Geheimnis? Also außer dein Agent?", wagte sie zu fragen.

Garrett nickte. „Mein Großvater. Und der hat es vor zwei Jahren mit ins Grab genommen."

Claire stockte. „Oh, das tut mir leid!"

„Was ist mit deinen Eltern?", fragte er.

„Wie kommst du jetzt auf sie?"

„Wenn wir schon beim Thema Familie sind."

„Sie wohnen auch in Brighton."

„Schön. Und versteht ihr euch?"

„Ja, sie sind toll."

„Das freut mich. Das stelle ich mir bei meinen auch immer vor."

Claire stutzte, da erzählte er weiter: „Meine lernte ich nie kennen. Sie sind bei einem Autounfall ums Leben gekommen. Ich saß mit im Wagen damals, aber mir ist nichts passiert. Mein Großvater hat mich danach großgezogen. In einer Kleinstadt in Indiana."

Erneut stockte Claire der Atem. „Mein Gott! Das tut mir so leid, Garrett!"

„Es ist, wie es ist. Grandpa war toll. Ich war alles, was ihm an Familie geblieben war. Seine Frau, meine Großmutter, war schon vor Jahren an Krebs gestorben. Er hat mir so viel Liebe geschenkt wie es ihm möglich war und mich in allem unterstützt." Garrett lächelte. „Ich wollte schon als Kind Schriftsteller werden. Er hat mein erstes Skript, da war ich fünfzehn, an mehrere Verlage geschickt. Alle haben abgesagt. Danach habe ich ein paar Jahre nur noch für mich geschrieben. Und für ihn. Er hat immer gesagt, man darf nie aufgeben und muss an sich glauben. Wenn Gott einem ein Talent gegeben hat, dann muss man es nutzen. Er war fast sauer, als ich zuerst verneinte. Ja, und dann schickte ich irgendwann doch ein Skript los. Jahre später."

Claire lauschte seinen Erzählungen, während sie in die Sterne blickte. Ein neues Polarlicht erschien am Himmel und tauchte Garretts Gesicht in ein sanftes bläuliches Licht.

„Dein Großvater war, so wie es sich anhört, ein wundervoller Mann", stellte Claire fest und war stolz, dass Garrett ihr all das anvertraute. Vor einer Weile hätte sie diese Tiefe und Wärme Samu Bohemes nie für möglich gehalten. Es musste schrecklich für ihn sein, seine Eltern verloren zu haben. Demnach war sein Großvater wie ein Geschenk des Himmels.

„Das Skript", erzählte Garrett weiter, „wurde von einem kleinen Verlag unter Vertrag genommen. Silver Publishing. Es war mein erster Thriller. Ich wollte schon immer mal eine Romance schreiben, am besten mit Humor und Tiefgang. Doch zuerst wollte ich all die angestauten Thriller-Ideen umsetzen. Im Bekanntenkreis meines Großvaters gab es einen Mann, der Bestsellerautor war. War sage ich deshalb, weil er inzwischen mit dem Schreiben für die Öffentlichkeit aufgehört hat. Die Fans belagerten ihn regelrecht. Das erschreckte mich. Ich wollte das nicht. Deshalb beschloss ich ein nicht offenes Pseudonym zu verwenden. Grandpa war so stolz auf mich, als mein erstes gedrucktes Buch mit der Post kam."

Claire lächelte. „Das kann ich mir vorstellen." Sie runzelte die Stirn. „Du sagtest Silver Publishing hat dich zuerst entdeckt? Dann war es also nicht Olivia Barns?"

„Der Verleger von Silver Publishing hat ihr die Lizenzrechte verkauft. Da kannte ich auch Bob schon, der alles für mich regelte. Er war ein guter Freund meines Großvaters. Ist über zehn Jahre jünger als er. Olivia hat die Romanidee gefallen und sie sah Potenzial, guten Umsatz mit mir zu machen. Es machte sie auch neugierig, dass ich meine Identität versteckte. In ihrem Verlag, der um vieles größer war als Silver Publishing und über mehr Marketingmöglichkeiten verfügte, wurde mein Buch viel besser verkauft. Dann kam sehr bald darauf das zweite Buch und zog das erste noch einmal mit. Beides wurden Bestseller. Klar war es schön damit Geld zu verdienen, aber mir war es bei Weitem nicht das Wichtigste. Hört sich unglaubwürdig an, ist jedoch so. Dass meine Identität geheim blieb, fanden viele Leser und auch die Presse tatsächlich hochinteressant. Olivia versuchte oft herauszufinden, wer ich bin. Ja, so war das. Und du wolltest also auch Schriftstellerin werden?!"

„Ja. Und Lektorin. Auf jeden Fall wollte ich was mit Büchern machen. Unbedingt. Geschichten und der Geruch von Papier haben mich schon seit ich denken kann magisch angezogen."

„Das kenn ich irgendwoher." Garrett schmunzelte.

„Steht dein Plot schon?", fragte er dann.

Ihre Blicke berührten sich wieder. „Ich habe ihn vor allem im Kopf noch einmal geändert. Aber während des Schreibens verändert er sich sicher noch. Das Grundgerüst allerdings wird so bleiben."

„Auch das kenn ich."

Claire staunte. „Ja, wirklich?"

Er nickte. Claire fühlte sich zunehmend pudelwohl und beschützt in Garretts Gegenwart.

„Das Glitzern in deinen Augen gefällt mir. Es zeigt, dass du bereit bist."

„Für was?", fragte Claire erstaunt.

„Für die Geschichte. Auf was wartest du noch? Fang an zu schreiben."

„Was hier?"

„In der Hütte ist es besser."

Sie verdrehte die Augen. „Scherzkeks."

„Allerdings würde ich dir den Laptop geben. Ungeübte zwicken sich auf der mechanischen Schreibmaschine gern die Finger ein."

„Woher hast du sie?"

„Von meinem Großvater."

Ein Erbstück also. Die Geschichte um seinen Großvater erinnerte sie an ihre eigenen Großeltern.

„Verstehe. Sie verströmt beim Schreiben sicher eine besondere Magie."

„Ja, stimmt tatsächlich."

„Meine Großeltern sind auch schon gestorben. Sie haben sich aber nicht viel um mich geschert."

„Das tut mir leid, Claire."

Garrett stand auf. „Wo gehst du hin?", wollte sie wissen und sah ihm nach.

„Wollen wir nicht noch ein wenig schreiben? Ich hätte Lust. Du auf der Couch, ich am Tisch, im Kerzenschein. Mit einem Glas Wein."

Das klang äußerst verlockend, weshalb Claire zustimmte. Garrett reichte ihr eine Hand und zog sie hoch, sobald sie ihre in seine gelegt hatte.

Nachdem sie Jenny, Alex und Angela geschrieben hatte, dass es ihr gut ging und sie und Garrett mit einem Glas Rotwein angestoßen hatten, legten sie los.

Es machte Spaß mit ihm zu schreiben. Ihre Gedanken waren wie ein Fluss. Plötzlich erschien Claire alles so leicht. Zumindest phasenweise.

„Wie war der ursprüngliche Plot? Hattest du einen Titel?", wollte Garrett in einer Pause wissen und schenkte ihnen noch ein Glas Wein ein. Claire hatte keine Ahnung wie spät oder früh es inzwischen war. Zeit spielte endlich einmal keine Rolle.

„Der Titel lautete ‚Mr. Machoman'", beichtete sie und lachte. Garrett stimmte sofort mit ein. „Ich kann mir denken, an wen du da gedacht hast."

Claire grinste. Garrett, der vor seiner Schreibmaschine saß, stand auf und setzte sich neben sie.

„Du musst doch zugeben, dass, würdest du dein Skript objektiv lesen, ich meine mit fremden Augen, sich mein Eindruck nicht von der Hand weisen lässt."

Garrett schnalzte mit der Zunge. „Ja, vielleicht. Weißt du was, ich denke ernsthaft darüber nach, es umzuschreiben."

„Wirklich?" Wieder brachte Garrett sie zum Staunen.

„Ja, denn du hast schon recht. Rachegedanken bringen nichts außer Verdruss. Das heißt aber noch lange nicht, dass ich nun alles annehme, was du bisher in deinen schlauen Kästchen am Rand des Textes vermerkt hast. Okay?"

Claire reckte einen Daumen nach oben. Langsam wurde ihr schummrig.

„Ich bin stolz auf dich, Garrett. Das ist mehr als ich erwartet habe."

Sie stellte das Weinglas weg. Dann rückte sie ein wenig näher an Garrett heran und inhalierte seinen süßherben Duft.

„Dann hast du bisher wirklich nur solche Frauen kennengelernt. Sie haben dich benutzt und weggeworfen, als sie dich nicht mehr gebraucht haben?"

Garrett schürzte die Lippen, nickte dann nur. „Ich gebe zu, ich bin kein Engel, aber mit Liebe spiele ich nicht. Und irgendwann habe ich mir geschworen, Frauen nie wieder an mich heranzulassen."

„Sehr schade. Aber ich kann dich verstehen. Ja. Das kann ich wirklich", flüsterte Claire.

Sie sahen sich weiter an und Claire konnte nicht verhehlen, dass die Gefühle für ihn mit jeder Minute, die sie zusammen teilten, stärker wurden.

„Aber vielleicht", ergänzte er, „sollte man niemals nie sagen."

Sie nickte. „Ja, vielleicht."

Er strich ihr eine Haarsträhne aus der Stirn. Eine Berührung, die sie erzittern ließ.

„Du bist schön, Claire", flüsterte er.

Sie lächelte verlegen, während sich ihre Lippen einander näherten.

Claire hielt die Luft an, als sie seinen Atem auf ihrem Mund spürte. Für ein paar Sekunden verharrten sie in Stille und unbeweglich in dieser Position. Doch dann wich Garrett zurück und erhob sich. *Spürte er das gleiche Verlangen wie sie?* Unweigerlich erinnerte sie sich an das, was sie beide am See besprochen hatten und Claire riss sich zusammen. Auch wenn es ihr mehr als schwerfiel.

„Ich glaube, ich möchte nun träumen ... schlafen, meine ich", stotterte Claire.

Garrett nickte. „Geht mir auch so. Obwohl ... Nein, geht mir doch so." Er rieb sich mit zwei Fingern über den Mund. „Du schläfst auf der Couch", sagte er.

Sie zeigte Richtung Tür. „Ich kann aber auch im Zelt ...", schlug sie vor.

Garrett schüttelte den Kopf. „Das Thema hatten wir schon, Claire. Außerdem gibt es das Zelt nicht mehr."

„Was?", rief Claire empört.

„Ich habe es den Ziegen als zusätzlichen Unterschlupf gegeben."

Das war jetzt nicht sein Ernst.

„Deinen Ziegen?"

Er nickte und löschte die Lampe. „Gute Nacht."

„Garrett?"

„Schlaf gut, Miss Winston."

Über den Wolken

In ihrem Traum versuchte Claire fieberhaft vernünftig mit Ray zu reden. Doch er hielt sich die Ohren zu und wiederholte in Versform all die Fehler, die sie bisher begangen hatte. Sie sprudelten nur so aus seinem Mund hervor. Ein Wasserfall aus Worten, unter dem sie zu ertrinken drohte. Vor allem erwähnte er mehrfach, dass sie Katherine im Stich gelassen hatte.

„Warum hörst du mir nicht einmal zu, Ray? Warum verstehen wir uns nur noch im Bett? Denn wenn wir ehrlich sind, dann ist es doch nur noch das, das uns vor allem zusammenhält!", rief sie und bekam dabei immer weniger Luft. Der zusätzliche Nebel, der sich um sie beide bildete, verschluckte sie zunehmend.

„Ich verschwinde, wir verschwinden!", brüllte Claire. Sie griff nach Rays Händen.

„Wir verschwinden, Ray. Siehst du das denn nicht auch? Ich kann das so nicht mehr!", rief sie, lauter und lauter, während sie nur noch seine Stimme hörte, die den Vers immerzu wiederholte. Sie war am Ende ihrer Kräfte, was sie beide anbelangte, hielt sich die Ohren zu und fiel in einen Tunnel, dessen harter Untergrund ihr einen Stich durch das Steißbein jagte. Schlagartig war sie hellwach, riss die Augen auf und fand sich in Garretts Hütte wieder. Der stand direkt über ihr und sah sie besorgt an. „Du hast im Schlaf wie eine Furie geschrien", sagte er. Claire fuhr sich mit einer Hand über das Gesicht.

„Oh, das ... tut mir leid!"

Erst jetzt bemerkte sie, dass sie von der Couch gefallen war.

„Alles okay?", fragte Garrett.

„Ja, alles gut."

Rays Stimme hallte in ihr nach und ließ sie erzittern.

„Was für ein Irrsinn", stammelte sie und ließ sich von Garrett auf die Beine helfen.

Nach ein paar Schritten verzog sich der kleine stechende Schmerz in ihrem Rücken zum Glück.

„Das mit Ray setzt dir sehr zu. Du hast ständig Vorschriften wiederholt", verriet Garrett.

Claire starrte ihn an. „Das waren Rays Vorschriften. Jetzt wiederholt er sie schon in meinen Träumen."

Sie rieb sich die Stirn, fühlte sich wie erschlagen.

„Tief durchatmen hilft. Und Ziegenmilch. Ich hole uns welche. Ich muss sie nur noch abzapfen." Während er das sagte, schnappte er sich eine Schüssel und eilte nach draußen. „Die macht munter und vertreibt die schlechte restlichen schlechte Traumfetzen", rief er.

„Hoffentlich", flüsterte Claire.

Sonnenschein fiel durch die Fenster und Claire fröstelte es beim Anblick ihres Handys. Kurzerhand schob sie es in eine Ecke der Couch und legte die Decke darüber. Dann setzte sie sich an den Tisch mit der Schreibmaschine und warf einen Blick auf die darin eingespannte Seite:

Er hatte sich schon lange nicht mehr so wohlgefühlt, es gar nie mehr für möglich gehalten. Jedenfalls nicht in diesem Leben. Aber er erlaubte es sich, sich ihr zu öffnen. Stück für Stück. Es brachte sie ihm näher und sich selbst. Meine Güte, er hätte sich um ein Haar selbst vergessen.

Draußen tobte der Sturm unerbittlich weiter, heulte um das Haus, ließ die Fensterläden in den Angeln quietschen. Er würde alles tun, um sie zu beschützen. Vor jedem Sturm dieser Welt. Und wenn er in ihre Augen sah, dann ahnte er, dass sie es wert war. Er beschloss, niemanden zu verraten, dass sie hier war.

Claire seufzte und neigte den Kopf ein wenig zur Seite. Das, was sie da las, gefiel ihr. Sie wollte mehr erfahren. Und sie fragte sich, ob Garrett während des Schreibens an sie gedacht hatte.

Da trat jemand hinter sie und berührte sie sanft an der Schulter. Claire erschrak nicht einmal.

„Ja ich gestehe, Garrett. Ich habe es gelesen. Es gefällt mir. Ich will unbedingt wissen, warum sie sich bei ihm versteckt", sagte sie und legte den Kopf in den Nacken. Garrett antwortete nicht.

„Du willst es spannend machen. Verstehe. Okay. Machen wir es doch so. Ich lese dir nachher was vor und du verrätst mir im Gegenzug ...", flüsterte sie.

Plötzlich sah sie Garrett draußen am Fenster vorbeigehen und hielt inne. Gänsehaut überlief ihren Körper. *Wer um alles in der Welt stand denn dann hinter ihr, wenn Garrett da draußen war?* Mit geweiteten Augen wandte sie sich langsam um und starrte direkt auf eine lange, hängende graubraune Oberlippe, der ein seltsamer Laut entwich. Claire wollte schreien, aber sie konnte nicht.

„Emma. Was tust du denn hier drin, du neugieriger Elch? Raus da!", rief Garrett.

Claire rührte sich nicht vom Fleck, obwohl sie in Gedanken schon über alle Berge war. *Emma?* Das hinter ihr war eine Elchkuh. Wie in Zeitlupe hob Claire den Blick, während Emma sich gemütlich umwandte. Garrett schob sich an ihr vorbei.

„Du machst das gut, Claire. Bleib weiter ruhig", sagte er.

Träumte sie wieder?

„Ich habe die Holztür zum Grundstück offen gelassen. Emma kommt manchmal zu Besuch", erklärte Garrett.

„Aha!", war alles, was Claire herausbekam. Garrett schaffte es erst nach mehrmaligen Anläufen, das Tier zum Gehen zu bewegen. Letztendlich lockte er sie mit einem Blätterzweig. Claire atmete aus, stand auf und folgte den beiden, blieb aber vorsichtshalber in der Tür stehen. Aus der Ferne sah Emma sogar richtig niedlich aus. Garrett tätschelte die Elchkuh liebevoll zum Abschied und schloss dann die Holztür hinter ihr. Danach kam er zurück, ein Lächeln auf dem Gesicht.

Claire pustete Luft aus. „Ich dachte erst du wärst hinter mir", gestand sie, sobald Garrett vor ihr stand. Der lachte. „Entschuldige! Ich stell es mir gerade vor. Was hat sie gemacht?"

„Mich angestupst."

Er lachte weiter.

„Ja, sehr witzig." Claire verschränkte die Arme vor der Brust, musste dann aber auch lachen.

„Hat bei dir jedes Tier hier einen Namen?", fragte sie Garrett.

„Nein. Aber Emma kenn ich schon seit sie klein ist. Ihre Mutter wurde von Wilderern getötet."

Claire schlug eine Hand vor den Mund. „Oh nein!"

„Ich habe sie großgezogen. Mit 16, 17 Monaten sind weibliche Elche geschlechtsreif, so habe ich sie ausgewildert. Na ja, aber sie erinnert sich noch an ihre Kinderstube und kommt ab und zu hierher."

Claire nickte. „Das finde ich toll. Also, dass du das gemacht hast. Und auch … Wenn ich gewusst hätte, dass es Emma ist, dann hätte ich mich auch nicht so angestellt."

Garrett grinste. „Du warst klasse."

„Ach wirklich? Hast du dich amüsiert?"

Er nickte. Sie drehte sich um und schmunzelte. Dann ging sie zur Küchenzeile, während Garrett die draußen abgestellte frische Ziegenmilch holte. Als er wieder bei ihr war, füllte er zwei Becher, die sie aus einem der unteren Schränke geholt hatte, mit der Milch, die sie aus einem der unteren Schränke geholt hatte. Dann stießen sie an und Claire nickte für sich.

„Was ist?", fragte Garrett.

„Emma also", flüsterte sie.

„Eines macht mich nachdenklich, Claire."

„Und was?"

„Wie kannst du sie nur mit mir verwechseln?"

Gespielt vorwurfsvoll sah Garrett Claire an, die laut loslachte, worin er einstimmte, bis sie am Ende sogar ein paar Tränen vergossen.

Ein paar Stunden später war gegenseitige Vorlesestunde angesagt. Garretts Buch handelte von einem jungen Mann, der sich in eine Frau aus dem Internet verliebt hatte. Sie war äußerst sexy und fand immer die richtigen Worte für ihn, wenn sie sich schrieben. Von Tag zu Tag wurde er besessener von ihr, wollte sie treffen.

„Lies mir mehr vor!", bat Claire, die Garrett auf der Veranda gegenübersaß. Sie hatten sich einen Wildreissalat gemacht und tranken Tee.

„Nein. Ich habe es noch nicht überarbeitet."

„Wie oft überarbeitest du es denn, bis du es abgibst?"

„Zwei Mal."

„Ich finde es gut. Jetzt schon. Wird er sie treffen?"

„Ich verrate nicht mehr, Claire. Nur so viel. Es wird eine Romance mit Krimi-Anteilen."

„Finde ich gut", erwiderte sie ehrlich und war schon gespannt mehr zu lesen.

Er lächelte. „Danke!"

Claire schaute auf das Grübchen in seinem Kinn und ließ den Blick dann weiter bis zu seinen Augen wandern. Zu gern wäre sie tiefer hineingetaucht, aber die Gefahr, dass sie sich dann vielleicht nicht mehr unter Kontrolle hätte, die zu bewahren ihr ohnehin schon schwer genug fiel, war zu groß. Und sie liebte es, wenn sein Blick, warm und spitzbübisch zugleich war wie soeben. Daran würde sie sich nie sattsehen können.

„An was denkst du?", fragte sie.

„An ein Abenteuer."

„Und welches?"

„Du und ich und ein gigantischer Wasserfall. Hättest du Lust darauf?"

Und ob sie das hatte. Kaum hatte sie bejaht, sprang Garrett auf und verschwand in der Hütte. Sie hörte, dass er dort telefonierte, konnte aber nicht ausmachen mit wem. Ein paar Minuten später kehrte er mit einem Strahlen in den Augen zurück.

„Geht klar", sagte er und setzte sich ihr im Schneidersitz gegenüber.

„Darf ich erfahren, wovon du sprichst?", fragte sie und warf einen Blick auf ihr klingelndes Handy. Wieder einmal versuchte Ray sie zu erreichen. Claire seufzte, da beugte sich Garrett nach vorn.

„Es tut dir nicht gut. Jedes Mal, wenn du einen Blick auf das Ding wirfst, bist du nachher schlecht gelaunt."

Claire gab ihm recht. „Ich habe Olivia Barns, meinen Eltern und natürlich auch Ray vorhin geschrieben, dass es mir nach wie vor gut geht und ich noch ein paar Tage länger bleibe. Genug Urlaub und Überstunden habe ich sowieso noch." Sie streckte Garrett das Handy entgegen. „Bitte, versteck das Handy vor mir, solange ich hier bin."

Garrett sah sie ungläubig an.

„Ja, ist mein Ernst", meinte sie deshalb und schloss die Augen. Er nahm es entgegen.

„Na gut. Dann weg damit", hörte sie ihn sagen. Gleich darauf vernahm sie das Geräusch seiner sich entfernenden Schritte. Erst als er zurück zu ihr kam, öffnete sie die Augen wieder. Garrett beugte sich von hinten über sie und flüsterte. „Weise Entscheidung."

Seine Nähe löste ein Prickeln auf ihrer Haut aus, das bis tief in ihr Innerstes drang. Sie nickte. Langsam ging Garrett um sie herum und reichte ihr eine Hand. „Und jetzt auf ins Abenteuer", sagte er dann.

Sie starteten von der Wasserflugzeug-Basis am Mackenzie River aus. Wie sich herausstellte, kannte

Garrett einen der Piloten. Es war ein netter älterer Herr namens Dick mit grau meliertem Haar. Er nannte Garrett Joe.

„Bei Dick heißt du also Joe", flüsterte Claire Garrett zu.

„Sicher ist sicher, obwohl ich Dick inzwischen schon vertraue", gab er leise zurück.

Claire nickte. Sie freute sich auf die gemeinsamen Stunden. Seit das Handy außer Sicht- und Griffweite war, fühlte sie sich freier.

Garrett nahm neben ihr Platz. Dick wünschte ihnen und sich einen guten Flug, bevor er sein Flugzeug gen Himmel lenkte. Kurz nachdem seine Eagle Wings, wie er es nannte, abgehoben hatte, durchfuhr den Innenraum ein Ruckeln, was Claire kurzerhand dazu veranlasste, nach Garretts Hand zu greifen. Ihre Blicke trafen sich und sie war froh, als er lächelte. Langsam verkeilten sich ihre Finger ineinander. *Eine reine Freundschaftsgeste. Nichts dabei*, redete Claire sich ein und genoss die Wärme seiner Hand und die Aussicht über die grüne Weite mit den Bergen, Flüssen und Seen, über die sie wenig später hinwegflogen. Vor allem beeindruckten sie die Canyons. *Mit Garrett hoch über den Wolken zu fliegen war besser als alles, was sie bisher erlebt hatte.*

Claire wäre am liebsten noch stundenlang geflogen. Doch sie kamen schneller als ihr lieb war an ihrem Ziel an und landeten über dem südlichen Nahanni River oberhalb der Virginia Falls. Garrett ließ ihre Hand selbst in der Zeit, die sie außerhalb des Flugzeugs verbrachten, nicht los. Vorsichtig spazierten sie über den teils mit Moos und Gräsern bewachsenen Kreidefelsen. Claire kam aus dem Staunen über die Wassermassen, die mit einem lauten Tosen über neunzig Meter in die Tiefe des Painted Canyon stürzten, nicht mehr heraus. Die Gischt erstrahlte wie weißer lichtdurchfluteter Nebel vor den grauen Felsen, die sie umgaben. Das Rauschen des Wassers setzte sich in Claires Ohren fest.

„Wahnsinn!", rief sie und lachte vor Begeisterung. Zeitweise blieb ihr der Atem weg, so fasziniert war sie. „Immer wieder ein Wunder", sagte Garrett. Sie ließen das Schauspiel der Natur eine Weile auf sich wirken, bevor sie zum Flugzeug zurückkehrten und Dick sie in seiner Lady wieder in den Himmel katapultierte.

Auf Garretts Anweisung nahm Dick Kurs auf die Ragged Range. Eine, wie er erklärte, entlegene Gegend in den Logan Mountains. Der höchste Gipfel der Region war namenlos, verriet ihr Dick.

In Claires Kopfhörern knisterte es, als die Eagle Wings zum Anflug ansetzte. Fast gemächlich glitten sie in ein zunehmend enger werdendes Tal, an dessen Ende sich, gleich einem Schatz, ein langer See erstreckte.

„Das ist der Glacier Lake", ertönte Garretts Stimme in ihrem Ohr.

Claire schaute hinaus auf das smaragdgrüne Wasser, hinter dem fast senkrecht der graue Monolith des Mount Harrison-Smith aufragte.

Dick legte vor einer weißgrauen Kiesbank an und winkte sie beide hinaus.

„Es ist unglaublich hier. Mystisch, schön, elektrisierend", schwärmte Claire und drehte sich langsam um sich selbst. Garrett hielt sie an den Schultern fest, als sie wieder in seine Richtung tanzte, und sah ihr tief in die

Augen. „Der See hat exakt die Farbe deiner Augen. Du hast recht. Mystisch, schön und elektrisierend."

Claire wurde rot, schaffte es jedoch nicht, sich Garretts Blick zu entziehen. Ihre Lippen näherten sich. Im letzten Moment hielten sie beide inne und schauten anschließend wieder auf den See hinaus. Claire konnte das Prickeln, das Garretts Nähe in ihr auslöste, kaum aushalten, aber sie war es beiden schuldig, erst absolute Klarheit zu schaffen, bevor sie einen Schritt weiterging. *Und auch Garrett,* durchfuhr es Claire, *musste sich klar werden, ob er es denn noch einmal wagen und seinen Schutzwall gänzlich durchbrechen wollte.*

Wieder zurück nahm Garrett eine Dusche, während es sich Claire auf der Veranda auf einem Stuhl bequem machte und ihre Reiseerlebnisse und Gefühle ihrem Notizbuch anvertraute.

Der Flug zu den Virginia Falls war der Wahnsinn. Ich bin ein Fan von Dick und seiner fliegenden Lady Eagle Wings. Aber das Beste war, Garrett hat meine Hand auch dann nicht losgelassen, als wir ausgestiegen sind. Ich kann immer noch das Rauschen des Wassers in meinen Ohren hören, kann seine Kraft und Macht fühlen. So kraftvoll und rein, gleichzeitig auch sanft, wie Liebe sein sollte.

Er sagte, dass der See, der den Namen Glacier Lake trägt, die gleiche Farbe hat wie meine Augen. Es knisterte zwischen uns. Ich werde diesen Tag und alle anderen hier nie vergessen. So viele Augenblicke, die ich am liebsten immer wieder erleben würde. Könnte ich sie nur in einem Video festhalten. Gott im Himmel! Ich verliebe mich in diesen Mann. Mit Haut und Haar.

Wenn ich darüber nachdenke, ohne etwas wegzuschieben oder zu verschönern, dann erkenne ich immer mehr, dass Ray und ich nie zusammengepasst haben, und dass ich Freiheit brauche, die er mir nie geben könnte. Die er mir vielleicht auch nicht geben will. Dazu ist er viel zu sehr Kontrollfreak. Ich lerne mich selbst gerade richtig kennen. Ich habe Durst nach Leben. Dem wahren Leben. Natürlich und gern auch mal wild.

Das Schreiben macht mir unheimlich Spaß. Und es ist schön zu sehen, dass auch Garrett dafür brennt. Wir haben einen völlig unterschiedlichen Stil. Ich liebe den, den er jetzt hat, sehr.

Das hier wird immer mehr zu meiner Welt. Ich bin noch nicht lange hier und weiß es dennoch schon. Auch das ist ein Beweis für mich, dass ich mich nicht täuschen kann. Es ist ein sicheres Gefühl, das alles in mir erfüllt.

„Willst du auch oder traust du dich nicht?", hörte sie Garrett rufen und klappte das Büchlein zu. Sie stand auf und lehnte sich ein Stück weit über das Geländer. Garrett stand, nur ein Handtuch um die Hüften geschlungen, vor der Dusche, die Kanne in der Hand.

„Wenn ja, fülle ich sie auf", sagte er und hielt sie hoch.

Die Wassertropfen, die auf seiner Haut perlten, glitzerten in der Abendsonne. Claire sah ihm an, dass er erwartete, sie würde gleich verneinen. Gerade auch deshalb und weil sie Lust hatte, noch etwas Verrücktes auszuprobieren, sagte sie zu.

Kurz fiel ihm das verschmitzte Lächeln aus dem Gesicht. *Allein das war es wert*, sagte sie sich.

„Okay", erwiderte er, wobei er das Wort in die Länge zog und ein unsichtbares Fragezeichen dahinter schweben ließ.

„Bin gleich da!", rief sie, eilte in die Hütte und holte sich ebenfalls ein Handtuch, das sie in der Lodge von Angela bekommen hatte.

Garrett hatte die Kanne inzwischen neu befüllt und aufgehängt, als sie sich zu ihm gesellte. „Du meinst es wirklich ernst. Na dann, viel Spaß", wünschte er ihr.

„Natürlich und danke", entgegnete sie und zwinkerte ihm zu, was ihn wieder lächeln ließ.

An der Treppe zur Veranda angekommen, warf er einen Blick über die Schultern. Claire hatte sich bereits bis auf die Unterwäsche ausgezogen.

„He!", stieß sie aus.

Schnell drehte er sich um, stolperte dabei jedoch halbwegs über die erste Stufe.

„War Absicht!", rief er.

„Na klar", gab sie zurück und musste leise lachen. Schnell huschte sie unter die Dusche. Langsam wandte sie Garrett den Rücken zu und wagte es, sich den BH abzustreifen. Schwungvoll warf sie ihn von sich. Dummerweise landete er bei den Ziegen, die den dünnen weißen Stoff sofort untersuchten.

„Nein, nicht doch!" Claire versuchte sie wegzuwinken. „Halt, stopp, nein!", rief sie. Doch lange hatten die Ziegen kein Interesse an dem für sie wenig geschmacklosen Ding.

„Alles okay?", rief Garrett. Claire warf einen Blick über die Schulter, konnte Garrett aber nicht sehen.

„Ja, alles bestens."

Also los!, sagte sie sich dann und zog an dem Seil. Sie biss die Zähne zusammen, als das kalte Nass auf sie hinab rieselte. Netterweise hatte Garrett ihr seine Kernseife dagelassen, mit der sie sich auch das Haar wusch. Das Wasser war schneller verbraucht als gedacht. Ihr Haar hing noch halb voll Seife.

„Mist!", rief sie.

„Immer noch alles okay?", fragte Garrett.

„Das Wasser ist leer", musste Claire zugeben und ärgerte sich über sich selbst, weil sie es nicht besser eingeteilt hatte. Die Seife, die ihr von der Stirn in die Augen tropfte, brannte, sodass sie diese zusammenkneifen musste.

„Bin gleich da!", versprach Garrett.

Sie wollte erst widersprechen, ließ es dann jedoch und verschränkte die Arme vor ihrer Brust, nachdem sie sich die Augen gewischt hatte. Schon lief ihr erneut ein Rinnsal aus Seife und Wasser über die Stirn. Ein Auge zusammengekniffen, beobachtete sie Garrett, der mit nacktem Oberkörper vor ihr auftauchte, die Kanne abhängte und damit wieder verschwand.

Bleib cool, Claire!, sagte sie sich innerlich.

„Bin gleich zurück."

Claire wischte sich über die Stirn und hielt den Kopf ein wenig in den Nacken gelehnt, als Garrett auch schon wiederkehrte. Flugs hatte er die aufgefüllte Kanne an die alte Stelle platziert.

„Danke!", sagte sie.

Garrett lächelte verschmitzt.

Claire verzog einen Mundwinkel. „Ich weiß, was du denkst."

„Ach wirklich?", fragte er.

Seine Brustmuskeln zuckten. Am liebsten hätte Claire die Finger ausgestreckt und sie berührt.

„Das kann nur mir, also ihr, passieren."

Garrett lächelte einen Tick mehr. „Vielleicht. Ich finde es süß und schon witzig, in welche Kuhlen du immer mal wieder trittst."

„Haha! Vielen Dank auch. Freut mich, dass dich das belustigt."

Vorsichtig wischte er ihr mit zwei Fingern Seife aus dem Gesicht und brachte ihr Herz damit einen Tick mehr zum Wummern.

„Dann kommst du jetzt allein klar?", fragte er.

Ihre Blicke hielten aneinander fest. Claire wiegte den Kopf hin und her.

„Du meinst, ich sollte hierbleiben, und aufpassen, dass du nicht auch noch ausrutscht oder so?", fragte Garrett. Er grinste, aber der warme Ausdruck in seinen Augen blieb.

Claire setzte an, ihn zurechtzuweisen, dass es nun genug sei mit den neckischen Bemerkungen, hielt sich jedoch zurück. *Ja verdammt, sie wollte, dass er blieb und noch mehr als das.*

„Du siehst selbst mit Seife im Haar und Pudelfrisur gut aus, Miss Winston", flüsterte Garrett und das Grinsen verebbte langsam. Übrig blieben nur ihre gegenseitigen Blicke, die vor Verlangen leuchteten. Und eine Horde aus gefühlt Milliarden Schmetterlingen.

Wie in Zeitlupe näherten sich ihre Lippen und tausend Gedanken schossen Claire durch den Kopf. Obwohl sie nicht wollte, trugen manche von ihnen Rays Namen. Plötzlich wichen sie gleichzeitig ein bisschen voneinander zurück. Claire atmete zittrig aus und blickte zur Seite. Sie wusste, dass sie sich sonst endgültig vergessen hätte. Garrett schien es zu spüren. *Oder ging es ihm ähnlich?*

„Ich geh doch besser mal. Bis dann", flüsterte er, da schlang Claire die Arme um ihn und drückte ihren nackten Körper der Länge nach an seinen. Seine Haut war warm, straff und weich. Sie musste ihm wenigstens auf diese Weise nahe sein, ihn spüren. Garrett atmete leise, aber tief, genau wie sie. Kein Wort kam dabei über ihre Lippen. Sie spürte seine Männlichkeit zwischen ihren Schenkeln und ihr war, als würde sie innerlich verbrennen vor Leidenschaft. Es war eine Folter für sie beide. Süß und bitter.

Dunkle Gewitterfronten

Auch in den folgenden Tagen genossen Garrett und Claire die Ruhe der Natur und ihre Zweisamkeit in vollen Zügen. Claire wurde immer deutlicher, dass das Leben so viel mehr bot als Ruhm, Erfolg, Ansehen, edle Klamotten und meist unbequeme High Heels. Hier konnte sie sein, wie sie war. Auch einmal mit strubbeligen Haaren und verschlissener Kleidung herumlaufen. Sie konnte laut lachen oder schreien, wenn ihr danach war. Vor allem nahm Garrett sie ernst und hörte ihr zu, wenn sie etwas erzählte. Sie liebte es, mit ihm am Lagerfeuer nach Polarlichtern Ausschau zu halten und sich mit ihm über Geschichten und das Schreiben an sich auszutauschen. Sie benahmen sich wie zwei Freunde, deren Seelen sich schon lange kannten und wieder berührt hatten, wenn anfangs auch auf ziemlich unschöne Weise. Doch das, sagte sich Claire, war Vergangenheit. Und auch die war letztendlich nötig gewesen, um nun hier anzukommen, wo sie waren.

„Nur, wie geht es weiter?", fragte sich Claire und betrachtete Garrett, der neben ihr schlief. Sie hatte keine Ahnung, wie lange sie schon bei ihm auf der Matratze saß und ihn im Schein der Öllampe betrachtete.

Leise griff sie nach ihrem Notizbuch, blätterte es auf und schrieb hinein:

Nun bin ich schon über zwei Wochen hier und verfalle Garrett immer mehr. Obwohl verfallen ein blödes Wort dafür ist. Aber ich spüre, dass das mit uns etwas Besonderes ist. Ich weiß, das dachte ich anfangs bei Ray auch, danach redete ich es mir ein, war so stolz darauf, dass uns einige ein tolles Paar nannten. Es gefiel mir. Ihre Blicke. Ich wollte schon immer einen Mann an der Seite, der mich heiraten, mit mir alt werden wollte. Doch nein, nicht um jeden Preis. Ich würde mich Stück für Stück aufgeben. Ray hat sich so verändert. Wir sehen uns an und sehen doch nichts. Außer unsere Körper. Das reicht mir nicht. Das kann nicht alles sein. Es tut mir jedoch auch im Herzen weh, ihm das sagen zu müssen, falls nicht doch noch ein Wunder geschieht. Denn natürlich, ich darf nicht alles Knall auf Fall wegwerfen. Aber ist es das denn? Knall auf Fall? War das Ende nicht schon von Anfang an vorprogrammiert. Garrett hat recht. Ich muss klarer denn klarsehen. Ich will keinem unrecht tun und ehrlich sein. Absolut. Zu mir, zu allen.

Claire klappte das Büchlein zu und drückte es fest an ihren Brustkorb. Dann sah sie wieder zu Garrett hinüber, der sich kurz reckte und die Augen halbwegs aufschlug.

„He, du bist ja noch wach", flüsterte er und winkte sie mit einem Finger näher. „Komm in meine Arme, wenn du magst."

Sie konnte sich nichts Schöneres vorstellen. Ray mochte diese Art Kuscheln nicht wirklich. Wenn, dann höchstens nur kurz. Claire genoss es, als Garrett die Arme um sie schlang. Sein Atem berührte ihr Haar und sie konnte seinen Herzschlag an ihrem Rücken spüren.

Sie fühlte sich pudelwohl, sodass sie nach einer kleinen Weile einschlief.

Was war das?, fragte sich Claire am nächsten Morgen und setzte sich auf. Garrett stand vor der geschlossenen Tür.

„Garrett?"

Er drehte sich kurz nach ihr um und legte einen Finger an die Lippen, um ihr damit zu bedeuten, still zu sein. Claire nickte verwirrt und kroch leise aus dem Bett. Auf Zehenspitzen trippelte sie zu Garrett und lehnte sich an ihn.

„Da schleicht jemand vor dem Anwesen herum", flüsterte er und schnappte sich seine Flinte, die in einer Ecke stand. Claires Augen weiteten sich.

„Vielleicht sind es Wilderer", sagte er.

Schlagartig erinnerte sie sich an Emma, die Elchkuh, und ihr wurde flau im Magen, während das Adrenalin durch ihre Adern jagte. Sie legte eine Hand auf seinen Oberarm. „Bleib besser hier", flüsterte sie.

„Nein. Du bleibst hier, Claire. Ich geh nachsehen."

Nachdem er sie sanft hinter sich geschoben hatte, zog er die Tür auf. Erst einen Spalt, dann ein Stück weiter.

„Ich weiß nicht, Garrett", sagte Claire leise.

„Keine Angst. Ich bin gleich wieder da. Und wenn nicht. Im rechten Schrank der Küchenzeile ist noch eine Schrotflinte", murmelte er.

„Was? Ich ..."

Schon schob er sich durch den Türspalt auf die Veranda und zog die Tür hinter sich zu. Claire holte Luft. *Wilderer!*, durchfuhr es sie. Claire hatte mehr Angst um Garrett als um sich selbst. Angespannt horchte sie, konnte aber nichts Ungewöhnliches vernehmen und eilte von einem Fenster zum anderen. Durch eines konnte sie Garrett entdecken, wie er sich an der Hecke entlang Richtung des Gartentors vorarbeitete. Dort angekommen riss er es blitzschnell auf, zielte und verschwand dann um die Ecke. Claire schlug eine Hand vor den Mund, als zwei Sekunden später ein Schuss fiel. Die Angst hatte sie endgültig in den Klauen.

„Oh mein Gott!", stieß sie aus, riss wie in Trance die Tür auf, knallte sie dann wieder zu, eilte zur Küchenzeile und holte dort die Flinte, von der Garrett vorhin gesprochen hatte. Sie hatte keine Ahnung, wie man das Ding bediente, nahm es aber mit. *Notfalls würde sie es den Wilderern über den Schädel ziehen.* Trotz butterweicher Knie ging sie nach draußen.

„Jetzt sei bloß kein Feigling. Garrett braucht dich!", sagte sie leise zischend zu sich selbst und machte einen Schritt nach dem nächsten. Nachdem sie die Stufen der Treppe in Garretts Garten hinter sich gelassen hatte, hörte sie männliche Stimmen jenseits des Anwesens. Eine davon gehörte definitiv Garrett. Sie konnte kaum atmen. *Oh mein Gott, war er verletzt? Was hatten die oder der Wilderer vor?* Sie zielte mit dem Gewehr, so wie sie dachte, dass es richtig sei, und legte den Finger an den Abzug. *So machten es doch die Verbrecher in den Filmen immer,* sagte sie sich. Langsam ging sie weiter.

Garrett kam ein paar Sekunden später zurück und blieb vor dem offenen Holztor stehen. Doch sein starrer Blick gefiel ihr nicht. Außerdem war er bleich geworden.

„Garrett!", stieß sie aus.

„Waffe runter, Claire!", rief er.

„Aber ... Sind wir in Sicherheit?"

„Waffe runter. Sofort!", forderte er wiederholt, ohne auf ihre Frage einzugehen.

Seine Stimme duldete keinen Widerspruch. Claire vertraute ihm, tat, was er sagte, auch wenn ihr unwohl dabei war.

„Gut", sagte Garrett, als sie die Waffe ins Gras legte. Dann trat er durch die Holztür, atmete durch und zeigte Richtung Claire. *Was sollte das?*, fragte sie sich.

Ihre Frage wurde stillschweigend durch die Anwesenheit eines Gastes beantwortet, der wie aus dem Nichts auftauchte und Garrett folgte. Claire fühlte sich, als würde ihr der Boden unter den Füßen weggezogen, als sie ihn erkannte. Automatisch wich sie bis zum Ansatz der Treppenstufen zurück, wo sie wie angewurzelt stehen blieb. *Das glaube ich jetzt nicht!*

„Ray!", stieß sie aus.

Dieser überholte Garrett, kam langsam auf sie zu und ließ sie dabei nicht aus den Augen. In seinem Blick spiegelte sich Wut, Enttäuschung und Unverständnis. Garrett sah abwechselnd zu ihm und zu Claire und diese wiederum zwischen beiden Männern hin und her. Ray blieb stehen.

„Hallo Claire." Er schüttelte den Kopf. „Was um alles in der Welt denkst du dir eigentlich? Was tust du nur?", fragte er dann.

Claire räusperte sich und befeuchtete ihre trocken gewordene Kehle, indem sie ein paar Mal schluckte, bevor sie ihm antwortete. *Er war hier, keine Einbildung.*

„Hallo Ray. Ich hatte dir doch alles erklärt", gab Claire zurück und ärgerte sich, dass sie ein wenig stotterte.

Garrett blieb drei Schritte hinter Ray. „Ach ja, hast du? Du hast verwirrt dreingeredet, das ist alles", wurde Ray lauter und musterte sie von oben bis unten und zurück.

„Woher weißt du, dass ich hier bin?"

Er winkte ab. „Das tut jetzt erst einmal nichts zur Sache. Viel wichtiger ist, was tust du so lange hier? Bei diesem ..." Er drehte sich nach Garrett um, der die Brauen zusammenzog. „Bei diesem Buschmann?", ergänzte Ray und sah Claire auffordernd an. Claires erster Schock legte sich. „Er ist kein Buschmann. Das ist ..." Sie biss sich auf die Unterlippe und blickte zu Garrett. *Was sollte sie nun sagen? Die Wahrheit?* Sie wollte Garrett nicht in den Rücken fallen. „Samu Boheme!", rief Ray und verschränkte die Arme vor der Brust.

Garrett sah Claire fragend an. Auch sie war überrascht, dass Ray wusste, wer Garrett war.

Ray lachte gespielt und wischte sich etwas Dreck von seinem dunklen Anzug. Auch die schwarzen Businessschuhe hatten durch die Wildnis einen Großteil ihres Glanzes eingebüßt. Plötzlich tauchte eine weitere Person auf. Garrett nickte dem neuen Besucher zu.

„Das ist Jose aus der Lodge. Er hat Ray her begleitet", erklärte Garrett Claire, die den jungen Mann mit den Rastalocken musterte. Sie erinnerte sich, ihn schon einmal in der Lodge gesehen zu haben.

„Bleiben Sie länger hier, Mr. Gere?", fragte er Ray.

„Nein!", erwiderte dieser kühl.

„Dann warte ich und begleite Sie zurück."

„Uns!", sagte Ray entschlossen und sah Claire dabei fest in die Augen.

Wenn er wusste, dass sie bei Samu war, dann wurde ihr langsam klar, wer da gezwitschert hatte.

„Du hast mit Olivia Barns gesprochen, oder?", fragte sie ihn.

Ray nickte. „Du warst wie vom Erdboden verschluckt. Diese Jenny wollte nichts sagen und am Ende blieb nur noch deine Chefin, die ich fragen konnte. Ich wollte wissen, wie lange du dir denn nun letztendlich Urlaub genommen hast. Du hast dich tagelang nicht mehr gemeldet, davor nur sporadisch. Und manche in der Lodge wissen, dass du hier bist." Er tippte sich mit einem Finger gegen die Stirn. „Was geht nur in deinem Kopf vor? Deine Eltern machen sich Sorgen. Meine Mutter versteht dich noch weniger als sonst, was ich ihr wahrlich nicht verübeln kann. Dazu belügst du mich. Von wegen, du kommst mit deiner Arbeit wunderbar klar."

Er presste die Lippen aufeinander, ging auf sie zu und packte sie unsanft am Oberarm.

„Jetzt werde wieder vernünftig, Claire! Pack deine Sachen und dann gehen wir. Unser Flug geht morgen. Ihn schick weg, bis du fertig bist!", zischte Ray.

„Das ist sein Grundstück", erwiderte Claire, die erst einmal verdauen musste, was er da eben gesagt hatte und vor allem, dass er hier war. Sie hätte sich denken können, dass Ray früher oder später auch bei Olivia Barns schnüffeln gehen würde.

„Allerdings", gab Garrett zurück.

„Du tust mir übrigens weh", flüsterte Claire, als sich Rays Finger tiefer in ihre Haut bohrten. Augenblicklich ließ er sie los und sah sie eindringlich an. Seine Wangenmuskeln zuckten. Es enttäuschte sie, dass er ihr wieder einmal vorschreiben wollte, was zu tun war und er zudem gar nicht nach ihrer Version der Geschichte fragte.

Garrett ging an ihr vorbei die Stufen zur Veranda hinauf, auf der er verweilte. Sein und Claires Blick trafen sich. Sie glaubte Mitleid in seinen Augen zu erkennen.

Jose verzog sich und wartete außerhalb des Anwesens.

„Pack deine Sachen!", forderte Ray zum zweiten Mal.

„Ich habe dir gesagt, warum ich diese Auszeit brauche", erklärte ihm Claire, obwohl sie keine Lust dazu hatte, sich wiederholen zu müssen.

Ray lachte erneut theatralisch. „Das ist doch unglaublich. Du hast so viel wiedergutzumachen. Auch bei der Barns. Sei froh, dass sie dir eine zweite Chance gibt. Vorausgesetzt ..." Er nickte Richtung Garrett.

„Du verstehst gar nichts, Ray!", stellte Claire endgültig fest und Tränen schossen ihr in die Augen.

„Wenn du Hilfe brauchst, ich bleibe da", sagte Garrett.

Ray entgleisten sämtliche Gesichtszüge. Dann zeigte er auf ihn. „Für wen halten Sie sich? Sie lassen Claire wohl zappeln?! Nur deswegen ist sie noch hier."

„Was?", rief Garrett und lachte kopfschüttelnd.

„Sei doch still, Ray! Du verstehst nicht ...", mischte sich Claire ein. Doch der dachte nicht daran und ging ein paar Schritte Richtung Hütte.

„Olivia Barns hat alles erzählt. Ja, Claire hat sich danebenbenommen. Und sie hat mich angelogen. Sie ist nur für Kathleen eingesprungen, die Ihre eigentliche Lektorin ist. Egal jetzt. Verstehen Sie eins, Mr. Boheme. Es könnte Claire doch herzlich egal sein, wie Ihr neuer Roman da draußen abschneidet. Stattdessen hat sie sich in die Sache verbissen. Weil sie ihre Arbeit immer gut machen will. Sie kam sogar hierher, in dieses Buschland, um sich zu entschuldigen. Sie tut alles dafür und Olivia Barns weiß das und hat ihr deshalb einen Aufschub gegeben. Und Sie ..."

Claire runzelte die Stirn. Sie ahnte, wie sich das nun für Garrett anhören musste.

Garrett stand auf und sah zu Claire herüber. Die schüttelte den Kopf.

„G... Samu, es ist nicht so, wie es sich anhört. Ich hätte es dir sagen sollen. Dass sie mir einen Aufschub gegeben hat, hat nichts damit zu tun, dass ich letztendlich noch hiergeblieben bin. Es stimmt, ich wollte Klarheit und ..."

Garrett verengte die Augen. „Ich habe genug gehört!", sagte er dann, stützte sich kurz mit den Armen am Geländer der Veranda ab und bohrte seine Finger in das Holz. Nachdem er einmal tief durchgeatmet hatte, stieß er sich daran ab und verschwand in die Hütte. Mit einem lauten Rums schloss er die Tür hinter sich.

Claire stand da wie benebelt und völlig durcheinander. Ihre Gedanken kollidierten. Dann rannte sie die Stufen empor.

„Was tust du jetzt? Claire?!", schrie Ray ihr hinterher.

„Wir müssen reden. Alle drei. In Ruhe!", rief sie. Die Umgebung verzerrte sich vor ihren Augen. Als sie an der Tür der Hütte ankam, kam Garrett zurück und drückte ihr ihre Sachen in die Arme. Ihre Blicke berührten sich, dieses Mal auf seltsame Weise.

„Und ich dachte ...", sagte er, hielt aber inne, schüttelte nur den Kopf und wandte sich dann um.

Claire musste etwas sagen. *Jetzt sofort!* Sie fühlte sich wie eine Ertrinkende, die keinen Ton mehr herausbrachte. Doch dann drängte sie Garrett zurück, ging in die Hütte und drückte mit dem Rücken die Tür ins Schloss.

Garrett sah sie nicht einmal mehr an, blieb aber wenigstens stehen.

„Alles, was ich dir gesagt habe, stimmt, Garrett. Ich habe dir das mit dem Aufschub nur nicht erzählt, weil ich es erstens nicht für wichtig empfand, da mein Job sowieso weg ist und zweitens, weil ich Angst hatte, du bekommst es in den falschen Hals. So wie es nun ja auch der Fall ist."

„Ich kann dir das nicht glauben", murmelte Garrett. Seine Lippen bebten leicht.

„Claire?", rief Ray.

„Geh zu ihm und alles Gute", bat Garrett.

„Bitte nicht", flüsterte Claire.

„Geh!", wiederholte er kühl und richtete den Blick auf sie. Seine Augen wirkten wie gebrochenes Eis.

„Ich kann nicht. Ich kann nicht gehen und dich so zurücklassen. Außerdem ...", stotterte Claire, da drängte Garrett sie forsch zur Seite, zog die Tür auf, packte sie an den Schultern und schob sie unsanft auf die Veranda. Als sie herumwirbelte, knallte er ihr die Tür vor der Nase zu.

Tu das nicht. Bitte!, flehte sie innerlich.

„Komm endlich! Für nachher ist ein Sturm in der Region gemeldet!", zischte Ray.

Nicht nur für die Region, dachte Claire und ließ die Schultern hängen. Dennoch wurde ihr eines glasklar. *Sie hatte sich in Garrett verliebt.* Ihre Seelen waren verwandt, das spürte sie und ihre Herzen sprachen die gleiche Sprache. Nach dieser Art Liebe hatte sie gesucht, seit sie denken konnte. Sie war es Ray schuldig reinen Tisch zu machen und das würde sie nun tun. Sie wusste auch, dass es nichts brachte, Garrett in der jetzigen Verfassung weiter vom Gegenteil seiner Meinung überzeugen zu wollen. Er musste erst einmal zur Ruhe kommen.

In der Lodge angekommen, ließ Ray Claire nur aus den Augen, wenn sie im Bad war. Angela hatte für sie ein freies Zimmer ergattern können. Leise telefonierte Claire mit Jenny. Sie hatte Rays Handy stibitzt, das er auf der Ablage im Flur hatte liegen lassen. Garrett hatte vergessen, ihr ihres wiederzugeben. Es war nicht das Einzige, das sie in der Hast und dem Überschlagen der Ereignisse bei ihm gelassen hatte. Unter anderem fehlte ihr Notizbuch. Keinesfalls konnte sie zurück und es holen. *Nicht jetzt.*

„Gib Samu, ich meine Garrett, Zeit. Und wenn du dann zu ihm gehst und noch einmal mit ihm reden willst, wird er dir sicher mehr zuhören. Gott, ich wünsche es dir, Süße! Jetzt bring erst einmal das Chaos ins Reine."

Claire nickte. „Habe ich vor. Schritt für Schritt."

„Das werden sicher keine einfachen, aber du packst das. Und ich bin ja auch noch da."

„Danke, Jenny!"

Ray klopfte an die Tür. „Telefonierst du etwa mit meinem Handy?"

Claire seufzte. Er nervte, dennoch hatte er keine Heimlichkeiten mehr verdient. „Mit Jenny. Ich bin gleich wieder bei dir."

Als sie aus dem Bad war, schnappte sich Ray das Handy, um ihren zuletzt getätigten Anruf zu kontrollieren. Claire war schneller, entriss ihm das Telefon und hielt es ihm vor die Nase.

„Hier, siehst du?"

Ray starrte sie an. „Du benimmst dich unmöglich. Kein Wunder nach all den Tagen in der Wildnis bei diesem ... Wilden, der sich Autor nennt." Er nahm sein Handy wieder an sich und verstaute es sicher in seiner Hosentasche. *Hatte er am Ende etwa gedacht, sie würde Garrett von seinem Handy aus anrufen?* Auf eine Antwort wartend hob er die rechte Braue. „Ich bitte dich keinem zu verraten, wer er ist", gab sie zurück.

„Meinetwegen, Claire. Das Einzige, was ich möchte, ist, dass du wieder normal wirst. Wir werden gleich nach unserer Rückkehr zu Mum und Dad gehen und du wirst dich vor allem bei Mum entschuldigen. Danach helfen wir ihnen bei der in Kürze bevorstehenden Gala. Dass du einige Tage im Dschungel verbracht hast, bin ich gewillt ihnen nicht zu erzählen. Am Ende halten sie dich für verrückt. Wir sagen ihnen einfach, du warst auf ... einer sehr wichtigen Fortbildung. Auch dass die Barns dich gefeuert hat sagen wir nicht. Da fällt uns schon was ein. Ich werde deine Bewerbungen am besten selbst in die Hand nehmen. Du siehst, wie großzügig ich bin."

Claire musste sich setzen und ließ sich auf der Couch nieder. Rays Worte drangen wie von weit her in ihre Ohren. Sie hielt den Gedanken, dass Garrett von ihr dachte, was er dachte, kaum aus. Genauso wenig wie Rays Bevormundung.

„Hauptsache du musst dich nicht mit mir blamieren und alles läuft nach außen hin wunderbar weiter. Nicht wahr?", sagte Claire.

Ray, der im Zimmer auf und ab lief, stoppte und fixierte sie mit seinen Blicken. „Ich glaube nicht, dass du in der Position bist, dich hier aufzuspielen oder mir Dinge an den Kopf zu werfen."

Claire schluckte schwer.

„Gefällt er dir etwa?", stieß Ray dann aus, lachte jedoch, bevor sie ein Wort sagen konnte.

„Dieser sexbesessene Bestsellerautor, wie du ihn selbst beschrieben hast, oder soll ich lieber Buschmann sagen? Das wäre ja zu lächerlich. Das glaub ich dir nicht. So wie du über den hergezogen bist."

„Warum? Meinungen können sich ändern, vor allem wenn man klarer sieht", bemerkte Claire und sah Ray offen an. Der ging vor ihr in die Hocke. „Dann mach mal die Augen auf, Claire. Weißt du noch unser Schwur? Wir wollten es schaffen und das werden wir."

„Und wenn ich hierbleibe? Bei dem Buschmann?", fragte Claire. *Sie wünschte sich nämlich nichts sehnlicher.*

Ray lachte höhnisch. „Das wirst du nicht. Außerdem hat er dich rausgeworfen. Anscheinend hatte er Mitleid mit dir wegen der Barns. Weiter nichts und ist nun froh, dass du weg bist."

Claire drehte den Kopf zur Seite, damit er ihre aufsteigenden Tränen nicht sah.

„Komm schon, Claire. Werde vernünftig. Sieh mich an. Du wirst nie wieder so einen einfühlsamen Mann wie mich finden, der dazu noch bereit ist, dir so etwas zu verzeihen."

Claire stand auf und ging zu einem der Fenster. Draußen ging ein junges Paar vorbei. Sie wirkten so unbeschwert miteinander.

„Ich habe dir gesagt, dass ich Klarheit brauche. Auch was uns angeht. Und die habe ich nun, Ray. Ich habe dich zu oft durch die rosarote Brille betrachtet. Uns beide."

„Wo ist eigentlich dein Handy?", fragte er, als hätte er gar nicht gehört, was sie eben gesagt hatte.

„Es ist noch in der Hütte."

„Du hast die letzten Tage nicht eine meiner Nachrichten beantwortet. Auch keine Anrufe entgegengenommen. Nicht wahr?"

Claire nickte.

„Dachte ich mir, dass du nicht so eiskalt wärst."

Sie runzelte die Stirn. „Was meinst du?"

Ray sah ihr direkt in die Augen. „Deine Mutter hatte einen Herzanfall, Claire. Vor vier Tagen."

„Was? Und das sagst du erst jetzt?"

(K)ein Diamant

Ray ließ Claire im Flugzeug am Fenster sitzen. Sobald es sich in die Lüfte erhob, wurde ihr das Herz schwerer als ohnehin schon. Sie hatte Mühe ein Schluchzen zu unterdrücken, als sie die Augen schloss und an den Flug in Dicks Eagle Wings dachte, bei dem Garrett neben ihr gesessen hatte. Am liebsten wäre sie jetzt mit ihm am Glacier Lake, der, wie Garrett gesagt hatte, die Farbe ihrer Augen besaß, in der Gewissheit, dass es ihrer Mutter gut ging. Aber so war es nicht. Ray hatte ihr gesagt, dass Olivia erst mit der Sprache rausgerückt sei, nachdem er ihr erzählt hatte, dass es ihrer Mutter schlecht ging und er sie deswegen unbedingt erreichen müsste. Auch der Abschied von Angela und Alex war Claire schwergefallen. Sie hatten sie in die Arme geschlossen und ihr alles erdenklich Gute gewünscht. Das Stückchen Kanada war zweifelsohne zu einer zweiten Heimat für Claire geworden, das sie nie vergessen würde. Sie konnte nur hoffen, dass sie es bald wiedersehen durfte und Garrett ihr irgendwann verzeihen konnte. Nun wollte und musste sie sich erst einmal um ihre Mutter kümmern. Vor dem Abflug hatte sie ein paar Mal versucht, ihren Vater zu erreichen. Doch er ging nicht ans Telefon. Warum hatte er sie nicht gleich informiert? Ray und sie schwiegen die meiste Zeit über und Claire betete für ihre Mutter. Erst als sie in England waren, sprachen sie wieder miteinander.

„Ich begleite dich natürlich ins Krankenhaus", sagte Ray und strich ihr über einen Arm. Eine Geste, mit der sie nicht gerechnet hatte und die ihr guttat.

„Danke, Ray!"

„Ist doch selbstverständlich."

Er breitete die Arme aus, bevor er seinen Wagen öffnete und atmete tief durch.

„Endlich wieder daheim in der Normalität", sagte er dann. Claire erwiderte nichts.

Der Verkehrslärm war ihr auf einmal fremd. Ein Kloß bildete sich in ihrer Kehle, wenn sie an das Zirpen der Grillen, dem Vogelgezwitscher und dem Blätterrascheln der Bäume dachte. Eine Welle neuer Sehnsucht ergriff sie, aber sie riss sich zusammen und konzentrierte sich auf das Hier und Jetzt.

„Endlich wieder zu Hause. Wo wir hingehören!", betonte Ray und kam um den Wagen herum, um ihr die Tür aufzuhalten.

„Das musst du nicht, Ray", sagte Claire.

Verdutzt sah er sie an. „Der Buschmann würde das sicher nicht für dich tun. Hat der überhaupt einen Wagen?"

„Nein und er braucht auch keinen. Außerdem hat er einen Namen."

„Wie heißt der eigentlich wirklich? Hat er dir das verraten?"

Ray setzte sich seine Sonnenbrille auf, als sie beide im Wagen saßen.

Sie wollte ihn nicht mehr anlügen. Doch manchmal war eine Notlüge besser als die Wahrheit. „Nein."

Als er losfuhr, packte Claire wieder das schlechte Gewissen bezüglich ihrer Mutter. „Ich hätte sie anrufen sollen. Vielleicht ist es meine Schuld, dass sie nun ist, wo sie ist", sinnierte sie.

Ray zuckte nur mit den Achseln. Er glaubte es also auch.

„Also reiß dich zusammen, Claire! Wir kriegen alles hin. Gemeinsam. Wenn du viel mehr auf mich hörst in Zukunft. Ich meine es wirklich nur gut."

Claire starrte aus dem Fenster und verzog das Gesicht. *Natürlich, Ray, dachte sie.* Die Geschäftigkeit der Stadt zog an ihnen vorbei. Auf dem Weg zur Klinik passierten sie Barns-Books mit seinen Spiegelfenstern. Claire seufzte. Sie hatte Olivia bereits geschrieben, dass sie wieder zurück war. Diese wollte sie eigentlich sofort sehen, gab ihr aber wegen ihrer Mutter einen kleinen Aufschub. Ray legte seine Hand auf Claires.

„Wenn wir zu Hause sind, wirst du dir etwas Schickes anziehen. Und ich will dich endlich mal wieder in High Heels sehen. Nur in diesen. Und zwar im Bett."

Er zwinkerte ihr zu.

„Wir müssen wirklich reden, Ray", erwiderte Claire.

Claires Mutter drückte sanft die Hände ihrer Tochter. Sie sah müde aus. Sie lag alleine in einem Zimmer. Der Geruch von Desinfektionsmittel schwebte durch den Raum und übertünchte sogar den der vielen Blumen, die auf einem runden weißen Tisch und der Fensterbank standen.

„Wo genau warst du denn nun, Kind?"

„In einer anderen Welt, Mum. Ich musste dort etwas erledigen. Aber glaub mir, diese Welt hat mir gutgetan.

Besonders das, was ich in ihr gefunden hab. Wenn ich gewusst hätte, dass es dir so schlecht geht, dann wäre ich sofort gekommen. Es tut mir so unendlich leid."

Claire küsste die Hände ihrer Mutter. Ihr Vater hatte ihr nicht mal geschrieben, dass es ihrer Mutter schlecht ging.

„Warum?"

„Wir wollten dich nicht beunruhigen. Es geht mir schon wieder besser. Du hättest sowieso nichts für mich tun können. Aber es ist schön, dass du wieder da und gesund bist."

Claire staunte. „Keine Vorwürfe?"

„Nun ja. Anständig war es nicht gerade, was du dir erlaubt hast", warf Ray ein und sah Claires Mutter eindringlich an, dann lächelte er und küsste sie auf die Stirn.

„Streitet ihr euch?", fragte Claires Mutter und holte Luft. Beide sahen sich erschrocken an.

„Nein!", stießen sie gleichzeitig aus.

Claires Mum sah dennoch skeptisch drein.

„Ich wollte das nicht, Mum", sagte Claire und eine Träne rollte ihr über die rechte Wange.

Ihre Mutter drückte ihre Hände. „Aber nicht doch. Wein doch nicht. Du wirkst so anders, Claire."

„Es ist alles in bester Ordnung bei uns", versicherte Ray. Claire erwiderte nichts daraufhin, versuchte jedoch zu lächeln. Sie wollte ihre Mutter nicht weiter beunruhigen. Am liebsten wäre sie mit ihr allein gewesen. Doch auch als sie Ray darum bat, verharrte dieser stur und tat, als hätte er es nicht gehört.

Wie überaus zuvorkommend, durchfuhr es Claire.

„Ich bin schuld, dass du hier liegst, Mum."

Eva Winston schüttelte den Kopf. „Ach nein. Meine Güte, das ist ja Unsinn, Kind!"

„Natürlich haben wir uns alle aufgeregt", funkte Ray dazwischen. „Aber wir beide haben nun alles geklärt. Und wie gesagt, kein Wort zu meinen Eltern. Sie sollen denken, Claire wäre auf einer Fortbildungsreise gewesen, zu der Olivia Barns sie geschickt hat. Sie sollen sich ja nicht noch mehr aufregen. Das haben sie schon genug. Nicht wahr? Und ihr auch", sagte Ray.

Claire atmete tief durch. Ihre Mutter bedachte sie mit einem fragenden Blick. Als könnte sie ihrer Tochter an den Augen ablesen, dass diese so unglücklich war wie nie zuvor. Sie wollte etwas sagen, aber eine Schwester, die ins Zimmer kam, unterbrach sie. Sie teilte mit, dass die Visite anstand und Claire und Ray gehen mussten. Claire versprach, so bald wie möglich wiederzukommen. Sie war mehr als froh, dass ihre Mutter offensichtlich nicht sauer auf sie war und ihr keine Schuld gab. Dennoch blieben die Schuldgefühle in ihr. Zu Ray sagte sie kein Wort, während sie das Krankenhaus verließen.

„Kannst du mich nach Hause fahren? Zu meinem Vater?", bat sie ihn, sobald sie wieder in Rays Wagen saßen.

Doch Ray hatte andere Pläne und erinnerte sie an seine Eltern und was sie ihnen seiner Meinung nach schuldig war. Zudem betonte er: „Ist dir eigentlich klar, dass ich für dich mein Leben aufs Spiel gesetzt habe, indem ich durch die Wildnis Kanadas gelaufen bin?! Außerdem hätte dieser Samu mich fast erschossen."

„Jetzt übertreib mal nicht", gab Claire zurück.

Ray pustete geräuschvoll Luft aus. „Wie bitte?"

„Wir müssen endlich reden. So, wie wir es uns vorgenommen haben, Ray. Denn es ist überhaupt noch nichts geklärt."

„Dann nimm mich ernst", erwiderte er.

„Du mich bitte auch, Ray."

Ray knetete sein Lenkrad mit den Fingern. „Entschuldige, aber du musst doch zugeben, dass dein Verhalten in letzter Zeit nicht gerade dazu beiträgt, Claire."

Claire lachte leise, obwohl ihr vielmehr zum Heulen oder Schreien zumute war.

„Was gibt es da zu lachen?"

„Ich lache nicht. Also nicht wirklich", gab sie zurück.

„Willst du mich irremachen, Claire? Es reicht!"

Sie sah zu ihm hinüber, während er den Motor startete und mit quietschenden Reifen losfuhr.

Ohne ihn anzusehen erwiderte sie: „Ganz sicher nicht, Ray. Ich wollte immer glücklich mit dir sein. Du hast mich fasziniert. Und der Sex mit dir war immer gut. Aber ..."

Ray trat ein wenig mehr aufs Gas. „Nur gut? Na vielen Dank! Vielleicht hättest du auch einmal etwas mehr wagen sollen, mir mehr Anreize geben sollen. Beim Sex meine ich. Der Body, du erinnerst dich, war ein Wink mit dem Zaunpfahl. Nicht kapiert? Gib also nicht mir die Schuld, dass er nur gut war."

Claire holte leise tief Luft. „Was? Siehst du, Ray, du biegst es dir immer, wie du es willst. Ich wollte es lange nicht sehen. Doch als ich dann in Kanada war und ..."

Nun war es Ray, der lachte. „Ja, Kanada hat dir noch gefehlt, um dich komplett zu verwirren", unterbrach er sie schon wieder.

Claire las zwischen Rays Worten. „Du hast nur Angst. Du hast Angst die Kontrolle über mich zu verlieren. Die Tage, in denen ich weg und besonders die, die ich nicht erreichbar war, müssen die Hölle für dich gewesen sein. Du konntest mich nicht lenken wie du magst. Oft bemerkte ich es gar nicht, manchmal wollte ich es auch nicht. Wir haben beide unsere Fehler."

„Auf dich muss man aufpassen, Claire", schoss Ray zurück und bog mit quietschenden Reifen in eine neue Straße.

Claire umklammerte den Innengriff der Tür. „Und du meinst, du bist derjenige, der mich vor mir selbst beschützen muss? Wie großzügig, Ray."

„Warum lässt du dir nicht helfen, Claire? Ich liebe dich, Herrgott noch mal!", brüllte Ray.

Claire schüttelte den Kopf. „Das ist keine Liebe. Das ist Besitztum, Ray. Und das sehe ich jetzt glasklar."

Wieder lachte er. „Du spinnst doch, Claire. Ich will nichts mehr hören. Lass uns später weiterreden. In Ruhe. So, wie wir es vorhatten."

Das konnten sie tun, dachte Claire, für sie aber war die Sache klarer als das Wasser eines Gebirgssees. Sie und Ray, das war schon zu Ende, lange bevor sie nach Kanada geflogen war. Dennoch wollte sie sich in Frieden von ihm trennen und beschloss später in Ruhe mit ihm darüber zu sprechen.

Während sie das gusseiserne Tor zu dem riesigen weißen Haus von Rays Eltern mit der südseitigen Terrasse und dem parkähnlichen Garten passierten, umschlang Claire eine Kühle, die sie frösteln ließ. Sie fühlte sich fremd an diesem Ort und neben Ray, der ihr nur noch abschätzige Blicke zuwarf. Erst als sie ausstiegen und sein Vater unter der Tür erschien, lächelte er wieder.

„Reiß dich bloß zusammen!", zischte er Claire zu.

Wortlos ging sie neben Ray zur Tür, wo Elton sie in eine kurze, aber herzliche Umarmung zog. Das überraschte sie. „Schön, dass du wieder da bist."

Die Liebenswürdigkeit von Rays Vater vertrieb die Kälte in ihr ein Stück weit, wofür sie ihm dankbar war.

Claire schenkte ihm ein ehrliches Lächeln. „Hallo Elton."

„Hallo Dad. Wo ist Mum?", fragte Ray und klopfte ihm auf die Schulter.

„Im Wohnzimmer. Sie hat Kopfschmerzen. Du weißt doch, übermorgen ist die Benefiz-Gala und sie hat Angst etwas zu vergessen", sagte Elton.

„Es war einfach zu viel für sie, für uns alle, in letzter Zeit", erwiderte Ray mit einem strafenden Blick auf Claire, die besser nichts dazu sagte. Sie folgten Elton ins Wohnzimmer. Eine der beiden Haushälterinnen kam ihnen mit einem Tablett, auf dem ein Glas und eine kleine leere Wasserflasche standen, aus dem Wohnzimmer entgegen und grüßte nett, was nur Claire erwiderte.

Katherine ruhte auf der Couch, eine Decke über die Beine gestülpt, setzte sich aber auf, sobald Elton den Besuch ankündigte.

„Ach, sieh an! Da bist du ja endlich wieder. Wir dachten zeitweise schon, du bist gestorben", begrüßte Katherine Claire.

„Nein, ich lebe noch wie du siehst, Katherine", gab Claire zurück und setzte sich auf Bitten Eltons mit Ray auf die kleinere Couch gegenüber. Elton nahm derweilen auf einem Sessel Platz.

Katherine faltete die Hände im Schoß. Ihre Wangen waren leicht gerötet, das Haar saß perfekt. Claire trug ihres offen. Etwas, das Ray ebenfalls störte, wie er schon zwei Mal angemerkt hatte.

„Du hast dich verändert", bemerkte Katherine, was Claire erstaunte.

„Ja, ihr Haar. Ich finde auch, dass ihr ein Dutt besser steht, als dieser lockere, eher kindliche Look", sagte Ray.

Kindlich? Sie war kein Kind.

„Ach was", dementierte Elton die Meinung seines Sohnes.

Er lächelte Claire zu, was diese erwiderte. Katherine spitzte die Lippen.

„Ich gebe Ray recht. Aber das ist jetzt Nebensache. Wo warst du nun eigentlich genau, Claire? Ich hatte gehofft, du gehst mir wegen der Gala zur Hand. Anscheinend war dein Ausflug wichtiger."

Claire entging der rügende Unterton in Katherines Stimme keineswegs.

„Ich war …", setzte Claire an.

„Olivia Barns hat sie auf eine Fortbildungsreise geschickt, die für ihr zukünftiges Weiterkommen als Cheflektorin sehr wichtig ist. Sie sollte keinem davon erzählen", fiel Ray ihr ins Wort.

Es wunderte Claire nicht, dass Katherine ihrem Sohn sofort glaubte. Elton machte einen zweiflerischen Eindruck, sagte aber nichts dazu.

Katherine sah Claire weiter direkt in die Augen, als wollte sie ihr in die Seele blicken. „Oh, das freut mich sehr. Aber was ist mit diesem Samu Boheme? Warum hast du mich angelogen, was ihn betrifft?"

„Er wäre nicht zur Gala gekommen, da war ich mir eben sicher und bin es noch", gab Claire zurück. „Aber ja, ich hätte nicht lügen dürfen. Das tut mir leid!"

Katherine schnaubte leise.

„Und da wir schon bei der Wahrheit sind. Das mit der Fortbildungsreise ist eine Lüge, die Ray sich ausgedacht hat, um mich zu schützen."

„Sei still, Claire!", zischte Ray und schoss hoch.

Sie dachte nicht daran. „Ich will nicht mehr lügen, um den Schein zu erzeugen, alles wäre in bester Ordnung. Das bin ich nicht. Und das solltest du auch nicht, Ray. Vor allem sollte man sich selbst nie belügen. Immer in sich hineinhorchen, sich klar werden, was man will und danach leben und handeln", kam es Claire über die Lippen und sie spürte, dass sowohl ihr Herz als auch ihr Verstand im völligen Einklang mit dieser Aussage waren. Rays Gesichtsmuskeln zuckten. „Das ist alles Unsinn. Mum, hör nicht auf sie. Sie weiß im Moment nicht, was sie tut und sagt."

„Das Gefühl habe ich schon länger", gab Katherine zurück.

Claire sah Rays Mutter nur an und wollte gehen. Doch Ray hielt sie unsanft an einem Arm fest, da stieß Katherine ein vor Hohn triefendes Lachen aus.

„Und du dachtest, du kannst einen Diamanten aus ihr machen, Junge. Niemals! Du wolltest dir und uns mal wieder beweisen, dass du eigentlich unmögliche Aufgaben meistern kannst. Das hast du schon zu oft. Doch bei ihr sehe ich schwarz. Ehrlich gesagt finde ich auch nicht, dass es die Mühe wert ist. Lass es gut sein, Ray", sagte sie dann.

Claire stutzte. Ihre Blicke wanderten zwischen Katherine und ihrem Sohn hin und her. „Also ist es doch wahr. Die Geschichte mit dem Diamanten. Du hast mich als neues Projekt gesehen, aus dem du möglichst viel Profit für dein Leben schlagen wolltest. Das ist so ... traurig und armselig", stieß Claire aus und Tränen stiegen ihr in die Augen, die sie schnell weg blinzelte.

Claire holte Luft. „Ihr werdet mich nie verstehen. Doch das müsst ihr auch nicht. Nicht mehr. Es gab eine Zeit, wo mir eure Meinung viel bedeutet hat. Aber die ist vorbei. Es ist vorbei, Ray!", sagte sie, riss sich von Rays Umklammerung los und sah ihn an. In seinen Augen, die er leicht zusammenkniff, war keine Spur von Reue oder dergleichen zu entdecken.

„Und bevor du nun etwas sagst. Es hat nichts mit Samu Boheme zu tun. Aber er war derjenige, der mir letztendlich den Schubs in die richtige Richtung gegeben hat. Das stimmt allerdings", hängte Claire ihren vorherigen Worten an.

Ray stieß ein Schnauben aus. Seine rechte Augenbraue zuckte nervös. „Was erlaubst du dir?"

„Samu Boheme? Du kennst ihn doch nicht mal persönlich!", entgegnete Katherine.

Elton erhob sich und stellte sich neben Claire, wobei er ihr zunickte. „Ich glaube, ich versteh dich", sagte er.

Claire strich ihm über einen Arm. „Danke!"

„Elton!", rief Katherine entrüstet.

„Sei einmal still!", zischte er, was Katherine erstaunt zur Kenntnis nahm.

„Du bist verrückt geworden, Claire. Du machst alles kaputt. Geh! Raus aus meinem Leben!", brüllte Ray und zeigte Richtung Tür. Sie zog sich den Verlobungsring vom Finger und legte ihn auf den Tisch. Ray schnaubte.

Claire bewahrte die Fassung, selbst wenn es in ihr anders aussah. Sie hatte bis zuletzt doch noch auf eine friedlichere Lösung gehofft.

„Es tut mir leid, wenn du das so siehst."

Sie machte zwei Schritte, dann wandte sie sich noch einmal nach Ray um, griff in ihre Handtasche, die sie bei sich trug, und holte den kleinen Handspiegel heraus, den sie ihm dann in die Hand drückte.

„Was soll ich damit?", fragte er und sah sie an, als wäre sie nicht ganz dicht.

„Das ist mein Abschiedsgeschenk. Den brauch ich nicht mehr. Wie oft habe ich darauf geachtet, dass ich perfekt bin, vor allem für dich. Aber weißt du was? Ein Mensch, der einen anderen wirklich liebt, nimmt ihn so, wie er ist. Auch die ungeschminkte, unperfekte Version."

„Soll das jetzt poetisch sein, du Möchtegern-Autorin und Möchtegern-Lektorin?", fragte Ray und rümpfte die Nase. Claire schwieg und dachte sich ihren Teil. Sie gab es auf.

„Mir tut es leid, dass ich kostbare Lebenszeit in dich investiert habe, Claire!"

Der Stachel seiner Worte prallte dieses Mal an ihr ab. „Ich bin quasi schon weg. Nicht, damit du noch mehr Zeit vergeudest."

Ray senkte den Blick. Seine Mutter ging zu ihm, legte einen Arm um ihn und flüsterte ihm etwas zu, woraufhin er nickte. Nur Elton kam ihr nach.

„Würde mich freuen, Claire, wenn wir beide in Kontakt blieben", sagte er, als sie im Flur standen.

„Sehr gern, Elton", gab Claire zurück und musste ihn umarmen. Sein Vorschlag bedeutete ihr viel. Er strich ihr mit den Händen über den Rücken.

„Alles Gute. Ich hatte mir so gewünscht, dass das mit euch beiden klappt. Das musst du mir glauben. Für mich warst du immer ein fertiger Edelstein", sagte Elton, nachdem sie sich voneinander gelöst hatten.

Seine Hände ummantelten ihre. „Viel Glück. Auf jedem deiner Wege, Claire", ergänzte er.

Sie schenkte ihm ein Lächeln. „Danke! Das wünsche ich dir auch."

Er zeigte einen Daumen nach oben und Claire warf ihm noch eine Kusshand zu, bevor sie aus der Tür in ein neues freies Leben entschwand.

Am Ende der Straße

Jenny, zu der Claire am Abend flüchtete, hatte sie zur Begrüßung erst einmal an sich gedrückt. Nun saßen sie gemeinsam in der hellen Küche und tranken einen Kaffee mit Schuss. Val hatte die beiden allein gelassen, damit sie in Ruhe reden konnten. Claire verheimlichte Jenny nichts und war dankbar, dass sie für sie da war.

„Wow! Ich bin stolz auf dich. Ich finde, du hast alles richtig gemacht. Ganz ehrlich, Claire."

„Ja, so fühlt es sich auch an, auch wenn es dennoch traurig macht. Ich meine, wir waren halt doch eine Weile zusammen. Ich hatte gehofft, dass sich alles zum Guten wendet. Und dann zu erkennen, dass man gescheitert ist, tut dennoch weh."

Jenny nickte. „Das verstehe ich. Aber ich bin sicher, es wird nicht lange anhalten. Das Gefühl, das Richtige getan zu haben, wird überwiegen."

Jennys Worte gaben Claire Mut, weiter nach vorne zu schauen. „Ich werde in ein paar Tagen meine Sachen bei Ray holen und dann war es das."

Claire starrte auf einen Punkt der gegenüberliegenden Wand und fühlte wieder die Sehnsucht nach Garrett in sich aufsteigen. Sie konnte und wollte sich nicht dagegen wehren. *Doch was, wenn sie damit in einer Sackgasse landete?* Sie hatte sich bei Jenny verquatscht und ihr Samus wahren Namen genannt. Allerdings war sie davon überzeugt, dass ihre Freundin diesen für sich behalten würde.

„Was willst du nun tun? Wieder nach Kanada fliegen, noch einmal mit ihm reden?", wollte ihre Freundin wissen.

Claire seufzte. „Ehrlich, ich würde am liebsten sofort ins Flugzeug steigen und nach Kanada fliegen. Aber dann fällt mir wieder ein, was Garrett gesagt hat, mit welcher Entschlossenheit er sein Urteil über mich gefällt hat."

„Verstehe. Ich glaube, ich würde ihm auch nicht gleich auf die Pelle rücken und zu einem späteren Zeitpunkt noch einmal versuchen mit ihm zu reden."

„Genau das habe ich vor", erwiderte Claire und nickte für sich.

„Ich hätte so gern ein Foto von ihm gesehen, Claire." Jenny schmollte. „Schon deswegen musst du unbedingt wieder dorthin. Du bist es mir schuldig!", legte sie nach und sah sie auffordernd an. Ihr Gesichtsausdruck brachte Claire zum Lachen, auch wenn sie wusste, dass ihre Freundin genau das erreichen wollte. Jenny stimmte mit ein und stieß ihre Tasse gegen ihre. „Auf eine glückliche Zukunft in allen Bereichen", sagte Jenny und zwinkerte.

Gleich am nächsten Vormittag machte sich Claire auf den Weg in den Verlag. Andrea begrüßte sie mit großen Augen.

„Hallo Andrea. Ist Mrs. Barns da?", fragte Claire.

Die nickte nur und verständigte Olivia via Telefon.

„Ja, gut. Sag ich ihr. Natürlich."

Andrea legte auf und verzog das Gesicht.

„Sofort zu ihr!", war alles, was sie ihr von Olivia ausrichten sollte.

Claire nickte und machte sich auf die Sturmwellen gefasst, die hinter der Tür zum Büro ihrer Chefin, auf sie warteten. Egal, was passierte, sie wollte den Kopf über Wasser behalten. Bevor sie die Tür öffnete, wünschte ihr Andrea viel Glück. Das konnte sie *sehr gut gebrauchen.*

„Danke!", murmelte Claire, öffnete die Tür und trat in die Höhle der Löwin.

Olivia Barns saß hinter ihrem Schreibtisch. Sie faltete die Hände ineinander und fixierte Claire mit einem stechenden Blick.

„Guten Tag, Mrs. Barns", sagte Claire. Sie blieb einen Meter von Olivias Schreibtisch entfernt stehen. Diese zeigte mit versteinerter Miene auf einen der weißen Sessel davor.

„Guten Tag, Miss Winston", entgegnete sie dann. *Sie war ruhiger als Claire vermutet hatte.* Aus Erfahrung wusste Claire, dass sich das schnell ändern konnte. Claire nahm Platz und schlug die Beine übereinander.

„Nun. Sie erwarten sicher einen ausführlichen Bericht und das Ergebnis meiner Reise", nahm Claire das Gespräch auf und versuchte sich dabei die Anspannung nicht anmerken zu lassen.

„Das Ergebnis weiß ich schon", gab Olivia zurück, was Claire völlig verdutzte.

„Sie wissen es schon?", fragte sie.

Ihre Chefin straffte die Schultern und hob das Kinn an. „Schauen Sie nicht wie ein kanadisches Streifenhörnchen, wenn es blitzt, Winston. Samu Boheme hat mir erzählt wie engagiert Sie gewesen sind, und dass Sie Geist und Körper dafür eingesetzt haben, ihn zurück ins Barns-Boot zu holen."

Sie lachte. „Und wohl auch in Ihr Bett, wenn ich zwischen seinen Worten lese."

Claire schoss Hitze in die Wangen.

„Nein, das ... das wollte ich nicht."

Olivia beugte sich ein wenig über den Tisch und blickte Claire direkt in die Augen. Ihre funkelten, offensichtlich vor Wissensdurst. In Claires Kopf herrschte Chaos.

„Hat er Ihnen geschrieben oder sogar angerufen?", wollte sie von ihrer Chefin wissen.

„Wie sieht er aus?", fragte diese.

„Ich hasse Gegenfragen ebenfalls", stellte Claire fest und musste dabei an Garrett denken.

„Ich bin Ihre Chefin und deshalb antworten Sie gefälligst!", keifte Olivia.

Zuerst wollte Claire verneinen, riss sich aber zusammen. Es wäre unklug gewesen. *Sie musste erst mehr erfahren*, sagte sie sich.

„Sehr attraktiv", erzählte sie deshalb.

„Kommen Sie schon, Claire. Ein bisschen konkreter. Nein, viel konkreter. Sie sind für den Mann anscheinend über Ihre kleinen Grenzen gegangen. Und er scheint auch Sie gut zu finden. Werden Sie doch noch zur Heißfront? Unglaublich!"

Ein Stich durchfuhr Claires Inneres. „Was? Hat er das gesagt? Ich meine damit, dass er mich gut findet?"

„Genauer!", forderte Olivia und hob die rechte Braue. Die Geste erinnerte Claire an Ray.

Sie räusperte sich. „Also gut. Er hat schwarzes Haar, wie Ray. Nur weicher. Und seine Augen sind so blau wie Strandglas. Sein Körper ist straff und muskulös, die Haut samtig und gebräunt. Er ist größer als ich, mindestens eineinhalb Köpfe und seine Stimme ... nun, die kennen Sie ja."

Claire blickte durch Olivia hindurch, während sie Garretts Beschreibung wiedergab und lächelte, als stünde er direkt am Ende des Raumes und würde sie ansehen, eine Hand nach ihr ausstrecken und sie bitten, mit ihm zurückzukommen. *Zurück zu ihm. In ihr grünblaues Paradies voller natürlicher Gerüche, Adrenalin und Wunder.*

„Claire? Hallo, träumen Sie?", donnerte Olivia.

Claire blinzelte und schnellte zurück in die Realität.

Olivia hatte inzwischen beide Brauen gehoben. „Wow! Klingt ja sehr verführerisch", flüsterte sie und fuhr sich mit der Zunge über die Kanten ihrer Lippen.

Claire presste ihre unterdessen fest zusammen und hielt ein „Ja!" hinter ihnen verschlossen.

„Was ist mit Ray? Er klang ziemlich aufgewühlt, nachdem er erfahren hat, wo Sie sind", bemerkte Olivia dann.

So wie Olivia es sagte, amüsierte es sie sogar.

„Sie hätten es ihm nicht sagen müssen", erwiderte Claire.

Olivia zuckte mit den Achseln. „Ich weiß. Habe ich aber. Er klang nicht wie Ihr Freund, sondern wie Ihr Vormund. Und Sie sind eine erwachsene Frau, die ihrem zukünftigen Mann nicht jeden Schritt offenbaren muss. Außerdem gehört Vertrauen in den Partner zum

A und O einer guten Beziehung. Das muss Ihr Ray noch lernen."

„Das wird er nicht. Es ist aus!", spuckte Claire aus, obwohl es ihre Chefin, genau genommen Ex-Chefin, nichts anging.

„Oh, das freut mich aber. Ist dann Samu der Neue?"

Claire runzelte die Stirn. „Das ... Kommt er etwa doch zurück?", fragte sie dann.

„Ich habe die Hoffnung noch nicht aufgegeben. Besonders jetzt, wo ich ahne, dass sich da durchaus etwas anbahnt zwischen Ihnen beiden. Beneidenswert. Ich will mehr davon hören. Sie können ja ein Buch darüber schreiben. Natürlich mit fiktiven Figuren. Die richtigen Menschen dahinter bleiben undercover. Ray, Samu, Sie selbst und so weiter. Liefern Sie mir in einer Woche die ersten zwei Kapitel. Exposé können wir uns sparen. Kennen wir ja." Sie lachte. „Sie können also auch mich gerne mit einbauen. Als stets offenherzige, attraktive und gutmütige, erfolgreiche Verlegerin."

Das Stirnrunzeln seitens Claire wurde intensiver.

„Was schauen Sie denn so, Claire?"

„Ich dachte, Sie wären sauer."

„Das war ich auch. Und wie. Ich hatte auch Ihre Kündigung schon fertig. Aber wie gesagt, ich bin ein großherziger Mensch."

„Ach!"

Olivia lehnte sich zurück und hob die Nase in die Luft, ohne Claire aus den Augen zu lassen.

„Was hat er gesagt, Mrs. Barns?", wollte diese von ihr wissen.

„Ich will ihn unbedingt einmal treffen. Seine Stimme allein ist schon ... außergewöhnlich. So männlich, und doch so klar. Er weiß, was er will. Genau wie ich. Und nun, wo Sie ihn mir beschrieben haben ..." Sie stoppte und spitzte die Lippen.

„Was hat er denn nun gesagt?", bohrte Claire weiter.

„Ja doch. Er hat gesagt, ich würde einen Fehler machen, wenn ich Sie rauswerfe. Weil Sie eine grandiose Lektorin sind, die ihr ganzes Herzblut in jedes Projekt steckt, ihre Seele und das wirklich Bestmöglichste herausholen will. Und dass Sie eine noch bessere Autorin wären, in der er großes Potenzial sieht. Dass ich dumm wäre, wenn ich Sie gehen lassen würde."

Claire saugte jedes Wort in sich auf. *Bedeutete das, er hatte ihr verziehen?* Hoffnung tat sich in ihr auf. *Und sah er das alles tatsächlich in ihr?*

„Des Weiteren hat er gesagt, er ist bereits dabei den von Ihnen betitelten Porno zu überarbeiten. Größtenteils nach Ihren Vorgaben. Er will den Vertrag nun auch bei uns belassen. Allerdings möchte er weitere Bücher woanders herausbringen. Das ist natürlich nur ein Teilerfolg. Aber daran können wir ja anknüpfen, ihn sogar zu einem richtigen Erfolg machen. Sie werden ein Paar und Sie werden ihn überreden, wieder ganz zu uns zu wechseln. Dafür bekommen Sie auch ein großes Marketingpaket von uns für Ihr Debüt."

Olivia Barns war bemerkenswert eiskalt, wenn sie Erfolg witterte. Nicht nur da, fürchtete Claire und erhob sich langsam.

„Nein!", sagte sie dann entschieden.

Ihre Chefin stand auf und sah sie entgeistert über den Tisch hinweg an.

„Nein? Was soll das denn heißen?"

„Nein heißt nein. Ich werde mich nicht auf Beziehungen ausruhen oder sie für eigenen Erfolg missbrauchen. Das ist nicht mein Stil."

Olivia lachte.

„Nicht Ihr Stil? Ihr Stolz und Ihre Dummheit sitzen ja immer noch an der falschen Stelle."

„Keineswegs. Ich werde Samu nicht benutzen, um Ihnen den verwöhnten Po zu pudern. Er hat verdammt recht, wenn er den Verlag wechselt. Das hätte ich auch schon längst tun sollen."

Claire schnappte nach Luft. „Was ist denn mit Ihnen los?"

„Ja, so kennen Sie mich nicht. Ich mich auch nicht. Ich war noch nie klarer als jetzt. Im Herz, im Kopf, meiner Seele. Ich kündige, Mrs. Barns. Und zwar fristlos!"

Das Büchlein

„Und was hat deine Chefin, ich meine Ex-Chefin darauf gesagt, als du ihr eröffnet hast, dass du fristlos kündigst?", wollte Claires Vater wissen. Claire hatte ihn vor dem Krankenhaus getroffen. Er wollte mit ihr einen Kaffee in der Cafeteria trinken, bevor sie zu Claires Mutter gingen. Claire hatte sich ihrem Vater bei einer Tasse Kaffee anvertraut.

„Olivia Barns hat mich als dumm beschimpft, ist völlig ausgeflippt. Ich habe Andrea, also ihre Sekretärin, gebeten, mir die paar persönlichen Sachen aus meinem Büro an eure Adresse zu schicken und bin dann abgehauen. Natürlich hat mir Olivia auch wieder prophezeit, dass ich nie wieder Arbeit als Lektorin finden werde. Und auch als angehende Autorin würde ich mich schwertun, weil sie die Verlage warnen würde. Ach ..." Claire rieb sich mit einer Hand über die Stirn und senkte leicht den Kopf.

Ihr Vater legte eine Hand auf ihren Oberarm. „Mein Gott, Kind! Was für ein Drache. Und Ray ... Mir fehlen die Worte."

„Es ist vorbei, Dad."

„Du siehst müde aus", bemerkte er, als sie zu ihm aufblickte.

Sie schüttelte den Kopf. „Ich komm klar, Dad. Hauptsache ihr verzeiht mir. Und vielleicht wird mir auch Samu irgendwann verzeihen."

Behutsam hob ihr Vater ihr Kinn mit zwei Fingern an und sah ihr mit einem warmen Ausdruck in den Augen in ihre. „Wenn er nicht dumm ist, wovon ich ausgehe, wenn ich an das denke, was ich bis jetzt gehört habe, dann wird er das."

Claire lächelte. Sie rutschte um den Tisch herum und nahm ihren Vater in die Arme.

„Mum hätte den Herzanfall aber doch nicht gehabt, wenn sie sich nicht aufgeregt hätte. Wegen mir, meine ich. Da hat Ray schon recht."

Ihr Vater drückte sie von sich, schüttelte den Kopf und sah sie ernst an. Dann zahlte er, nahm sie an die Hand und führte sie zu ihrer Mutter, die sie beide mit einem Lächeln empfing.

„Wie schön euch zu sehen", sagte sie.

Sie sah schon viel besser aus, stellte Claire erleichtert fest und gab ihr einen Kuss auf die Stirn. „Hallo, Mum."

„Ray hat angerufen und sich über dich beschwert", erzählte sie dann.

„Was? Er ruft dich deswegen im Krankenhaus an?", stieß Claires Vater aus. Claire verwunderte es nicht einmal, aber es ärgerte sie maßlos.

Eva blickte ihr besorgt entgegen.

„Er ist besitzergreifend und selbstgefällig. Mir gefiel sein Verhalten in letzter Zeit noch viel weniger als so manches Mal davor. Wenn ich ehrlich bin, dann glaubte ich ja zuerst, du bist abgehauen, weil du Abstand von ihm gebraucht hast", erzählte sie. „Und dann macht er auch noch mir und deinem Vater Vorwürfe, wir hätten völlig versagt in der Erziehung."

Mit wem war sie da nur zusammen gewesen?

„Das tut mir so leid, Mum!", sagte Claire.

„Dem erzähle ich was!", erwiderte ihr Vater. Doch seine Frau hielt ihn zurück.

„Lass ihn ziehen. Ist besser und schont unsere Nerven und mein Herz. Und du, Claire, denke nicht, dass ich wegen dir hier liege. Das ist Unsinn. Natürlich machte ich mir Sorgen um dich. Aber mein Herz lahmt schon länger. Dafür kann keiner was. Sterben werde ich deswegen nicht. Keine Sorge. Also noch nicht. Ich bleib schon noch ein paar Jahre. Das hab ich mir fest vorgenommen."

„Was? Mum!"

„Wir wollten es dir nicht sagen, weil wir dir keine Angst machen wollten", erklärte ihr Vater und Eva nickte. Sie hielten sich an den Händen. Claire fiel ihrer Mutter um den Hals. „Ach, Mum! Wir ticken doch sehr gleich", flüsterte sie dann.

Jenny, die seit zwanzig Minuten neben Claire auf dem Laufband lief, war noch nicht einmal außer Puste, während Claire zwischendurch des Öfteren einen Gang oder zwei runterschalten musste. Die paar Minuten kamen ihr vor wie Stunden.

„Ich dachte, du wärst fitter geworden im Dschungel."

„Es ist kein Dschungel", erwiderte Claire leise keuchend. „Für den nächsten Ausflug in deine grünblaue Oase", bemerkte Jenny und Claire reckte für diesen Vergleich ihren Daumen nach oben, „würde ich dir aber ein wenig mehr Kondition raten."

„Ja, drum habe ich mich auch überreden lassen", erwiderte Claire, die sich schon besser und leichter fühlte, nachdem sie einiges klären konnte.

„Olivia ist wirklich eine eiskalte Geschäftsfrau. Sie sollte sich selbst eher als Kaltfront bezeichnen", bemerkte Jenny und wurde langsamer. Claire lachte.

„Wer ist Olivia?"

„Gute Einstellung. Und wer war gleich noch mal Ray?"

„He, machst du schlapp?", fragte Claire. Jenny stoppte das Laufband und nickte Richtung Eingang. Claire folgte ihrem Blick. Val kam ihnen von dort aus entgegen. Sogleich sprang Jenny vom Laufband und geradewegs in seine Arme, als hätte sie ihn tagelang nicht gesehen. Val wirbelte sie herum und küsste sie. *Beneidenswert*, dachte Claire. Sie freute sich so für die beiden, spürte aber auch wieder die Sehnsucht nach Garrett in sich aufsteigen, die eigentlich nie ganz verschwand.

„Du bist so sexy, wenn du schwitzt", sagte Val und knabberte an Jennys Ohrläppchen.

Jenny spitzte die Lippen. „Du auch. Ich mach nicht mehr lange."

Erst jetzt bemerkte Claire das Büchlein, das Val in einer Hand hielt. Mit zusammengezogenen Brauen hielt sie ihr Laufband an und ging zu den beiden hinüber. Das Büchlein sah genauso aus wie das, das sie für ihre Notizen gebrauchte und das noch in Garretts Hütte lag. *Seltsamer Zufall, durchfuhr es Claire.*

Val grüßte sie und reichte es ihr dann.

„Für dich. Kam mit der Post", sagte er. „Jennys Adresse stand auf dem Päckchen und da wir keine Geheimnisse voreinander haben, hab ich es geöffnet. An dem Büchlein heftete ein Zettel, auf dem steht: ‚*Für Claire*'. "

„Das ging aber doch fix. Und es ist wahr. Wir teilen uns selbst die Postgeheimnisse", erwiderte Jenny und küsste Val erneut. „Daher weiß ich nun auch, dass du schon wieder eine Autozeitung abonniert hast", erwiderte sie dann, während Claire das Büchlein nachdenklich aufklappte.

„Woher hat er denn eure Adresse?", fragte sie perplex.

„Von mir", erwiderte Jenny sofort.

Perplex starrte Claire sie an. „Von dir?"

Jenny nickte. „Er hat meine Nummer auf deinem Handy gefunden und mich angeschrieben. Er wollte nur meine Adresse, weil er dir noch etwas Wichtiges, das du vergessen hast, schicken wollte. Und das war nun wohl das Büchlein."

„Mit meinen Notizen", stammelte Claire,

„Weiter nichts?", fragte sie dann und sah Val an. Der schüttelte den Kopf.

„Und mein Handy?", wollte sie wissen.

„Es war wirklich nur das da drin", erzählte Val. Von Jenny wusste sie, dass sie Val, im Groben jedenfalls, eingeweiht hatte.

„Ich glaube dir ja, Val", entgegnete Claire.

„Hat er was hineingeschrieben?", fragte Jenny. Das interessierte Claire ebenfalls brennend. Mit zittrigen Fingern blätterte sie die Seiten des Büchleins durch. Das Herz schlug ihr bis zum Hals. Doch sie wurde enttäuscht. *Nicht ein einziges Wort von ihm.*

„Nein, nichts. Leider!", verkündete sie leise.

Jenny zog sie in eine Umarmung. „Tut mir leid, Süße. Aber er hat noch dein Handy. Also hast du einen Grund, bald zu ihm zu fliegen."

Claire schüttelte den Kopf. Das Ufer der Hoffnung entfernte sich und ließ sie traurig zurück. Dennoch lächelte sie Val und Jenny tapfer zu.

In den nächsten Tagen konzentrierte sich Claire darauf, eine neue kleine Wohnung zu suchen. Bis dahin konnte sie wahlweise bei Jenny oder ihren Eltern bleiben. Ihre Mutter war inzwischen wieder zu Hause, musste sich laut den Ärzten aber schonen. Claire und ihr Vater hatten ein Auge darauf. Claire blieb öfters bei ihr, obwohl sie vehement behauptete, sie käme auch gut allein zurecht.

Außerdem tat es ihr gut, ihre Eltern um sich zu haben, die wie schon so oft in ihrem Leben ein Fels in der Brandung für sie waren. Inzwischen rechnete Claire nicht mehr damit, je wieder etwas von Garrett zu hören. Sie hatte sich ein neues Handy besorgt. Nachdenklich tippte sie darauf herum, während sie ihren Gedanken nachhing.

„Brauchst du noch etwas, Mum, oder du vielleicht, Dad?", fragte sie, bevor sie ins Bett gehen wollte. Ihre Eltern hatten es sich wie jeden Abend, den sie bei ihnen war, gegen kurz nach acht vor dem TV gemütlich gemacht.

„Nein. Alles prima, Kleines", erwiderten sie und wünschten ihr eine gute Nacht.

„Gute Nacht", sagte Claire und hauchte ihnen eine Kusshand zu.

„Claire!", rief ihre Mutter sie noch einmal zurück, als sie gerade aus der Tür war.

„Ja?"

„Vielleicht meldet sich der Autor doch noch", sagte sie. *Eltern konnten also doch Gedanken lesen*, dachte Claire sich und ging.

„Wird schon", gab sie auf die lieb gemeinten Worte ihrer Mutter zurück, schenkte ihr und ihrem Vater ein Lächeln und ging in ihr altes Zimmer. Seit ihrem Auszug damals hatte es sich wenig verändert. Nach wie vor hingen die weißen Seidenschals am Halbbogenfenster und ihr CD-Player, der umlagert von CDs und überall mit Pop- und Rockstar-Stickern beklebt war, stand in der Ecke. In die große offene Schrankwand passte kein einziges Buch mehr. Claire legte sich in ihr Bett und starrte an die grün gestrichene Decke. Wieder dachte sie an die Wildnis Kanadas und auch an Garrett. Die Gedanken daran waren wie ein Bumerang. Alsdann schnappte sie sich ihr Notizbuch, strich mit den Fingern darüber, öffnete es und schrieb hinein.

Alles steht auf null und Anfang. Es geht nicht vor und nicht zurück. Jenny sagt, ich muss Geduld haben. Keinesfalls will ich ihm nachrennen. Nein, in dem Fall gewinnt nicht Herz über Kopf, sondern Kopf über Herz. Und das ist gut so.

Es ist schön, wieder daheim zu sein, aber manchmal auch komisch. Als wäre ich in der Zeit gereist. Ich bin so froh, dass es Mum wieder so weit gut geht. Die Ärzte sind zuversichtlich, wenn sie sich schont und ihre Tabletten regelmäßig nimmt. Das vergisst sie ja gern mal. Aber Dad versprach zukünftig nicht nur ein Auge darauf zu haben. Und ich auch. Auch aus der Ferne werde ich mich regelmäßig erkundigen.

Bewerbungen an einige Verlage sind raus. Die Wohnungssuche erwies sich bis jetzt als Fehlanzeige. Entweder es bewerben sich gleich mehrere Leute oder die Wohnung ist angeblich schon weg, wenn ich ankomme. Dann ist da noch das Problem, dass einige Makler oder Vermieter einen regelmäßigen Einkommensnachweis verlangen, mit dem ich ja im Moment nicht dienen kann. Aber ja, ich bleibe zuversichtlich. Vor allem bin ich überglücklich, dass Mum und Dad weiterhin auf meiner Seite stehen.

Wenn alles ruhiger wird, werde ich wieder schreiben. Ach Garrett! Wie schön es war, wenn wir im selben Raum, jeder in seine Geschichte getaucht sind. Und wenn wir gemeinsame Stunden inmitten der Freiheit verbracht haben. Es war wie ein Rausch, Magie. Das klingt kitschig, aber es ist wahr. Hätte ich verdammt noch mal doch dann wenigstens mit ihm geschlafen, ihn richtig geküsst.

Die Lippen geschürzt und mit einem Klumpen Sehnsucht, der auf ihr Herz drückte, klappte sie das Buch zu, legte es weg und zog sich die Decke über den Kopf.

Zurück in der Höhle der Löwin

Am nächsten Morgen meldete sich Andrea aus Olivia Barns Büro bei ihren Eltern und verlangte Claire zu sprechen. Ihr Vater reichte ihr das Telefon. Wahrscheinlich hatte Olivias Sekretärin eine Frage zu den privaten Dingen, die sich noch in ihrem nun ehemaligen Büro befanden.

„Hallo Andrea", grüßte Claire sie.

„Hallo. Schön, dass ich dich nun bei deinen Eltern erreiche. Komm doch nachher vorbei und hol deine Sachen ab. Wäre mir lieber. Ich habe ehrlich gesagt keine Lust den ganzen Karton zur Post zu schleppen."

Claire zog sich der Magen zusammen bei dem Gedanken, den Verlag ein weiteres Mal betreten zu müssen. Doch konnte sie von Andrea nicht verlangen, dass diese ihretwegen noch mehr Zusatzarbeit hatte.

„Olivia ist bis fünfzehn Uhr außer Haus", ergänzte Andrea, als hätte sie ihre Gedanken erraten. *Das ändert die Sachlage*, durchfuhr es Claire.

„Okay, Andrea. Dann komme ich gegen eins vorbei."

„Wo bist du gerade?", fragte Jenny, mit der Claire später telefonierte.

„Ich stehe direkt vor dem Verlag."

Sie starrte auf die gläserne Eingangstür mit dem schwarzen Schriftzug „Barns-Books". Claire schüttelte den Kopf. *So oft war sie schon durch diese Tür gegangen. Es war nie selbstverständlich für sie gewesen.* Sie atmete tief durch und trat dann ein. Ein paar Verlagsmitarbeiter grüßten sie verdutzt, sobald sie sie sahen. Dass sie gekündigt hatte, hatte sicher schon die Runde gemacht.

Andrea empfing sie mit einem verhaltenen Lächeln und zeigte auf einen Karton, der neben ihrem Schreibtisch stand. „Ich hoffe, ich habe nichts vergessen. Schau lieber noch mal nach."

„Danke!", sagte Claire und bückte sich nach dem Karton, um einen Blick hineinzuwerfen. Neben ihrem Terminkalender, ein paar Lexika, einem Foto ihrer Eltern und Rays, sowie ein paar Naschereien und einem blutroten Gucci-Lippenstift, war nichts darin zu finden. Den reichte sie Andrea, die ihn überrascht entgegennahm.

„Du trägst doch auch manchmal rot. Wenn du magst, nimm ihn. Ich habe ihn erst einmal benutzt."

Andrea nickte. „Vielen Dank!"

„Sieh es als kleines Geschenk für die Unannehmlichkeiten."

„Keine Ursache", erwiderte Andrea und räusperte sich. „Und Hut ab!", sagte sie noch.

Claire verstand nicht. „Was meinst du mit Hut ab?"

„Na ja, ich habe da einiges mitbekommen. Als du weg warst, hat Olivia aufgebracht mit einem befreundeten Verleger gesprochen. Du hast ihr Paroli geboten und fristlos gekündigt. Ich hätte mich das nicht getraut."

Claire atmete tief durch. „Es war die richtige Entscheidung. Manchmal ist der unbequemere Weg der bessere. Im Moment erst dem Gefühl nach."

„Und du warst wirklich in Kanada?", fragte Andrea und bot Claire an, doch Platz zu nehmen. Die aber lehnte dankend ab. „Ja. Kanada ist atemberaubend, in vielerlei Hinsicht. Ich vermisse es sehr." Claire spürte, wie sich mal wieder ein Kloß in ihre Kehle schob. Andrea schenkte ihr ein warmes Lächeln.

„Das merkt man", flüsterte sie, stand auf, öffnete die Tür zu Olivias Büro und verschwand darin.

Verdutzt sah Claire ihr nach.

„Sie ist doch nicht hier, oder?!", rief sie und nahm den Karton hoch.

„Nein, ist sie nicht. Aber ich", hörte sie zwei Sekunden später eine Stimme, die so gar nicht nach Andrea klang. Plötzlich erschien Garrett in der Tür und lehnte sich lässig an deren Rahmen. *Garrett!* Claire rutschte der Karton aus den Händen und landete vor ihren Füßen.

„Oh ... mein ... Gott!", stammelte sie.

„Nicht ganz", erwiderte Garrett und schmunzelte.

Andrea huschte an ihm vorbei und strahlte über das ganze Gesicht. Sie nahm den Karton, stellte ihn auf den Tisch und stöckelte dann um den Schreibtisch herum, wo sie sich in ihrem Sessel zurücklehnte. Danach schnappte sie sich einen Schokoriegel, zog das Papier ab und biss herzhaft hinein. Ihr entwich ein sehnsuchtsvolles Seufzen, als würde sie eine Soap im TV gucken, während sie sie beide beobachtete.

„Ich träume nicht, oder?", fragte Claire.

Garrett kam auf sie zu und blieb zwei Schritte vor ihr stehen.

„Das ist besser als in jedem Roman oder Film", flüsterte Andrea.

Claire sah Garrett an und versuchte in seinen Augen zu lesen. Er duftete gut, nach Tannennadeln und Moschusrosen. „Du vermisst Kanada also. Alles dort?", fragte Garrett.

Sie nickte, noch immer ungläubig, dass er vor ihr stand. *Dazu noch hier.*

„Das mit dem Abholen der Sachen war also ein abgekartetes Spiel?", fragte Claire.

„Ja. Und es hat super geklappt. Ich wollte sowieso zu Olivia und ihr noch etwas Wichtiges sagen. Persönlich wirkt es besser. Sie kommt nachher ja wieder. Andrea sagte, du wirst den Verlag verlassen."

„Ja. Ich war gerührt, dass du ein gutes Wort für mich eingelegt hast. Aber ich kann nicht mehr hierbleiben."

Er lächelte. „Eine starke Entscheidung."

„Danke!" Sie hätte ihn am liebsten geküsst, auf der Stelle. Stattdessen fragte sie: „Du willst Olivia zeigen, wer du bist?"

„Nun, sie weiß ja jetzt auch, wo ich wohne. Genau wie dein Ray."

„Mit Ray ist es aus. Endgültig! Ich habe Schluss gemacht", platzte es aus Claire heraus.

Garrett zog leicht die Brauen zusammen, wirkte aber nicht überrascht. „Wegen mir?", war alles, was er dazu sagte, beziehungsweise fragte.

„Nein. Es ging einfach nicht mehr."

Er nickte. „Es ist immer richtig, wenn man der Stimme seines Herzens folgt."

„Ja, ist es."

„Ich weiß von Jenny, dass ihr euch getrennt habt."

„Von ... Ah, okay!"

„Und dann habe ich erst recht beschlossen hierherzufliegen und zu versuchen zu retten, was noch zu retten ist bei uns beiden."

Claires Herz machte einen Satz. „Ich bin schuld. Ich weiß." Sie senkte den Kopf. Garrett hob ihn mit einem Finger, den er sanft unter ihr Kinn legte, an. Wieder tauchten ihre Blicke ineinander. „Du bist eine stolze Frau. Und wenn du Fehler machst, stehst du dazu. Nicht wahr? Und was mich angeht, ich will auch kein Feigling sein."

Er sah sie ernst an. „Ich bin sicher, Ray wird nichts verraten. Das würde dir nur noch mehr Publicity einbringen und mir am Ende ebenfalls. Das würde er nicht wollen. Aber Olivia ...", sprudelte es aus ihr hervor.

„Das mit Olivia regle ich. Außerdem ist Andrea ja auch auf unserer Seite. Sie hat mir schon alles erzählt."

Claire sah zu ihr hinüber. Andrea nickte und grinste bis zu den Ohren.

„Was Olivia aber noch nicht weiß, ist, dass ich ein neues Angebot habe. Ich höre da auch auf mein Herz. Und das hat ihre Eskapaden satt. Und wenn sie etwas verraten will, werde ich unserem Star-Autor bei seinem Buch helfen", sagte Andrea geheimnisvoll.

„Bei welchem Buch?", fragte Claire.

„Eine Biografie, in der ich dann auch meine Erfahrungen mit Verlagsleuten einbringen würde", erklärte Boheme und ein Lächeln versteckte sich in seinen Mundwinkeln.

„Schlau!", bemerkte Claire und schmunzelte. Garrett war wirklich mit allen Wassern gewaschen.

Er zwinkerte ihr zu. „Ich weiß."

Claire verdrehte die Augen.

„Auch das habe ich vermisst", flüsterte Garrett, was Claire zum Lachen brachte.

Er bat Andrea, sie kurz alleine zu lassen. Es fiel ihr merklich nicht leicht, aber sie kam der Bitte nach.

„Und", ergänzte er dann gegenüber Claire, die die Augen nicht von ihm lassen konnte, „ich dachte du bist damals zu mir gekommen, um dich zu entschuldigen. Nun komme ich zu dir, um mich bei dir zu entschuldigen."

Was?, durchfuhr es sie. „Zu entschuldigen? Hat Jenny gesagt, dass ich dir die Wahrheit gesagt habe?"

„Dein Büchlein. Du hast es vergessen. Erst danach habe ich dann deine Freundin Jenny über dein Handy kontaktiert. Ich habe es gelesen. Deine letzten Notizen über deine Reise", berichtete er.

Claire öffnete den Mund. „Du hast geschnüffelt?"

Er nickte und wurde nicht einmal rot dabei. *Schuft!, dachte sie sich.*

„Aber bevor du nun sauer wirst, ich glaube dir. Ich habe das, was passiert ist, zudem wieder und wieder Revue passieren lassen. Der Ausdruck in deinen Augen, er hat mir deutlich gemacht, dass du wirklich verzweifelt warst, nicht eiskalt. Weißt du, wenn man genau hinsieht, dann kann man einem Menschen in die Seele blicken. Doch als ich soweit war, warst du schon weg."

„Du glaubst mir", flüsterte sie und Tränen schossen ihr in die Augen.

Er nickte. Claire wollte wegsehen, doch Garrett bat sie, es nicht zu tun.

„Kommst du mit?", fragte er dann leise.

„Wohin?", murmelte sie.

„Nach Hause? In unsere Wildnis?"

Claires Herz schlug Purzelbäume. Sie brauchte nicht zu überlegen. „Ja. Das will ich!", stieß sie aus. Garrett strich ihr mit einer Hand sanft durch das offene Haar und Claire schloss die Augen. Sie spürte seinen warmen Atem auf ihren Lippen. Ihre Haut, alles in ihr, begann mit einem Mal zu prickeln. Da stieß jemand die Tür auf.

„Was soll das?"

Erschrocken fuhren Garrett und Claire auseinander. Olivia stand in der Tür, gefolgt von einer verwirrt dreinblickenden Andrea.

Ruhig bleiben, Claire!, redete sie sich zu.

„Ich dachte wirklich, sie kommt erst später", stammelte Andrea.

„Was?", rief Olivia und warf Andrea einen vernichtenden Blick zu. „Erklärung. Sofort!", forderte sie sie auf.

Andrea öffnete den Mund, um etwas zu sagen, doch Claire kam ihr zuvor.

„Ich wollte nur meine Sachen abholen." Sie bemühte sich gefasst zu klingen.

Olivia hob eine Braue und musterte den jungen Mann an ihrer Seite.

„Und Sie?"

Garrett lächelte selbstbewusst und stellte sich ihr mit seelenruhiger fester Stimme vor: „Samu Boheme. Guten Tag, Mrs. Olivia Barns."

Olivias Augen weiteten sich. Sie riss den Mund auf und erstarrte.

„Bei uns in Kanada ist es die meiste Zeit des Jahres über nicht ratsam, den Mund so weit offen stehen zu lassen. Der Fliegen wegen", sagte er. Sofort schloss Olivia den Mund.

„Samu Boheme?", flüsterte sie.

Er nickte. „Genau der."

Olivia ließ die Aktentasche und ihre schwarze Handtasche, die sie bei sich trug, auf Andreas Schreibtisch fallen und lächelte plötzlich. „Wie schön, Sie endlich einmal persönlich zu treffen. Nach all den Jahren unserer wundervollen Zusammenarbeit."

Andrea verzog sich auf Schuhspitzen hinter ihren Schreibtisch.

Samu schmunzelte und ließ sich weiter von Olivia bestaunen, als wäre er eine Zirkusattraktion.

„Kommen Sie in mein Büro, Samu. Lassen Sie uns alleine reden. Was führt Sie hierher? Und wie ist das Wetter in Kanada?"

Ihr Säuseln widerte Claire an. Andrea äffte sie leise nach.

„Sehr gern", erwiderte Samu, zwinkerte Claire zu und folgte seiner Verlegerin. Die wandte sich an Claire. „Und Sie verschwinden hier. Schließlich haben Sie gekündigt. Oder sind Sie schlauer geworden und haben es sich anders überlegt?!"

„Nein. Es bleibt dabei. Ich hole nur meine Sachen ab", erwiderte Claire deutlich.

Olivia rümpfte die Nase, ließ Samu den Vortritt in ihr Büro und ging ihm dann nach.

„Da hören Sie es, Samu. Sie will nicht. Dabei bin ich so großzügig. Kathleen wird sich in Zukunft wieder um sie kümmern. Sie freut sich schon darauf. Und ich freue mich, dass Sie hier sind. Sie sehen noch besser aus, als ich Sie mir vorgestellt habe", sprühte sie weiter Zucker und schlug die Tür hinter sich zu. Andrea und Claire konnten nur darüber lachen. Claire vertraute Garrett. Er wusste genau, was er tat.

„Und ich packe auch schon mal", meinte Andrea nun.

„Kann ich dir helfen?", wollte Claire wissen.

Andrea kam zu ihr und verneinte. „Es ist nicht viel. Weniger als du im Karton hast. Kündigung ist schon geschrieben." Sie atmete durch. „Ich glaube, ich muss auch mal nach Kanada und richtig durchatmen."

„Das kann ich nur empfehlen, Andrea."

„Er ist wirklich ein toller Mann, so, wie ich es bis jetzt einschätzen kann, Claire. Und er sieht verdammt gut aus."

Claire lächelte und wollte sich heimlich zwicken, um sicherzugehen, dass sie nicht doch träumte. *Nein, wenn es so war, wollte sie es gar nicht wissen und auch nie wieder aufwachen.*

„Ja, er sieht gut aus. Innen wie außen", flüsterte Claire dann und Andrea wünschte ihr und Garrett alles Glück der Welt. Zum Abschied umarmten sie sich.

„Und wenn was ist, du kannst mich jederzeit anrufen", sagte Claire ihr noch. Dann nahm sie ihren Karton und bat Andrea, Garrett auszurichten, dass sie vor dem Verlag auf ihn wartete.

Neue alte Welt

Die Minuten wurden gefühlt zu Stunden. Claire nutzte die Zeit, die sie auf Garrett vor dem Verlagshaus wartete, um Jenny und ihren Eltern via Handy eine Nachricht zukommen zu lassen, in der sie grob von den Neuigkeiten berichtete. Ihre Finger zitterten vor Aufregung und das Herz schlug ihr so schnell in der Brust, dass ihr ein wenig schwindlig wurde. Es war der schönste Schwindel der Welt, die sie am liebsten umarmt hätte, so wie jeden, der an ihr vorbeilief. Alles kam ihr auf einmal heller und leichter vor. Sie wippte mit den Füßen auf und ab, weil sie nicht mehr ruhig stehen konnte. Garrett war da, er war gekommen, um sie wiederzusehen. Die Sehnsucht hatte ein Ende, das Bangen, die Tränen, die Angst, der Kummer. *Alles würde gut werden.* Sie spürte es deutlich. Sie durfte sich freuen. „Ja!", rief sie aus. Ein älteres Ehepaar, das an ihr vorbeilief, wich ein wenig zurück und starrte sie erschrocken an.

„Oh, tut mir leid! Ich freu mich nur gerade so." Sie biss sich auf die Unterlippe und konnte nicht aufhören zu lächeln. Endlich kam Garrett, trat zu ihr und zog sie in eine Umarmung. Ihre Körper fügten sich wie zwei Puzzleteile aneinander, so fest und innig, dass sich ihr Herzschlag miteinander verband und in der gleichen wilden Unregelmäßigkeit schlug.

„Ich hab dich so vermisst!", flüsterte Garrett in ihr Haar.

„Ich dich auch."

Er sah sie an. „Wärst du wiedergekommen?"

„Irgendwann. Ich hätte dich nie vergessen können."

Selbst das verschmitzte Lächeln auf seinen Lippen, das gerade wiederauftauchte, wollte sie nie mehr missen.

„Was bedeutet das jetzt? Dass du es wusstest, Garrett?", wollte sie von ihm wissen.

„Mir ging es doch genauso. Aber irgendwann, das hätte ich nicht ausgehalten." Er wurde ernster. „Ich war nur zuerst so enttäuscht, ich dachte, es wiederholt sich."

Sie nickte. „Ich weiß. Und das hat mir am meisten wehgetan."

„Lass uns nur noch nach vorn blicken. Okay?" Garrett strich ihr eine Haarsträhne hinter die Ohren.

„Sehr gern. Mich interessiert nur noch, was Olivia gesagt hat und was genau du zu ihr", meinte Claire dann.

„Das, was ich vorhatte. Sie wird schweigen, glaub mir."

Claire atmete aus. „Sehr gut. Und der Roman?"

„Du meinst den abgemilderten Porno?"

Spielerisch boxte sie Garrett mit einer Faust gegen den Brustkorb. Er lachte.

„Den überarbeite ich mit meiner Lieblingslektorin fertig und dann suchen wir ein neues Zuhause für ihn. Es ist besser so. Ein endgültiger Schlussstrich, keine halben Sachen. Außerdem hat sie sich an mich rangemacht und dich beleidigt, weil du deinen Job nicht gut gemacht hast. Da musste ich ihr deutlich machen, dass sie blind ist und du außerdem eine Heißfront bist, von der ich nie genug bekommen kann."

Claire machte große Augen. „Das hast du gesagt?"

Seine Lippen näherten sich ihren. „Hab ich", flüsterte er lasziv, sodass sie sich nicht mehr länger zurückhalten konnte und ihn küsste. Erst sanft, dann immer leidenschaftlicher. Alles um sie herum verschwamm, wurde unwichtig. Endlich konnte sie ihn deutlich in sich spüren, den Puls des wahren Lebens und das Gefühl, angekommen zu sein.

Garrett hatte sich unweit des Verlags ein Hotelzimmer genommen. Und obwohl sie beide kaum die Finger voneinander lassen konnten, wollten sie nichts überstürzen.

„Es soll ein besonderer Ort und Zeitpunkt sein, wenn ...", flüsterte Claire ihm über den Tisch des Straßencafés zu, in das sie wenig später eingekehrt waren. Sie hatte da schon eine Vorstellung. Garrett stimmte ihr grinsend zu. „Ich freue mich auch schon auf zu Hause. Unser Zuhause."

Er nahm ihre Hände in seine und sah ihr dabei tief in die Augen. „Du bist mein Happy End, Claire Winston. Wer hätte das gedacht."

Claire strahlte mit der Sonne um die Wette. „Geht mir umgekehrt auch so. Das Leben kann sich blitzschnell drehen. Zum Guten, wie zum Schlechten. Es kann ein Abenteuer sein, wenn man es zulässt. Und ich freue mich auf jedes einzelne, das mir mit dir noch bevorsteht."

„Dito, Claire."

Das ständige Summen ihres neuen Handys ließ Claire seufzen.

„Du hast es ersetzt?", fragte Garrett.

„Ja." Sie zog es aus ihrer Hosentasche und schaute nach.

„Meine Eltern und Jenny haben versucht, mich zu erreichen. Ich hatte ihnen zuvor geschrieben, dass du da bist und nun wollen sie dich natürlich kennenlernen. Aber wenn du das nicht willst, dann könnte ich es verstehen. Schön wäre es schon, nur ..."

„Sehr gern", warf Garrett dazwischen und griff nach ihren Händen.

Claire lächelte. Das Leuchten in seinen Augen sagte ihr, dass er sich sogar darauf freute.

Jenny freute sich, Garrett persönlich kennenzulernen. Claire und er statteten ihr einen Überraschungsbesuch in ihrem Studio ab. Jennys Augen hingen förmlich an dem Autor.

„Wow! Da hast du nicht übertrieben. Er ist wirklich sexy", flüsterte Jenny Claire zu, nachdem Garrett und sie sich begrüßt hatten.

Claire wurde rot vor Verlegenheit und warf Jenny einen lieb gemeinten mahnenden Blick zu. Die lachte nur und Garrett tat es ihr gleich.

„Danke nochmals. Für deine Hilfe", sagte Garrett zu Jenny.

„Sehr gern. Claire hat es absolut verdient glücklich zu werden. Besonders nach der Pleite mit Ray. Und ich habe sie noch nie so fasziniert über einen Mann schimpfen und später schwärmen hören wie von dir."

Claire hielt Jenny kurz den Mund zu. Garrett lachte.

„Und was habt ihr nun vor?", fragte sie, nachdem Claire sie wieder freigegeben hatte.

„Zurück in die Wildnis", antwortete Claire und Garrett nickte.

„Dachte ich mir." Jenny seufzte. „Du wirst mir so fehlen."

„Vorschlag! Du kommst uns mit Val besuchen und wir besuchen euch. Ich will ja auch Mum und Dad sehen", sagte Claire.

Jenny stimmte sofort zu und Claire nahm sie fest in die Arme. „Ich danke dir. Für alles."

Jenny löste sich von ihr und schniefte leise. „Jetzt haut schon ab. Deine Eltern sind mindestens so gespannt auf Garrett wie ich es war." Womit sie nicht unrecht hatte.

Claires Eltern empfingen den neuen Mann an der Seite ihrer Tochter herzlich, jedoch mit prüfenden Blicken. Garrett nahm es ihnen nicht übel.

Claire war erst einmal erleichtert, dass es ihrer Mum von Tag zu Tag besser ging. Sie bestand darauf Tee zu machen, den sie im Wintergarten zu sich nahmen. Garrett erzählte offen über sein Leben und Claire fiel auf, dass sich ihre Eltern ihm gegenüber viel gelassener und offener gaben als bei Ray, was definitiv an Garretts lockerer Art lag.

„Ich werde auf Claire aufpassen. Das verspreche ich!", sagte er, nachdem Claire ihren Eltern eröffnet hatte, mit ihm nach Kanada zu gehen. Die gaben ihren Segen.

„Das glauben wir dir, junger Mann. Claire weiß für gewöhnlich, was sie will. Wir sehen es in ihren Augen, wenn sie sich sicher ist. Das haben wir in den letzten

Jahren oft vermisst. Aber sie kann auch stur sein", erzählte Claires Mutter.

„Ich weiß. Zum Glück", erwiderte Garrett und legte einen Arm um Claire, die sich an ihn schmiegte. *Das alles*, musste sie sich immer wieder klarmachen, um es selbst glauben zu können, *war kein Traum, sondern die pure Realität.* Eva schenkte ihr ein Lächeln, in dem sich auch Erleichterung zeigte.

„Wir brauchen nicht viel Geld zum Leben. Ich habe genug gespart und Claire sagte, sie hat auch noch etwas zur Seite gelegt. Wir haben beschlossen zu teilen. Außerdem kann sie sich nun ganz und gar auf das Schreiben konzentrieren. Und wenn sie doch arbeiten will, es gibt auch in Kanada Verlage", sagte Garrett.

„Eben", gab Claire ihm recht.

„Ihr seid fest entschlossen. Darauf kommt es an. Das waren deine Mutter und ich damals auch", warf Claires Vater ein.

„Unsere Eltern waren nämlich erst gar nicht mit unserer Wahl einverstanden. Aber wir haben zusammengehalten wie Pech und Schwefel und somit alles geschafft, was wir uns vorgenommen haben. Auch sie zu überzeugen", erzählte Claires Mutter.

Claire drückte dankbar ihre Hand über den Tisch hinweg.

Ihr Vater stand auf und kam mit einem Buch von Samu Boheme wieder. Er legte es vor Garrett ab. „Ich habe ja ein paar deiner Thriller gelesen. Die musst du mir unbedingt signieren."

Garrett stimmte sofort zu.

„Übrigens. Und du musst nicht im Hotel schlafen. Hier im Haus ist genug Platz", bot Mrs. Winston an. Claire nickte ihm zu und er nahm an.

„Gute Nacht", sagte Claire, da zog Garrett sie mit in sein Zimmer.

Sie lachte leise. „Was wird das?"

„Bleib bei mir. Einfach nur kuscheln. Wenn du magst", flüsterte er.

Claire nickte. Eng aneinandergeschmiegt ließen sie sich aufs Bett fallen und krochen unter die Decke. Mondlicht erhellte das Zimmer, als sie sich küssten.

Garrett und Claire hatten beschlossen, noch ein paar Tage in Brighton zu bleiben, bevor sie zurückfliegen wollten. Claire nutzte die Zeit, um mit Garrett auch einen Ausflug nach London zu machen. Offensichtlich hatte er nicht damit gerechnet, dass sie ihre Reiseführung dort mit dem Besuch eines Lebensmittelmarktes beginnen würde, dem Real Foods Market in Southbank. Dort gab es Essen aus der ganzen Welt.

„Italienisches Eis, Bratwürste aus Deutschland, indische Currys und so weiter", erzählte Claire.

„Eine Frau, die gerne isst. Das gefällt mir. Nur Fisch magst du immer noch nicht."

Sie schüttelte den Kopf.

Garrett lachte. „Frisch gefangen und richtig zubereitet ist er ein Gedicht. Darf ich versuchen, dich zu überzeugen, wenn wir wieder zu Hause sind?"

Sie verzog einen Mundwinkel. „Na gut. Versuchen ja. Wenn ich ihn nicht selbst fangen muss."

Garrett lachte erneut und sie mit ihm. Alles mit ihm wirkte so ungezwungen, selbst wenn sie nicht einer Meinung waren. Zudem konnte sie sich nicht an ihm sattsehen. Wie würde da erst ihre *körperliche Vereinigung werden?* Sie schmolz schon jetzt dahin.

Auch der nächste Anlaufpunkt, der Kyoto Garden im Holland Park, ließ Garrett staunen. Makellose Brücken und Teiche zwischen verschiedenen Sträuchern und Blumen, die in Mustern oder in Reih und Glied gepflanzt waren.

„Nicht schlecht. Aber natürliche Wildheit ist mir lieber", sagte Garrett und zog Claire an sich. Sie konnte das Feuer, das zwischen ihnen knisterte, spüren. Und als Garretts Lippen auf ihre trafen, entzündete sich in ihr ein Feuerwerk aus tausend Raketen. Langsam griff Garrett in ihr Haar und zog ihren Kopf behutsam und doch mit einer gewissen Intensität in den Nacken, um gleich darauf ihren Hals zu liebkosen. Claire stöhnte auf. Am liebsten hätte sie Garrett auf der Stelle entblättert. Erst als sich ein paar Parkbesucher näherten, rissen sie sich wieder zusammen. Claire zog die Unterlippe zwischen die Zähne und verkeilte die Finger ihrer rechten Hand mit der von Garrett, während sie sich vielsagend zulächelten.

„Du bist tatsächlich eine Heißfront", flüsterte Garrett, was sie leise lachen ließ.

In Little Venice machten sie einen Spaziergang hinter der Paddington Station und genossen die Ruhe des romantischen ruhigen Viertels mit seinen vielen Hausbooten. Einige davon waren zu Cafés und Restaurants umgebaut worden.

„Und hier", verkündete Claire zwei Tage vor ihrer Abreise, „befinden wir uns auf einem der höchsten Hügel der Stadt, dem Alexandra Palace." Die Aussicht von dort auf London war traumhaft, der Himmel wirkte wie ein seidenes Batiktuch aus blauen und rosa Farbtönen. Die Stunden vergingen wie im Flug und schon brach der letzte Tag an. Diesen verbrachten sie zuerst mit ihren Eltern, Jenny und Val, der inzwischen vollends in die verrückte Geschichte um Claire und Garrett alias Samu Boheme und Sam Blackford eingeweiht war. Anschließend fuhren sie noch einmal nach London. Claire hatte ganz vergessen Garrett den Daunt Bookshop zu zeigen, der sich über drei Etagen erstreckte. Neben raumhohen Regalen voller Bücher bot er viele gemütliche Leseecken.

„Mein persönlicher Bücher-Himmel. Hier war ich früher öfters. Ich liebe den Geruch all dieser Bücher. Hier gibt es unzählige Reiseführer, historische Bücher, Karten und Romane. Auch deine sind darunter. Wetten?", erzählte Claire und steuerte auf eine junge Mitarbeiterin zu, die sie kurzerhand fragte. Garrett war noch mit Staunen beschäftigt, als die junge Frau sie mit sich winkte.

„Folgen Sie mir!", bat sie.

„Wussten Sie, dass er auch ein wundervolles Gedicht- und Bildbändchen herausgebracht hat?! Unter Sam Blackford?", fragte sie Claire und Garrett und bog um eine Ecke.

„Ja. Es ist wundervoll", erwiderte Claire und schielte zu Garrett, der wieder verschmitzt lächelte.

„Da haben Sie absolut recht. Ich liebe alles, was er bisher geschrieben hat."

Plötzlich stoppte sie und zeigte auf ein mittleres Regal. „Hier ist die ganze Boheme-Sammlung, einschließlich des Bändchens."

„Wow!", bemerkte Claire und zog eines der Bücher heraus. Es war „Eisregen", ein Roman, der vor drei Jahren erschienen war.

Die Mitarbeiterin lächelte Garrett an. „Sind Sie beide Fans?"

„Nun ja. Ich bin nicht immer zufrieden mit ihm", bemerkte Garrett.

Claire schmunzelte. „Ach ja?"

Garrett spitzte die Lippen. „Keiner ist perfekt. Oder?", sagte er dann.

Die junge Frau richtete ihren Blick in die Ferne. „Ich frag mich, wie er wohl aussieht."

„Was denken Sie?", fragte Claire. Garrett schien die Sache unangenehm. Er wandte sich der gegenüberliegenden Bücherwand zu.

„Hm. Er schreibt oft lässig cool und so spannend. Und die Wendungen in den Geschichten sind der Hammer. Ich konnte noch keine vorhersehen." Die Verkäuferin begann sehnsuchtsvoll zu lächeln. „Ich stelle ihn mir rassig vor. Ein richtiger Mann. Groß, gut aussehend. Manche denken ja, er sei klein, dick und glatzköpfig oder habe viele Pickel im Gesicht. Aber nein. Das glaube ich nicht."

Garrett räusperte sich. „Ganz richtig. Er sieht umwerfend aus. Die Frauen würden ihm keine Ruhe lassen. Daher versteckt er sich lieber", erwiderte er.

Claire und die Mitarbeiterin drehten sich nach ihm um.

„Ehrlich? Woher wissen Sie das?", fragte sie mit großen Augen und Claire verschränkte die Arme vor der Brust.

„Er ist zeitweise ein recht eitler Gockel. Das glaube ich schon", sagte sie.

Garrett lächelte.

„Kennen Sie ihn etwa?", bohrte die Frau weiter.

„Es sind nur Gedanken", warf Garrett ein. Claire nickte. „Ach so", erwiderte die Verkäuferin und blickte enttäuscht drein. „Schade!"

Als Claire und Garrett wieder unter freiem Himmel waren, lachten sie.

„Du bist unmöglich, Garrett. Selbstverliebter Gockel", schalt Claire ihn dennoch.

„Du weißt, wie du es nehmen musst", erwiderte er, legte einen Arm um sie und ging mit ihr die Straße hinunter.

„Was ich dich schon länger mal fragen wollte. Wie bist du auf Sam und Samu gekommen? Ich meine, Boheme kann ich mir erklären. Wegen dem Schreiben an sich. Aber die Vornamen?", wollte Claire von ihm wissen.

„Mein Großvater hat mich gerne Samurai genannt. Der Kämpfer. Weil ich mich nie unterkriegen hab lassen."

Claire blickte zu Garrett hoch. Eine Welle aus Geborgenheit durchflutete sie.

„Das ist schön. Danke, dass du mir auch das anvertraust", sagte sie.

„Nicht nur das, Claire", gab er ernst zurück und erwiderte ihren Blick.

Sweet Home Kanada

Garrett kehrte dem Lagerfeuer, über dem er frisch gefangenen Fisch gegrillt hatte, den Rücken zu und kam zu Claire, die auf der Veranda seiner Hütte saß. Sie hatte ihn zwar zum Angeln begleitet, ihm dabei aber nur über die Schultern geschaut. Das nächste Mal wollte sie über ihren Schatten springen und es selbst ausprobieren.

„Teste mal!", bat Garrett sie und setzte sich zu ihr. Claire hatte Decken und ein paar Kissen auf dem Boden der Veranda ausgebreitet. Zwei Öllampen spendeten ihnen Licht. Es war immer noch warm.

„Muss ich wirklich?", fragte sie ihn. Zugegeben, der Fisch roch frisch gegrillt sogar gut.

Garrett lachte über ihre Schnute, wurde dann wieder ernst und sagte sanft und bestimmt: „Du musst gar nichts." *Dafür allein hätte er wieder einen Kuss verdient, a*ber Claire hielt sich zurück. Noch.

Sie waren vor ungefähr acht Stunden angekommen und hatten damit Angela und Alex überrascht. Die zwei hatten sich mächtig gefreut, sie wiederzusehen. Als sie dann hier eintrafen, stand Emma, die Elchkuh, wie ein Wächter vor dem Anwesen und schien sich ebenfalls zu freuen, sie beide vereint zu sehen.

Claire sah Garrett in die Augen und spürte genau, dass es die richtige Entscheidung gewesen war, wieder herzukommen. *Mit dem Mann, den sie Tag für Tag ein Stückchen mehr liebte.*

Garrett nahm das Stück Fisch zwischen die Zähne und kam ihr näher.

„Glaubst du also, du kannst mich damit locken?", fragte Claire und zeigte sich unbeeindruckt. Garrett zuckte mit den Schultern und kam noch näher. Sie konnte ihm nicht länger widerstehen. Das Kribbeln in ihr war kaum auszuhalten. Sanft biss sie ein kleines Stück Fisch ab, ließ es auf der Zunge schmelzen. Schmeckte gar nicht so übel, stellte sie fest. Aber das konnte sie Garrett nun unmöglich sagen. Sie war zu keinem Wort mehr fähig, als ihre Lippen sich auf seine legten. Garrett küsste sie zurück. Leidenschaftlich wild und zärtlich zugleich. Als sie sich voneinander lösten, schwebte in grünbläulichen Bahnen ein Polarlicht über ihnen. Kurzerhand zogen sie mit den Decken und Kissen in den Garten.

„Es ist unbeschreiblich schön", flüsterte Claire und blickte zu Garrett hinüber, der sich neben sie legte. Er erwiderte ihren Blick und nickte. Alsdann brauchte es keine Worte mehr. Sie wussten beide, dass es so weit war. Der perfekte Moment, um auch körperlich eins zu werden, miteinander zu verschmelzen. *Bedingungslos!* Und das mitten im Herzen der Wildnis, unter freiem Sternenhimmel. Langsam begannen sie sich gegenseitig zu entblättern. Sie gaben sich dem anderen völlig hin in ihrer Verletzlichkeit, die in ihrer Vergangenheit geboren wurde. Das neu gewonnene gegenseitige Vertrauen war die beste Waffe dagegen. Claire überschwappten die Gefühle wie Meereswellen. Sie ließ sich treiben unter all den warmen prickelnden Berührungen Garretts. *Alles war gut, so wie es war und noch viel mehr als das*, dachte sie. Sie bäumte sich ein wenig auf, als er sie mit seinen Händen liebkoste und streichelte. Sie ließen sich Zeit. Erkundeten sich gegenseitig Zentimeter für Zentimeter, bevor sie ineinander tauchten. Noch nie hatte Claire einen anderen Menschen so intensiv und nah gespürt, sich nie lebendiger und freier gefühlt als in Garretts Armen.

Epilog

Auch nachdem Garretts neues Buch unter dem Genre Romance herausgekommen war und wieder ein Bestseller wurde, gab es neue Spekulationen darüber, wer hinter dem Pseudonym des Autors steckte. Die, die es wussten, schwiegen, sodass Claire und Garrett ihre Liebe in Kanadas Wildnis in Ruhe genießen konnten. Und das taten sie. Tag für Tag. Schließlich fand Claire einen mittelgroßen Verlag, der gewillt war, ihr Buch zu veröffentlichen. Dass sie es auf eigene Faust geschafft hatte, freute sie umso mehr und machte auch Garrett stolz. Es wurde zwar kein Bestseller, was sie auch nicht erwartet hatte, verkaufte sich jedoch ordentlich und heimste gute Kritiken ein. Das Schreiben an sich blieb Claire ohnehin am wichtigsten.

Olivia Barns, so ließ Andrea ihnen zukommen, biss sich, laut ihrer neuen Sekretärin, regelmäßig in den Allerwertesten, dass sie Claire und Samu verloren hatte. Claire hatte inzwischen auch Garretts Agenten kennengelernt, der sich für sie beide freute. Neben ihm besuchten sie auch Jenny und Val, sowie ihre Eltern und freuten sich schon auf das nächste Wiedersehen.

Wie Claire durch Elton, mit dem sie heimlich Kontakt pflegte, erfahren hatte, hatte sich Ray schnell getröstet. Er hatte sich mit einer jungen Frau aus der High

Society Londons verlobt, was vor allem Katherine überaus stolz machte. Claire wünschte Ray trotz allem, was
zwischen ihnen schiefgelaufen war, Glück. Sie hatte ihres definitiv gefunden und wollte keine Sekunde mehr
davon missen.

Lightning Source UK Ltd.
Milton Keynes UK
UKHW010636250121
377629UK00003B/645